U0858125

贺绍俊 ◎主编

百花洲文艺出版社

目 录

1 | **毕飞宇** 虚 拟

14 | **黄咏梅** 父亲的后视镜

30 | **张 楚** 野象小姐

52 | **叶 弥** 幸存记

66 | **蔡 东** 通天桥

78 | **艾 玛** 远大的前程

90 | **晓 苏** 传染记

104 | **朱山坡** 天色已晚

111 | **周李立** 八道门

133 | **王方晨** 大马士革剃刀

153 | **胡学文** 米高和张吾同

168 | **女　真** 儿子上树

185 | **范小青** 我在小区遇见谁

198 | **柏祥伟** 火　烧

211 | **尤凤伟** 金山寺

235 | **孟小书** 逃不出的幻世

248 | **付秀莹** 绣停针

262 | **弋　舟** 礼拜二午睡时刻

278 | **双雪涛** 大 师

293 | **郑小驴** 赞美诗

308 | **孙 频** 不速之客

344 | **吴 君** 百花二路

虚 拟

毕飞宇

这个冬天特别的冷，父亲在私底下说，要做好春节前“办事”的准备。父亲所说的“事”当然是祖父的丧事。祖父的情况说不上好，可也没有坏下去的迹象，我不知道父亲为什么这么悲观。家里头有暖气，气温恒定在21摄氏度，再冷的天气和我的祖父又有什么关系呢？父亲说：“你不懂。”父亲的理论很独特，他认为，气温下降到一定的地步一部分老人就得走，这是天理，和屋子里的温度没有一丝一毫的关系。

去年夏天祖父在省城做了直肠癌的切除手术，他的理想是过完上一个春节。春节过去了，他好好的。大年十四那天他更新了他的理想，他在微博上写道，他要力争再过一个春节。这句话并不晦气，可也算不上吉利，我们都没有答理他。祖父不慌不忙拿起了手机，一个一个打电话。没办法，我们这些亲友团只能一个又一个帮着转发。我的丈母娘很不高兴，直接骂上了门来。她在我的微博下面贴了一句话：“大过年的，神经病！”祖父对我的丈母娘很失望，祖父对我说：“‘无知少女’这个人俗。”

祖父是一个看透了生死的人，生和死，风轻云淡，他无所谓的。但祖父也在意春节，这里头似乎有一笔巨大的买卖：死在大年初二他就赚，死在大年三十他就亏。也是的，落实到统计上，这里头确实有区别，一个是终年84岁，一个则是享年85岁，很不一样的。

这个冬季着实冷得厉害。电视里的美女播报都说了，最低气温“创下了三十年来的新低”。这则天气预报对我们一家来说是致命的，父亲不说话了，祖父也不说话了，他们都是相信天意的人。而老天爷并没有天意，可处境特别的人就这样，他们会把极端的天气理解成天意。他们的沉默使我相信，祖父也许放弃了。他觉得不远处的春节不属于他。

祖父说：“有点冷，我想到澡堂子泡泡去。”

这个我为难了。以祖父现在的状况，性命固然是无虞，终究是“随时随地”的人，任何一点小小的变动都有可能带来不测，一头栽倒在浴池也不是没有可能。我说：“浴室太滑了，很危险的。”

祖父很骄傲地告诉我：“我也只剩八十来斤了，我孙子抱着我呢。”他撒娇了。

浴室没什么生意。一进浴室我就后悔了。“八十来斤”的身体几乎就不是身体，说触目惊心都不为过。祖父赤条条的，他的身体使我相信，他老人家是一张非常特殊的纸，能不能从水里头提上来都是一个问题。但是，等我把他缓缓地放进浴池之后，我不再后悔。这一切都是值得的。祖父被浩大的温水包裹着，张大了嘴巴，他的喉管里发出了十分奇特的声音。他在体验他的大幸福。他满足啊。可他实在太羸弱了，他的体力已经不能对抗水的浮力。只要我一撒手，他就会漂浮起来。我只能把他搂在怀里，不让他旋转。

老话说得没错，人是会返老还童的。人老到一定的地步就会拿自己当孩子。祖父躺在我的怀里，说：“明天再来。”我说：“好的。”祖父说：“后天还来。”我说：“好的。”祖父笑了，我看不见，可是我知道，祖父的脸上布满了毫无目标的笑容。这笑容业已构成了返老还童的硬性标志。

我和我的祖父一口气泡了四天，第五天，我特地下了一个早班，祖父却说不去了。他用目光示意我坐下，要我承诺，不要把他送到医院去。祖父说："就在家里。"这句话说得很直白了，等于是安排后事了。我答应了祖父，并不难过，因为我的祖父也不难过。的确，祖父在死亡面前表现出来的淡泊不是一般的人可以拥有的，到底是四世同堂的人了。

深夜四点，我被手机叫醒了，是父亲打过来的。一看到父亲的号码我就知道了，我的祖父，我们这个小县城里最著名的物理老师兼中学校长，他没了。都没有来得及悲伤，我即刻叫醒我的女儿，赶紧地，太爷爷没了。

祖父却没有死，好好的。看见我把女儿都带过来了，祖父有点不高兴。因为久病的缘故，他的不高兴像疼，也可以说，像忍受疼。祖父说："这么冷，你把孩子叫过来做什么？"我笑笑。"那个什么，"我说，"不是以为你那个什么了么？"祖父说："还没到时候呢。"我把女儿安顿到奶奶的床上，回到了祖父的房间。祖父的手在被窝里动了动，我把手伸进去，在被窝里头握住了祖父枯瘦的指头。祖父神情淡然，看不出任何风吹草动。但他的手指头在动，是欲言又止的那种动。这一次我真的知道了，祖父的大限不远了，他要对我交代什么了。

父亲把一切都看在眼里，退了出去。我们这个家有点意思了，父亲一直像多余的人。父亲望着此情此景，明白了，这里不需要他了。祖父望着父亲的背影，很轻地咳嗽了两声。我了解我的祖父，祖父的咳嗽大部分不是生理性的，是他想说些什么，却不知道怎么说。

严格地说，祖父之所以在我们小县城如此著名，完全是因为父亲，他能当上校长，也是因为父亲。作为物理老师的儿子，父亲最有机会上大学的，但是，祖父把他的时间全部给了他的学生，那时候祖父正做着班主任呢。他每天上午六点出门，夜里十一点回家，他把所有的时间和精力都用在了五十七个学生的身上。高考就是这样，结果很残酷。因为父亲在另外一所中学，父亲没有考上，而祖父的五十七个学生考取了三十一个。在当年，这是一个“放卫星”一般的天文数字，祖父在我们县城一下子成了传奇。到了九月，祖父的故事终于传到省城了，省报派来的记者为祖父写了一篇很长的文章，整整一个版，还配了祖父的一张标准像。黑体的通栏标题很吓人的——《春蚕到死丝方尽》。

祖父享尽了殊荣。他在享尽殊荣的同时并没有失去他的冷静。他冷静下来了，突然就有了愧疚。就在当年的十月，他建议他的儿子，也就是我的父亲，去补习。祖父说，好好地辛苦一年，上不了重点大学还可以上普通高校，上不了普通高校还可以上大专，就算上不了大专，还有中专嘛。祖父是对的，父亲资质平平，考上总还是可以的。可祖父忽略了一件大事，那就是他儿子的感受。《春蚕到死丝方尽》是一只无坚不摧的拳头，它把父亲击倒了，附带着还把父亲的自信心给砸烂了。是的，祖父之所以具备如此巨大的新闻价值，说到底就因为他的儿子——三十一个都考上了，他的儿子却没有考上。好了，全省都知道了，全中国都知道了。父亲望着报纸，像一堆烂掉的韭菜，软塌塌的，浑身散发出混浊的秽气。父亲拒绝了“春蚕”的建议，他盯着自己的脚尖，告诉“春蚕”：“你忙你的去吧。”

父亲其实是赌气。自卑的人就喜欢一件事，赌气。可父亲找错了赌气的对象，他怎么可以和我的祖父赌气呢？新生都开学了，祖父上午六点就要上班，晚上十一点才能下班，他哪里还有心思和你玩如此无聊的心理游戏？他们的冷战持续了一两个月，其实，所谓的冷战是不存在的，那只是父亲一个人的战争，也可以说，父亲面对墙壁打了一场乒乓球。

父亲也不是省油的灯，他模仿祖父的笔迹给教育局的局长写了一封信，要求局长在县文教局给自己的儿子安排一份工作。口吻是谦卑的，却更是狷介的，有压迫的意味，酷似祖父。父亲多虑了，他哪里需要模仿祖父的笔迹呢？不需要的，局长根本不认识祖父的笔迹。但那时的祖父是整个县城最大的明星，明星就是这样，时刻伴随着传闻。社会上已经有这样两种说法了：一、祖父很可能去省里；二、也有可能做分管文教卫的副县长。局长直接找到了我的父亲，几乎是用巴结的态度把事情办了。他收藏了祖父的亲笔信，说不定哪一天就用得着的。父亲就这样进了县教育局，在那张淡黄色的椅子上一直坐到退休。

父亲在那张淡黄色的椅子上一直做到退休可不是一个夸张的说法，是真的。一个月之后，祖父知道了，父亲去教育局上班了。祖父一路小碎步，急匆匆地来到了父亲的办公室，他瘦小的身体爆发出了雷霆般的震怒。祖父命令父亲回家，上补习班去！考大学去！父亲被吓坏了，都尿了。可父亲有一个特点，这个胆小的人在吓坏的时候并不哆嗦，而是抿嘴、昂头，目光在头顶上不停地扫视，像烈火中的永生，他就这样，一辈子都这样。祖父那么大的动静，局长怎么能听不到呢？这个小官油子出面打圆场了，他告诉祖父："教育局挺好的，也算机关呢，大学毕业了也不一定进得来呢。"祖父不明就里，他用右手的食指指着局长的鼻尖，给了局长两个结论：庸俗！鼠目寸光！一年之后，祖父做了校长，而教育局长终于有机会出任分管文教卫的副县长了。因为巨大的内疚和无法抚平的创伤，在组织部的相关人员面前，祖父只说了六个字：庸俗，鼠目寸光。语气平和，十分克制。祖父是谁？他的克制就是分量。教育局长功亏一篑，这是多么巨大的一个哑巴亏。他把他的委屈和愤懑一股脑儿摁在了父亲的头上。

父亲是祖父一辈子的痛。这是一块肿瘤，硬硬的，始终长在祖父的体内。我知道这块肿瘤还是在我接到大学录取通知书的那个家宴上，因为兴奋，祖父过量了。就在我伺候他呕吐的时候，他拉过我的手，第一次在我的面前流下了眼泪。他跪在马桶的前沿，一口一个"对不起"。我费了好大的力气才弄明白，祖父搞错了，祖父把他的孙子当作他的儿子了。祖父很少喝醉，但是，只要喝醉了，他都要来一次规定动作：跪在马桶的前沿，对他的马桶一口一个"对不起"。呕吐出来的"对不起"毁掉了这一对父子，在未来的几十年里，我的祖父和我的父亲几乎就没有对视过，也说话，却不看对方的眼睛，各说各的。他们都不像在对人说话，而是在对着另一个东西自言自语。说完了，东西就不是东西了。

但酒醉之后的祖父说得最多的依然不是父亲，而是一届又一届的高材生。祖父有他的癖好，往好处说，爱才；往坏处说，他的眼睛里其实没有人，只有高智商。他酷爱高智商。一旦遇上高智商，不管你是谁，他的血管就陡增激情，奔涌起宗教般的癫狂和牺牲精神，狂热、执着。最要命的是，还沉着，更持久。他要布道，上午六点出门，晚上十一点回来。

酩酊大醉的祖父搂着他的马桶开始报人名。这些人名都是他当年的心肝宝贝。人名的后面则是长长的单位与职务，我不可能记住的。祖父却记得清清楚楚，涉及面极广，诸如世界名牌大学、国家机关、公司名称、荣誉机构，与之匹配的自然是院士、教授、研究员、副省长、副县长、办公室主任、董事长或总经理。也有记不住的时候，他在记忆阻塞之前往往要做一次深呼吸，随后，一声长叹。这一声长叹比马桶的下水道还要深不可测，幽暗，四通八达。

父亲退出去了，我握住了祖父的手。我知道我和祖父之间会有这样的一次对话，也知道祖父会对我说些什么。无论祖父怎样看淡他的生死，我的父亲终究是他一生的痛，祖父是个好祖父，但祖父却不是好父亲。祖父的歉疚难以释怀。老实说，我惧怕这次对话。沉痛之余，我又能对我的祖父说些什么呢？父亲的一生被祖父的荣耀毁了，这是一个不争的事实。我多么希望我是一个牧师。

祖父安安静静的，但是，这安静是假象，他老人家一直想说什么，他的表情在那儿呢，可他就是不说。想来想去，只能是我开口了。我轻声说："爷爷，如果你走了，真的是寿终正寝。这年头可以寿终正寝的人不多了，你很享受的吧？"祖父笑了笑，同样轻声地说："很享受。"

我说："我也很享受，很享受这会儿还能和爷爷聊聊天。——你想啊，这个世界上绝大多数的人都是带着心思走的，你呢，什么心思都没有，了无牵挂。你蛮有福的。”

祖父沉默了半天，说：“我有福，但心思还是有的。”

我立即接过祖父的话，说：“唉，不就是爸爸那点事嘛。那一代人不上大学的多了，他这一辈子也挺好的，多少年了，爷爷，这不算事。”

祖父说：“这件事吧，我有责任。我呢，痛苦了很长时间。突然有那么一天，我释怀了。我早就不再为这件事苦恼了。”

祖父的这番话出乎我的意料。我的胸口顿时就松了一下。我笑了，问：“爷爷能不能告诉我，是哪一天释怀的？”

祖父说：“你爸爸退休的那一天。都退休了，唉，任何人都他妈的一样。”

祖父都俏皮了，都出粗口了，看起来真的是释怀了。我长长地舒了一口气，没有比这更好的结局了。祖父不再谈父亲的事，我反而有些始料不及，眼泪突然涌上我的眼眶。我一直忍受着疼，这疼却自动消炎了、消肿了，很让我舒服。我再也没有想到如此可怕的对话居然是这样地感人至深。我只能说，我还是太年轻、太狭隘了。小人之心不可取。一代人有一代人的恩怨，一代人有一代人处理恩怨的方式。时光真是一个好东西啊，它会带走一些，也能留下一些。时光到最后一定是中秋的月光，再捉摸不定，再阴晴圆缺，老天爷总是会安排好的，中秋一到，必定是万里无云，月亮升起来了，满眼清辉，乾坤朗朗。

我说：“爷爷，你知道我为什么这样爱你？”

祖父像孩子一样笑了，说：“隔代疼嘛。我爱你，你就爱我。你爸爸吃过醋呢。”

我摇摇头，说：“不是。爷爷伟大。君子坦荡荡，爷爷就是君子。你走了，我会想念你，但是，爷爷不让做儿孙的痛苦，爷爷不让做儿孙的纠结，爷爷万岁。”

祖父真的高兴了。祖父说：“爷爷做了三十五年的教师、三十二年的班主任、九年十个月的教导主任、六年八个月的副校长、两年半的校长，拍爷爷马屁的人多得很呢。——还是我孙子的这个马屁让爷爷舒坦。”

我拍拍祖父干瘪的腮帮子，说：“孙子的马屁高级吧？”

祖父说：“高级。你哪方面都比你爸爸强。”

我在被窝里抽出手，说：“爷爷，孙子明天接着拍。——你看，天都亮了，孙子还要上班呢。”

祖父的手是无力的，但是，祖父无力的指头再一次抓住我的手了。因为发力，都颤抖了。他不再微笑。他的脸上有了苦楚的神色。

“疼么？”我说。

祖父摇了摇头，又补充道：“不是。”

祖父有话要说，是欲言又止的样子，是羞于启齿的样子。

“是不是欠了谁的钱？”我说，“有我呢。”

祖父闭上了眼睛，摇头。他的眉头拧起来了，眉毛很长，眉头与眉头之间全是多余的皮。

事态突然就严重起来了。虽然很困，但是，我还是集中起注意力，仔细地设想各种各样的可能性。我只能往坏处想，祖父是不是做了什么特别亏心的事了？我试探着说：“是不是欠了谁的人情？”

祖父依然是摇头。我的话没能说到祖父的心坎上，祖父很失望，越发凄凉了。

我必须把话挑明了。我说：“爷爷，你知道的，你不能让我猜。我到哪里猜呢？你也不亏欠谁，你还有什么说不出口的呢？”

祖父睁开眼睛，望着我。祖父似乎是鼓足了勇气。“你说——”祖父说，“你说我能得到多少个花圈呢？”

哎，这算什么事呢。这不是事。多少个花圈都不是事。

我说：“你想要多少个花圈？”

祖父没有给我答复。他老人家再一次把眼睛闭上了。因为太瘦了，他闭上眼睛之后有了遗容的迹象。但是，爷爷的呼吸是急促的。他有心思，他忧心忡忡。

祖父十分凄凉地憋了半天，他轻声地却又是清晰地说：“当年荣校长是

182个。我数过两遍。”

我想让说话的语气变得轻松一点，特地挑选了嘻嘻哈哈的语气：“你想要多少个就有多少个。”

“不能作假。”祖父依旧闭着他的眼睛，神情诡异，语气是中学教师所特有的刻板、严厉，“死是一件严肃的事，不能作假。”

祖父终于耗尽了他的体力，他的手放在我的手背上，但已经无力握住我的手了。

荣校长的音容笑貌我记不住了，我见过他么？我没有把握。想必还是见过的。那时候祖父喜欢把我带到他的学校里去。我对荣爷爷的葬礼至今还有一个模糊的印象：整个县中都白花花的，洋溢着盛大和隆重的气氛。那是1982年的春天，57岁的荣校长在给补习班的同学上历史课，就在下课铃响的时候，历史终结了，他倒了下去。那可是80年代初期的小县城哪，绝大部分葬礼只有十来个花圈，182个，说“铺天盖地”一点都不过分。就是在那一刻，我对死亡有了一个初步的认识，它是一件了不起的大事，又体面又庄严。那一天的祖父穿着他的第一身西服，领着我，在县中的花圈之间不停地徘徊，回过头来看，祖父其实在数，一直在数。然后，校对。在确定无误之后，祖父把“182”这个天文数字记在了他的脑中，同时，接过了荣校长遗留下来的职务。“182”这个莫名其妙的数字就此成了祖父的梦，成了祖父关于死亡的理想和标尺，岁岁年年都在萦绕。

“知道了。”我对我的祖父说，“你放心。”

事实上，当我说“知道了”、“你放心”的时候，我一定是困乏了。我是敷衍的。我知道什么了？我做什么才能让他老人家放心呢？在许多时候，生命的确是一个特别诡异的东西，让人很无奈。我的祖父哪怕再清醒一天也好哇，我们还可以再商量商量。就在我说“知道了”、“你放心”的第二天中午，祖父说不行就不行了。他进入了弥留状态。他在弥留之前似乎经历了一场大醉，他说了一大堆的人名，人名的后面还附上了长长的单位和职务。祖父躺在那里自言自语，仿佛主持一场盛大的却又是虚拟的会议。他在介绍与会代表。祖父甚至都没有来得及念完那个长长的名单，他的历史也终结了。

我没有在现场，所有的这一切都是父亲告诉我的。父亲说：“还开会呢。”父亲是笑着说这句话的。事实上，父亲，这个县教育局的退休会计并没有笑，但我是我父亲的儿子，我看见了，父亲在笑。俗话说，“皮笑肉不笑”，父亲的皮并没有笑，他的肉却笑了。父子之间就是这一点不好，我们的眼睛里从来都没有皮，直接就是肉，甚至骨头。

我不想看见父亲这样，我害怕父亲这样的表情。他有他的历史，都是我没有经历过的。我不能说什么。祖父就躺在我们的身边，一边一只耳朵。我不能说什么。我走上去，拥抱了我的父亲。我没有想到我会拥抱我的父亲，这是我们父子俩的第一次拥抱，彼此都不太适应。父亲挣扎了几下，却没能逃脱我的怀抱。他也老了。下一代总是在上一代的怀抱里风一样长大，而上一代却要在下一代的怀抱里风一样老去。可拥抱真他妈的是个好东西，一拥抱目光就避开了。就在对方的怀里，却谁也看不见谁。很好。一点风都没有。

我的耳朵却出问题了，我的两只耳朵成了两座空洞的礼堂，一边一个。礼堂里空无一人，因为空荡，到处都是祖父的回声。

我放下我的父亲，回头望着我的祖父。他的弥留又瘦又小，是黑色的，像一个麦克，一把就能抓起来。我不敢弄出任何动静，我不想听麦克的回音。

严峻的问题就此摆在了我的面前：祖父的真实意图究竟是什么？关于花圈，他是渴望超过182个呢还是等于182个，还是有几个算几个？最为关键的是，我到底能不能作假？

有一点我可以肯定，祖父赋闲多年了，以祖父实际的影响力，如果亲友团不出面、不组织，简言之，不作假，他无论如何也凑不齐182个花圈。他又不是在岗位上轰轰烈烈地倒下去的。再说了，这年头早就不是1982年了。再再说了，这是什么时候？大家都忙着过年呢。

死亡不再是问题，标志着死亡的纸质花朵却成了一个问题。

祖父还活着，他在呼吸。可到底有多少个花圈才能让我的祖父高兴呢？我必须问问我的父亲。父亲在阳台上。我来到阳台，意外地发现父亲把阳台拾掇过了，是一个小书房的样子，干净、整洁，短而高的书橱里全是大而厚的《会计学》《统计学》《运筹学》和《市场营销》。因为阳光充足，小书房里洋溢着庄严而又励志的气场。父亲端坐在阳光底下，是刻苦攻读的模样。听到动静，父亲的身体伴随着转椅转了过来，取下老花镜，捏住了他的眼窝，他用十分肯定的语气告诉我："高等数学很重要。"我给了父亲一根香烟，他送过来一只巴掌，谢绝了。我点上烟，借着吐烟的工夫，附带拉开了推拉窗。我说是的，不过高等数学很费脑子。父亲同意我的观点，他在转椅里头做了一个扩胸的动作，说："身体必须跟上，开春之后就开始长跑。"

我的祖父，我们县里最著名的物理老师兼中学校长，他死在了小年二十六。这一天特别特别的冷。我第二次转发了祖父的最后一条微博，同时向这个世界通报了祖父仙逝的消息。从时间上看，祖父的最后一条微博是在我们长谈之前留下的，他睡不着，所以把我叫过来了。祖父在微博里极为洒脱："也许是最后一条了。心绪太平。桃李满天下。来吧，无恨、无悔、无怨、无憾。"下面有12条留言，有11条是夸他的。也有一条态度不明，这个态度不明的人是"无知少女"，她用不咸不淡的口吻告诉我的祖父：好好过年吧。

祖父总共有1139个粉丝。

就在我转发祖父的微博的时候，我的心颤了一下。祖父并不是我知道的那样淡定。

祖父选择的时机很不对，他老人家留给我们的时间太局促了。在这样的时刻，愿意前来参加葬礼的人算是给了天大的脸面。老实说，我不关心葬礼的人数，我唯一关心的是花圈的数量。但花圈的数量让我揪心，不用数的，别说“铺天盖地”了，几乎构不成一个体面的葬礼。

前些日子我还在纠结，到底要不要作假。作假是容易的，简单地说，像传销那样，动用我的亲友团再发动他们的亲友团。现在看来我的担忧荒谬了，无论我怎样组织，那也是无济于事的。我突然就觉得我祖父白疼了我一场，这让我揪心。我知道个屁！我放心个屁！全他妈的吹牛。

女儿问我：“爸，怎么搞的，怎么就这么几个花圈？”

我取出钱包，来到了殡仪馆的花圈出租处，要来纸，要来笔，要来墨。我努力回忆祖父酩酊大醉的那些夜晚，那些人名我不可能记得住，那些单位和职务我同样不可能记得住，但意思无非是这样的——

剑桥大学东方语言学中心副主任　　罗绍林　遥寄哀思

斯坦福大学高能研究所研究员　　茅开民　遥寄哀思

清华大学化学系教授　　储　阳　遥寄哀思

清华大学KGR课题首席教授　　石见锋　遥寄哀思

北京大学再教育学院副院长　　马永昌　遥寄哀思

北京北部非洲问题课题组组长　　朱　亮　遥寄哀思

新疆煤炭开发院地质调研院院长　　王荣辉　遥寄哀思

南沙科考站负责人　　柳仲苌　遥寄哀思

广州外贸外语大学葡语系教授　　施　放　遥寄哀思

甘肃省发改委金融处处长　　高群兴　遥寄哀思

宁夏回族自治区水资源办公室主任　　　　于　芬　遥寄哀思

山西林业大学副校长　　　　　　　　　　赵勉勤　遥寄哀思

江西井冈山精神办公室主任　　　　　　　李　浩　遥寄哀思

重庆城管突击队副大队长　　　　　　　　王有山　遥寄哀思

南京消防器业股份董事长　　　　　　　　安如秋　遥寄哀思

中凯实业总经理　　　　　　　　　　　　白加雄　遥寄哀思

……

我一口气写了两个多小时，并不悲伤。事后我并没有数，我不想知道具体的数据，数字永远是有害的。作为祖父的孙子和祖父的遗嘱执行人，我尽力了就好。我再也没有去看那些花圈，我不知道如何面对那一大堆陌生的姓名、陌生的单位和陌生的职务。世界就在这里了，我亲爱的祖父，你桃李满天下，这从来就不是一件虚拟的事。

父亲没有给祖父送花圈，却亲笔为祖父书写了一副挽联。我知道父亲会写什么，是现成的句子：

春蚕到死丝方尽

蜡炬成灰泪始干

父亲一直站在祖父的遗体旁边，却没有瞻仰祖父的遗容，一秒钟都没有。他紧抿着双唇，头有些昂，目光在扫视他手书的挽联，最终落在了下联上。他的眼眶里没有泪，但是，毕竟上了岁数，有了水光，很亮，像洞穿。

（原载《钟山》2014年第1期）

父亲的后视镜

黄咏梅

父亲生于1949年。过去，他总是响亮地跟别人说，他跟中华人民共和国同龄。不过，很久没听他再这么说了。退休前，父亲是个货运司机，跑长途。那些年月，汽车司机是很红的，跟副食品店员、纺织工人合称“三件宝”。父亲跟人炫耀光辉岁月，总是说，他最远跑到过天路。“呀啦索，那就是青藏高原……”一说，肯定就要唱。天晓得父亲是哪个年代开到过天路的。别人要是问起，天路是一条怎么样的路，他无言以答，只顾哼“呀啦索”，一哼没个完，好像他记忆里那条天路，开不到尽头，还时常超速，把人撇在后视镜都看不见的拐弯处。

公路上拖着大皮卡的那些货车司机，敞开车窗，打着赤膊，肩头挂条油腻腻的毛巾，边扭动方向盘边朝窗外吐痰，或者逆着风大声讲粗话。父亲跟他们完全不一样，他无论跑多远，都穿得整整齐齐的，第二颗扣子永远扣牢以支撑衣领的挺拔，皮带卡在第二或第三只眼上，坐再久也不松懈。90年代初，发胶刚刚开始流行那阵，父亲的车上就一直备着一瓶，风从来吹不动他的大背头。人们说，父亲倒像一个开礼仪车的，后边那一大卡车的货物，就像一支仪仗队，父亲领着他们在盘山公路、国道上拉练。我记得很清楚，父亲的驾驶室上挂着一个小相框，倒不是常见的平安符之类的东西，也不是毛主席肖像，是他80年代在彩虹照相馆拍的4寸“艺术照”。所谓“艺术照”，也就是在黑白相片的基础上，涂上些彩色，眉毛加黑了，嘴唇微红，衬衫涂成了蓝色。坐在抖叽抖叽的驾驶椅上，父亲看看远方的路，又看看近前的“艺术照”，心里不知想到了什么，脸上露出了跟那照片一样的笑容，臭美地、轰隆隆地开向目的地。父亲的车开得并不快，他说，开得再快，也快不过前方那团云，一眼是这样，下一眼，就跑样了，所以，着急啥呢？父亲不着急。父亲在路上跑的时候，感觉不到时光飞速，每次回家看看日历，摸摸脑袋，哎呀，这个月又穷啦？后来，我从物理课上学到了绝对运动定理，父亲在跑，时间在跑，父亲在路上的时间等于静止。

母亲在家守着我们兄妹二人，参照隔壁印刷厂工人老王一家五口的日子，时间就在做相对运动，跑得又快又漫长。母亲经常忧心忡忡地说：“也不知道你们父亲在路上会遇到什么。”那个时候没有移动电话，全靠父亲从某个途中加油站，拨个电话回家报平安，有时候是清晨，有时候是深夜。后来我才弄明白，母亲最害怕父亲在路上遇到人。仔细想想，父亲每次出车，不仅自己穿得整洁，还把大卡车也擦洗得清爽，的确像一个出门约会的男人。母亲的担心不是没有缘由。事实上，父亲四十岁那年，他跟他的卡车的确开出过轨道。这事情无需隐瞒，在我们这条红石板街，只要住过些年头的人，都不会忘记父亲那次出轨。那个下雪的深夜，他们在梦里被一阵接一阵的汽车长鸣惊醒了，叫声既像一个人在发疯，又像是拉响的警报，听说有好几个人从床上蹦下地，出门打算要往防空洞逃了。后来发现竟然是一辆卡车，停在我们红石板街中央，在我们家楼下那片空地，瞪着大大的远光灯，厉声尖叫着。雪仿佛是被它从天上叫下来的，簌簌发抖着跌落地面。人们看着这不明来路的庞然大物，竟然不敢张口开骂，只是探出头去，像看到一只受了伤不断哀嚎的野兽。

卡车不知道叫了多久，忽然安静了下来，同时远光灯也熄灭了，人们才看见，我父亲那辆卡车不知什么时候已经停到了近前。他们先是沉默着，车头顶着车头。后来，父亲的卡车发动起来了，发出嗡嗡的叹息声。父亲一点一点地逼近，那辆卡车开始一点一点地往后退，一直退出了我们红石板街，在大转盘掉了个头，朝城北开出去了。父亲的卡车安静地跟在后边，打着亮亮的远光灯，照亮了前边的道路。一前一后，他们开到国道上去了。

被灯光照亮过的雪，是有记忆的，结冰时就把光锁在了里边。两辆卡车留下的车痕，有时重叠，有时分开，每一段都特别深、特别亮，我母亲踩在车痕上，来来回回地走。天亮的时候，父亲回来了。如同他每次跑完长途回家一样，用热水把自己洗得干干净净，把大背头梳得亮亮的，然后倒在床上，睡了一个长长的觉。

人们再也没见到过那辆尖叫的卡车，他们总是不无遗憾地说，可惜那晚灯光太刺眼了，看不清车上那个“四川婆”。“四川婆”漂亮吧？我母亲也常这样问父亲，父亲从来没正面回应过，在他看来，这问题就是公路上设的一个路障卡，他手握方向盘，绕了过去。

“不要总是老生常谈嘛，我们是新社会的人。我跟新中国同龄。”父亲理直气壮地越过这路障。

“新社会的人，就要做这样的荒唐事？”母亲眼眶就红了。

“好啦好啦，都过去了，已经开过十八道弯了，都过去了不是吗？”父亲就这么哄着母亲。

我们都没有见过“四川婆”，她是父亲远方的情人。

母亲生前也有一个情人，他总是在远方。父亲跑长途，远的地方，一趟七八上十天的，母亲就把父亲一件灰色的旧毛衣垫在枕头上，把手伸进袖口里，这样，她就躺在父亲的胸口上了，并跟父亲握着手。等到父亲出车回来，很奇怪的，那个远方的情人就消失了。她总是动不动就埋怨父亲，那种温柔的思念一扫而空。通常是吃过饭，把我们打发去做作业了，她就开始对着桌上的空碟、脏碗，责备起父亲来。归根结底，她是怨父亲不顾家庭，一个人跑到外边潇洒，留下她一个人在家拖儿带女。父亲也不逃避，安静地坐在母亲身边，用火柴将香烟点着后，花一点时间，用食指和拇指将火柴烧黑的地方捻掉，火柴变成了一根牙签，在父亲牙缝间进进出出。母亲那些唠叨在父亲耳畔进进出出，父亲像剔牙一样将它们剔了出来。

偶尔，父亲也不会绕开这些“路障”，会向母亲申辩：“你以为一个人在外边跑有多潇洒？我不累？你自己想想看吧！”母亲沉默一下，心里认输了，嘴巴还是要犟的：“再累也没我累，我一个人，既要上班，又要照顾两个孩子，你一个人在外头，吃饱穿暖，全家不饿的……”“我哪里是一个人了？我后边不是拖着一条大尾巴？”我母亲光联想到父亲坐在驾驶室疾驰的风光模样，她忘记了父亲身后那一车重重的货物。母亲无语了。父亲站起身来，拍着母亲的肩膀，柔声说：“我哪里是一个人？我背后拉着一台拖拉机呢。”母亲彻底沉默了，肩膀慢慢地松懈下来。

父亲常说，他的身后拉着台拖拉机，母亲是车头，哥哥是左轮，我是右轮。

在我和哥哥的成长过程中，父亲经常缺席，他从来没有参加过一次家长会，他的签名从没出现在我们任何一本作业簿上。可是，父亲却为我们的求知欲付出过沉重代价。那一年，哥哥念初三，我念初一，我们不再满足于从父亲捎回来的特产袋子上找课本里读到的地名了，我们缠着父亲讲那些地方。可是，父亲每每让我们失望。父亲抱歉地解释说：“你们老爸天天坐在这个大玻璃罩子里，脚都不沾地，这些地方，多数是在镜子里看到的，你们知道，后视镜里看到的东西，比老王伯伯的风筝还飞得远，又远又小。”是的，隔壁老王伯伯经常从印刷厂里拿回些彩纸，扎各种各样的纸风筝，星期天带上他们家三个女儿到运河边放，我们也会跟去。运河边空旷，北风南风全都不缺，风筝遇到风就会失控，线一松就往天空窜，很快就远成一个点了。既然父亲在路上看到的风景仅仅是那样的一个个点，父亲又有什么好说的呢？可我们还是不甘心。我们趴在父亲的卡车轮子边，用手摸着厚厚的轮胎，想要从那些粗糙的纹路里，找到父亲碾过的地方，张家界、桂林、南京长江大桥、嘉峪关……最后，我们钻进父亲的驾驶室，吵闹着，让父亲带我们到公路上，到这个小城以外的任何一个地方去。父亲从来没有妥协过。那时候，运输厂纪律很严，别说是我们小孩子，就连母亲，都没坐过父亲的车出城，她最多坐过父亲的车到十里外的郊区农场买红茶菌。母亲恐吓我们说：“别老缠着爸爸和他的卡车，要是爸爸饭碗丢了，我们这台拖拉机就报废了，到那个时候，拆掉你们这两只轮子，卖钱去。”我们就再不钻进父亲的驾驶室闹了。

有一天，吃过晚饭，父亲从房间里拿出一摞照片，神秘兮兮地递给我们。我们一看，竟然全是父亲在路上拍的。原来父亲求厂里那个工会主席借了相机。这些照片拍下的多数是公路牌。很多地名我们听也没听说过：怀集、白沙、乐从、溧阳……也有我们知道的：桂林、长沙、武昌——天啊，竟然还有贺兰山。哥哥显摆地背起了那首词：“驾长车，踏破贺兰山缺，壮志饥餐胡虏肉，笑谈渴饮匈奴血。待从头，收拾旧山河，朝天阙！”父亲赞赏地看着哥哥，那目光让我嫉妒死了。母亲也凑了过来，一张一张去认照片上的地名。翻到一张“宁夏人民欢迎您！”的路标时，她激动了半天，说：“哎呀，这就是宁夏啊。”原来她读书时，有个要好的同桌，读了一年就跟着父母转学到宁夏，从此杳无音讯，似乎跑到西伯利亚那么远去了。所以，她对“宁夏”这个地名印象特别深刻。母亲像找到了老同学般激动。过后，我从书里找哥哥背的那首《满江红·写怀》，心里一阵郁闷，此贺兰山非彼贺兰山啊，当时，竟然没有一个人知道，就连开到过贺兰山的父亲也不知道。那么，父亲算不算到过这些地方？

逐渐地，我们不再满足看公路牌，我们吵着父亲要看风景。父亲只好拍些沿途的风景回来。一座奇怪的石头山，一排飒爽的钻天杨，一道有趣的倒淌河，以及一轮即将沉入群山的落日……父亲的拍摄技术不怎么样，他的取景器总是装不完那些美丽的瞬间，这时，父亲就会在旁边用话语补充给我们听，有照片为指示牌，父亲说得生动些了。

父亲拍回来的照片越来越多，也越来越好看，他被路上的风景迷住了。因为这些照片，我们觉得自己就坐在父亲的副驾驶位上，到了父亲所到的地方，看到了父亲所看到的风景，我们不再觉得父亲远得只剩一个点了。

我们开始记挂在路上的父亲，会看着街上任何一辆车，想，不知道这次，父亲又会拍回什么样的照片呢？我们这样记挂着，觉得时间慢得像蜗牛。那天，父亲回来了，脸色沉重，二话不说，只顾喝水。气氛严肃，我和哥哥便没敢吵着父亲要看照片。母亲更伤心，她只是一直重复着那句话："阿基，就是不能停啊，以后千万别停了！"父亲没作任何申辩，他垂着头，乖乖地重复着母亲的话："是啊，就是不该停的啊，以后千万不能停了……"原来，父亲这次开到贵州六盘水盘山公路，那地方刚下过雨，山与山之间正骑着一道彩虹，像年画里看到的那么美。父亲生怕这彩虹消失了，连忙停下车，抓起相机，跑到路边拍起来。没想到，父亲停车的地方是盘山路一个转弯口，迎面一辆货车看到父亲的卡车时，刹车已经来不及，两相对撞，货车翻了，父亲卡车上的货物也被撞了个稀巴烂。万幸的是，人没事。父亲被厂里记过处分，还要负责赔偿货物损失。

父亲再也没有停下来拍照。那些地图一样的照片，一段时间被我夹在课外书里，当书签。

父亲拉着我们这台拖拉机，吭哧吭哧地进入了新世纪，好在，我们都算争气，哥哥念了一所理科重点大学，毕业后在一家著名的证券公司工作，他骄傲地对父亲说："我跟您一样，也抓方向盘啦，我的手一转，上亿金额从我的手里转进转出。"哥哥成了业界颇有名声的操盘手，赚大钱了，给父亲在运河边买了一套公寓。我呢，则读了文科，在一家报社工作，比上不足比下有余。在买下人生第一辆车那天，我隆重邀请父亲这个老司机坐到副驾驶位。那时父亲已经退休在家，开始看时间参照自己在做相对运动，他认为时间比过去快多了，像一辆改装后提速的卡车。我们一直朝城北开去，上了新开通的一条高速公路。父亲刚开始对车的感觉有些保守，总是盯着我的脚底下看，似乎害怕我踩错了油门和刹车。在高速路上飙了一阵，父亲才有点兴奋起来，他说："你这样开车，真像那个女人。"我愣了一下，才明白他在讲"四川婆"。那个女人开得一点都不端庄。父亲说："就像你现在这样，从这条车道窜到那条车道，我跟在她后边，尽看到她的车屁股扭来扭去，野得很。"父亲遇见那女人的时候，是想跟上她，教训她一下，对她说，车不能这么开，太危险了，刚才她超他的时候，差点撞上了他的车头。谁知道那女人一直没让父亲赶上。"扭着个大屁股，在我跟前晃啊晃的。"父亲暧昧地笑了笑，不知道是想起那女人还是那车的屁股了。父亲赌气地一路跟着她，那女人见甩不掉父亲，就那样保持着若即若离的距离。一直开到一个汽车旅馆，他们都停了下来。他们坐在一起吃饭，好像经过一路上的较量彼此已经熟悉。后来，父亲干脆请那女人喝起了酒，他们喝得很尽兴，每喝一杯就像在用手挂挡，一挡、二挡、三挡……他们加速度冲向终点。

我猜，父亲跟那个女人爱得很疯狂，那个下雪的夜晚，女人跟踪父亲来到我们红石板街，疯狂地揿响喇叭，母亲说她就像一只在雪地里撒泼打滚的母老虎。

父亲向母亲保证过，想要再跟那女人见面，除非母亲不在这个世界上了。不过，直到母亲去世，父亲也没再跟那女人联系。父亲说："怎么能开历史倒车呢？"

父亲一辈子只会开车，也没有培养什么业余爱好。母亲去世后，他独自一人打发晚年生活。我们劝父亲学点什么，父亲都兴致不大，后来哥哥想起父亲曾经爱拍照，就给他买了架简易的莱卡照相机。父亲拿着相机在运河边转悠，将远景拉成近景，将天空的云图分成若干帧局部，将一朵花拆成几瓣，将运河搓成一根线……如此半年不到，父亲发现，从镜头里看到的世界，其实跟肉眼看到的也没什么区别。他不玩了，把莱卡相机放进柜子里。

60岁那年，医生检查出父亲的脊椎变形、增生，是长期坐在驾驶椅上落下的职业病，晚年加重，压迫了神经，出现耳鸣、双腿发麻等症状。医生教父亲尝试倒着走路，可以锻炼脊椎，减轻疼痛。父亲很快喜欢上了这项运动，他做得很好。只见他双手握拳，双臂前后摆动，就像胸前摆着一个方向盘，父亲上下转动着它，一发动，便双膝微曲，左右、左右，一步步朝后退去。父亲倒行得很稳当，既撞不到朝前行走的旁人，也撞不到身后的树木、花丛、栏杆，仿佛他的身体左右各安了两个后视镜，背上装了个影像雷达，并且还发出了嘟嘟的警报声："倒车，请注意，倒车，请注意……"每天，父亲给自己定下了起点和终点，从稻香园小区出发，沿着河堤，倒行至拱宸桥底，再折返，参照那条一路向东流淌的运河，父亲顺流一趟，逆流一趟，如此往复，一日两次，服药般定时定量。这种有起点有终点的运动，让父亲找回了上班的感觉，少一趟他都会觉得浑身不舒服。

父亲倒行的本领日渐上乘，速度已经可以跟那些慢跑者相媲美。他就像车流中一辆逆行的车子，往往引来行人避让、侧目，父亲超过了这些人，并且跟这些人对望。他正视着他们，朝和善者微笑，朝埋怨者挤挤眼，直到把这些人远远地甩在他的正前方。有一次，由于手臂摆幅过大，父亲撞到了一个男人的脊背。男人停下脚步，朝父亲瞪大了眼睛，嘴里骂骂咧咧。父亲超过他之后，一边倒退着，一边朝男人作揖道歉，男人觉得父亲倒行作揖的动作实在滑稽，简直有点卓别林的效果，便转怒为乐，用手臂捅一下身边的女伴，两人指着父亲笑起来。父亲看着那对开心的男女逐渐从自己眼前远去，最终变成两个小点。父亲说："现在我才知道，原来后视镜里的小点是这样形成的，有趣。"

父亲倒行遇见了很多有趣的事。那个漂亮的年轻妈妈拉着小儿子闪进路边灌木丛，不一会儿就传出了小孩哭声，父亲清楚地看到了她教训儿子的过程，她无声地揪着那孩子的耳朵，又无声地把作业本塞到那孩子的手上；那个跟在生气的姑娘身后的男孩，数次抬起手，虚拟着去敲姑娘的后脑，表情既无奈又解恨；那一对老头老太磨蹭地落在了晨运队伍后边，他们偷偷拉了一会儿手；那个拉着行李箱的少年后边，跟着个中年男人，他走一会儿，就将手背放到脸上抹一把，抹完还不忘东张西望……倒行不仅有趣，也使父亲的脊椎轻松多了，他在电话里对我说，就像有人在前边拉着自己走，一点都不用使力的，即使上坡也不用挂挡，哈哈。父亲神清气爽的样子，让我感到欣慰，也减轻了我对父亲的内疚，算起来，我已经有两个月没回家看过父亲了。

一个秋天的傍晚，父亲倒行至德胜桥底拐弯的一个小坡，竟发生了“车祸”。他的脊背重重地遭到了一下撞击，脚下一个趄趔，重心朝后倾，要不是“刹车”果断，他差点一屁股摔到地上。父亲随即听到了一声尖厉的“啊呀”，之后很快爆发了一串响亮的笑声。父亲掉转“车头”，察看“车祸”现场，只见一个女人先他转过了头，查明“事故”原因后，兀自先笑了起来。那女人原来也在做着跟父亲一样的倒行运动，因而接收不到父亲身后的雷达警示，于是——两背相撞。

父亲停下了，女人也停下了。彼此道歉，并不追究“事故”责任人。父亲和这位姓赵的女士，放弃了他们此次“出车”的终点，他们停留在各自的中间站，坐到运河边的长椅上，交流起他们的“行车”经验，聊得愉悦。自此，他们每每相约到德胜桥下的那张长椅上，偶尔，也结伴倒行至武林门或者拱宸桥。那赵女士调皮地称父亲为“驴友”。当父亲头一回跟我说起这个词的时候，我还以为赵女士是位时髦的中年妇女。说实话，父亲孤零零的，我倒不拒绝父亲再找一个阿姨。

认识了赵女士之后，父亲生活变得丰富多彩，尤其晚上，他的手再也不去抓遥控器了，他抓住了赵女士的手。在横跨运河的那条潮王桥下，依着河堤的那个桥洞里，开有一间歌舞厅，名叫“水晶宫”，在运河一带是极其有“老人气”的，白天集中在河边运动的老人们，到了晚上会带着舞伴来这里娱乐。赵女士喜欢带父亲到水晶宫去“蓬嚓嚓”。刚开始，父亲不愿意去，他这辈子没跳过舞，跳舞对他来说是新事物，他的腿不懂得“前嗒嗒、后嗒嗒，蓬嚓嚓、蓬嚓嚓”，他的手从不会握着女人的手和腰，“左晃晃、右晃晃，蓬嚓嚓、蓬嚓嚓”。赵女士像唱歌一样念着这些口诀，培训着父亲。她说：“跳舞嘛，小意思，就是蓬嚓嚓、蓬嚓嚓嘛！”她边说着，用脚带着父亲，前前后后地舞了起来。赵女士跳起舞来，是真的很迷人的，父亲向我坦白过这一点。

据赵女士自己介绍，她今年五十有六，一儿一女都在外地生活，目前属于“空巢”一族，她跟她的老伴，呃，每每提到她的老伴，父亲总觉得她有满腹辛酸。起初，父亲倒不想太了解她老伴，横竖他和赵女士仅仅是“驴友”，即使像现在这样拉着手握着腰“蓬嚓嚓”，也只限于纯洁的“驴友”友谊。可偏偏赵女士最爱讲的还就是她老伴，仿佛那个人是缠绕她一生的慢性病，生气起来如山倒，多数时候提起来又如抽丝。时日长了，父亲渐渐明白，赵女士早就不想跟老伴过了，无奈就是找不到离婚的契机。明白了这一点，父亲的心就像碾到了一块石头，咯噔地颠了一下。在与赵女士认识、交往的这一路上，父亲的路况极其不稳定，总是被这样咯噔咯噔地颠着，父亲的心脏就有了反应，他先是同情赵女士，后来，就喜欢上了赵女士。

某天晚上，父亲约赵女士又到水晶宫，买了两张十元钱含茶水的门票。他捏着赵女士的手，“篷嚓嚓、篷嚓嚓”。这晚，他发挥得尤其好，自我感觉也非常佳。父亲的外形在水晶宫里是出挑的，尽管他的头发稀疏了，但长年保持的大背头依旧隆起，闪着发胶浇湿的光泽，他的皮带还毫不吃力地搭在第二格里。他跳舞的时候，脖子尽量伸得长长的，在蓝莹莹的灯光下，就像一尾俊美的白条鱼，而赵女士呢，父亲觉得她就像风情万种的美人鱼了。

几曲跳毕，他们坐到边上的圆桌边喝茶歇息。他们置身的水晶宫，“宫殿”的穹顶就是桥身，在音乐停止的间隙，能听到桥上过车的轰鸣，感受到车轮碾过桥身的颤动。在这些熟悉的颤动中，父亲一脚油门到底，朝赵女士飚出了一句：“离婚吧，跟我过！”这句话一脱口，父亲就感到头顶的桥身上，一辆重型卡车正隆隆驶过，凌空的重量仿佛要压到身上。赵女士并没有回答父亲，她只是站起身，优雅地朝父亲伸出一只右手，邀请父亲跳下一支快三。一被父亲揽住，赵女士才忽然变得羞涩起来，她服帖地倚着父亲，随着父亲的脚步，前进一步，后退两步……他们像两条优雅的鱼，欢乐、亲昵，在这幽暗的水晶宫里，游过来游过去。

隔三岔五地，赵女士就来跟父亲住。父亲先是觉得别扭，但又不愿意拒绝。赵女士生动活泼的生活作风，用父亲的话来说是——很有味道的。赵女士到家里来，改变了父亲的生活滋味，这滋味好是好，但细嚼起来也有那么点异常。父亲总觉得这样名不正言不顺的夫妻生活，实在是不成体统的，也心存隐忧。他说：“哪天，老胡杀上门来，会宰了我们。”尽管父亲从没见过老胡，也不知道老胡住在哪个小区哪间公寓，但在赵女士长期的描述中，父亲已当他是一位抬头不见低头见的邻居了。赵女士面对父亲的担忧却毫不在意，她总是说：“老胡病怏怏的，拳头都握不紧，怕什么？再说了，我已经跟他分床睡，等到春节，子女都回来后，我们就摊牌离婚。”面对仍有疑虑的父亲，赵女士豪爽地说了一句：“哎，你怎么那么老派？现在都是新时代了，我们可是新时代的人啊！”父亲才想起，自己出生于1949年，和中华人民共和国同龄呐。

这么看来，赵女士是位开放、大方的新派人物，事事显示出跟这个时代合拍的步调，可唯独在见家人这件事情上，赵女士表现出了不可突破的传统。当父亲要求把赵女士带给我和哥哥认识的时候，赵女士却坚持自己的原则，理由是时机还不成熟，见过家人，那就意味着要成为一家人了，目前，“我们还不能成为一家人”，父亲把赵女士的原话告诉了我们，我和哥哥顿时觉得，这位赵女士有热情，却不乏理性，绝对是操持家政的一把好手。一度，我们甚至把“成为一家人”当成了父亲余生的寄托，有这位“驴友”陪伴父亲同走人生最后阶段，也没什么遗憾了。

那年春节，注定是个不平常的日子，就连我那一贯运筹帷幄的哥哥也有点抓不准了，他给我打电话说：“妹妹，会不会我们春节回去，家里就多了个新——妈妈？”哥哥的心情跟我一样复杂。我更多地想起了我们的母亲，这个长年枕着父亲毛衣独自睡觉的女人，这个长年参照着隔壁老王家生活得又苦又漫长的女人。母亲没有跟进到这个越来越美好的新时代，她就是一台过时的拖拉机，永远停留在了那个埋头耕耘的年月。母亲真的没享到福。除旧迎新之际，往事历历在目，我想得泪流满面。不过，我又不得不宽慰自己，父亲跟赵女士结婚后，我就可以有理由长时间不回家了，我跟父亲的距离，就心安理得地处于一种远方的距离，而远方总是充满了想念，温柔、美好，我的父亲跟母亲就如同一张张旧照片，好好地珍存于我过去的某个远方了。

离大年三十还有五天，赵女士拎着一把新扫帚，几瓶玻璃水、油葫芦等清洁用品，风风火火地跑到父亲家，说要提前给父亲“扫垃圾”，因为两天后，她的子女回家，就没工夫管父亲了，她要处理离婚大事了。父亲心里一阵温暖，将这个正扎着一块头巾用扫帚撩着蜘蛛网的女人认定为自己的妻子，并下决心跟她一起养老至终。

赵女士怕父亲被灰尘呛着，命父亲到运河边做做运动。出门前，父亲喝下了一杯浓醇的铁观音，他关上门的那一刻，隐约听到了赵女士欢快地哼起了小曲。父亲微笑着下了楼，散步到河堤。“预备，开始！”父亲轻快地往后迈出了第一步。北风吹得树叶哗哗地往一侧倒去，似乎在为运河当啦啦队。有旁观者助威，运河跑得比平日快，像一个志在必得的冠军选手。父亲在逆风中稳住了自己，他双拳紧握，上下摆动着胸前那个“方向盘”，步伐如此坚定，仿佛他是在朝前奔去，是迎着风，相反，运河则在他的视线里一点点往后退去。父亲想着，那种孤单凄清的晚年生活，即将像这运河一样，速速退出自己视线了。父亲百感交集，他的思维在一个又一个弯道里行驶。

父亲倒行一个来回后，神清气爽地回到家，只见屋内窗明几净，悄无声息，一缕冬阳正罩着桌上那杯喝剩的铁观音，好心好意地为父亲加热着。毫无迹象地，赵女士如灰尘般消失了。就像一个会变戏法的女巫，赵女士骑着那把扫帚飞走了。她还把父亲衣柜里那些值钱的东西都变走了，包括两个夏家祖宗传下来的金元宝、一对母亲的玉手镯、一只瑞士老手表以及那架还装着风景的莱卡照相机。父亲找遍了衣橱、壁柜、床底，甚至每一只抽屉，赵女士都不在里边。

父亲坚决不承认赵女士是个女骗子，他为她做过许多设想，他想得最笃定的就是赵女士被老胡抓走了，没收了手机，软禁起来了。那么，老胡在哪呢？这个一度被父亲当成邻居却从没出现过的人，随着赵女士的消失，遥远得成了一个没有形状的黑点，甚至，一个点都不是，是一团白色的浮沫，逐渐消散。我们劝父亲报警，父亲死活不同意。他说这绝对不是入室抢劫，哪里会有这么一个贼，先帮主人打扫卫生，然后再拿东西的？赵女士不是贼。好在，父亲的损失并不算太严重，加起来不过几万块钱。赵女士没拿走父亲的存折，她知道，拿了也取不出来，反而成为一名大盗。

父亲没有报警，他在水晶宫门口守了好些个夜晚，他在运河一带来来回回地碰，期待能与他的“驴友”重逢。这些美好的念头一次一次从侥幸的身边擦肩而过。整个冬天过去了，春天来了，万物发芽的时候，父亲将那些美好的念头掐芽，他将它们制成茶叶，泡水喝。夏天即将到来的时候，父亲终于敢直面这次挫败，他向我们坦白，跟那个女人好的时候，还给过那女人四万元代为炒股，也不知道她到底有没有炒。我和哥哥倒吸了一口冷气，像侦破一桩大案般，顺着父亲一点一点的交代，闪回了各种蛛丝马迹。哥哥说遇到大盗了，这应该是一个有组织、有预谋的诈骗团伙，回过头看，父亲在德胜桥倒行的那次“车祸”，就是那女人的一次“碰瓷”。马路“碰瓷”这类手法，对于长期在路上开车的人来说，往往一眼就能识破，父亲为什么轻易就上当了呢？父亲没作任何解释，他低下头，用手慢慢地捋着那一丛稀疏的大背头，反复说：“在那个地方，就不应该停下来的，不该停的，我真像驴一样蠢啊……”看着父亲这个样子，哥哥悄悄地对我说：“我们的父亲真的老了，已经搞不定这个时代了。”我的心里一阵疼痛。

父亲再不乐意在路面上倒行了。他跟大多数老头子一样，在运河边散散步，坐在长椅上晒晒太阳。不过父亲还是跟大多数老头子不一样，他不爱扎堆聊天，木乎乎的，找僻静的一截河岸，坐在椅子上，看着离自己不到十米远的运河，以及河上稀稀拉拉的几艘货船，目送它们从下游的一个河湾处逐渐消失。父亲想起了很多遥远的事情，仿佛他的脑子里有无数面镜子，那些关于我母亲以及我们兄妹俩的往事，在镜子里成像清晰，他自个儿看得感慨万分，常常不管在上班时间还是午睡时间，拎起电话就给我或哥哥打："小峰，你们小时候用石头去砸车厂的猪，人家都跑掉了，你还傻乎乎地站在那里看，害得我在厂里上了一个晚上的家长学习班……""小妹，你总是吵着妈妈给你买明星贴纸，妈妈不给，你就到我挂在门背的衣服口袋里翻，每次都有五毛钱在里面吧？那是我故意留在里边的……""唉，你们妈妈都没好好坐过我的车，她总是说，想坐我的车去宁夏看看，她最远到过哪里？唉，你们妈妈最可惜了，都没享到福……"这些星星点点的事情，让父亲变得忧伤甚至消沉。我不得不鼓励他："老爸，别老想着过去，你要往前看，吃好穿好，过好每一天，现在生活好了，想要什么就去买，我给你买……"父亲从来都乖乖应答，仿佛他是大病刚愈的患者。我讲得口干舌燥，心里其实很虚弱，我又能帮他做些什么呢？电话结束的时候，父亲说得最多的一句话是："怪了，就像是昨天发生的事情……"

有一天上午，我接到父亲的电话，他兴致勃勃地告诉我，他决定开始练习游泳，他打算到运河里游一游。我吓了一跳，当即警告他，千万别做这事，这条肉眼看起来平缓的河水，实际上太危险了。在我的印象中，父亲从不会游泳。可父亲却丝毫听不进去，他很兴奋，向我说起老家乡下的那条河，他说他从小就是泡着这条河水长大的，不过他只懂得青蛙式，小时候一淘气，奶奶就会追着他打，一追，他就跳进河里，奶奶在岸上又气又急的……父亲说："我要把游泳捡回来，今年夏天到运河里走走。"电话里，我听到了一声清脆的船鸣，我猜父亲正站在河边，羡慕地看着这艘货船，仿佛运河是他即将启航的另一条公路。

父亲为运河游做足了准备。他到小区的游泳馆，花八百元请了那个健硕的游泳教练，一对一地教他，并且只教一个动作——仰泳。父亲觉得仰泳这个姿势太优雅了。人像睡觉般仰卧在水里，头枕在水面上，双臂在身体两侧轮流滑水，双腿夹着水往后蹬，一往后蹬，人就往前飚出几米，这比在河堤上倒行优雅多了。

父亲练得刻苦认真，除了每天到游泳馆，教练利用午休时间一对一地训练他之外，他更多的时间是在家里自行练习。他穿着厚厚的羽绒服和棉裤，仰卧在客厅的木地板上，双手在身体两侧，划船一般，划着地面，双脚则配合地往后蹬。他先是在原地滑动，反复练习之后，他开始尝试着在地板上游。他顺着客厅往卧室的那条笔直长廊，来回地游。后来，他掌握了用髋部拐弯，就从客厅的长廊里游进卧室，再从卧室游进书房……父亲的方向感很强，他的脑袋就像一个舵，能准确地判断出，前方十点钟的位置是房门，左边九点的位置是一张茶几，右边四点的位置是一只拖鞋……父亲摆着舵，轻易地绕开了这些障碍物。

夏天还没真正到来，父亲已经可以仰躺在水面上，周游游泳池了。即使池子里人再多，父亲都不会撞到他们，就算那个埋头划着狗扒式的大块头，鲁莽地就要撞向父亲了，父亲都会调整好身体，脚掌一踩水，来一个侧滑，像一条无声无息的鱼，优雅地从大块头身边掠过。教练抱着双臂站在池子边，得意地看着他64岁的高徒，他对他的同事说："所以说，年龄根本不是问题，关键看怎么教，谁来教。"

那个午后，父亲从一场充足的午睡中醒来。他开始行动了。他穿上一件文化衫，在游泳裤外套上一条阔短裤，脚踏进一双拖鞋，再用一只塑料袋装上一条浴巾，精神抖擞地往河边走去。在文化广场的一个坡下，他找到了走下运河的那条阶梯。他站在倒数第四级阶梯上，脱下了衣裤和拖鞋，将它们装进塑料袋里，放在地上，又犹豫了一下，返回坡上，在草丛里找来一块石头，将石头压在塑料袋上。做完这一切，父亲才放心地走向最后一级台阶。

父亲的脚一迈，重心就交付给了与他做伴几十年的运河。

跟父亲的理想完全吻合。他像睡觉一样，躺在河面上，顺着流水的方向，不紧不慢地，两手划水，两脚蹬水，父亲游得很标准。游着游着，父亲惊讶地发现，在这里游泳根本不费力气，比在木地板上、游泳池里省力多了。他开始放松身体，快乐地、轻盈地向前浮游，并不时扭头看两岸风景，路灯、长椅、花坛、六角亭、柳树、橙色的健身器械……他看到自己走了无数遍的那条堤岸，他朝岸边挥挥手，就像一个阅兵的首长。偶尔，父亲会停下来，身体静止在水面上，很享受地朝天空打个呵欠。远远看去，那样子真像是睡着了。

父亲优雅的游泳逐渐吸引了两岸的观众，他们倚着栏杆，站在树荫下看。其中有几个人，还迈起了碎步，一路跟着父亲，跟了一会儿，他们看到一辆装满黑煤的货船，远远地驶过来了。货船的船身被压得很低，破着深深的水线，笔直朝前开，仿佛稍微做个侧身都很困难。在距离父亲还有几百米远的时候，货船已经发现了水上这个障碍物，长长地鸣叫了几声，把岸上的人都吓了好几跳。

父亲丝毫不理会那噪音，他慢条斯理地继续直线朝前游，仿佛他的脚掌上安着两个后视镜，在货船还没叫喊之前，他就先看到了它，并且完全掌握了它跟自己的距离。

货船越驶越近，它已经不可能再为父亲调整方向了。这辆身上写着“湖州007号”的货船，主人是一对中年夫妻，他们着急地走出船舱，双手叉腰，朝前方的父亲大声嚷嚷。紧接着，他们养的一条大狼犬也站到船头来了，它朝父亲紧锣密鼓地示威嚎叫。岸上的人开始揪起了心，好像父亲很快就会被卷到船底下，有的人还甚至朝父亲呼叫、打手势，他们以为父亲是个聋子。

就在货船与父亲相距不到一百米的时候，只见父亲双腿一蜷，身体一个侧翻，沉入水里，几秒之后，又浮出了水面，父亲脑袋朝下，背朝天空，张开四肢，像一只敏捷的青蛙，迅速地朝岸边游去，给货船让出了路来……

货船超过父亲的时候，那对中年夫妻惊魂未定，就像被捉弄了一番，恼怒地朝父亲大叫大骂，而那只大狼犬却无比安静，它警惕地看着远处的父亲，耳朵紧张地竖着，仿佛水中潜藏着一个威力无穷的不明危险物。

沉重的货船疲惓地朝前方开远了，风平浪静。父亲又回到了河中央，他安详地仰躺着，闭着眼睛。父亲不需要感知方向，他驶向了远方，他的脚一用力，运河被他蹬在了身后，再一用力，整个城市都被他蹬在了身后。

（原载《钟山》2014年第1期）

野象小姐

张　楚

一

我曾经想过跟宁蒙离婚。如果没有记错的话，这是第二次。

“你都闹几天了，还有完没完？”宁蒙慢慢揉着我的肩，“别这样。听我的。”

向来都是他听我的。他手劲更大了。他有双灵巧的手：会煮正宗的韩国大酱汤、会在海礁上钓乌贼、会修进口摩托车、会叠纸鹤、会接烧断的保险丝、会组装淘宝买来的古怪书橱，还会用刻刀在橄榄核上雕菩萨……

我说：“别碰我。”

他不说话了，低头摆弄着手里的樱桃核。他用樱桃核雕了十八罗汉。

我默默走到窗边。楼下是停车场，一位老人被担架从救护车上抬下来，急匆匆奔往门诊；还有个全身用白床单紧裹的人，被号哭着的女人们连拽带搡地塞进一辆红色面包车。他们的身形都那么小，那么扁，仿佛沙漠里被热风吹向天空的沙粒。哪天都有那么多人进来，又有那么多人出去。他们都明白，这里是鬼门关。

“中午想吃啥？”他从后面搂紧我，商量着问道，“清炖乳鸽好吗？”

我转过身看他。这么多年，无论白天黑夜，无论他醒着还是睡着，我曾无数次细细打量过这个同床共枕的男人。他的鼻子还像以前那样挺耸，鼻毛修剪得干净整洁；嘴角微微上翘，那颗土橙色的痣静趴在唇边，像粒干涸的苍蝇屎。除了眼角的两条细浅皱纹，他一点都没老。

“只是随便聊聊的……”他喃喃道，“能有什么狗屁事？”

我盯着他的瞳孔。我一直没有跟他提过，当他说谎时，他的瞳孔就会骤然放大。

“好了，”他压着嗓门说，“别没事找事。他们回来了。”

我掸掉他试图攀缘上我肩膀的大手。我什么都不想说。这些日子，我早习惯了仰躺在病床上，目光像夜航飞机的翼灯在黑暗中不停闪动。房顶上除了几条蜿蜒成玫瑰状的裂缝，什么都没有。有时，我恍惚看到传说中的那个人剪影般贴在屋顶。这个婴孩蜷缩在圣母玛利亚的怀里，嘴唇贪婪地伸向她饱满多汁的乳房。

二

他们散步回来了。

他们是我同房的病友，安姐，华妃，翠翠和她的男人臭脚。

安姐照例没说话，蜷在病床上听单田芳的评书。华妃则打开电脑戴着耳机目不转睛地看《甄嬛传》。她说已经看过三次。她让我们管她叫“华妃”，而不是教师证上的名字刘淑芳。翠翠呢，让臭脚给她按摩，不时发出一两声野猫般的喵叫。

“你儿子很久没来了，”华妃摘掉耳机，愣愣地瞅着安姐说，“该给他打个电话了。”

“他忙。”安姐慢条斯理地说，“在北京混，等于光着屁股滚刀刃。”

华妃叹息，转身问我：“美人，脸拉得比丝瓜都长，有烦心事？不妨说与姐姐听。”

我跟大多数人一样不怎么喜欢她。“都晌午了，你还没给本宫请安，本宫以为你眼里没哀家呢。”

华妃咯咯地笑。她跟游戏里那只愤怒的小鸟长得一模一样，嘟嘟脸，小噘嘴。“你的头发还没掉。”她说，“不过再做两个疗程，也变灭绝师太了。”她戴着顶假发。假发箍在圆滚滚的头上，像胡乱编织的劣质草帽。她还在“草帽”上插了排熠熠闪光的发簪，说是弟弟从乌鲁木齐的大巴扎买的。

我们四个，前后脚动的手术。化疗时又安排到一个房间。一个疗程六天，出院休养二十天，再到医院化疗……我觉得我们还真是有缘，这是第四次了，还从来没有拆过帮。我觉得她们就是那群既让我讨厌又让我无法厌弃的穷亲戚。

翠翠嫌臭脚按摩时手重。华妃说：“臭脚要把你掐死了，就让野象嫁他，反正她还是黄花闺女。”

翠翠嗲声嗲气地说：“小点声哦华妃。她来了呢。”

野象真的来了。我们听到了她咚咚的脚步声。即便在略显嘈杂的楼道，她的脚步声也那么铿锵响亮。我们仿佛看到她那两条肥壮的巨腿正艰难地、迟缓地挪动，水缸般的腰身上，一绺绺赘肉随着悲壮的步伐前翻后涌。为了让心脏跳得安稳些，她会暂时放下手里的扫帚、簸箕和墩布，在狭窄昏暗的楼道里叉腰站立片刻，然后趿拉着穿四十四码鞋子的大脚又开始咚咚地敲击地板，直到地板发出砖头摩擦毛玻璃般的呜咽。说实话，我还真的从未见过这么胖的女人。我觉得她一只胳膊就能将我举起来扔到月球上。

“把你们的矿泉水空瓶统统给我。”安姐说，“记住，踩扁了再给我。”

我恹恹地说：“宁蒙，怎么这样没眼力见儿？”

他一直用手机打游戏。他嘿嘿地笑了两声，将床底下的塑料空瓶扒拉出来，用手捏扁，这才讨好似的笑着问我："野象来了吗？"

三

野象是医院的清洁工。她好像在这里干了很多年，无论年老还是年轻的医生、护士、护工，包括那些耷拉着嘴角、满面愁容的老病号，没有一个不认识她。她总是套件紧绷着巨乳的蓝色罩衫，走起路来仿佛一头杂技团的慵懒大象。我不晓得她绰号的来历。为何叫野象？而不叫大象、家象？在我印象里，大象是种笨拙温和的动物，像所有的食草动物一样，它们铺满褶皱的眼睛总是让我想起终年卧床不起的肺结核病人。野象除了扫地、拖地板、打扫厕所，还收集空瓶。后一项是医院明令禁止的，她总是神神秘秘地问我们："有矿泉水瓶吗？""矿泉水瓶"四个字从她嘴里吐出时，她灰蒙蒙的眼珠瞬息明亮欢快起来。后来熟了，她连话都不用讲，只是吐着舌头晃我们两眼，右手的大拇指和中指伸出，重重地摇一摇，我们就赶快将空瓶偷偷递给她。我们闲得无聊，后来在安姐号召下，都将瓶子直接踩扁，这样就不用野象挪动她沉重的大脚了。"你们真是好人。"她买了个宽甸西瓜送给我们，逼迫我们每人吃了四五块，"以后我就把袋子放在你们屋了。"

她将空瓶都藏进尿素袋。原来她打游击战，今天将袋子放在男厕所，明天将袋子放在女厕所，还曾将那个鼓鼓囊囊、散发着浓烈化肥味儿的袋子悄悄塞进医办室的衣柜。现在好了，她把它踢进安姐的床底。下班前她会扒着门框小声喊："宁蒙，宁蒙！"宁蒙稍稍一愣后，马上以百米冲刺的速度冲到电梯口，从十楼坐到一楼，绕过收发室跑到停车场。野象换完衣服，就将尿素袋从楼上直接扔下。她不去练射击真是可惜了，那个袋子在空中飘游几秒钟后会稳稳落在宁蒙脚边。她搓搓蒲扇般的大手，朝我们挥一挥，瓮声瓮气地说："再见啊，美女们。"

我们一般都是化疗六天，六天后出院。我们不在时，别的病号肯定不如我们这样心肠软。我感觉她对我们格外亲近。忙完自己的活儿后，通常来我们病房闲聊。她总是倚着门框斜站着，如果护士来量体温，只能从她的胳肢窝下钻进来。她最喜欢跟安姐聊天。安姐脾性好，不像华妃那样老是逗她。

“你为什么不去当举重运动员？”华妃说，“真可惜了这副好身板。”

“我小时候很瘦的。”野象貌似羞赧地舔舔嘴唇，“我那时最想当的是体操运动员。真的，我做梦都想在平衡木上做狼跳和屈体后空翻。”

华妃拉着脸说：“幸亏你没练体操。一跳上去平衡木就塌了。裁判除了给你零分，还要让你赔器材钱。”

“你说得没错。”野象哀伤地说，“像我这样的穷人，还真赔不起。”

“人穷就穷了，志可不能短，”安姐说，“你也就是胖点。可大眼睛双眼皮，也算个漂亮人。你就不能穿件像样的衣服？浑身总是股剩饭的馊味。”

“可不是吗。”野象像在反问我们，“我怎么总是股馊味？真冤枉死我了。我特爱干净，一个月就洗一次澡呢。”

我突然想起，店里的剩货里有条孕妇裙。下次化疗时顺手带了过来。

“哎呀妈呀，真是送我的？”她眨着厚眼皮盯着那条碎花裙，半晌才忧心忡忡地问道，“能……能把我套进去吗？”我说肯定没问题，本来是个很胖的孕妇订购的，可后来她流产了。“太好了，我真喜欢这颜色，一朵朵的喇叭花，喜气洋洋。”我说那不是喇叭花，是郁金香。她咧着大嘴笑了：“我喜欢郁金香。世界上我最喜欢的花儿就是郁金香。”

等她穿着那条布满郁金香的孕妇裙来上班，我们都惊呆了。她做了新发型，茂密的头发像温水泡开的方便面一条条耷拉到肩上，嘴唇是狰狞的猩红，脖子上戴了条贝壳项链，连脚指甲也染成了紫色。

“你谁啊？”华妃说，“世界选美小姐到医院来做公益活动吗？”

野象笑得连隐藏的大金牙都龇出来：“真的漂亮吗？”

“那当然，”华妃说，“要生在唐朝，还有杨玉环什么事？”

“就是裙子有点短，”安姐上上下下打量一番，“穿双长筒丝袜，就更耐看了。”

“中午我就去买。”她喜滋滋地说，“华联超市这几天正打折呢。”

我没料到她走过来，一把将我揽怀里。她身上是浓郁的花露水味。“太谢谢你了！”良久她才将我松开。我有些尴尬地瞟着她，她说：“等我有钱了，请你吃牛排。”

那天，医生、护士、病人都像看怪兽般看着她在楼道里拖着两条粗腿晃来晃去。见到熟人都会大声地打着招呼，人家瞥她一眼，她就迫不及待地说：“裙子漂亮吧？我妹给我买的。”“你知道这是什么花吗？郁金香！”人家有一搭没一搭地应她一句，她就嘴角喷着吐沫星子问：“有空瓶没？有的话给我攒着！”

她就是捡空瓶时出事的。

据说那天医院的领导来检查卫生。他们到洗漱间时，发现巨大的白垃圾桶边垂着两条硕腿。走在最前面的是医院的办公室主任，他盯着让他讶异的粗腿以及箍在屁股上的裙子，半晌没说上话来。后来他上前拍了拍她的腰，野象才缓缓地把头从垃圾桶里伸出，方便面头上粘挂着白菜叶，手里攥着俩空瓶，龇牙咧嘴地问道：“你拍我屁股干吗？”

主任说：“你这样会吓死人的。”

野象愤愤不平地说：“谁家病人这么缺德，把瓶子扔进垃圾桶！扔垃圾桶也算了，还要扔进一堆屎里。”

主任往后倒退几步，紧紧捂住鼻子问：“瓶子不扔进垃圾桶，难道要从窗户扔出去？”

野象拍拍胸脯，喘着粗气说：“不是有我吗？我就是垃圾女王啊。”

主任问：“你收瓶子干吗？”

这倒让野象惊讶了，她用手纸擦拭着污秽的瓶身，慢条斯理地说：“卖钱呗。一个瓶子一角钱，二十个能卖两块钱。两块钱，能从超市买五个橘子呢。”当她说完这句话时，她立马后悔了。她方才发现，这个戴眼镜的秃头男人背后，还站着脸色铁青的护士长。当然，她还没有意识到问题的严重性。当半个小时后接到解聘通知时，她仿佛才明白是如何一回事。她瘫坐在楼道的角落里不停颤抖，偶有病人从她身边走过，好奇地瞄她两眼，她就朝人家龇牙咧嘴地笑笑，鼻翼两侧的眼泪混淆着灰尘，让她的笑容滑稽又陈旧。她像是马戏团里衰老多病、只得躲在牢笼里吃料草的一头大象。只不过这头大象身上，还裹着那条开满郁金香的孕妇裙。

四

我很长时间没搭理宁蒙了，想离婚也不是无理取闹。上次化疗时我妈一直陪着，我就让他回家了。出院那天我特意炒了几样小菜，开了瓶朋友从澳大利亚带回的红酒。他一个人全喝了。后来他靠着椅背就睡了。他的手机就放在桌边。

我一直后悔看了他的手机。他和那个女人的聊天记录淫秽不堪，我看了都脸红心跳。最让我气愤的是，那个女人对我们家了如指掌，我们的住址、儿子的姓名、我的工作单位……她甚至知道宁蒙当年追求我时，曾在我家门口攥着束玫瑰枯坐了整宿。按照宁蒙的说法，他从没见过她，是偶然在网上认识的。

“就是空虚，你不在家，闲极无聊扯淡玩。”

“天边远吗？”

“远。”

“滚天边去吧。”

他老老实实地去书房睡。

我偷偷哭了一宿。我得的乳腺癌，两个乳房全切除了。说实话，我没想到会这么严重。从拿到切片结果到躺上手术台，只不过隔了三个小时。宁蒙的表舅是这家医院的副院长。本来床位很紧，主治医生又在北京协和医院进修。但表舅一个电话，主治医生就开车从北京跑了回来。当他手里捏着寒光凛凛的手术刀时，迷迷糊糊的我还能感觉到他急促的呼吸声。

而现在，我不得不跟宁蒙妥协："表舅没出差吧？"

他略带惊喜地看着我说："应该没有吧。"

"你给他打个电话，让野象接着上班吧。"

"没问题！"

我看着他走出病房去打电话。我们分居很久了。我曾仔细想过，乳房对于女人的意义，以及对男人的意义。想来想去也想不明白。后来我在医院的一本破杂志上偶然读到首诗，是个叫巴勃鲁·聂鲁达的智利人写的。他说："你的乳房仿佛洁白的巨大蜗牛。/你的腹部睡着一只斑斓的蝴蝶。/啊，你这个沉默的姑娘！"于是我知道，我的乳房沉默了，我也沉默了。我也知道，对宁蒙来说，他不仅仅是失去了"洁白的巨大蜗牛"。

"我跟表舅说了，没问题。"宁蒙笑着说，"我们又能看到野象了。"

我们确实又能看到野象了。只不过她现在不敢收集空瓶了。打扫完卫生，她通常蹑手蹑脚地走进我们病房，靠着墙壁跟我们聊天。华妃还是喜欢逗她玩。

"这次真是有惊无险啊。"

"你说我怎么那么笨？专往枪口上撞。护士长前天就警告我，说这几天检查卫生。可我一看到垃圾桶里的瓶子，怎么都忍不住，就想把它捡出来。"

"沾了屎你也捡？"

"在你眼里有屎，在我眼里是钱。"

"你命好，命里有贵人相助。"

"真的吗？"野象讪讪地说，"吓死我了。你说我要真下岗了，到哪儿找份得心应手的工作？胖人没胖福的。"

"可不是吗。"华妃摸摸假发髻上的银簪，"还不谢谢你的救命恩人？"

"救命恩人？"

"是大美女找人给你说情，你才没被开除。"

这样，野象第二次拥抱了我。我没有闪躲，而是任她近乎夸张地勒着我。

她硕大的、柔软的乳房顶着我的胸脯，让我的眼眶不禁潮湿起来。

“你是个好人。”她在我耳畔嘀咕道，“哎，为什么好人总是多灾多难？”

从那以后，她到我们病房跑得更勤。当然，她很少空手来。我们很快吃到了野象腌制的萝卜条，爆炒的绝辣海螺蛳，新煮的玉米洋芋，以及形形色色从来没有吃过的大餐。比如有次她端了个塑料盒，里面盛着奶嘴般的红色食物。我们的筷子在手里摆弄几个来回，谁都不敢第一个品尝。还是华妃忍不住问：“这是什么？”

野象得意地说：“保密。你们尝了就知道了。”

我们就更不敢吃了。野象用筷子夹了一块，强行塞进我嘴里：“吃吧。这是我从荷花坑早市买的猪乳头。老中医不是说过么，吃啥补啥。”

我们都沉默了。最后安姐说：“难得野象有这份心，你们还愣着干吗？哎哟，味道还真不赖，你们尝尝！尝尝！”华妃瞅我一眼，也夹了一箸子，吧唧吧唧地嚼。安姐说：“你慢点吃。还人民教师呢，坐没个坐相，吃没个吃相。”

我们都知道安姐最近心情不好。她儿子快两个月没来医院，电话也极少打。

她的头发也全掉光了。我们病房真成尼姑庵了。

五

安姐儿子终于来了。这是个安静的小伙，见人三分笑，个子纤细，有点驼背。医生来时他点头弯腰，说：“您辛苦了，请多关照我妈妈。”护士来时他点头弯腰，说：“您辛苦了，请多关照我妈妈。”野象来时他点头弯腰，说：“您辛苦了，请多关照我妈妈。”野象就问：“你谁啊？”他眯缝着眼说：“您辛苦了，我是安长河。”

安长河手脚勤快，将安姐的桌子擦了，又将我们的桌子全擦了。我们不让他擦，他就尴尬地看着我们笑，我们只好让他用干净的白纱布来来回回蹭着脱皮的破桌面。当他干完这些，他瞅了眼安姐。安姐绷着脸没言语，他就开始擦玻璃窗。我怀疑那几扇玻璃从建院以来就没有擦过。他忙活个把小时，才将玻璃擦得晃人眼。他叉腰站在那里，望着窗外说："妈，我明天还要去深圳出差。上午十点的飞机。"

"你有事就回去吧，"安姐说，"千万别耽搁了工作。你现在还是部门副经理吗？"

他扭过头看着安姐，半晌没有说话。

下午他说出去买矿泉水，结果半天没回。安姐有些坐卧不安。华妃说："你呀，一辈子瞎操心，二十多的大小伙子，膀大腰圆，能出什么事？"安姐说："你不知道，这孩子胆小如鼠，八岁了看到螳螂还吓得直哭，真随了他那没出息的爸。"华妃说："再没出息，人家现在也是北京人，当了部门经理，出差都坐飞机，你还想怎样？"安姐这才有点笑模样，说："他学习确实不错，当年可是咱们市的理科状元。"

安长河回来了，窄仄的怀里搂着十来瓶矿泉水。瓶子像金字塔般搭垒得齐整稳当，最上面的瓶口紧紧抵住他的尖下巴。白色衬衣全湿透了，两根肩胛骨突兀地支出来。"我想买些冰镇水，可楼下没有，去了商店，竟比超市贵一毛钱。没想到超市那么远，"他羞怯地笑着，"幸亏我是飞毛腿。"说完他就腾出只手去擦汗，结果在我们的哎呀声中，怀里的矿泉水噼里啪啦地全掉下来，有几瓶甚至滚到了门外。

"你个傻子！没出息的傻子！"安姐突然咆哮起来，"我怎么生了你这么个没用的东西！超市的水再便宜，总共便宜不了一块钱！你腿脚再快，有车快吗？你就不会打辆出租？！"

我们都愣住了。我们从来没见过安姐发脾气。她说话向来滴水不漏，做事总是先考虑别人。谁都没敢吭声，全直勾勾盯着安长河。多年后我还会记得当时的情形：安长河突然跪下了。他跪得那么突兀，似乎有双无形的手在他麻秆般的细腰上猛击了一拳。他跪着蹭到安姐床边，将头埋在安姐两腿中间抽泣着说：“妈，我没用！没让您过好日子，还天天惹您生气操心！”他狠狠扇了自己俩耳光，“我是个没用的东西！我是个没用的东西！”

“真是随了那个老不死的！唉，怪谁呢，蛤蟆的儿子不长毛。”

野象不晓得何时进的屋。她张着大嘴看看安姐，又看看安长河，这才迈着粗腿咚咚咚咚地挪过去，一只手揪住安长河的衣领，轻轻松松就将他拎起来，摸了摸他头发，盯着安姐说：“蛤蟆的儿子不长毛，怎么能怪孩子爸呢？”

“那怪谁呢？”

“怪你呗。”

“怎么就怪我了？我在地毯厂干了三十年，年年是先进工作者！还当过市里的劳动模范！”

野象淡淡地扫我们一眼说：“怎么不怪你？你摸摸自己的脑袋就知道了。”

安姐狐疑着摸了摸头，扑哧笑出声。我们也都笑了。可不是，她头上可是一根发丝都没有。

“儿子大老远地来看你，摆着张臭脸给谁看？”野象嬉皮笑脸地说，“难道我们还不知道吗，你心里其实美滋滋的。”

安长河是晚上走的。走时他挨个向我们鞠躬，让我们多照顾安姐。那是个伤感的傍晚。窗外的晚霞余光斜射而进，让我们的脸颊都抹了层绯红的光晕。我紧紧攥着宁蒙的手。他粗大的骨节扎疼了我的掌心。

回家时，我让他从书房搬到卧室。那天晚上，我们做了很久。他没有像往常那样亲吻我的乳房，他的糙手只是犹豫着在那里碰了下就果断挪开。我为他的犹豫有点难过。

更让我难过的事，发生在几天后。

宁蒙请了几个哥们儿到家里吃饭。他和那个女人聊天的事，他们全知晓了，半荤半素地在我面前数落起宁蒙的不是。宁蒙垂着头，一副追悔莫及的神态。他总是忍不住将自己的糗事告诉朋友，仿佛只有如此，才能让他的心里干净。那帮酒鬼早早喝醉，不到八点就散了场。我带着儿子去街上溜达，宁蒙在家里洗碗。等回来时他正在上网，见到我时他的瞳孔忽就放大了。我说你跟谁聊天呢？他说没什么，有个老顾客问我们还有没有剩货，想抽空挑件衣服。我二话没说将他从椅子上拽起来。“你陪儿子睡觉去吧，”我虎着脸说，“这里没你什么事了。”

他杵我身边，一动不动。

他果然是在跟老顾客聊天。这个顾客我认识，是政府公务员，以前来宁蒙店里买衣服时低眉耷眼的。她丈夫是我们这里最大建筑公司的董事长。他做梦都不会想到，娇小娴静的妻子是如何跟野男人调情的。

“多长时间了？看样子是老情人了。”

“你胡扯什么？人家可是良家妇女。”

“良家妇女？这样，我约她晚上过来。她要是来了，我就杀了你。”

他结巴着说：“我，我，我……”

我用宁蒙的口吻继续跟她聊天。我说：“你嫂子还在医院化疗，晚上有空过来坐坐？我酱了牛肉，可以喝点日本清酒。”女人很快回信，说：“等我半个小时，我先洗个澡。”

我关了电脑。宁蒙坐在阳台上闷闷地吸烟。半个小时后门铃响了。你能想象到她看到我时的表情：嘴张得比河马的嘴还大。“嫂子回来了？我跟宁蒙约好挑几件衣裳，”她反应倒是很快，“你的病如何了？”

我笑着将她请到客厅，然后告诉她，约她出来的不是宁蒙，而是我。她的眼睛就直了，蜷坐在布沙发里，手神经质地揪着丝袜的一根跳线。我说：“你没有必要解释什么，我都清楚。怪只怪我生了病，糟钱糟物，他心情不好是难免的。多谢你这段时间陪他说说体己话，让他缓解缓解压力。你看，我头发全掉光了，命不好，可我谁都不怪。”

她哽咽着辩解说，他们什么都没有。虽然什么都没有，可还是为自己有过这样的想法感到羞愧。她以后不会再跟宁蒙联系了。她希望我不要将这件事告诉她的丈夫。最后她抱住我的肩头小声抽泣起来。

“不会的。”我递给她张湿纸巾，“擦擦眼泪吧。假睫毛都掉果盘里了。”

六

野象问：“宁蒙怎么没陪你来？”

我说宁蒙的祖父生病了，他陪床呢。

野象说：“你怎么又瘦了？小脸还没巴掌大。我可得给你好好滋补一下。”

安姐这次没来，据说病情有些恶化，转到北京的医院去了。我们打她的手机，七嘴八舌地抢着跟她讲话。她的声音跟平时一样，淡淡的，说那里环境不错，等出院了就来看我们。她还特意叮嘱翠翠不要老欺负臭脚，叮嘱华妃不要总看电视。翠翠呢，照样整天腻着臭脚，如果说臭脚是匹瘦马，那么翠翠就是一只粘在马尾上的果蝇。华妃的《甄嬛传》已经看到第五遍。她换了顶假发。这次假发上戴了朵粉色蔷薇。“漂亮不？”她细细捻着绢布花瓣，“皇后这个歹毒的女人，怎有我这般天香国色？”

宁蒙是两天后来的。我看都没看他一眼。他买了我最爱吃的猕猴桃，剥后小心翼翼地递给我，我没接。他低着头自己吃了。他沉默的样子让我心疼。午饭后他说出去趟，我没吭声。这时野象来了，她大概刚扫完厕所，满头是汗。我说：“野象你有空吗？”她瓮声瓮气地说：“刚忙完，累劈了。”

我从楼上俯瞰着野象穿过停车场，朝医院门口缓缓走过去。我知道她肯定不是个好侦探，对于她的新职业，她似乎也并不热衷，很快我看到她挺着乳房折返回来，在楼下弯弯腰，扭扭屁股，开始做起广播体操。她的广播体操很惹人眼：除了常规动作，她还将一些奇妙的动作糅合进来，比如高抬腿——如果你看过大象表演，那么我可以说，她的动作比大象还要缓慢优雅；比如龟步，肥胖的双手一前一后地机械戳探，脖颈一伸一缩，同时粗腿弯曲着迈着碎步。很快她身旁就聚了群病人指指点点。她这才整理整理衬衫，将露出的肚脐盖好，一点一点朝传达室方向蹭去。等见到她时，她神神秘秘地将我拽到墙角说：

“我跟他走了两条街。”

“他去干吗了？”

“这傻小子，买了火腿肠和啤酒，喝得有滋有味。”

我点点头。她又说：“宁蒙这傻小子，你有什么不放心的？”

宁蒙是下午回来的。回来也没如何说话，分给臭脚一根香烟，两个人躲到阳台上去吸。

他们都睡着了，只有我睁着眼死盯着屋顶。屋顶除了几条蜿蜒成玫瑰状的裂缝，什么都没有。我以前常常恍惚看到传说中的那个无所不能的人剪影般贴在上面，他蜷缩在玛利亚的怀里，嘴唇贪婪地伸向她的乳房。而现在我什么都看不到了。我瞅瞅睡在简易床上的宁蒙，他的呼吸均匀安稳。我蹑手蹑脚地将毯子盖在他身上，这时有人拍了拍我的肩膀。

是野象。她压着嗓门说：“跟我出来趟。”

我狐疑地跟她出了病房。深夜的楼道里一个人都没有，但是我知道，肯定有无数的幽灵在这里飘荡徘徊。他们都是不甘心的灵魂。在医办室的电子秤前，她停住了脚步。

“看好了，我到底有多沉。”她眨了眨厚眼皮悄悄地说，“我要表演魔术了。”

“我眼睛又不近视，”我撇着嘴说，“一百零五公斤。”

她说：“过两分钟后你再瞅瞅，我到底有多沉。”

值班的医生趴在桌上睡了，墙上的钟滴答滴答地挥着表针。她轻轻咳嗽了一声，我又瞅了瞅电子秤，说：“一百零二点五公斤。”我有点不相信似的看了看她，又看了看秤，“你捣什么鬼？”

“我才没捣鬼。这是我的秘密。”她神秘兮兮地说，“小时候偶然发现的。”

我搀扶着她从电子秤上迈下来。她说：“你知道那五斤的重量跑哪儿去了吗？”

我摇摇头。她说：“那五斤，就是魂儿的重量。”

我哑然失笑。她翕动着硕大的鼻孔说：“真的。我什么都不想的时候，就是灵魂出窍的时候，体重就减轻五斤。”

我说：“胡扯。电视上说，人的灵魂是二十一克。”

“不管是五斤还是二十一克，说明人除了这身肉，还有点别的。”

“那倒没错。”我恍惚地看着她。

“也许，那点别的更重要。这身肉死了，烧了，变灰了，可魂儿还在。也许它一直待在墓地里，也许它随着风到处乱飘。知道不，那些郁郁寡欢的人，就是死后魂儿也整天绷着脸，不受待见；那些快活的人，死了也是快活的，它跳来跳去，在电线杆上跟麻雀唠嗑，在野地里跟田鼠抢麦穗，在马背上跟跳蚤讨论下届的美国总统是谁。”

我只是傻笑。笼罩在光晕下的庞大躯体仿佛不再是那个为了空瓶锱铢必较的人，而是一位肃穆布道的牧师。她的眼睛那么亮，仿佛有小小的火焰在瞳孔里燃烧。

她又说：“你不要整天攒着眉，人人欠了你五百吊似的。你运气够好了，虽然是乳腺癌，却是早期。安姐那样才闹心，本来是良性，没想到癌细胞转移了。”

我盯着她重又灰蒙蒙的眼珠，不晓得说什么好。我知道她这是逗我开心。可是我怎么开心得起来？“我没事，我挺好，”我垂着眼睑说，“也许是化疗后遗症，整天疑神疑鬼。”

“你明白就好。”她舔舔厚嘴唇，“不过我得纠正你，人的魂儿不是二十一克，而是五斤。”

“好吧。”我笑着说，“你体重比我沉，魂儿也比我沉。”

回到病房，宁蒙正轻声轻语地接电话。我说谁啊，这么晚了还骚扰别人。他怯怯地瞥我一眼连忙掐掉。我说把手机拿过来给我看看。他犹豫了片刻。我走上前一把抢过手机。他愣了会儿，然后嘴里嘟囔着推了我一把。我根本没想到他会动手，踉跄着跌到床边。他慌里慌张地跨过酣睡的臭脚来搀我。我顺势从他手里抢过手机，狠狠朝墙上摔去。

手机破碎的声音在夜里那么响。华妃先醒了，她摸摸头上的蔷薇一惊一乍地问道：“我的妈呀，氧气瓶爆炸了，还是地震了？”

宁蒙低头走出了病房。他没有再回来。如果他在街上冻死了，那么，就让他死吧。

七

“你们这些年轻人，总是为了屁大点的事动肝火。”第二天中午了，华妃还在唠叨我，“他容易吗？在家里哄孩子，在医院哄你。你就不能让他省点心？”

野象给我带了罐蒜末海带丝，她说滴了好些香油，最是下饭。然后试探着问：“晚上……我请你看演出吧？”我问什么演出，她支支吾吾起来。我看着她扭捏的神态忍不住笑了。她两眼放着光问：“你答应了？太好了！晚上七点半，我在医院门口等你。记得打扮得漂亮点。”

我没怎么打扮，精心打扮的是华妃。她穿了件华美的旗袍。旗袍有点皱，让她簌簌地站在秋风里时老忍不住用指甲蘸着吐沫抹一抹，再拽着布料抻一抻。我很好奇她的乳房为何那般高耸圆润，却没好意思问。“你说，她会不会请我们看歌剧？收音机里说，今晚燕山剧院有黑山歌剧团的《塞维利亚的理发师》。”但她马上把自己否定了，“野象那么小气。”她用唇膏狠狠地刮弄着嘴唇，“最大的可能就是请我们看场二人转。唉，她向来既俗气又没品，毕竟只是个清洁工。”

本来翠翠也要带臭脚来，后来华妃对她耳语一番，她才嘟囔着留在病房。见到华妃时，野象有点吃惊，不过也没多问。华妃倒是拉着长音说：“要是看二人转，我这旗袍就白穿了。”

野象闷头闷脑地乜斜她一眼说：“穿着旗袍去泡迪厅，我还是头一次看到呢。”

说实话我没想到野象会带我们去迪厅。这辈子我去迪厅的次数屈指可数。估计华妃也是如此。在门口检包盖荧光印章时，华妃出了点意外。她死活不肯让保安保管那把陈旧的瑞士军刀。后来我和野象不得不将她揪到一旁。“这把瑞士军刀是我前夫送的，我一直带身边，要是保安弄丢了怎么办？”华妃撅着嘴说，“没准他们看着好，自己就私藏了。”我跟野象好说歹说，她才恋恋不舍地把军刀递给保安，又逼着人家打了一张欠条。

里面的人真多啊。野象给我跟华妃找了两个座位，又给我们点了饮料，然后悄悄离开了。华妃坐在高凳上，不时抻拽着旗袍袖口。谁也不会料到，我们是两个没有乳房的女人。

“太吵了。”华妃说，“简直比学生出操还吵。这些都是什么人呢？”

“像我们一样的人。”

“我就知道，这笨女人根本不会把我们带到什么好地方。”

“我挺喜欢这儿的。”

“喜欢个屁。一群乌合之众。”

野象很久没回来。我跟华妃就傻傻地盯着那群跳舞的男人和女人，以及分不清是男是女的人。“你想喝啤酒吗？”华妃问，“我以前一斤老白干不在话下。”我说这里的酒很贵。她不屑地瞥我一眼：“瞧你那小家子气。”

我们就喝起了啤酒。我很久没喝了。我记得以前没意思了，就跟宁蒙在家里喝酒。他喝不过我。想到宁蒙时，我的酒就喝不下去了。

“我的乳房漂亮吗？”华妃嬉笑着问，“是不是很性感？”

“我一直没好意思问，你戴了什么玩意？”

她说：“你不知道吗，医院食堂的白面馒头，蒸得又圆又大又软。哎，我真是‘皓腕高抬身宛转，销魂双乳耸罗衣’啊。”

我们在那里有一搭没一搭地瞎聊着，场子的灯光忽暗下来，人群也静下，然后光柱尾随着音乐摇摆到一根钢管上。我们的下巴都快掉下来了。那根明晃晃的金属钢管旁，站着一位超级肥胖的女人。她有头蓬松的栗色头发，一张宽阔猩红的嘴巴以及两只大力水手才有的臂膀。她身上裹着件镶嵌着无数金属箔片的黑纱衣，站在那里，仿佛美艳的菲律宾女佣。

“她、她……是野、野象吗？”啤酒沫沿着华妃的嘴角喷出来，“她疯了吗？”

“是她。”我抚着胸口说，“我们最好先溜到那边，防止她从台上跌下来。”

可我们都没动。我们看着野象随着音乐开始扭动她肥硕的臀部，看着野象绕着明晃晃的钢管风姿绰约地抛媚眼、抖乳房，间或微微抬起她大象般的前腿。她或许以为她还是个七八岁的小姑娘，在平衡木上做狼跳或霍尔金娜后空翻？当我看着她双手艰难地握住钢管，左腿直立，右腿和左腿劈成九十度角时，我的心脏都要跳出来了。

“厉害啊……”华妃咂摸着嘴说，“我们给她加油吧！野象野象，宇宙最棒！”

我就跟她扯着嗓子喊起来。可我们的声音太小了，很快就被全场疯了般的口哨声、掌声和歇斯底里的尖叫声淹没。如果没记错，野象的最后一个动作是双手托住乳房，双腿来了一个一百八十度劈叉。我一直没想明白她为何不双手撑地，好让粗圆的膝关节有个更稳妥的支点。当她面色潮红地站起来时，我看到她的黑纱裙被撕扯开一角。她缓缓地从舞台上走下来时，有人伸手去摸裸露出的大腿。她浑不在乎，在明灭的霓虹灯下，穿过涌动的人群朝我和华妃一点一点挤蹭过来。

“一晚上四百块钱。”野象得意地喝着啤酒，“我可是这里最受欢迎的舞者。”

我跟华妃不约而同地点点头。

“开心吗，大美人？”她的鼻孔还剧烈喷着热气，“没想到妹妹有这一手吧？这个迪厅的老板邀请了我三次，我才赏脸光临呢。”

我敬了她一大杯喜力。我确实很开心，却也无比难过。我突然想起她说的那个灵魂，那个随着野风流浪，在马背上跟跳蚤聊天、或许重达五斤的灵魂。

八

对于那天晚上的迪厅之行，我跟华妃都保持了沉默。翠翠一个劲地盘问我们到底看了什么精彩演出，后来华妃撇着嘴说：“无聊得很，就是赵本山的徒子徒孙们演黄色二人转。”

野象见到我时，杵着墩布羞涩地笑了。我朝她伸出大拇指，她咧着大嘴扒拉掉我的手，瓮声瓮气地说：“记得下次给小费哦。”

可是一个人时，仍然会想起宁蒙。我母亲打电话说，你怎么让宁蒙先回来了？一个人在医院能行吗？要不我下午就过去？我说不用了，这里有很多姐妹，还是让宁蒙在家好好照顾孩子吧。再说这是最后一次化疗，两天后就彻底出院了。母亲叹了口气，什么都没说。

医生说我恢复得很好，回家后静养就行，以后定期检查。华妃也要回县城了，那件旗袍她穿了好几天才肯脱下来。翠翠就更高兴，他们家的栗子今年收成不错，她还极力邀请我们明年春天去山上看栗子花，据说万里飘香。我们还约定，以后有空了互相串串门，毕竟住院住出来的好姊妹，是同患过难的。可我也清楚，只是说说而已。那天我看报纸，那个总是戴着墨镜的香港导演在接受记者采访时说："我们常遇到些人，他们在特定的时空出现在我们的生命里，让我们记忆深刻，然后他们就消失了，这辈子再也见不到。"他说得没错。

出院的前一天晚上，野象说请我吃牛排。那家餐厅我知道，是快餐厅，以物美价廉著称。我在那里坐了良久，她才气喘吁吁地从门口进来。让我惊讶的是，除了她自己，还有个男孩。那个男孩坐在轮椅上，远远地就朝我招手。

"叫阿姨。"野象对孩子说，"阿姨是医院里的菩萨呢。"

男孩只歪着头笑，嘴角不时流出涎水。野象掏出手绢麻利地擦掉，这才跟我面对面坐下。

"这是谁家的孩子？"我忍不住悄声问，"他得的什么病？"

野象好像并没有听到，而是继续挺着腰板耸着巨乳有板有眼地点餐。等服务员离开，她才小声说道："他生下来时难产，结果头部受损，得了脑瘫。除了不会走路，他什么都懂。乖乖，给阿姨背首唐诗。"

男孩抬起下颌，将小手老老实实地背到身后，开始有板有眼地背诵起《静夜思》。他大抵背过很多遍了。背完后他佝偻着掌心定定地瞅着我。野象赶紧往他手心里塞了粒奶糖。

"是你亲戚家的孩子吗？"

"不是。"她久久地盯着我，"他是我儿子。"

我一时不晓得说什么才好。据我所知她还没有结婚。我斟酌着问："孩子的……父亲呢？"

她灰蒙蒙的眼珠更暗了，"他没有父亲。"她的牙齿咬噬着厚厚的嘴唇再次重复了一遍，"他没有父亲。"

她只是说了这么一句，就扭头去给孩子擦涎水。我思忖半晌方才嗫嚅着说："认识你这么长时间，'野象野象'地叫你，也不知道你到底叫什么名字。"

她嘿嘿地笑着说："我姓鲁，我叫鲁叶香。你叫我叶香就好了。"她有些羞涩地说，“我还没结婚，叫叶香小姐也成。”

孩子能自己吃牛排。他用刀叉有条不紊地切割着牛排，仿佛是个技艺精湛的厨师。“我常带他来，”野象目视着孩子说，“为了他，我什么苦都吃过……”

那是顿难忘的晚餐，野象和她的儿子总共点了四盘七分熟的牛排、两份水果披萨和六个冰激凌。她本来还想点一瓶红酒，可是被我拒绝了。她也就没再坚持。她儿子饭量委实不小，她时不时地抚摸着他焦黄稀疏的头发，犹如一头疲惫的母象爱抚着一只羸弱的、永远只能坐卧的小象。他的眼睛和她一样大，只不过瞳孔亮晶晶的。

这是我最后一次见到野象。宁蒙早晨来医院接我时，野象还没有上班。已经是秋天了，我在家一心一意拆洗衣物棉被，然后将阳台晒得满满的，连阳光都射不进来。我曾经接过华妃的电话，她说她去上班了，如果再见不到那些可爱的孩子，她肯定会得抑郁症。快立冬时，我还接到了安长河的电话，他吞吞吐吐地说，安姐已经过世了，过世前她给我们病友每人留了份礼物，等有空了，他会专程开车送过来……我握着手机，一个字都说不出来，只是眼泪流个不停。我已经很多年没流过眼泪了。

我跟宁蒙还是老样子，整天说不上句话。他开始接些活计，专门给人雕刻佛珠，或者将檀木手串卖给摩托车俱乐部的哥们儿。尽管报酬并不丰厚，总比游手好闲强些。有天晚上他的左手不慎被刻刀割破，血流满了手背，我慌忙翻找云南白药和纱布，帮他细细包扎起来。当系好最后一个丝扣，他突然用右臂抱住我的腰，喘息着将我硬生生地按到沙发上。他的力气还是那么大，让我不禁眩晕起来……当他的嘴唇犹豫着亲吻上我扁平的胸部时，我只是漫不经心地摩挲着他短短的头发。灯还亮着，我茫然地盯着屋顶。屋顶上有条裂缝。我仿佛又看到那个无所不能的人。他还是个孩子的模样，蜷缩在玛利亚的怀里，满脸的焦灼不安。

等宁蒙睡下，我简单冲了个澡，坐在沙发上看电视。我很少看电视。可是那天我调到市台的广告频道时，再也没有换台。那是则不停滚动播放的痛风广告。一个花枝招展的胖女人对着镜头傻乎乎地说：

“我得痛风三年了，双膝疼痛、僵硬、肿胀积水，蹲不下去，站不起来，上下楼还得斜着身子走，每个月要靠输液和吃药控制病情。由于病情恶化，医生建议我置换关节，在这焦急绝望之时，一次偶然的机会，丈夫在台湾的联谊会上通过战友知道了蚁王痛风舒胶囊……”

接下去，无非是通过吃胶囊痛风得到根治。为了验证医疗效果，女人还扭起了东北大秧歌。她的四肢如此庞大笨重，舞动起来犹如一头灰扑扑的大象在音乐声中滑稽地起舞。舞着舞着她忍不住咧开大嘴笑了一下。

说实话，那是我漫长、卑微、琐碎的一生中看到过的最动人的笑容。

（原载《人民文学》2014年第1期）

幸存记

叶　弥

我在草地停车场看到了小石，乍见到他时我没有防备，吃了一惊，噫，世上竟有这样像我的人？一刹那我醒悟过来，脸不由自主地红起来，心情很是复杂。

他和我一样刚停了车，只不过，我停的是自行车，他停的是一辆明黄色奥迪A8。车子的后窗口，挂着一红一绿两只布娃娃。他打开后车厢拎出运动包。这么说，我们都是来体育馆锻炼的。他怎么来这里了？他住的城西地带也有特别棒的运动馆。

我假装俯身整理鞋带。我有一年没见过他了，去年八月半，我们没有在一起，过年，我们也没有在一起。过年时候，他和妈妈、妈妈的男朋友一起去了普吉岛。外婆告诉我，看见小石，千万不要亲近。你一去亲近，太阳底下照出的影子就少半边。

我不动声色地朝他一瞄。他也在假装整理后车厢，动作缓慢，好像这辈子整理不完了。我怎么能不亲近他？他是我的亲弟弟，而且是，双胞胎弟弟。

双胞胎弟弟在前，哥哥在后。我俩一起走进运动馆，柜台小姐吓了一跳，舌头吐出来，吃惊的样子很可爱，像我的女友，我不由得多看了她一眼。

我用的是自己的运动卡，小石用的是别人的卡。柜台小姐划卡的时候顺便念了两张卡的名字：何小山，崔兰芽。

我想起来了，崔兰芽是他的前女友，住在运动馆边上。这女子开服装加工厂，很有钱，后来扔掉小石，嫁给了一位生意上的伙伴。那男人大她二十岁，刚丧妻。这么说，小石和她还有往来？他开的车大约也是她的，我知道她住在这附近。

接下来的事情可想而知，我俩成了运动馆的明星。我们在跑步机上跑步的时候，不断有人走近我们，用手机给我们拍照。我身处此境，感到不自在。我是个胆怯怕事的人，我害怕每一次的引人注目。我的不自在仅仅维持了几分钟，可能五分钟都不到，因为我感到小石的身体里一股劲地冒着扬扬得意的情绪，他的自得就像阳光一样抚慰着我，我随之也扬扬得意起来。

我开始警觉。我能确定，这是小石在向我施加影响。

我调快速度，迈步大跑、流汗、喘息，为的是赶走这股讨厌的得意，但没有成功。小石的能量太大，从小到大，我总是感应着他的情绪，外婆说得对，小石是吸铁石，小山就是一把铁屑。

小石认认真真地慢跑，没有看我一眼。我有点放心不下了，他会再像以前那样用感应来支配我干出格的事吗？自从我父母发现小石使用心灵感应来支配我，便把我们分开了，我住吴郭城东，他住吴郭城西，分隔的路程是五十公里，分隔的时间已逾十年。这十年我俩之间风平浪静，过年过节见见。倒是身边的世界发生了翻天覆地的变化，这不用我多说。

小石转眼去看旁边跑步机上的女孩，看了又看，颇感兴趣。

我把速度调慢了，也去看那女孩，这女孩长相平常，但样子有点骚，脑袋后面扎起的长头发随着节律左右打着圆圈，左边三圈，右边五圈……右边的圈子多，左边的圈子少。她跳舞一样的姿势很吸引我。

我肯定她吸引的是真正的我。她吸引的我是一个完整的我，不是被小石侵略的我。

她看上去性能力不错，她的嘴闪烁珠光，肥而有力，口交很棒。我这样想着，猛然吓了一大跳，这不是我的想法，这是小石的想法，我从来不会这么舍弃过程直接想到结果，传统的思维更能激发我对女性的爱恋，这是我与小石的不同，没有对和错，只有自我，而小石总想让我成为另一个他。

小石在旁边突然笑起来，他关了跑步机的电钮，笑得弯下腰。我被他的笑声搞得不知所措。这时候，他直起腰，走到那女孩边上，对她说了一句什么，然后回来，拍拍我的后背说，走。我亦步亦趋地关了电钮去洗澡。

他在哗哗喷洒的水龙头下面对我说，何小山，那女孩一看就是不错的。

我的脸红到了脖子。我意识到那女孩并没有吸引我，而是吸引了小石，假如她真的是吸引到了我，也没有吸引完整的我，而是吸引了半个我。

有小石在我身边，注定是不安定的。

我洗完澡，悄悄地从小石身边溜走了。骑了自行车出门，我长吁了一口气。

我去了我的女朋友家里。我的女友是我大学里的同学，她是数学系的，我是计算机系的。她的影子是深紫色的，边缘清晰如刀刻，闪烁点点银光，如天使一样。与她相比，我的影子显得浅淡无力。我对她说，将来我俩的户口簿上，户主要写她的名字。

我们深深爱着对方，每一次见面，都想上床。三个月前我们约定在结婚前不再发生性关系。把性暂且搁在一边，我们还有那么多的事要做，还有那么多的话要说。今天，我们两个人是讨论买车的事，十万以内的，长城哈弗、丰田逸致还是东风雪铁龙，我女友喜欢斯柯达晶锐佩上白色的顶，但她没有说出口。她不说出口是为了静观事态、揣摩我的心思，然后撒娇、妥协，女人的进攻乃是后退一步，她深谙此理，她从来都是以退为进，而我，就是吃她这一套。她紧紧搂着我的腰，不时地在我脸上亲一口。这样朴素的女孩不多见了，有了她，我的将来是踏实和幸福的。但小石，与我不同，他天生就是一位拼搏者。他要是知道我和女友为一辆十万以内的车子这样费心，他会怎样呢？

他会哈哈大笑。

我喜欢他这样笑，每当他这样笑，我就感到世上还有他这样的强者。

不要再想他了。

车子的问题讨论到心满意足，与往常一样没有结果。什么样的结果都是好的，我们要的是讨论，最好一辈子都这么甜言蜜语地讨论。

接下来，我要回家吃晚饭了。我的家由我和外婆、保姆顾妹姐三个人组成。外公去年离世，与一大群人睡在郊外的公墓里，我们思念他，也许他也思念我们吧。他临死前对我们说："你们哭什么，到了那边，我还会回来看你们的。你们要是看见有个人站在屋后垃圾箱那边，淌着眼泪望着你们，脚下没影子，那就是我……"

骑车骑了没多长时间，我还是想起了小石，我感到小石也在思念我。我没有多想，就给小石打了电话。小石在电话那头说："你不要我了吗？你真的要一直疏远我？"他的语调就像油里掺了水，油滑里含着纯真。我心里一动，便问他在哪里，他告诉我一个酒吧的名称，我就把自行车停到我一位朋友的楼下，赶紧招呼出租车去了。与小石在一起，我如履薄冰，但又被他深深吸引。

不出所料，小石喝多了。他的身边坐着那个健身馆的女孩，她的打扮朴素得让人奇怪，与健身房里简直没啥两样，只把头发放了下来垂在肩上。不施脂粉，烟灰色棉布的长裤，一双薄薄的蓝色帆布鞋，上身穿了一件短至腰间的粉红棉质套头衫，手里拿着酒杯，若有所思地转动着把玩。她转动酒杯的速度也是右边转上三五圈，再朝左边转上一圈，这举动有点意味深长，让我想起她在运动馆里甩个不停的马尾辫。

他俩还有一位朋友，一位女士，静静地坐在对面，脑袋倚在座位靠背上，见我进来，欠起身，两只眼睛盯着我，好似要看出点什么，让我感到很不受用。她的打扮让人过目不忘，一件白色棉麻希腊式高腰长袍，几乎把脚面都遮住了，与此相反的是，上面露出大片明晃晃的胸部，她要标榜自己的胸部很完美，这么一大片白肉上面，什么也没佩戴。染成酒红色的头发绾成一个发髻束在脑后，插了两朵白色栀子花，风情无限。总之，她这副日常打扮并不是要声明自己清雅高洁，明眼之人一看就知，她是处心积虑地向世界发出某种信号。

接下来说了一些家常话，我知道了女孩是澳大利亚国籍，半老徐娘是位开房地产公司的女老板，她毫不避讳地告诉我们，她因为与市里某领导交情好，承包了几个大的市政建设工程，像蓝湖边的双子摩天大楼和周边商业街就是她承包的。她的意思我们听得明白，她有钱。

话说到这里有些停顿，因为这个话题是我和小石的软肋。

女老板静静地看着我和小石的窘态，她一点也不同情我们，面带微笑，好像挺欣赏我们俩被她的话击倒了。我低下头深感羞辱，我得罪她了吗？我是来散播我的兄弟之情的，不是来被人打击的。

小石端起半老徐娘面前的红酒，轻轻地放到她手里，示意她喝酒。但她不喝，放下了，摸摸小石的手背。我和小石从小就是这样，当我俩被长辈训斥后，他经常是含着泪对大人笑，笑得大人心软了，笑了，抱他，亲他，给他吃糖。这出戏一遍一遍地演，我呢，总是一个旁观者。

突如其来的大风，带来满世界的芦花和灰尘。我开了窗子，让风带了芦花和灰尘一起涌进屋子。这两样东西颜色差不多呢，芦花过了青春年少，颜色如土，不甘心沉沦，只要有风便轻舞飞扬。我想这位女士对我和小石垂涎三尺，也是对青春的留恋吧。

我想错了，半老徐娘不只是留恋，她还要占有。

她们都是那种直截了当的女人，都是与我女友完全不同的女人。她们和小石一样，善于侵略别人。

我可能错过了什么，一个眼神或一句意味深长的话。我呆呆地看着半老徐娘和小石一前一后进了男女共用的厕所，我诧异说："这干什么呀？"

澳洲国籍的女孩喝了一口红酒，像漱口一样放在嘴里回旋了两个回合，这是个恶俗的举动。她的话也让我反胃，她对我说："你弟弟要给她看一样东西。"她眼神清澈，波澜不惊，好像我弟弟要拿一粒石子或者一张纸片给那女人看，我还是不解，问："看什么东西要到厕所里去？"她抬高了声音，颇为公事公办地说："验货。"我更不明白了："验货？验什么货？"

清纯女孩没有回答我，我只好把我的问话又在心里问了一遍。我突然明白过来，四个人，我落单了，他们三个人正在做一件交易。

他们有怎样的影子？

我气呼呼地甩手就走，走到门外，看着酒店的白粉墙，我恨不得在上面撞头，撞出红血染上去，为我自己。我一向就是个白痴，因为我弱智，我总是旁观者。我注定要被社会淘汰。

头是没有撞，但我的头就像撞过一样晕乎乎的。回到了家，仔细一想，我觉得事情诡异得很，但又不明白症结在何处。正纠结着，小石给我发来了一条短信：小山，老女人想和我睡一觉，给五千，阔气！你看怎样？一定要回答！

这是一个难题。夜已深，夜并不是寂静无声的，它会模仿小雨之声、虫子叹息之声、鬼魅滑行之声，我在这些声音里苦苦思考着我的回答。什么样的人有什么样的回答，那我究竟是什么样的人？

夜半猜谜。

这时候，小石肯定和那个女人在床上翻云覆雨呢。这女人有能量，有风情，懂生活，懂男人，最主要的是她有财有势，可以依靠。她喜欢占有青春，青春也正想依赖她呢。依靠这种女人不是一件羞耻的事。

不对！我不可能有这种想法，这又是小石在远距离地遥控我的思想。

我一个电话打到小石那边，小石接了电话，我不客气地说："小石，你干你的事，我没权反对。但是你，何苦又来操纵我的想法？"

小石一副懵懂腔调："我没有啊，我都睡着了，怎么发信号影响你？"

我一听便知，他没有撒谎。

小石冷笑一声，说："我一个人，老哥。别想入非非的，我敢保证你正在瞎想一气呢。怎么样，我的生活还吸引你吧？"

我看到小石一副似笑非笑的样子。

小石说："人，不能既当婊子又立牌坊，该怎样就怎样。当了婊子以后，还能做一个人，还能金盆洗手做一个良家妇女。但是既当婊子又立了牌坊，就两头不靠了，又不是婊子又不是良家妇女，也不算是一个人。"

他的嘴里像春蚕吐丝一样吐出一大串语言，立刻把我搞得晕头转向。我的逻辑思维、道德体系、正面能量，在他莫名其妙的语言盛宴里土崩瓦解。我浑身无力，好似被他揍了一通。

夜深人静，孤独感加重，正是人最脆弱的时候。

我抓着手机哭了起来，为了我自己的纠结和矛盾。

小石在那头轻轻地笑了一声。

哭完以后，我平静了。哭泣真好，当你长大以后，如果还能在一个人面前这样哭泣，那么这个人就是你最亲的人。可是我又多么的希望这个最亲的人不是小石，最亲的人是我女友、我外婆，是我妈、我爸、顾妹姐……就是隔壁张木匠也没关系，他们都有着完整的影子，清晰明白，不管太阳还是月亮，都给他们一个健康正常的影子。我，多么的希望与小石毫不相干，事实上，我感觉到我俩越走越近了，我俩又要共用一个灵魂吗？

我忘了说，小石从十岁起，就只有半边影子了，这个秘密，只有家人才知道。

外婆说，失魂的人，连半个影子也没有。

关于灵魂，不管你感觉如何，麻木或敏感，甚至没感觉，它都是存在的。你在太阳底下走，如没影子，它便不在了。每回碰到小石，我就担心太阳下看不见它，或者只看见半个人影。这也是外婆最害怕的事情。

小时候，我忘了是什么时候，反正是小时候，我和小石分开之前。小石有一次神秘地对我说："哥，你想不想样样事情都听我的指挥？不动脑筋，不费力气。"

他的话说到我的心坎上了，我打一出生就带了上一辈的性格基因，我妈妈，我爸爸，我奶奶，我爷爷……我奶奶的妈妈和奶奶，我爷爷的爸爸和爷爷……他们全都是不喜欢动脑子的老好人。所以我吐出一个字："好！"

小石说："你看着我的眼睛，想想我现在要你做什么。"

我看着他的眼睛，没看出什么。他拉住我的手，让我再看他的眼睛，我这次仿佛听到他亲口对我说话一样："去，去把大江打趴下。"

我后退了几步，带着哭腔说："我不敢，我不敢。"

小时候我长得又高又壮，小石瘦小干瘪。但是他胆大，我胆小。小石说："不敢就算了。你跟我好好练习心灵感应，练好了，我还会让你考试考个好分呢。这件事我们不要告诉任何人。"

我鸡吃米一样地点头。

小石不像我们家的人，也不像我们周围的人。我们都是胸无城府，叽叽喳喳，一脸温顺。而他沉默寡言，眼神凶狠，走路两肩一高一低，显得与众不同，挺有派头。我们的外婆有一回小心地问他："何小石，你派头好得吓人，到底想干什么？"

小石回答她："燕雀安知鸿鹄之志！"

外婆歪着小脑袋说："什么？你和我说英语……还是日语？"

既然我愿意听他指挥，那么就有了电线杆事件。这事件是孩子们的一次"政治活动"，也是他首次巨大胜利。

电线杆竖立在公共花园的中间，它实在是太显眼了，许多人家一清早开门就能见到它，因而它也超越了一根电线杆的意义，可能已经上升为某种象征、某种权力和力量的承载体。孩子们喜欢围着它做游戏，男孩子们在不知不觉中开始抢夺它的控制权，它成了一个模拟征服的小世界，一个小陷阱，一个小战场。

战争刚打响，小石就退出了，静观男孩子们混战一气。不久，尘埃落定，霸气的大宝占据了电线杆的控制权。他才占了一天，还没来得及考虑电线杆周围地盘的分配问题，当他拿着妈妈给的瓶子去小店打黄酒的路上，我在小石的带领下，三拳两脚就把他撂倒了。我是学校的跆拳道冠军。接着小石带着我，叫上几个效忠于他的男孩，围着电线杆庆祝胜利。小石叫唤："这电线杆是我的！”双手向外划个合拢的大圈，说，“电线杆边上的地，也是我的！”

他赶紧把电线杆周围的地“分”了，规定男孩在何处，女孩在何处，出力最多的人，如我，可以占据电线杆边上的小花坛，这地方通风向阳，冬暖夏凉，有石凳和石桌，可以在这里做作业或讲鬼故事，因为地方好，鬼故事讲得再烂，也有人围着你听。

除了大宝，孩子们几乎全部“归顺”小石。

巷子里的大人们都说，小石这孩子厉害，长大了有出息。

我和小石互为一体，我们互相知道对方的想法，也能互相干涉对方的想法。我从没有尝试去操纵他，因为我害怕。这样不久，我就失去了解读他内心的能力。我多出了许多事，我会莫名其妙地暗袭小石的班主任，把小石的同桌顶到墙上，还会向一个我不认识的女生传达小石的心意……小石的脸上渐渐有了红晕，到了冬天也不再拼命咳嗽了。

可惜发生了娟娟事件。

我们这条巷子里最娇贵的女孩是娟娟，娟娟的高贵完全是她爸妈一手打造的，因为她既不漂亮也不聪明。她的父母不让她与别的孩子接触，不让她喝冷水喝饮料，不让她说本地话，见了长辈一口一个普通话“您好”。一年四季穿裙子，三十八度的大夏天也要穿白袜子，手上经常戴着手套。很奇怪，她喜欢和我说话，她父母也不阻止。

那天，我和娟娟站在她家门口说话，她家门口种着一大株开粉红花的刺玫瑰。小石走过来，拨开玫瑰的枝丫站到我们边上。他也想与娟娟说话，但娟娟正忙着和我说话，没有搭理他，还嫌他不懂礼貌，白了他一眼。小石看了我一眼就走了。我从书包里掏出削笔刀，拉起娟娟的手按在墙上，在她的手背上捅了一个洞。我做得很自然，娟娟笑嘻嘻的也很配合。直到鲜血流出来，她才明白是怎么回事，大叫起来，像一块手绢一样软瘫在地上。

我妈举了拖把赶到，把我打得在地上翻滚。娟娟妈在一旁冷冷地说：“自家生的儿子，心里没有一点数。你不要打他了，还是回家去问问小的吧。”

大人们这才知道双胞胎弟弟有超常的能力，双胞胎哥哥是这能力的受害者。大人们很害怕。正好我的一个表舅从寺庙回家探亲，表舅是一座大寺庙的住持，很有名气。大人们就去找他寻求方法。表舅少年时出家，一直潜心研究佛学，但是最近，他被自己与一位女居士的初恋搞得六神无主。大人们问他这事，他正想着与那女居士的结局，淡淡地若有所指地说："那就远远地分开来吧。"

大人就把我俩远远地分开了，我和外公外婆过，小石和爹娘过。我们相距五十公里，小石给我发射的信息影响不到我。

小石现在又来影响我了，这种情形比小时候更糟糕。因为我长大了，我的骨骼、内脏、思想都长大了，我需要独立，不能与他共用一个魂。

草草睡了四五个小时，我就起身上班了。中午，我接到小石的电话，他问我，昨夜给我的问题是否想好。我说没有。他说那就不要再想了，要我记住，这世界是成者为王败者为寇，现在尤其是这样。我嘟囔着说："那我就为寇好了。"他从鼻子里发出一声长长的冷笑说："这不是你的真心话，谁不想走在时代的前列？做一个落伍的人滋味不好受。我不相信你不懂这个道理。"说完了，他追问我："你懂不懂？"我想了一想，回答他："我懂。"他说："这就对了，不要欺骗自己的心。"末了他加了一句，"这是你自己的思想哦，不是我影响你的。"我自省片刻，对他肯定地说："是的，是我自己的思想。"

小石说："今天找你，是为了一件事。昨天那个富婆，她也看上了你，要你和我一起陪她玩。也是五千。"

我当然是拒绝的，一秒钟也不多想。

这件事我没有告诉女朋友，我和小石之间，我永远是被侵犯的那个，我说了她不会高兴的。

到傍晚时分，小石又来一个电话，他希望我参加他们的游戏，富婆又拉了另外两个富婆，他说："我们兄弟俩对付三个女人，她们出手都很阔气，都是五千。兄弟俩玩一场一人赚一万五，而且，那丫头说了，富婆们还会不断地介绍新的朋友来。”

他说的“那丫头”就是运动馆里认识的那女孩吧，她怎么袖手旁观？她到底是做什么的？

我当然是再次拒绝。

晚上，我简单地吃了一碗日式乌冬面，就坐下做电脑版面，我的工作很累人，一个月除去各种费用，净得三千不到。一万五千块钱，我在公司工作五个多月才能得到。我摇头清除杂念，还傻傻地给女友打了个电话，问她爱不爱我。她说爱，无限地爱。这“无限”是什么意思，我其实搞不明白，但我感觉到爱情的真诚和恬静，我就安心了。

爱……

谁都需要爱，可是爱需要什么？

我再次心烦意乱，这是遇到小石的代价。遇到他，我来不及地就掉入水深火热里，变成半个人。

我穿上外套，信步漫游。一路走去，只见到处狼藉，马路上拦着隔离板，这是在建地铁线。路边黑漆漆的地方搭了简易棚，又一所高档花园小区将拔地而起。远远的某一处，地上冒着白汽，压路机连滚带翻，正在地上爬行，翻斗车在一旁待命，它们正在加班改建一条临时马路，五平方公里的地块，会被建设成一个城中之城。

地铁一号线、二号线、三号线、四号线……

一座洋房、两座洋房、三座洋房、四座洋房……

城中城，城里的城，城市里的城市……

强烈的焦虑占据了我整个身心。办公室的老高昨天还哭丧着脸对我说：“小兄弟，现在的时代，就像一根绳子勒着你脖子，拖着你向前跑，一不小心慢了脚步，就会被时代拖死。紧张哦，小兄弟！说到底就是金钱闹的，口袋里没钱，只好寻死。我半截子已经入土，自尊心不重要了。你还年轻，刚工作，要好好努力啊！”

好好努力？现在想来，一股嘲讽的味道。

路边一个酒吧，我走了进去，这酒吧颇像懂得我的心思，在我需要它的时候，就像长脚一样走到了我的面前。既然是它迁就我，那我不妨半推半就地进去吧。

我付钱要了一杯金色的酒，名叫“金青蛙”。听人说，最近在吴郭市，这种酒的含义就是“等你来”。我刚坐了五分钟，就有一个女人上来搭讪了。我喝了一口酒，那女人说：“这酒不大好喝吧？”我回头应她的话：“是啊，茴香放得太多了，味道很重。印度人才喜欢这么重的香料味道。”她咯咯娇笑，说：“一般人才不会点这种酒呢。”她按低下巴，双眼挑高，从额头上看我一眼，充满挑逗。我也从酒杯口打量她，她还年轻，一身黑色套装，黑色平底皮鞋，看上去倒像是酒店领班。她没等我回应她的挑逗，就心急火燎地把手伸到桌子底下，放在我的大腿上。我不讨厌她，再说她长得也漂亮。她用另一只手从她衣袋里掏出一沓卷起来的钱，塞到我的手里。凭感觉，有八百或者一千。从这薄薄的一小卷里我感到她生活的艰涩。

我下意识地攥住这钞票，涌上欺凌她的欲望，如果我这时候收起钞票站起来一走了之，她会是怎样一种表情？她只好吃哑巴亏。这念头折磨着我，突然我站起来走了，我看到这女人一脸惊愕，我走出门，到底敌不过男人的自尊，当着她的视线，把钱扔在了门口。

我的心里充满无名忧伤。

月光当头，我不经意地朝洒满月光的地上一瞧，我看见了我的影子，我只有半个影子。

没想到月光也能现我的形。这是我的因果，我并不感到害怕。回到家，我继续在电脑上做我的事。十一点钟，小石又来电话了。

他在那头抽泣，抽泣得很伤心。我以为自己听错了，问：“小石，是你在哭吗？”

小石的鼻子嘟嘟噜噜的，声音低沉，拖拖拉拉。他说：“是啊，我是在哭。你也在我面前哭，我也在你面前哭。我没打扰你吧？”

“你为了啥哭得这副腔调？”

我话音刚落，小石就哇的一声哭出来了，他对我说，刚才开车经过一条僻静的大路，一只鞋子躺在路的中间，路两边的灯光太暗，他没有看见这只鞋子，车子就从鞋子上碾了过去。

他说，他碾了鞋子，心一直在疼，怎么也止不住。

一只鞋子……

小石的敏感让我心疼。

“不过是一只鞋子嘛，你哭个屁呀！”我骂他，“你喝多了吧？”

“鞋子也是有生命的，它躺在路中间，就像一个无家可归的流浪汉。我和它一样，都是无家可归的人。”小石一本正经地回答我，他的话当然是毫无理性的。我问他在哪里。他说他在蓝湖边上乐高山庄。

“你怎么去那么远？谁和你在一起？”

“如狼似虎的三个……她们给我两万。你来吧，钱我都给你。只求你来，救救我！”

我吃了一惊，我担心小石，他太疯狂了，小时候他是多么小心谨慎，知彼知己才打赢了“电线杆战争”，现在他却这样马虎轻敌，浮躁自弃。他也变多了。世界在变，谁都会改变。谁会不变？幸存者在哪里？

我很想去小石说的那个地方，我们兄弟俩年轻力壮，对付三个女人不在话下。我们联手出击，打败那三个不知高低的猖狂的女人，然后把钱甩到她们的脸上，警告她们，永远不要把男人玩弄于股掌，有再多的钱也不行。但是我后来想，我没有汽车，打车到那里要一百块钱呢。过了一会儿，我决定把这件事放下，不去想他。

他和我没关系。

现在是独自一人，可以对自己说实话嘛。我去了会留下来吗？我会留下来吗？不会。不会，不，有一点点会……会吗？会吗？真会吗？不会吧？会的！说实话，到底……会不会……留下？

过了片刻，我的心也疼了起来，我没有想法去阻止心疼，在心疼中间，有一股很大的欢娱袭击了我的身体，这是一股强大的温暖的浪，比世上任何快乐都要深邃。我不知道这是为什么，我来不及想这是我的感受还是小石的，小石在蓝湖边，与我之间的距离超过了五十公里。和尚舅舅说过，我和小石的距离只要超过五十公里，他就不会影响我。我心跳加剧，手脚开始麻木，思维模糊，大脑更有一种窒息的快感，身体的欢娱和大脑的快感像两只巨大的手一齐揉搓我，我听之任之，享受这股不知来历的欢欣。不久，我大汗淋漓，虚脱地倒在地板上，面临堕落的深渊。地板的木香我闻着像是沥青味道，地板上没有一丝一毫的温度，冰冷刺骨，从哪里刮过一股风，风卷起灰尘，形成一个一个灰色的风涡向我滚过来，我的脑袋里突然闪现一个孤苦的念头：

无家可归。

是的，我变成了一只鞋子，正躺在宽阔整洁的马路上动弹不得，接受车轮碾压的命运。

快到中午，我被我外婆从地上叫醒，保姆顾妹姐张开她那健壮的手臂，把我抱到我的床上，然后在我耳边小声说："小山，刚才你妈妈打来电话找你，说小石死了。他夜里和三个女人在一起，吃多了那种西洋春药。"

我就这样和小石人鬼两隔，彻底分开了。不管我的生存状态是不是正确的，最主要的问题是我幸存下来了。我和他之间，我才是强者。

我虚弱地从床上坐起，光着脚丫走到外面的大太阳底下，我急切地要瞧一瞧，我有无影子，我的影子是深是浅，是完整的还是只有半个。

（原载《花城》2014年第1期）

通天桥

蔡　东

通天桥的北面，半年时间就长起来一座城。

呼延飞觉得，这些楼房是自己长起来的，跟小孩子一样，见风就窜，又像成了精，随心变化。半年前，通天桥以北还是荒地，遍布着开白花的茅草。成片的楼房从打桩到封顶他都见证过，可每每想起来，还是觉得一切太魔幻。

通天桥横亘于河流之上，连接了此岸和对岸。

一入夜，桥南就被一双大手拎起来倒空了。桥北的高楼，星星点点地亮了，灯光和人影令凝固的建筑变得生动梦幻，像由许多个温暖柔黄的盒子堆叠起来，盒子里是童话般的小人国。小人儿们放松地掉落进各自的空间，吃干炒牛河，上网娱乐，赖着不愿睡去，害怕睡醒时那个劈头而来的工作日。

月悬中天，呼延飞的一天才刚刚开始。他在夜间急诊室工作，为酒精中毒的倒霉蛋洗胃，给斗完殴的青工处理创口，看着车祸重伤、业已停止呼吸的人被满怀希望地抬上床，他耷拉着手，无能为力。

每天清晨，他会细致地清洗双手，接着走进更衣室时，他小心地用白大褂隔住自己的手去拧球锁，这个自爱的、富有仪式感的动作，是一种告别，告别那个血淋淋的不高档的世界，来到清朗而洁净的白天。

又一个美好的早晨来临了，呼延飞将逆着人群而行，他喜欢逆流而动的感觉，他是少数派，他的内心静谧坚定，他常常被那样的自己感动。

远处是碧青碧青的山，柔和的晨曦勾画出山体的轮廓，山路在云絮里蜿蜒盘旋若隐若现，那条路，仿佛是通往天上的。

他像往常一样经由通天桥步行回家，远远地，他看到桥中央似乎矗立着什么东西。长期缺少睡眠的人，眼神都不好，他并没怎么在意，直到身体确乎被硬物挡回，才发现自己并没看错。

才不过一个晚上！他后退了几步。通天桥中间竖起来一堵墙，墙把通天桥分成了两半。

他的家被隔绝在墙的另一面。

呼延飞孤零零地站在桥上，墙那边的人却越聚越多，赶着上班的人们渐渐躁动起来。爬过去？爬过去，爬过去吧。语气从疑问到商讨，再到相互鼓励和确认。终于，他看到一个男人跃上墙头，男人仔细看了看下面，一咬牙翻了过来。眼看这堵墙绝没有自动消失的可能，越来越多的人开始攀爬，女人也顾不上仪态，先把高跟鞋扔过来，再哎哟哎哟地往上爬。

一时之间，墙头上全是支起的身子和张望的脑袋。没人知道发生了什么事，此刻也无暇深究，再晚就赶不上打指模了。好不容易寻了个空当，呼延飞两脚一蹬，朝着与人潮相反的方向翻了过去。

他醒来时，已是下午三点。初冬的阳光在木地板上洒下片片光斑，地板被阳光敷上一层釉，像某种包浆良好的浅色玉石。他站在窗前向外望，看到通天桥被一堵墙一劈两半。

傍晚时分，下班的人流在桥上汇聚，却被那堵墙挡住了去路，凝滞不前。一天的工作令人疲惫而沮丧，人们要先经过一段助跑，才能借势跃上墙头。

晚上，呼延飞去诊所上班时，发现广场上除了跳健美操的妇女，还多了些忧愤的中年人，都在议论那堵墙。人们约莫猜到了墙的来历，有人宣称已向媒体爆料，明天就会成为全城热点。想到电视台和报纸的强势介入，大家都松了一口气，说，事情会解决的，很快就会解决了。

这一夜病号不多，呼延飞却觉得很难熬，那堵墙，分明横在了他心里。墙是一个生硬的象征，也是一种提醒，一种放大，无论他面对与否，界限始终都在，从未消失。

第二天清晨，他离开诊所走到通天桥上时，又被眼前的场景震惊了。

墙砌高了一大截，已非徒手能攀缘的高度。他听到墙对面传来嘈杂的声响，有人愤怒地要报警，有人提议叠罗汉，先过去再说。

过了片刻，没有人打报警电话，叠罗汉的妙计也未能实施，因为找不到那个肯蹲在最下面的人。人们像突然聚合的一群乌鸦，高声说着些废话，还好有围观的群众提醒，去找梯子啊。

几位热心人士拿来几把长梯。众人先对可行性进行分析，又反复测试着梯子的牢固程度。一个半大孩子不耐烦了，仗着手脚灵活先翻了过来，他打了个呼哨扬长而去，陆续又有人爬上了梯子。

很快，上学和上班的高峰期到了，桥北的人流像涌进肚大口小的瓶子，憋在瓶口，动弹不得。梯子实在有限，排在后面的人越来越恐惧，开始往前挤。有人摔倒在地，有人从梯子上被拽下来，有人紧抓住桥栏杆怕被挤落，有人落地时崴了脚，还有小女孩爬上去不敢翻下来，闭起眼睛哭叫，场面混乱如逃难一般。

呼延飞看到一个背影熟悉的人从墙面上出溜下来，那人一回头，果然是老刘。他和老刘住在同一栋统建楼里。他走上前去问那边的情况，老刘拍打着衣服，说，乱套了，很多人等不及就绕道走了。

这天，呼延飞沿着通天河一直走，经过一片水洼，几条弯曲的土路，回到通天桥以北。在楼门口，他看到老刘的女人正挎着大包往外走，看来这个月末，她又要出去住旅馆了。

晚上的都市新闻以“通天桥的墙”为题做报道，可惜只有两分钟，远没有大家预想的那么重磅，也无义正词严的谴责，透着避重就轻的轻佻感，还隐隐散发出一丝猎奇的令人不快的味道。

失落的人们重新聚集到广场上，有人愤慨地说，谁也没权利堵桥，这是国家的桥！这是所有水城人的桥！有人跃跃欲试地想去找对面的村委理论，还有人声称写好了上访信。众人越说越来劲儿，越说越有信心，似乎在对付这类事情上很老练。现如今，曝光的方式多，说理的渠道也多，不愁推不倒那堵墙。人们情绪高涨如满拉之弓，每个人都认为自己足智多谋绝非小角色，轰轰烈烈做成一件大事的气息提前在人群中弥漫开来。

呼延飞听了一会儿也热血沸腾，恍惚间，他觉得只要大家齐发功，那堵墙就会应声崩塌，轰然倒地。如果不是上夜班，他也渴望参与进去，成为其中的一员。后来，有人提议推选一个主事人。人们商议半天，渐渐感到倦怠，气氛也冷了下来。

呼延飞经过一片水洼，沿着弯曲的土路，缓缓走入桥南的黑夜，一个结结实实的黑夜。

一到夜里，桥北亮如白昼人烟稠密，桥南却灰败下来，演了一天的大戏，在此刻落幕散场。自从桥北的楼像婴孩般疯长起来，对面铁家村的房屋就大多空置了。桥北的楼房，白天看起来寡淡无趣毫无设计感，夜里就漂亮多了，灯光渐次亮起，像整块的水晶被一格一格地镂空。

凌晨两点，一对年轻父母抱着高烧癫痫的孩子跑进来，呼延飞给孩子打了退烧针，诚恳地建议他们转院。天快亮时，一个慌乱的男孩进来买了一盒紧急避孕药，呼延飞注意到，街角那里有个女孩在等待，她用双臂环抱住自己，原地转圈。

清晨，呼延飞去更衣室换衣服时，居然忘了用白大褂的下摆隔住洗净的手，他的手直接伸向球锁，门咔嗒一声打开了，他这才意识到，保持多年的习惯，竟毫无预兆地消失了。他的生活里，某种高贵的诗一般的气息正变得越来越稀薄。

他不知道那堵墙又会变成什么可怕的模样。

他本想绕路回去，可走着走着，又走到了通天桥上。墙那边的人明显少了，情势既已如此，大部分人乖觉识趣地早早起床，绕路而行。而少数决意越过障碍的人，也发现他们遇到更棘手的问题。

墙上面砌进了碎而尖的玻璃，闪着干燥刺目的光，视觉的不适迅速转换为肉体上真实的刺痛感，叫人心里一抽一抽的。呼延飞听到，对面有人咒骂两句，不情不愿地离开了。剩下的几个人，却犯上了轴劲儿，非要征服这面墙不可。他们低声商量着什么，随即四散而去。呼延飞等了一会儿，听到急促的脚步声近了，接着是梯子搭在墙上的声音。

一个莫西干发型的小伙子出现在墙头上，他冲下面喊："扔上来！"很快他接住一块砖头，气冲冲地大力一扣，把碎玻璃砸平了，又来回抹削了几下。接着，他丢掉砖头，冲下面喊："扔上来！"

是一副厨房常见的厚石棉手套，他戴上手套，扒住墙头，一骨碌翻过来。呼延飞数了数，前后一共过来五个人，都是青壮年男子。他们狠狠地踹墙，有一个几乎双足腾空地飞踹，嘴里嗷嗷叫。墙依然稳稳地站立着，像个沉默无言的生灵。男青年们闹够了，朝一家五金厂的方向走去。

呼延飞也回到家里。统建楼最安静的时段就是上午，正好趁机补觉。他睡得迷迷糊糊的，听到外面一阵喧嚷声。他拨开窗帘往下看，看到各色打着频闪灯的车在墙边停着，还有一辆钩机正远远地开过来。他兴奋起来，看样子要采取实质行动了。

他起身向外张望着，很快看到了接下来的一幕。对面铁家村的数条小巷子里，同时有人在往外走。皆是一个中年妇女扶着一位老太太，老太太用双脚蹭着地面，缓慢地行进到墙边，躺下了。

主事的妇女擎起喇叭，冲着对面喊话。

呼延飞只穿一件秋衣，探出身子往下看：老太太们间距合理地分布于墙下，看上去像一道道畦垄。

这等高寿的阿婆，每个村子里都有十几位。她们肉皮松垂，眼球像一颗晒干的豆子，嘴巴一张开，里面是空的。她们中午看粤语残片，痴迷任剑辉和白雪仙，《帝女花》永远都看不腻。她们自然是无害的，甚至在阳气旺盛的外省年轻人眼里，她们是近乎卑下的存在。

此刻，无辜易碎的众阿婆，正躺在地上晒太阳，间或调整一下姿势。

呼延飞来到桥上，发现频闪灯已关掉，钩机也不见了踪影。一些人虚张声势地在墙边转悠，只是尽责地做做样子罢了。本地农民如纯金打造，命太值钱了，更何况还是各家各户的祖母，连风都要躲着她们吹。再说，这类事情说简单就简单，说复杂也复杂。桥南的农民楼，出身和来历是可疑的，好在已贵为“历史遗留问题”，一成为历史，就好说了，就没人认真了。而桥北这片楼也是趁乱抢建，还带着热乎气呢，自己也不清白呢，是笔烂账糊涂账呢。谁都不干净，所谓是非对错，真是说不清道不明。这样一想，人们就释然了。

显然，双方的实力和意志均悬殊，不足以形成对决的态势。

好像有什么东西还没来得及绷紧就已懈掉，连僵持也算不上。这场面实在无聊，围观的妇孺不满地散去，那几辆车也低调地开走了。

呼延飞站在桥北，面前的这堵墙，令他感到虚弱，令他自我虚构的生活失去了继续虚构的动力。墙像一只手，揭开了一片表面光滑的青石板，石板下面，原来爬满了虫子。墙也刺破了他的幻觉，让他无比清醒地意识到，此刻，他身处小莞。他脚下的这片土地，在行政区划上，属于小莞。

晚上，呼延飞经过广场去上班时，发现昨晚零落的健美操队伍重振声势。气氛变得很微妙，显然，很多住客不愿再谈论此事，一见有人慷慨激昂地讲话，就嫌恶地撇撇嘴，很败兴的样子。也有人跟着附和几句，是挡公事儿的态度。

他看到老刘正抓着栏杆拉抻身体，他走到栏杆下，问：“老兄，怎么打算的？”老刘跳下来，说：“随大流吧。”他接着问：“什么是大流？”老刘答不上来，没头没脑地抱怨了一句：“一水之隔，价钱差一倍，凭什么呢？就因为，他顿了一下，使劲儿跺脚？就因为下面这块地叫小莞？我就叫它水城不行吗？谁规定的它必须是小莞？我想不通。”

这晚，呼延飞救治了一个被开水烫伤胳臂的小男孩，伤口上大小不一的潮红色水泡已经起来了，一问才知道是从桥北绕小路跑过来的。父亲喘着粗气，不停地埋怨那堵墙。送走父子俩后，他查了查网上关于那堵墙的帖子，已经少有人往上顶，沉降到了十页以后，好像已是上世纪的事件。

他始终没见到墙的主人，不知道他们在哪里，似隐遁于无形，又暗中宰制着天地万物。

他期待明天的到来，他想知道墙会变成什么模样，那堵墙好像自己会进化，他更想知道，五个男青年会不会继续翻越。

一交完班他就来到墙边，墙不负期望地有了新面貌，墙上面楔进一排铁枪花，铁枪花凶狠地往上戳着，威严，锋利。时间还早，他便在墙边坐下，静静地守候。也许是长期的夜班损伤了记忆力，他有些想不起来了，今早洗完手，有没有用白大褂隔着手去拧门锁。

他望见了远处的山，在奇异的光影效果下，人们很容易产生一种幻觉，那山路是通往天上的。

一股呛人的烟草味道从墙那边飘过来，接着，他听到一阵嬉笑声。蓦地，笑声停住了。

他站起身来，有些绝望地盯住墙头，半天都没有动静，或许，是全体败退了吧。

他只好往前走，准备绕个大圈子回家。他走走停停，不时地回头张望。走到几百米时，似乎看到墙头上冒出来一个人，并不真切。他赶紧掉转头往回跑，跑到桥上时，那人已经下来了。那人身上裹着厚厚的羽绒服，衣服一侧被铁枪花划破，稍微一动就羽绒乱飞，他爱惜地把羽绒往里塞了塞。呼延飞注意到，他的手也破了，正往外渗血。

男青年有些后怕地看着这堵墙，似乎在对自己刚才的行为作出评估。呼延飞关切地说："你的手破了，我，我是医生。"男青年茫然地摇摇头，走了。

呼延飞心里牵挂着那个男青年，睡到中午就再也睡不着了。他来到楼顶天台上，眺望着空无一人的通天桥，才不过几天，桥就枯槁了，是废弃很久的样子。而那堵墙风华正茂，似乎还向着天空徐徐生长。

冬天的阳光，漠漠蒙蒙地带着些烟气，笼住桥南桥北的大片土地。呼延飞独自待在天台上，看着白日渐渐衰老，又一个白天被黑夜击退。

晚上，高谈阔论的义愤人士彻底失去了听众，居民们散步闲聊，爽朗地大笑，跳交谊舞，逗孩子，好像那堵墙从来就有，一直都在那里。

也恰恰是在这个夜晚，呼延飞接待了从医以来第一个不是病号的来客。午夜时分，来客没有声息地出现在他面前，像足不沾地飘进来的。来客身着一袭绛色长衫，面庞清癯，仙风道骨。

呼延飞惊恐地站起来，脸色煞白。来客露出安抚的笑容，说："别怕别怕，你是医生呢，不会信鬼神吧。"

他坐下来，说："何况，我也不是鬼。"他拿出两页纸，放在呼延飞面前，呼延飞觑视一眼，一张是购房合同，一张是租房合同。

来客并不说明来意，却跟他谈起天来："你跟他们不一样，你是医学院的毕业生，受过良好的教育，专业人才，知识分子，有自己的前途和愿景。"

呼延飞惶惑地问："你是谁？"

来客没回答，自顾自地说："很快就会有新热点，很快就淡下去了，像什么都没发生过。个体不会把自己的时间长久地浪费在大家的事情上。只顾着往下活，谁有工夫做'刁民'？"

呼延飞轻蔑地回击道："未必。人生难得，总有义薄云天的人，总有坚如磐石的人。"

来客继续说："你们人多，我们反而好办了，人多是做不成事的。我们不使用暴力，也无需断水断电，那是低级手段。说穿了，只需拿一点小利出来。他用两根手指虚捏住一点空气，呵，你明白吧？"

呼延飞站起来："你们，真卑劣！"

来客微微一笑，说："不食周粟是三千年前的老事儿，共同利益是个谎言，灰色的问题就有灰色的解决办法。有奶便是娘，这才是真理！对了，老刘，你的邻居，他也算上道儿，昨晚把协议秘密签了。”

呼延飞想起老刘来，心里就难受。老刘跟桥南一个超市的收银员搭伙过日子，逢到他妻子回家，收银员就出去住旅馆。有一次，在楼道里，他听到老刘对妻子说：“你也别强撑着，有合适的人就先凑在一块儿过，不影响，都理解，咱们还是……”老刘的声音越来越低，他的妻子默不作声。空气里仿佛充满盐分，腌得人皮肤生疼，夫妻俩快速而尴尬地道别了。呼延飞本想出门呢，又偷偷折返回去。那一刻，他深切地感受到那股扯拉着人们的霸道的力量。老刘当私企经理收入还不错，可家里也不能少他老婆那份工资，少一个人挣钱，心里就没底了。孩子放在家乡养，老刘在水城北工作，老刘妻子在水城南打工，一家人散落着熬过这么多年。呼延飞盼着老刘的妻子也不要自苦，他不管什么道德上正不正确，他只知道，正在发生的这一切，合乎人道。

这会儿，他回忆起来了，昨天看到老刘清理阳台打包杂物，还以为例行扫除呢。他正走神，来客的说话声又响起了：“你完全有实力升级，把小莞的楼换成水城的楼！”

呼延飞抬起头来，这句话，戳到痛处了。

来客乘胜追击，说：“购房价，租价，全部优惠，算下来比桥北也贵不了多少。这信息现在知道的人不多，你是被选中的少数幸运儿之一，为了示范效应。”

来客忽然诡秘一笑，说：“快要建社区医院了，真是个机遇，离开榨干人的私家诊所，得到一份正式的工作，白天上班跟太阳同步，晚上交女朋友，一起吃甜品看电影，然后，做爱。

“小兄弟，你刚才也说了，人生难得。”

利爪掐住了脖子。他心里猛然一震，低头盯着合同忍不住认真研究起来。他怨恨自己，为什么总是有求于别人有求于这个世界？他心底就那几根弦，都被人一根一根地摸到了，慢而用力地拨着。

长夜被一道强光照亮。

来客说：“只要这边的房子住不满，墙就不会拆。墙是一个高超的创意，维持应有的秩序，驱赶人群，就像把鸡从笼子里往外撵。等这边住满，再等上几年，迟早也轮得到桥北发达。大学毕业生，工厂管理人员，公司白领，都会涌进来。”他的口气里多了几分规划大师的自信。

来客往门口踱步，高深莫测地说：“这是哲学，不是手段。这是道，不是术，不是奇技淫巧。”

呼延飞还是无法承受合谋者的罪名，然而，他又比谁都清楚，此事已无法逆转。他只是希望，他的撤退，能稍显体面一些，于是，他艰难地说：“嗯，再考虑，考虑一下吧。”

他的人生中，已多次错失良机。他也经常被噩梦惊醒，梦见自己被甩脱，又被黏稠的液体粘在原地，怎么追也追不上了。

来客宛若黄昏时淡淡的云霭，倏忽即逝。

他趴在桌上睡着了，来接班的同事叫醒了他。并不是一场梦，那两页纸就在眼前，洁白轻盈，像两片翅膀，在阳光的斜射下接近透明。

今天早晨，他依然来到墙边转悠。一直等到九点半，小伙子都没出现，显然在痛失一件羽绒服之后，小伙子也学精了。这面簇新的墙迅速被大家淡忘，行人急匆匆地走过，不置一顾。

始终没有人翻过来。呼延飞的内心，似乎得到了某种保证。假如拒绝长衫男子提供的幸运，要逾越的东西太多了，示弱多舒服啊，他愿意跟那股神秘而不可抗拒的力量和解。这天他睡得倒踏实，一直睡到日暮时分。

夜里，广场恢复了往日的繁闹，人们聊天、跳舞、锻炼身体，已安于绕路而行，摩的生意也应运而生。几天前的愤怒已然消失殆尽，几天前还觉得比天还大的难题，就这样解决了，轻轻巧巧地解决了。

呼延飞来到诊所，穿上白大褂，取出合同，坦然签下自己的名字：呼延飞。诱惑没有到来时，豪言壮语总是很容易说出口。当它离你足够近时，你就知道这里头的好了。

是的，水城的楼。还有，水城朗朗的白日。

明天的生活，将逼近完美。

午夜时分，他把合同别在门栅栏上，他以为这种方式，多少能挽回一点颜面。他锁上诊所的门，准备夜游铁家村。今晚，他不在乎老板是否会突击查岗，老板及老板的家人，都曾假扮病号，装模作样地在电话里向他咨询。

他也曾是铁家村的一名租客，跟一对情侣合租一套房子。后来通天桥竣工，桥北的房子迅速形成规模，他终于摆脱了合租生活，来到桥北购置了一套单身公寓。越来越多的人向北流动，享用着桥北低廉的房子，同时享用桥南的幼儿园、诊所、银行、学校、棋牌室、家和乐超市。

再往前走，就是铁家祠堂，一个供铁家人追溯生命源头的地方。祠堂临水而建，通体青灰，那青灰色已经沉到砖瓦的肌理中去了，散发出历经岁月、上了年纪的沉静气度。祠堂的体式古朴端方，具备真正的经典品格，一股正大庄严之气在夜色里慢慢晕散着。

在水边，他遇见了长衫男人。男人手里拿着那份合同，一见到他，就体贴地藏到袖子里。

男人说："小伙子，别怪我，我不是本地人，我也是个打工的。你就叫我乌先生吧。"

呼延飞大概也能猜出来，男人是个书生，扮演着师爷幕僚之类的角色。呼延飞只在巷口宣传栏的照片上见过村庄真正的有力人物，一个五十多岁的男子，名字叫铁佛金。

男人接着说："也别怪自己，药太苦了，我们都需要送药的那颗糖。"

呼延飞点点头，他仍然感到羞耻，他曾梦想成为一个坚定高贵的人。他寻思着，他之所以被选中，或许还另有一层深意，他这样的人，总会不出意外地格外软弱吗？

男人望着远处的通天河，低声自语："千钧得船则浮，锱铢失船则沉，非千钧轻锱铢重也，有势之与无势也。"

呼延飞问："乌先生，你说什么？"

男人摆摆手，说：“前年，我查出来得了癌症，为了饿死癌细胞，只喝番薯叶汁，一天三顿地喝。”月色中，他的皮肤隐隐透出惨然的冷绿色。

呼延飞说：“重要的是，你活下来了。”

男人凄苦一笑，朗声道：“子曰：‘凤鸟不至，河不出图，吾已矣夫！’”

两个人互相看着对方，他们似乎都是作为某种介质和素材而存在着的。

男人说：“有些事情，必须要等。那堵墙会自动消失的。”

两人的目光，同时落在“铁氏宗祠”几个大字上。这是一个完整的村庄，一家人、一族人生活在一起，祖祖辈辈地生活在一起。

呼延飞仰视着祠堂，他们踩对了点儿，他们拥有资本，他们还拥有一个共同的祖宗，共享一段光荣的历史，实在太强大了，他确乎感受到某种强力意志的存在。

男人说：“你姓呼延？是匈奴的后裔？”

呼延飞摇摇头：“我们那村子，早不修家谱了，老辈人也说不清楚。亲戚们天涯海角地谋生活，没出五服就不走了，见了面，互相也不认识，叫不上名字来。”说着说着，眼眶里跌出热热的眼泪，他从未像今晚这样想念自己的父母，渴望听到他们的声音，梦想跟他们生活在同一个居民小区里。假如每天晚上能坐在一起热乎乎地吃顿饭，该有多好。

男人叹息着，叹息声恍若从身体深处的裂缝中传来，他说：“还有事情等着我去摆平，很快你就会发现，你总算能占上先机了，你的选择没有错。”

他目送着长衫男人慢慢消失在夜色里。他仔细回味男人的话，“那堵墙会自动消失的”。他突然感到很厌倦，想卸掉所有让他感到沉重的东西，任凭心里空无一物，任凭自己像轻烟一样被风吹散。

天光放亮，又一个早晨到来了，是一个跟过去做完切割的早晨，清爽而充满希望。呼延飞没有上桥，没有再等待什么，也没有再为什么而感到遗憾。

（原载《创作与评论》2014年第1期）

远大的前程

艾　玛

于小松于小柏家的对面，是一座山。

山上密密麻麻地长着松树，也有些栎树、野生毛栗和合欢。灌木和杂草一年四季都很茂盛，它们把林间的空隙都填满了。坐在小松小柏家的稻场上，隔着几丘稻田望过去，山永远都是黛青色。面向小松小柏家的是山北坡，坡势要比山那面平缓，山脚一带原先是坡地，种过棉花和油菜，后来无人耕种，变成了一片油绿的野草场。有一条细细的小路，顺着山脚往山那一面弯过去，山这边的人家，要出门，比如去涔水镇，或是再由涔水镇去县城，去外面各处，都要走这条路。路很窄，跑不了汽车，但是走个人，赶个牲口，或是骑个单车什么的，路就显得宽绰了。

于小松和于小柏是双胞胎兄弟。

十八年前，他们的母亲，一个神情总有些恍惚的女人，先生下了小松，过了一会——大约是一个斯文人喝一盏茶的工夫——她把躺平的身子又死命地撑了起来，使出最后一把劲生下了小柏。小松和小柏的出生，使小竹村于家成了附近几个村子里最令人羡慕的家庭。一连生了两个孩子，却没人来家里捉人，也没人来牵牛杀猪抬柜子，也没人来掀于家一连三间带偏厦的房子，小松和小柏的母亲，那个说话做事都蒙头蒙脑摸不着边的女人，成了于家最大的功臣。小松小柏满周岁的时候，他们的父亲从亲戚们给儿子的贺礼钱中抽出了张十元的票子递给他们的母亲，他们的父亲用了一种特别亲切和蔼的口吻对他们的母亲说："去镇上耍耍吧。"于是他们的母亲就到镇上去耍。从小松小柏家所在的小竹村到涔水镇，一个年轻人轻装步行，所需的时间大约是一个半小时。小松小柏的母亲，吃过早饭就出门了，她走一走歇一歇的，直到晌午才来到涔水镇。她先进了一家杂货铺，花一元五角买了一包水果糖，然后她进了一家小吃店，花两块五毛钱吃了一碗绉纱馄饨。吃完馄饨她在街边的一棵梧桐树下坐下来，看了会热闹。街上人很多，无数双穿了鞋和没穿鞋的脚从她面前走过，无数的汽车摩托车自行车车轮从她面前轧过，还有两只狗从她面前跑过。梧桐树的另一边坐着一个盲人，他把一根竹杖搂在怀中，空空的眼窝安静地对着街道。小松和小柏的母亲准备起身离开时，盲人突然把头扭过来，隔着梧桐树干对她说道："想不想知道你的前世今生？"听上去好像别人的前世今生都在他那双握着竹杖的手里。小松和小柏的母亲对自己的前世没什么兴趣——知道又能怎样嘛！而她对自己已走过的人生路也还是比较清楚的，她在一个长年刮风沙的地方长大，一日两餐，餐餐都是洋芋和面疙瘩，十三岁时被一个贩药材的男人带到一个水草丰茂的地方，她和他在一条废弃的小船上住了几个月。后来，贩药材的男人把她转手给一个挖沙的男人后回家了，她住进了那个挖沙的男人搭在河边的窝棚。再后来，挖沙的男人喊她上了一辆运沙的汽车，她坐了一天的汽车后，被交到了一个面容黑瘦的跛足中年男子手里。她跟着这个男人坐了一天的汽车来到了涔水镇。在路上她来了初潮，男人给她买了包卫生巾，然后把她带进她刚刚吃了碗馄饨的小吃店，她和他一人吃了一碗馄饨后，他把她带回了小竹村，一年后她生下了小松和小柏。这就是她经历过的人生。小松和小柏的母亲把头侧过去，隔着树干看了看那个盲眼男人。小松和小柏的母亲把自己兜里的钱都掏了出来，她很想知道自己曾走过的由三个男人连起来的路程，是不是还得有三个男人她才能走回去。她把钱塞到那盲眼男人的手里，在他面前蹲了下来。

盲眼男人亲切地问道："给你自己算吗？你的生辰八字呢？讲来听听。"说完他微微偏了偏脑袋，把一只耳朵对着小松小柏的母亲。

小松小柏的母亲不知道什么是生辰八字。

盲眼男人于是又把脑袋正过来问道："哪一年哪一日出生的？什么时辰？"

小松小柏的母亲从未过过生日，她并不晓得自己到底生于何日，她只是大约知道自己的年龄。她记得她跟那个贩药材的男人走的那天，继母和弟弟赶着羊群翻过了门前的土岗，患了重病的父亲从土炕上欠起身，叮嘱她道："转过冬来，你就十四了，要懂事……"父亲说完这番话，从枕头底下摸出包水果糖塞给了她。她长那么大，第一次一个人吃掉一包水果糖。小松和小柏的母亲蹲在那盲眼男人面前，有些为难，她问道："算命一定要日子和时辰的么？"盲眼男人耐心地听完她带着异乡口音的问话后，笑了下，温和地说道："没有日子和时辰，那就算不准了。"盲眼男人一边说话，一边把钱摊在膝上理了理，然后迅速叠好塞进了他贴身的小布袋里。他理钱收钱的动作非常流畅，就好像他的每根手指上都长了眼睛。小松和小柏的母亲明白自己是要不回来这几块钱了，她也不好意思往回要了——钱都到了别人的口袋里，怎么好开口要嘛！小松和小柏的母亲想了想，决定给小松小柏算一算。于是她对盲眼男人说道："我的儿子，昨天满周岁了。"她担心盲眼男人会找她要双份的钱，她身上一分钱也没有了，她就没有告诉盲眼男人她同时生了两个孩子。她仔细回忆了下生小松小柏的时辰，生小松生到一半的时候，天完全黑了，她记得她的婆婆突然拉亮了电灯。她把这个细节告诉给了那个瞎眼的男人。瞎眼的男人推算出了一个时辰。"酉时，酉时中生。"说完他仰起头，十指在胸前飞快地互掐起来。过了一会，他身子忽地前倾，空空的眼窝往上翻着，脸上带了点近乎惊喜的表情，道："你有福啊，你儿子的命，极好！"他摸索着抓起小松小柏母亲的一只手，捏着她瘦瘦的指尖，把她的手掌翻过来朝上，用一根留着半截灰白指甲的手指在她的掌心划来划去："此命命局极正大厚重，有福庆之征、祥瑞之兆。运势也算得上是好的，你瞧——"他用指甲在她的掌心画了一个奇怪的图案，"云散尽，月当中，光辉到处逢。再没有比这更好的了！"

小松小柏的母亲听不懂盲眼男人的话，不知道儿子的命到底是怎么个好法。

盲眼男人于是告诉她，她的儿子这一辈子福星高照，前程远大。"不过——"盲眼男人的手指在她的掌心停了下来，"岁运并临，偶有不顺。"盲眼男人松开了小松小柏母亲的手，道："再给十块钱吧，我告诉你保全之法，这么好的命，倘若运势不顺，那就太可惜了。"小松小柏的母亲没有钱，她从口袋里掏出那包水果糖塞到盲眼男人的掌心。盲眼男人捏了捏手中的糖果，又把它举到鼻尖上闻了闻，笑了。"好吧。"他说，"等你将来享福了，有钱了，可要记得我李安世。"他把糖果也塞进贴身小布袋后，道："命是好命，就是八字官煞稍稍重了些，年幼离祖则不吉，但是呢，父母双全可无虞。父母双全，父母双保全！有父母在，纵使安静处偶生啰唣，得庇尴尬处必有救神。怎么说呢？最好的化解之法呢，其实就是亲厚的人，娘啊老子啊立得住，就没有后爹后娘，没有后爹后娘，则无乌云遮月，等长大些，命势壮起来，就再无人能妨他了，你儿子的远大前程那就都是板上钉钉的事了。"

"这是我算过的最好的命了。"末了盲眼男人又说。

小松小柏的母亲是一路跑着回去的。当她喘着粗气砰地一下撞开于家那两扇桐油油过的杉木大门时，小松小柏的父亲，那个面容黑瘦的男人正和他的老母亲在一盏昏黄的灯泡下吃晚饭，他们惊愕地从各自的青花大碗上抬起头，看见小松小柏的母亲趺趺撞撞地直奔向屋内，两个人慌忙把碗放下跟了进去。他们进到里屋后，看到小松小柏的母亲一条腿跪在床上，俯身向下，正笨拙地掀起自己汗湿的衣衫，试图将两个小小的稚嫩的乳头塞进孩子们的嘴里……小松和小柏的父亲愣了下，脸上很快浮起一丝温和的笑，他往后退了退，搓着手喃喃道："回来了？也好，也好……"小松和小柏的奶奶擦了下眼睛，伸手牵了牵儿子衣襟，低声道："造孽……就当多养了一个吧。"

他们很快就发现，这多养的一个并没有白养。

虽然小松小柏的母亲不会煮米饭不会种菜不会养猪，小竹村的媳妇会做的很多活，小松小柏的母亲都不会做，但是呢，对孩子，她倒比小竹村任何一个媳妇都要尽心。她几乎不去镇上耍，从不打麻将，那么瘦小的一个人，自己似乎都还站不稳，就左手一个孩子，右手一个孩子，没一刻是得闲的。小松小柏的母亲在生小松小柏时，因为年纪太小，小小的乳房分泌不出奶水，小松小柏的奶奶就把小松小柏抱到自己床头，用米汤喂他们。小松小柏的母亲在街道边遇到李安世后，就像一个沉睡的人突然被人叫醒了一般，蓦地一睁眼看到的东西令她吃了一惊……两个儿子！她是有两个儿子的人啊！算完命后她的胸口就奇怪地胀痛起来，她在路边坐了很久。小松小柏的母亲坐在路边，也想到了她自己的继母，继母是坏人吗？继母疼弟弟，疼爹，可是，也不能说她好。亲妈在世的时候，当然生起气来也是拿羊鞭子打过她的，但是她挨过的继母的羊鞭子要格外多，多得像她的头发一样数不清……小松小柏的母亲在路边坐了很久很久，直等到那阵疼痛过去后她才起身一路狂奔回去。第二天，小松小柏的母亲开口找他们的父亲要了件东西，这也是她一生中唯一的一次找这个男人要东西："买只母羊嘛。"小松和小柏的父亲跛着脚走了好几个村子，终于买到了一只刚下完崽的母羊，小松小柏自此喝上了羊奶。羊奶把小松小柏喂得又漂亮又结实，看上去一点也不像是于家会有的孩子。

小松小柏的奶奶去世前对他们的母亲说："于家欠你的，只有来世再还了。"

小松小柏的父亲去世前也对他们的母亲说："于家欠你的，只有来世再还了。"

小松小柏的母亲感到很奇怪，他们到底欠她什么呢？她真是一点也没弄明白。小松小柏的母亲带着那点疑惑，把小松小柏的奶奶和小松小柏的父亲都用漆得油黑锃亮的棺材盛了，热热闹闹地埋到了羊每天都要去吃草的山坡上。小松小柏的父亲去世时，小竹村的一位老人和小松小柏的母亲开玩笑："这坏东西把你像牲口一样弄来了，你用卷草席埋他又怎样！"小松小柏的母亲不说话，只顾低头在火盆里烧纸钱。小松小柏的父亲死去的那年，小松小柏十岁，小松小柏的母亲想起李安世以前说过的话，心里怕得要命。她跑到镇上问过李安世后，回来就让小松小柏拜了门前的大樟树为干爹。小松小柏进进出出喊大樟树"干爹"，逢年过节给它烧香、磕头，小松小柏又成了父母双全的人。

时光不知不觉地把小松小柏变大，也把他们的母亲变成了另外一个人。她倒是没有长高，但人却变得十分粗壮结实，她成了一个个头矮小、敦实耐劳的中年妇人。现在的她说一口纯正的本地方言，一天吃三餐饭，人们早已忘了她身后那个模糊而遥远的异乡。她自己呢，差不多也完全忘了吧，只有一点，还时常提醒着人们她的与众不同，那就是她很会养羊，却完全不会养猪。小竹村家家都要养猪的，猪圈在偏厦内，拿菜叶和潲水喂，年底的时候，杀了解成一块块挂在火塘上方的横梁上，能一直吃到来年春上。小松和小柏家的偏厦内没有猪，只有羊，他们家的火塘上方也总是挂着羊肉。小松小柏的母亲每年都要养三四十只羊，要不是那间偏厦太小，小松小柏的母亲一定会养更多的羊。小松小柏的母亲隔一段时间就要卖几只羊到涔水镇的海子煎饺店去，山脚下那条细细的通向小镇的路，是羊一生中最后要走的路程。羊帮助小松小柏的母亲解决了很多问题，羊养活孩子们和她自己，羊给了小松小柏的奶奶和父亲体面的棺材，在小松小柏的母亲自己还是黑户的情况下，羊还让小松小柏上了户口……羊就是一切。白天，小松小柏家的羊是要牵上山的，为了防止羊钻进山林难以找寻，小松和小柏的母亲像拴狗一样在羊的脖子上套上藤编的颈圈，然后用一根细长而结实的麻绳牵着它们上山吃草。她牵羊上山时，她自己常常都觉得好笑，她还记得小时候父亲带着她一起放养的庞大的羊群，总是像潮水一样漫卷过山岭。有时候，她一手抓着麻绳一手挥舞着一根柳条驱赶羊时她会想到她的父亲，如果他看到她现在这样放羊，一定会笑掉下巴的吧。每天早上，她把羊牵到对面山上，分开来拴在草场上，有时候她吃过午饭再去给它们换个地方，有时候她也懒得去。羊却总是只只肥壮，从未令她失望过。因为草长得实在是太好了，密密实实的像张毯子，羊要是自己愿意，单是坐着就能把自己喂饱。小松小柏刚生下来时，像两只耗子一样瘦小。后来，他们的母亲拿羊奶喂他们，也喂她自己。三个人形影不离，都慢慢结实起来。有一段时间，三个人甚至长到一般高，一样的小小的结实的胳膊和腿，一样的又黑又硬的头发，身上都散发着一样的羊膻气，看上去就像三姐弟。不过这段时间很短暂，仿佛是一眨眼，两个孩子突然就长得高出了他们的母亲一大截，长高了的他们常常像小时候那样与母亲亲昵，比如突然伸出自己粗壮的胳膊，将母亲的头搂到自己腋窝下。他们的母亲把脑袋挣脱出来，挥舞着拳头作势要捶他们，两个孩子大笑着灵巧地从母亲身边跑开，他们像健壮的牛犊一样冲下稻场，越过田埂，跑到对面山上去牵肚子吃得滚圆的羊。他们的母亲立在稻场边的樟树下，一边理着自己被弄乱的头发，一边笑盈盈地注视着他们年轻而结实的背影。小松和小柏从会走路开始，就常常帮着他们的妈妈牵羊了。而她人生中的一点甜头，全来自这两个孩子。

小松小柏小的时候，他们的母亲也时常带着他们去镇上卖羊。

一个浑身散发着羊膻味的个头矮小的女人，两个浑身散发着羊膻味的结实的孩子，三两只温顺而肥壮的羊，他们组成了一支奇怪而沉默的队伍。涔水镇上的人看到他们，总是会说一句：“小竹村这女人，不容易！”但小松小柏的母亲从来没有觉得有什么不容易。在小竹村，人如小草，活着真是一点也不费劲，吃什么肚子都能饱，孩子们简直就是见风长，她操过什么心？赚钱，也不是太难的。小松小柏的母亲在镇上买过三个手电筒，三只带盖的塑料小桶。五月天气好，她在小桶里抹上百草枯，每夜带着小松小柏去对面山上抓蜈蚣。最多的一晚他们抓了三百多条蜈蚣。一个月下来，用竹签绷得直直的红头金足的蜈蚣能铺满一稻场。每年五月，单是卖蜈蚣，都要卖上个两三千块钱呢。

小松小柏的母亲喜欢小竹村。

小竹村是那么好，可孩子们还是要往外面跑。长大后的小松小柏也离开了小竹村，去了又远又陌生的城市。小松小柏的母亲不舍得小松小柏，可她也是知道的，小松小柏的远大前程，并不在小竹村。小松小柏出门前，他们的母亲没有什么更多的话叮嘱他们，她像小竹村其他母亲一样叮嘱孩子："不准卖肾，不准下井！"就好像只要她们的孩子点点头，就可以避免遭遇这些单是听一听就会让人发抖的可怕的事情。除此之外，小松小柏的母亲还多叮嘱了一句："要把身份证收好！"薄薄的两张身份证，用多少只羊换来的！尽管小松小柏的母亲自己没有身份证，尽管她没有身份证也曾像被风刮着一样跑了很远的路程，但她还是知道的，孩子们不能没有身份证。小松小柏用清澈无邪的眼睛看着他们的母亲，各自把两只空空的稚嫩的拳头捂到嘴上，嗤嗤笑着答应了，就好像在嘲笑他们母亲那多余的担心。小松小柏去城里后，他们的母亲感觉房子变空了，日子变长了。每天早晨，她把羊牵上山后，回头望望于家那三间带偏厦的房子，常常会对接下来漫长的一天不知所措。于家没有电话，小松小柏偶尔会把电话打到村长家，留话给他们的母亲。小松小柏的母亲隔三岔五走过那条小路到村长家去，村长有一辆小汽车，去涔水镇的公路就连着村长家的稻场。小松小柏的母亲偶尔去向村长或是村长老婆打听小松小柏是否打过电话，村长或是村长老婆有时候说有，有时候说没有，大部分时候说没有。说有的时候，消息也是零零碎碎的，而且越来越少，小松小柏的母亲不免怀疑起村长和村长老婆的记性。小松小柏的母亲于是告诉村长，她想去城里看看小松小柏。村长不耐烦地问道："好嘛，你要怎样去嘛？"小松小柏的母亲说："我不坐要身份证的车，也不住要身份证的店。"村长说："那你到了城里，城里人问你是谁，你要怎样回答嘛？"小松小柏的母亲说："我是小松小柏的娘啊。"村长笑了笑，说："你要怎样证明自己就是小松小柏的娘嘛？"——这把小松小柏的母亲吓了一大跳。在小竹村，人人都知道小松小柏是她的，那三间带偏厦的房子是她的，山坡上的羊是她的，稻场上晾晒的蜈蚣是她的……等再次卖了羊，小松小柏的母亲就去买了一只手机。当然光有手机是不行的，她还得要个手机号，没有身份证，她就从火塘上方的横梁上取下一条羊腿，去镇上找李安世。李安世把自己的身份证复印了一份给她，帮她办了个手机号。小松小柏的母亲回家后，又从火塘上方的横梁上取下一条羊腿，这回她去了村长家。村长在看电视，《神探李昌钰》。小松小柏的母亲把羊腿搁在村长的脚边，然后把写着自己手机号码的纸条递给村长，拜托他转告小松小柏。村长接过纸条挥了挥手，连头也没有抬一下。小松小柏的母亲不放心，坐在村长家稻场边的一块青石上等着，直等到电视放完了，亲眼看着村长把羊腿搁到了电视柜上，又亲眼看着村长把纸条贴到了电视柜上方的墙上，这才起身离去。

可小松小柏的母亲依然没有等来任何电话，她吃饭睡觉都把手机带在身边，可是手机从未响过。小松小柏的母亲怀疑自己买了个不会响的手机，她又去了村长家，央求村长拨打自己的手机号码。手机不但会响，而且会唱！村长拨完电话号码后，小松小柏母亲的手机很快就唱起歌来。小松小柏的母亲这才放了心。闲下来，她时常坐在门前的樟树下，手里握着手机，眼里痴痴望着那条山脚下的小路，回想起带着孩子们去放羊、去捡蜈蚣的情景，小松小柏的母亲不知不觉就会笑起来。她单是想他们，别的其实倒也不太担心，她在小竹村度过的这些年使她相信，世上还是好人多，而好人总是会碰到好人。也许就像村长说的——村长说："不用想他们！兔崽子们灯红酒绿的好着呢！等到春节，他们就会明白自己终究不是城里人，再远也得滚回来！"

而春节还能有多远呢！

一个初秋的早上，小松小柏的母亲把羊拴在山坡上后，她回头望了望于家那三间带偏厦的房子，房子里没有小松小柏，也没有羊，她回去做什么呢？于是小松小柏的母亲就地找了块平坦些的地方躺了下来。小松小柏的母亲躺下来后，闻到了初秋的青草那干燥浓郁的温暖气息，天上的云远远地飘走了，留下来一大片蓝莹莹的天。小松小柏的母亲觉得日子好得令人心里发空。她打了个呵欠，把一只胳膊搭在眼睛上，很快就进入了梦乡。在梦里，小松小柏的母亲见到了她的父亲，他完好如初，抱着根羊鞭朝她走来。他朝她微笑，告诉她药材商人的钱治好了他的病。小松小柏的母亲很诧异父亲还活着，她看着他高兴得直淌眼泪。小松小柏的母亲想把小松小柏推到面前给父亲看，她回身抓到了小松，却没有抓到小柏，她举着一只空空的手，焦急地问小松："你弟弟呢？你弟弟呢？"小松低着头不回答她。她把他的下巴抬起来，看见的却又是小柏，她摇着小柏的肩膀问："你哥哥呢？你哥哥呢？"小柏也低下头不回答她。她急得出了一身汗，惊慌地从梦中醒过来。小松小柏的母亲从草地上坐起来，她擦了把额头的汗，四下里看了看，山坡下的稻田里有个老人在干活，风正顺着山坡吹上来，草叶被吹伏下去的一瞬，露出来一些黄的白的野花。一只羊拴得距小松小柏父亲的坟墓近了点，现在它把半边坟堆上的草都啃低了。小松小柏的母亲连忙起身走过去，给羊换了个地方拴着。这一天才开始呢，居然躺下就睡着了。小松小柏的母亲感到很奇怪，更令她奇怪的是，刚刚做的这个梦，到底是什么意思呢？小松小柏的母亲拍了拍身上的草茎和尘土，决定去镇上找李安世问问。

小松小柏的母亲把羊牵回家后，推着单车出了门。转过山来，小松小柏的母亲意外地看到那面山坡上竟然围着许多人，不远处村长家的稻场上停着三辆警车，车顶的红灯在阳光下熠熠生光。稻田里那些弯曲狭窄的田埂上，还有不少人正往这赶过来。有个穿着件红色上衣的女人，边走边用木梳梳着自己乱蓬蓬的头发。小松小柏的母亲头一回见到这番景象，这么多的人，邻近几个村子里的人，只怕也都赶来了。小松小柏的母亲把单车靠到路边一棵松树上后，也赶紧挤到人堆里去。

"死人了！死人了！"周围的人嗡嗡议论道。

这面山坡地势陡峭，有几处因泥石流造成的沟壑，沟壑幽深，松树长得密不透风。以前她还带着小松小柏来这里捉过蜈蚣呢。小松小柏的母亲奋力钻到人群前面去，她看到沟底用绳子围起了一个圈，村长也在圈里头，正和一个脸色灰黄的警察说着话。两个身材高大的警察推搡着一个戴脚镣手铐的人过来了，人群里响起了“杀人犯，快看那个杀人犯”的喧闹声。小松小柏的母亲于是仔细看了看那个杀人犯，三十来岁的年纪，一张瓦刀样的瘦长的脸，微微佝缩着的单薄的肩膀，并没有什么特别的。杀人犯的脚镣和手铐被一根铁链扣在了一起，他的两只硕大的手都只能端在小腹那。杀人犯怯怯地伸出一根手指头，略带迟疑地往一个地方指了指。几个戴白手套白口罩的警察拿来了铁锹，一小块草地被扒开了，露出来深红色的黏湿的土。这些深红色的土再被掘开，露出来一件灰暗的人形物体，一把尖嘴镐把它从泥土中勾了出来，衣服鞋袜竟都还是全的。小松小柏的母亲心里一阵乱跳，而人群晃动起来，响起了“咦——”的一声喧嚣。

“为么子要杀他？”人群里有人问。

“么子也不为！杀人犯要抢珠宝店，想先练练手，听说是从劳务市场找到他的，是个细伢子，不晓得辨人。一枪打在后脑壳上。”人群里有人答。

“么子也不为！”小松小柏的母亲吓得把手捂到嘴上去。

村长用一只手捂着口鼻，走到土坑边看了会，回身大声对那个脸色灰黄的警察说道：“不是我们这里的人，不是！”

那个脸色灰黄的警察嘴里一直嚼着什么，他默默地看着另外几个警察在沟底忙活，没有再跟村长说一句话。一顿饭的工夫过后，戴白口罩的警察用一块塑料布把沾满红土的尸体兜了起来，装进了一个长方形的塑料箱子里。他们抬着箱子，押着那个杀人犯一并上了那两辆警车。村长把他们送过去后，马上一路小跑折回到现场来，他折了根松枝，蹲在土坑边在泥土里拨来拨去。

小松小柏的母亲看着草地上那个红色的土坑，心里难过得不得了，她也在村长身边蹲下来，她问村长道：“村长，晓得不，是谁家的孩子？”

“哪个晓得！又没找到身份证，裤兜里只有一支笔。”

“他的身份证呢？现在的孩子不是都有个身份证的么？”

“哪个晓得！”

那个穿红色上衣的女人也凑过来，好奇地问道：“怎么被打死在这里？”

“哪个晓得！狗日的哄他说家里有口煤井，缺个坐在井口记数的伙计。”村长失望地把手里的松枝扔掉，他拍了拍手上的泥土站了起来，道：“唉，一句话，牵牲口一样就把一个人牵来杀了。”

“造孽，他家里人都不晓得，到了年底还会盼着他回去过年的吧。”红衣女人叹道。

“他脖子上挂着个护身符呢！”村长有些兴奋地冲大家说道，“想想看，一个贴身物件，隐含着多少秘密啊，真要下工夫查，哪有查不到的？”

“下工夫查？”有个见多识广的村民扑哧笑道，“呵呵，死的又不是皇帝儿子！”

“这话算你说着了。”村长叹了口气，道，“抢劫杀人犯都抓到了，这个案子算是破了，大家都立了功，哪个还查这个倒霉蛋！有个护身符又有么子用嘛！”

“村长，你可看得清，是哪样的护身符？”有人好奇地问道。

“一个不值钱的石牌牌，两面都刻了字，一面刻着‘出入平安’，一面刻着‘前程远大’。”

小松小柏的母亲停下脚步，把一只手慢慢捂到胸口上去。她看到人群聚拢来，将村长围到了中央。小松小柏的母亲离开人群，走到那棵松树下去推单车。她两手用力抓着单车把手，抬腿试了好几次，都没能骑上去。“谁家的孩子啊，死在这里……”小松小柏的母亲心里乱得很，她推着单车慢慢在山道上走着，山还是那座山，路还是那条路，不知道到底是什么被改变了，风吹过松树林，听上去都像是一阵阵的呜咽，她听得心惊肉跳。“到底是谁家的孩子啊？”小松小柏的母亲把一只手伸进口袋里，握住了那只从未响过的手机。她盼望着它赶紧响一次，哪怕只是一次……可手机一直都没有响，只有太阳，沉默而温和地照了她一路。

（原载《江南》2014年第2期）

传染记

晓　苏

1

饲料贩子来了一支烟的工夫，傅彩霞也来了。当时，邬云正在房子后面清扫猪圈。她是一个爱干净的女人，不仅把自己的住房收拾得一尘不染，就连房后的十几个猪圈，也被她打理得清清爽爽。她每天都要用水管子把猪圈冲洗一遍，还要按时打药消毒。

郝风本来也在帮邬云清扫猪圈的，饲料贩子来后，他就丢下扫把回房子里去了。自从办了这个养猪场，买饲料的事情一直都由郝风负责。当然，买猪崽和卖肉猪这些大事，也都是郝风的。邬云只管喂猪和猪圈卫生，还有杂七杂八的家务活。夫妻俩的分工，有那么一点男主外女主内的味道。

邬云快把最后一个猪圈冲洗好的时候，郝风在房子后门上喊了一声。

“邬云，你回来一下，傅彩霞找你。”郝风说。

邬云应了一声说：“晓得了，过两分钟就回来。”

傅彩霞住在邬云家附近，两家的房子只隔着一道土梁。土梁不高，长着一些青松和翠柏。邬云站在自己家的门口，能看见傅彩霞房子的黑色屋脊。在油菜坡，邬云和傅彩霞住得是最近的，两人的感情也特别好。她们的娘家都在十字冲，邬云还是傅彩霞的媒人呢。邬云头一年嫁给郝风，第二年把傅彩霞也介绍到了这个地方。傅彩霞的丈夫与郝风的关系也不错，这两年一直在广东打工。

邬云回到房子里时，傅彩霞正站在厅屋的门槛边等她。郝风和那个饲料贩子也在厅屋里，他们坐在茶几两边，一边喝茶一边谈饲料。饲料贩子还在抽烟，烟用两个指头夹着，吐一个烟圈，弹一下烟灰，显出很有派头的样子。饲料贩子是宜昌那边的人，把吃饭说成“乞饭”，以前也来过几次，都是郝风和他打交道。邬云不晓得他姓什么，也没问过，每次见面只喊他一声“稀客”。

见傅彩霞站着，邬云就责怪郝风说：“来了客人也不找个座。”傅彩霞连忙说：“莫冤枉郝风，是我自己不坐的。再说，隔这么近，三天两头地来，也不是什么客人。”傅彩霞说话鼻音很重，嗓子好像也不利索，声音听起来干巴巴的。邬云便关心地问：“怎么，感冒还没好？”傅彩霞咳了一声说：“就是，已经半个月了，一直好不了。”邬云定睛看着傅彩霞，发现她眼圈乌黑，鼻头红肿，嘴唇都裂了口。邬云说：“你的感冒好像越来越严重了。”傅彩霞说：“谁说不是，我都难受得要命！”她说着又咳了两声。

邬云没急着问傅彩霞有什么事。她搬把椅子对她说：“你坐会儿，我先去换身儿衣裳。”邬云很讲究，每次去猪圈都穿专门的工作服，一回到房子里就赶快换下来。鞋子也是专用的，进门出门都换。

从饲料贩子身边经过时，邬云喊了声“稀客”，算是跟他打了个招呼。邬云没打听饲料贩子有多大，从面上看应该是自己的同龄人。饲料贩子每次来，都把郝风称为老板，称邬云为老板娘。见邬云喊他，饲料贩子马上回了一句说：“老板娘好！”其实，邬云不喜欢别人喊她老板娘，听了别扭得很。

进到里屋换衣裳的时候，邬云无意中听到了几句郝风和饲料贩子谈饲料的话。郝风问：“你刚才说的肥猪灵与上次推销的肥猪宝有什么不同？”饲料贩子说："肥猪灵里多了一样元素，能让猪长得更快。"郝风问："什么元素？"饲料贩子说："避孕药。"郝风一惊问："放避孕药干什么？"饲料贩子说："打消猪的性欲，让它一门心思长肉。"郝风说："多此一举，我的猪都是劁过的，哪还有性欲？"饲料贩子打了个哈哈说："你错了，过去的太监连那东西都割了，怎么还会调戏宫女？"听到这里，邬云不由偷偷笑了一下，觉得饲料贩子说话还挺有趣的。

已经是阳春三月了，邬云换上了一件绿色条纹的夹衣。她从里屋出来时，饲料贩子的目光陡然亮了一下。

邬云没有在意饲料贩子的目光，匆匆走到了傅彩霞跟前，拖一把椅子在她身边坐了下来。邬云皱着眉头问："你是怎么弄的，一个感冒，拖了半个月还没好，到底治了没有？"傅彩霞说："怎么没治？生姜汤喝了，榨胡椒糊也吃了，还有……"话没说完，她又忍不住咳了起来，脸咳得通红，眼泪也出来了。

郝风和饲料贩子这时停止了说话，眼睛都移到了傅彩霞身上。

傅彩霞咳声刚停，邬云又用批评的口气说："光这怎么行？你要去找医生！"傅彩霞有气无力地说："谁说没找？我还去老垭镇医院看过，药也吃了，针也打了，可就是一点效果也没有。"

郝风突然插话说："感冒虽说是个小病，可有时候比大病还让人受罪。"他说完，起身给傅彩霞端来了一杯开水。

傅彩霞双手接过水说："你说得没错，我这次算是晓得感冒的厉害了。特别是到了晚上，咳个不停，鼻子又堵，嗓子眼儿上像是横了一根鸡毛，有时一通宵都睡不着。唉，真是难受死了！"

郝风问："你老公晓得你病了吗？"傅彩霞摇头说："不晓得，他打电话时听见我咳，问我是不是感冒了，可我没告诉他。"郝风问："你为什么不告诉他？"傅彩霞说："告诉他也没用，只惹他担心。"郝风开玩笑说："你应该告诉他的，让他回来看看你，你就会好的。"傅彩霞说："我病成这样子，你还说笑话！"

邬云这时打断问："彩霞，你找我有什么事？"

傅彩霞说："我今天听说了一个偏方，说猪苦胆治感冒很有效。我就来找你，看你去年杀猪时留下猪苦胆没有。"

邬云想了想说："猪苦胆倒是留下了，可那东西难喝呀，比黄连还苦呢！"

傅彩霞微笑一下说："太好了！再苦我也要把它喝下去，良药苦口利于病嘛。"

邬云马上让郝风去取猪苦胆，说是挂在灶屋的墙上。郝风很快去了灶屋，再回到堂屋时，手上多了一个小灯炮似的东西，里面装着黑乎乎的胆汁。郝风直接把它交给了傅彩霞，说："早日康复！"傅彩霞咳了一下说："借你吉言！"

饲料贩子一直坐在那里抽烟，一声不响，仿佛对傅彩霞毫不关心。可是，当傅彩霞接过猪苦胆扭身要走时，他却突然扔掉烟头，站起来说："有一种感冒，只有一种方法才能治好。"

听了饲料贩子的话，傅彩霞把转过去的身子猛然又转了过来，两眼直直地看着饲料贩子问："哪种感冒？"

饲料贩子说："一种特殊的病毒性感冒。这种感冒很顽固，吃药打针都不管用。"

"哪种方法能治？"傅彩霞迫不及待地问。

"传染给另外一个人。"饲料贩子说，"只要传染给了下家，上家的感冒立刻会好。"

傅彩霞一下子愣住了，眼皮快速地眨动着，对饲料贩子的话将信将疑。过了一会儿，郝风对傅彩霞说："他这话也许有道理，你不妨赶快找个下家传染下去，让自己早点好。"邬云却说："彩霞，你千万别信，人家给你开玩笑呢。你赶快回去喝猪苦胆吧，要是喝了仍不见效，你还是再去医院，抓紧吃药打针。"

傅彩霞一边咳一边出了门。出门之后，她又回过头来看了饲料贩子一眼。邬云注意到，傅彩霞看饲料贩子的眼神有点怪怪的。

2

过了几天，邬云喂完猪之后，翻过土梁去了一趟傅彩霞家。去的时候，她手上提着一只保温桶，里面装着她亲自包的饺子。自从把猪苦胆拿走后，邬云再没见到傅彩霞，也不晓得她感冒好了没有，心里一直惦记着她。这天中午包饺子，邬云有心多包了一些，正好去看傅彩霞时送给她尝尝。

傅彩霞住的是一栋老式房子，黄墙黑瓦，屋脊砌得高高的，像两条飞舞的龙。前面是一排正房，正房里有一间堂屋和两间厢屋。后面是个甯搭子，附在正房的后墙上，是她家的灶屋。

邬云先走到正房前面，却看见大门上挂着锁。她折身又到了后面灶屋门口，发现这个门也锁着。前后都没见到傅彩霞，邬云不禁有点扫兴。正要扭头离开灶屋时，挂在门楣上的一块皱巴巴的肉皮吸引了她。邬云仔细一看，它原来不是肉皮，而是那个猪苦胆。不过，里面的胆汁已经一滴都没有了，只剩下了一张皮。邬云就想，傅彩霞喝了猪苦胆后感冒好了吗？她这么想着，心里越发想见到傅彩霞了。可是，傅彩霞到哪儿去了呢？她想了半天也没想出一个眉目来。

傅彩霞旁边还住着一户人家，邬云看见门口坐着一个老婆婆。她很快走到老婆婆身边，问："你晓得彩霞去哪里了？"老婆婆耳朵还好，反应也快，马上回答说："她去麻将馆了。"邬云一愣，不明白傅彩霞去麻将馆做什么，她平时从来不打麻将的，连麻将子都认不全。愣了一会儿，邬云又问："你晓得彩霞的感冒好了吗？"老婆婆连忙摆头说："没好，我昨天晚上听见她咳了一夜。"

麻将馆是一个姓龚的人开的，离傅彩霞家不远，走快点只要一刻钟。邬云决定直接去一趟麻将馆，心里还是想见傅彩霞一面，再说还要把饺子送给她。

邬云很快到了麻将馆。一到门口，邬云便听见了洗牌的声音，噗噗咚咚的，有点像沙炒玉米花。老龚当时正在门口用竹签剜牙，看样子刚吃过午饭。

邬云开口就问："傅彩霞在不在你这儿？"老龚吐出一截肉丝说："在。"邬云问："她又不会打麻将，跑你麻将馆来做什么？"老龚说："我也感到奇怪呢，她一大早就来了，自己不打，一直坐在人家边上看，还义务地当了我的服务员，不停地帮客人点烟加茶。中午也不回家吃饭，我家的饭她又不吃。"

麻将馆有三桌麻将，这天只开了一桌。邬云推开房间的门，一眼就看见了傅彩霞。她这时正在剧烈地咳着，同时还在擤鼻涕。傅彩霞面前放着一只垃圾桶，已经被她用过的卫生纸堆满了。打麻将的四个人，邬云都认得，尽是游手好闲和好吃懒做的。四个人都抽烟，房里烟雾缭绕，空气污浊，邬云顿时感到头晕目眩，还一阵恶心。

邬云没有进门，只给傅彩霞招了个手就扭头走了。

傅彩霞随着邬云来到了麻将馆门口的一棵树下。两个人相互对视着，好半天没说话。傅彩霞的感冒看起来还在加重，脸上已经有点浮肿了，鼻子通红，看上去像一截胡萝卜。她还是不住地咳，一分钟要咳好几次。

"猪苦胆也没效？"邬云终于开了口。傅彩霞说："我那天一拎回家就一口喝了，舌头都快苦掉了，却一点作用也没有。"邬云问："没再打针吃药？"傅彩霞说："怎么没？该吃的吃了，该打的打了，昨天我还挂了吊针呢。"她说着，把一只手伸到了邬云面前。邬云果然在她的手背上看见了新鲜的针眼。

过了一会儿，邬云睁圆双眼问："你没事跑到麻将馆来做什么？"

傅彩霞把嘴张了一下，可马上又合上了。

"我问你呢，来麻将馆做什么？"邬云又问了一遍。

傅彩霞勾下头说："我，我想把感冒传染给别人。"

邬云一下子明白了，原来傅彩霞相信了那个饲料贩子的话。沉吟了一会，邬云说："难怪垃圾桶的卫生纸堆满了也不倒呢！"傅彩霞抬起头，连咳了两声说："我实在是太难受了，只好病急乱投医。"邬云说："但愿饲料贩子说的不是鬼话。"

又过了一会儿，傅彩霞问邬云：“你来做什么？”邬云连忙把保温桶递过去说：“今天包了饺子，送几个给你尝尝。快吃吧，听老龚说你还没吃中饭呢。”傅彩霞颤着手接过饺子，感动不已地说：“你总是对我这么好，我该怎么还你的情啊！”邬云说：“看你说的，跟我还讲礼！”

傅彩霞把饺子吃了一半时，邬云双眉一挑问：“你怎么想到要传染给这些赌博佬？”傅彩霞说：“他们成天不干正事，传染给他们，我心里会好过一点。”邬云听了扑哧一笑，在傅彩霞肩上打了一下说：“亏你想得出来！”

傅彩霞吃完饺子把保温桶还给邬云时，邬云问：“你还准备再去看他们打麻将？”傅彩霞点头说：“是的，我要等他们中间有一个人咳了再走。邬云说，那你去吧，但愿早点传染上一个。”

三天后，邬云和郝风正在猪圈里给猪们打预防针，郝风的手机响了。郝风一接，是那个饲料贩子的。邬云问：“他说什么？”郝风说：“他给我们送饲料来了，车子已停在公路边，让我们赶快去下货。”

公路离猪圈还有半里路的样子，这中间只有一条窄窄的便道，汽车开不了，只能勉强跑摩托车和拖拉机。郝风有一辆拖拉机，他和邬云立刻放下手中的活，迅速把拖拉机开到了公路边上。

送饲料的车是一辆皮卡，停在公路外边。这是一种人货两用车，前面坐人，后面装货。拖拉机没用到二十分钟就开到了公路边上。邬云从拖拉机上下来时，看见饲料贩子正蹲在皮卡门前抽烟。饲料贩子先喊了声“老板娘”，邬云接着喊了声“稀客”，然后就一道忙着下货了。

白色的饲料口袋上印着三个大大的红字：肥猪灵。他们麻利地将肥猪灵从皮卡转向拖拉机。快转完的时候，一个拎竹筐的女人忽然沿着公路走过来了。开始，她走走停停，邬云没认出是谁，走近了才发现是傅彩霞。傅彩霞好像在打猪草，竹筐里已装了不少构树叶。

一认出是傅彩霞，邬云就喊了一声。“彩霞，你感冒好了吗？”邬云问。傅彩霞这时也发现了邬云，正要回答，却陡然咳了起来。她咳得非常厉害，身子两头朝中间躬着，像一条耕田的犁弯。等她咳完抬起头来，邬云发现她连耳朵都咳红了，脸色却白得像纸。

饲料贩子这时也认出了傅彩霞，对着郝风说："她感冒还没好呀！"郝风说："看来更加严重了！"

邬云一边拍手，一边走到傅彩霞身边。邬云问："传染给别人了吗？"傅彩霞摇摇头说："没有。"邬云问："怎么没传染上呢？"傅彩霞说："我也觉得奇怪，一连两天，我都去了麻将馆，不晓得为什么传染不上。我有时趁他们不注意，还端他们的杯子喝水呢，可还是没传染上。"邬云说："这真是怪了，难道那几个赌博佬的抵抗力这么强？"

傅彩霞又开始擤鼻涕了。她用手死死地揪着自己的鼻头，像是要把它从脸上揪下来似的。邬云埋怨说："你病成这个样子，怎么还跑出来打猪草？"傅彩霞掏出卫生纸擦了擦手说："不打不行呀，总不能让猪饿死吧！"

郝风连忙对傅彩霞说："你赶紧回去休息吧，我过会儿给你送些猪草去。"傅彩霞说："这倒不必，我只有一头猪，也吃不了多少猪草。"

饲料贩子这时走到傅彩霞跟前，认真地说："你还是要想办法把感冒传染给别人，否则好不了。"

"没办法可想了。"傅彩霞说，"我把能想到的办法都用上了，可都不管用，别人怎么也传染不上。"

"我倒是有个办法，就是怕你不敢用。"饲料贩子怪腔怪调地说。

傅彩霞急忙问："什么办法？"

饲料贩子犹豫了一下说："算了，说了你也不敢用。"

邬云斜了饲料贩子一眼说："你还没说呢，怎么晓得别人不敢用？"郝风指着饲料贩子说："你别卖关子了，赶快说吧，究竟是什么好办法？"傅彩霞也催促说："你就告诉我吧，看我感冒成这样儿，同情一下我吧。"

饲料贩子皮笑肉不笑地说："那我可就说了。"

"说吧，我听着呢。"傅彩霞说。

饲料贩子说：“你找个男人睡一觉。”

话音未落，傅彩霞马上惊叫了一声。“哎呀，你要死！”她是这么叫的，边叫边猛地背过身去，再不敢回头见人。邬云狠狠地瞪了饲料贩子一眼说：“你狗嘴里吐不出象牙！”郝风一脸坏笑地说：“办法倒是个好办法，可惜她老公在广东打工，远水救不了近火。”

过了一会儿，邬云伸手拍拍傅彩霞的背说：“别听这些臭男人的，你还是赶紧去医院吧。”傅彩霞没吱声，头也不回地走了，边走边咳。

3

阴历三月二十五，邬云去了一趟十字冲，还在那里住了一夜。她妈这天过生日，满六十二。以前没办养猪场时，邬云每年去十字冲给妈祝寿，都是郝风陪着一道去。自从办了这个场，郝风就走不开了，邬云只好一个人去。

邬云是二十六中午回到油菜坡的。走在回家的路上，她发现沿路的油菜花都开了。花朵金灿灿的，像电焊时发出来的火光，让人看了睁不开眼睛。邬云感觉到油菜花是一夜之间开的。去娘家时，它们好像还沉睡着，回来时就开得这么刺眼了。邬云认为花是一种奇怪的东西，它们总是在某个夜晚偷偷绽放。

邬云到家时，郝风刚提着两只塑料桶从猪圈回来，正在门口换鞋。受到邬云的影响，郝风也变得很爱干净，每次去猪圈都要换上套鞋或球鞋，回来时再及时把布鞋或皮鞋换上。

“猪都喂过啦？”邬云问。

郝风清了清嗓子说：“刚喂完。”

邬云发现郝风说话的声音有些嘶哑，听起来已经不像他的声音了，仿佛他嗓子眼儿那里蹲着一只青蛙，正在替他说话。

“你嗓子怎么啦？”邬云问。郝风说：“有点儿不舒服。”他说着还咳了两声。邬云马上扭过头，看着郝风的脸，发现他的脸苍白，鼻子却红兮兮的，像涂了一层红油漆。“你好像感冒了！”邬云说。“有点儿。”郝风说，边说边扭过身去擤鼻涕。他的鼻孔已经堵塞了，擤了半天才擤出一些来。

邬云从口袋里掏出半张纸巾递给郝风，皱起眉头说：“昨天还好好的，怎么突然就感冒了？”郝风接过纸巾，擦了鼻孔说：“昨晚有些闷热，我睡着后把被子掀了一半，醒来就感冒了。”邬云想了一下，昨晚的气温的确有点反常。邬云叹口气说：“你呀，三十好几的人了，睡觉还掀被子！”

进入堂屋后，郝风又猛烈地咳了一阵。邬云着急地问：“买药没有？”郝风说：“一早就去村药铺里买了几包感冒胶囊，已吃两次了。”邬云这时朝身边的茶几上看了一眼，发现上面果然有感冒胶囊。看见感冒胶囊后，邬云就没再把郝风感冒的事往心里去。郝风以往也常患感冒，吃一些感冒药就好了。当时，邬云一点儿也没想到要把这事与傅彩霞联系起来。

吃过中饭，邬云去堆放农具的杂屋，忽然注意到少了一只背篓。他们家有三只背篓，不用时都整整齐齐地排在杂屋里，现在却只剩下了两只。

“还有一只背篓呢？”邬云在杂屋里问。

郝风吃完饭在堂屋里喝茶，吞下一口茶后回答说：“噢，我昨天下午给傅彩霞送去了一背篓猪草，回来时走得太急，把背篓忘在她家了。”

邬云脑子里的某根弦猛然颤了一下。就在这个时候，她把郝风的感冒与傅彩霞联系起来了。难道他的感冒是傅彩霞传染的？邬云想。她这么想着，心里不禁一阵慌张，好像有许多绳子在扯她的心。她的眼前顿时黑了一下，有一种眩晕的感觉，还差点倒在地上。扶着风斗站了好半天，她才稍微清醒了一点。

堂屋里这时又传来郝风的咳声，邬云一听头就大了。她一下子火冒三丈，转身冲到了堂屋里。

“你到底是怎么感冒的？”“邬云指着郝风的鼻子问。”

郝风陡然一愣，十分吃力地说：“睡觉掀了被子，我刚才已说过了。”

邬云冷笑一下说：“不会这么简单吧？”

“你什么意思？”郝风把脖子朝邬云一伸问。嗓门也陡然扩大了几倍，听上去像打一个破锣。

邬云本来想说出傅彩霞的，但她刚张开嘴又闭上了。她猛然想到了傅彩霞与自己的亲密关系，觉得她不可能做对不起自己的事情。再说，她了解傅彩霞的为人。傅彩霞一向本分，平时跟别的男人连话都很少说。邬云想，在没有得到真凭实据之前，她不能随便说出傅彩霞的名字。

郝风见邬云欲言又止，追问道："你刚才的话到底是什么意思？"

邬云没有回答，快步走出了堂屋。她决定马上到傅彩霞那里去一趟，去看看她的感冒好了没有。邬云一直记着饲料贩子说过的话。她想，如果傅彩霞的感冒还没好，那就是冤枉郝风了；如果傅彩霞的感冒已好，那一切好比秃子头上的虱子，都是明摆着的了。

这次去傅彩霞家，邬云比以往任何一次都走得快。她像一股旋风刮过那道土梁，转眼间就到了傅彩霞堂屋门口。

堂屋的门敞开着，邬云一走进门就看见了傅彩霞。她正在右边一间厢屋里对着镜子剪刘海。这间厢屋实际上就是傅彩霞的卧室，窗户被打开了，外头的阳光长驱直入，把卧室照得亮堂堂的，床上闪烁着耀眼的光斑。

"哟，还在打扮呢！"邬云站在厢屋门口说。

听到说话，傅彩霞才发现邬云来了。她赶忙放下剪刀迎到门口，红着脸说："头发把眼睛都挡住了，就自己剪剪。"傅彩霞这天穿了一件粉红色的羊毛衫，身体的轮廓都显出来了。邬云仔细地看了她一会儿，第一次发现她的两个乳房其实挺高的，把羊毛衫都顶起来了。

傅彩霞很快去后面给邬云端来了一杯茶，但邬云却迟迟没接。"我嘴不干。"邬云说。傅彩霞请她坐，她也不坐。她说："我没空坐，只来看你一下就走。"傅彩霞感觉出邬云这天有点儿古怪，言谈举止都与以往不同。

邬云静静地观察了傅彩霞一会儿，突然说："你感冒好了呢！"

"是的，总算是好了！"傅彩霞高兴地说。

邬云一来就等着听傅彩霞咳，或者看她擤鼻涕，但等了半天也没等到，原来她的感冒还真是好了。邬云的心不由猛地往下一坠，仿佛从身上坠到了地上，砰的一声打碎了。

过了许久，邬云目光直直地盯着傅彩霞问：“你把感冒传染给谁了？”

傅彩霞说：“没传染给谁呀！”

邬云又问：“没传染给谁，那你怎么会好？”

傅彩霞一怔说：“你这是什么意思？”

邬云神秘地一笑说：“你晓得我是什么意思。”傅彩霞想了一下说：“你肯定是相信饲料贩子的话了！”邬云反问：“难道他的话说错了不成？”傅彩霞露出一脸苦笑说：“你呀，怎么能相信他的鬼话呢？一个跑江湖的人，有几句话是真的？”邬云愤愤然地说：“以前我也不信，可今天我信了！”傅彩霞看了一下邬云的脸，愣神地问：“你今天是怎么啦？”邬云用鼻孔哼了一声说：“哼，没想到，你还挺会装的呀！”

邬云说完，转身走出了堂屋。可她很快又扭过头来，冷眼对傅彩霞说：“我老公昨天给你送猪草，把背篓忘在你这儿了，我顺便背回去。”傅彩霞说：“是的，我正打算给你们送去呢。”她边说边去后屋找出了背篓，递给邬云。邬云接背篓时说：“不晓得他为什么走得那么慌，居然连背篓都忘了！”

傅彩霞听出她话里有话，一惊说：“你这是什么意思？请你把话说清楚！”

“郝风感冒了！”邬云发泼似的说，“不晓得被哪个不要脸的传染了！”

邬云背着背篓回到家里，郝风又在堂屋里吃感冒胶囊。他越咳越凶，差点把刚吃进去的药咳了出来。一看见背篓，郝风便说：“我说你到哪儿去了呢，原来是去傅彩霞那里背背篓了。”邬云突然吼着说：“不，我是去看她的感冒了！”

郝风吓了一跳，忙问：“感冒？她的感冒好啦？”邬云错着牙齿说：“都传染给你了，她还能不好？”郝风恍然大悟说：“嗬，你原来是怀疑我们……”不等郝风把话说完，邬云便打断说：“这还用怀疑吗？”

接下来，夫妻俩便开始了大吵大闹。邬云要郝风坦白交代，老实认罪。郝风却坚决否认，死不认账。他们吵得一塌糊涂，不可开交，还差点动手打了起来。多亏郝风让着邬云，先软了下来，才没闹到不可收拾的地步。

4

过了三天，邬云又感冒了，是郝风传染给她的。邬云没料到自己会感冒，更没想到被郝风传染。

自从那天大吵大闹以后，邬云便与郝风分了床。她当天晚上就睡到了儿子的房间。儿子在老垭镇中学里住读，到周末才回家，他寝室的那张小床大部分时间都空着。头天晚上，郝风曾竭力劝阻过邬云，但她毫不听劝，头也不回地进了儿子的房间。第二天晚上，郝风还来到儿子房间的门口，诚恳地请求邬云回到大床上去睡，但她没有回去，理都没理郝风。

问题出在第三天晚上。一连两夜，邬云都没睡好，心乱如麻，怎么也睡不着。第三天晚上，邬云实在是太困了，上床不久便睡着了。她睡得很沉，连郝风是什么时候来的都不知道。等到下半夜醒来时，她才忽然发现郝风睡在身边，同时还发现她的内衣内裤不见了，身上被脱得一丝不挂。

次日早晨，邬云开始咳嗽了，鼻孔也堵了，嗓子也哑了，感冒正式传染上了。这真是一件奇怪的事情。更加奇怪的是，邬云一感冒，郝风的感冒竟然一下子好了，说好就好了。

邬云的感冒很重，症状与郝风的一模一样，当然也与傅彩霞的一模一样。咳个不停，鼻孔不通，嗓子眼儿里像卡了一根鸡毛。郝风劝邬云去看医生，催她赶快吃药打针。邬云却没听他的，心想自己患的是那种特殊的病毒性感冒，吃药打针毫无用处。

眼看着邬云的感冒日益加重，郝风就越来越着急。这天上午十点多钟，帮着邬云喂过猪冲洗好猪圈，郝风决定去一趟老垭镇。镇上有个酒厂，郝风打算去买一些酒糟回来喂猪，再顺便到镇上医院给邬云买点治感冒的特效药。

郝风是开拖拉机去的。

郝风走了半个钟头的样子，那个操宜昌口音的饲料贩子突然来了。当时，邬云正一个人坐在堂屋里干咳。她先闻到了一丝烟味，抬头一看，饲料贩子已经站在了门口。他用两个指头夹着一支烟，一边吐着烟圈，一边弹着烟灰。

一看到饲料贩子，邬云马上笑了一下。她心里隐隐有些激动，心想她的感冒可以传染给下一个人了。

（原载《天涯》2014年第2期）

天色已晚

朱山坡

我已经三个月零十七天没有吃肉了。我的三个哥哥和两个妹妹也是。捉襟见肘的母亲小心翼翼地避免谈到肉，但邻居家传来的肉香引起了我们一场舌头上的骚乱。母亲都快控制不了家里的局势了，终于答应等到祖母生日那天吃一顿肉。祖母已经八十六岁，躺在病榻上的时间远比我们没吃肉的时间长，身体每况愈下，估计过不了年关，但当她听说将要吃上肉了，快乐得像我们兄妹中的任何一个。为此，母亲快速而痛心地将地里能卖的东西都贱卖了，终于凑足了六块钱。家里每一个成员，包括久不闻窗外事的祖母都知道，这是三斤肉的钱。我的兄妹大概在家里憋坏了，迫不及待，都争着跑一趟镇上，纷纷向母亲保证，晚上肉肯定会落到我家的锅里。

“必须是三斤！”母亲厉声说道。没有三斤肉无法应付这几张三月不知肉味的嘴。母亲严厉起来是说一不二的，我们没有谁敢阳奉阴违。

兄妹们轮番向母亲表明自己多么适合去镇上买肉。我把他们推开，说：“我跟肉铺行那些屠户熟得很，老金、老方、老宋、老阙，他们都认识我，不敢对我短斤少两，或许我还能从他们那里多要一些。”

这是兄妹们都无法比拟的优势。虽然他们据理力争，但母亲最后还是把钱交到了我的手上。

“去吧！”母亲再次厉声强调说，“必须是三斤！”

午饭后，我将钱藏在身上最安全的地方，撒开双腿，像一匹小野马，往镇上飞奔，我的身后扬起了滚滚黄土。

镇上人来人往，大部分是无所事事地闲逛。我从那些散发着汗臭的肉体中间穿过，老马识途地直奔肉行。在我心目中，肉行是全镇最重要的地方，但它不在镇中心，像电影院不在镇的中心一样。

肉行和电影院中间隔着一条坑坑洼洼的街道。肉行是我最熟悉的地方，而电影院是我最不熟悉的地方。每次到镇上，我总喜欢坐在肉行临街的长椅上，遥望电影院墙壁上花花绿绿的电影海报，倾听从电影院传来的人物对白和配音，想象银幕上每一个角色的言行举止和观众席上表情各异的脸孔。长椅上日积月累起来的污垢散发着油腻的气味，苍蝇和肉行里粗鄙的闲言碎语也无法分散我的注意力。我愿意这样端坐一个下午，直到电影散场，然后一个人乘着暮色孤独地跑十几里路回到村里。肉行里的屠户都说，见过听戏听得忘记自己姓甚名谁的，没见过听电影也听得如醉如痴的。他们不知道听电影是一种莫大的享受。有些电影在电影院里不止上映一次，只要听过两次，我便能复述那些情节，背得出那些台词，甚至能模仿电影里人物说话的腔调，令肉行的那些奸商刮目相看。但他们绝不会施舍两块钱给我买一张电影票。

然而，听电影肯定比不上看电影。我特别羡慕那些能大摇大摆走进电影院里的人。我最大的愿望是天天都待在电影院里。但一年到头，我能进电影院一趟已经算是天大的幸运了。何况，我连到镇上一趟的机会也不容易得到。

肉行的屠户们看到我，对我说：“小子，好久不见了，又来听电影？卢大耳说了，从今天起，听电影也要收费了。”

卢大耳是电影院入口的检票员。我才不相信他们的鬼话。

“那大街上的人都得向他交费啰？”我说。

他们说：“卢大耳说了，只对你收费，因为你听电影听得最认真，电影里的门门道道都被你听出来了，跟坐在电影院里看电影没有多大区别。”

我说：“我今天不是来听电影的，是来买肉的，今天是我祖母生日，我必须买三斤肉回家。”

屠户们大为意外，纷纷夸自己的肉，从没如此慷慨地给我那么多的笑容和奉承。我像国王一样挑剔，从头到尾，对每一个肉摊的肉都评头品足一番而没有下决心掏钱，终于激起了众怒。他们开始怀疑我的钱袋。我从衣兜里摸出被我捏得皱巴巴的六块钱，并在他们眼前晃来晃去，像炫耀一堆大钞。

我不是嫌他们的肉不好，只是觉得我应该还是像一个老成持重的国王，跟他们周旋，直到价钱合适到令我无法拒绝为止。然而，价钱要到达最合适的位置，要等到肉行快打烊的时候。到那时候，他们往往还剩下些品质比较差的剩肉。这些开始散发着馊味的剩肉往往被他们忍痛贱卖掉。也就是说，六块钱现在只能买三斤肉，到了傍晚，却有可能买到四斤甚至更多。如果提着四斤肉回到家里，我将成为全家的英雄。因此，我得跟他们耗时间。时候还早。反正我不缺时间。

屠户们看不见我的城府有多深，肤浅地对我冷嘲热讽，特别是老宋，说我妄想用六块钱买一头猪回家。我历来对老宋不薄，差不多每次买肉我都是光顾他的肉铺，他说话却如此尖酸刻薄！金钱确实能照得见人心啊。

我不管他们，像往常那样，坐在肉行临街的长椅上，安静地听电影。我已经很久没有听电影了。

电影刚好开始。一听片头音乐，便知道是日本电影《伊豆的舞女》。这是一年来我第三次听这个影片了。估计是电影院弄不到新的影片，便放映这些旧影片糊弄人，怪不得今天的电影院门口冷冷清清的，似乎连检票的卢大耳都不见踪影。但当我听到薰子说话的声音时，心还是禁不住狂奔乱跳甚至浑身颤抖。然而，万恶的电影院竟然从没有张贴过《伊豆的舞女》的海报，因而我无法知道薰子长得什么样子。我无数次想象薰子的模样和她的一颦一笑，她长得是不是像我的表姐？或者像我的堂嫂？又或者，表姐和堂嫂加起来也比不上薰子漂亮、温驯？我好像跟薰子早已经相识，她从遥远的日本漂洋过海来到我的小镇，每次都只是和我相隔一条简陋的街道，一堵破败的墙，甚至只隔着粗鄙委琐的卢大耳，仿佛我只需伸出手，便能摸到她的脸。她已经第三次来到我的身边，也许是最后一次了，我觉得我应该和她相见。

肉行也变得冷冷清清了。我从长椅上站起来，引起屠户们的骚动。

“你不买肉了？”他们的脸上泛着油光，脏兮兮的身子养着一群群的苍蝇。无论如何，薰子也不可能在这种场合与我相见的。

我说，我得去见一个老朋友了。

屠户们莫名其妙，目送着我穿过街道，走到电影院门口。我满以为，今天电影院会大发慈悲、大赦天下，免票观看电影。事实上，电影院的入口确实没人把守，畅通无阻。我将信将疑，左顾右盼，确信卢大耳不在，便小心翼翼地走了进去。

简陋的电影院里只有寥寥的几个观众，连放映室里也空无一人，只有放映机独自运转。我拣一个角落的座位坐了下来，故意把身子掩藏在座位上，抬眼看到了银幕上展现出来的山川、河滩、小屋和几个老歌女……马上就能看到薰子了！我下意识地直了直身，伸长了脖子，睁大了眼睛。这将是我和薰子的初次相见，我还快速地整理了一下仪表，双脚相互蹭掉对方的污垢。一切准备就绪，突然一只手将我从座位上拎了起来。

是该死的卢大耳!

他低声地对我吼道：“我早料到你是一个小偷，今天偷到电影院来了！”

我正要争辩。卢大耳警告我：“别在电影院里喧嚷，否则我会打瞎你的眼睛，然后送你去派出所！”

卢大耳把我拖出电影院，扔到门外的大街上，还大声喊叫：“大家来认识这个小偷，今天偷看电影，明天就会偷看女人，将来会偷遍全镇……”

我挣扎着爬起来，发觉裤裆裂开了，一直裂到了屁股后面，我还没有到穿内裤的年龄，冷风直往我的裤裆里灌。我本想大哭，但控制住了，在卢大耳这种人面前大哭不值得。

我夹着双腿走到卢大耳面前，对他说：“我不是小偷！”

“不买票就混进电影院看电影，不是小偷是什么！”卢大耳一副理直气壮的样子，存心在围观的众人面前出我的丑。

我说：“售票窗口关门了！”

我说的是事实。

卢大耳说：“今天售货员请假了，由我卖票，你现在买票呀，你买票就能进去，我就不说你是小偷……你买票呀，怎么不买？”

卢大耳语气里充满了轻薄和挑衅。看热闹的屠户和过往的行人也用卢大耳一样的眼光盯着我，甚至还有人附和着卢大耳。

“这个小子平时坐在肉行的长椅上偷听电影院的电影，却从没向我们交过一分钱——听戏也得付款，何况是听电影！”卢大耳振振有词，“这小子偷听电影比偷听人家夫妻行房还仔细，他都把电影里的故事和台词原原本本地告诉了别人，谁还愿意掏钱看电影？电影院还要不要经营下去？我还要不要吃饭？说不定这小子偷听了电影，回到村里说给别人听还收别人的钱呢，说不定他吃肉的钱就是靠这样得来的……”

众人竟然觉得卢大耳说的全是道理，纷纷点头称是。

我本想跟卢大耳争辩，但电影院里传来了薰子的声音，那声音如此甜美、清澈、纯净，此刻更代表着慈爱和正义。薰子在呼唤我了。

我心里答应一声，咬咬牙，掏出两块钱，送到卢大耳又老又丑的手上。他既惊奇又尴尬，对着众人说：“花钱看电影，天经地义。”卢大耳从深不可测的裤兜里摸出一本票，撕了一张给我。我拿过票，拍掉身上的脏物，昂首挺胸地走进电影院，心安理得地找了一个最理想的位置坐下来。此时我才发现偌大的电影院里空荡荡的，只剩下我一个人了。我成了电影院里的国王，尊贵、孤独，正气凛然，高人一等。

我终于看见了有点陌生的薰子，伶俐清秀，盘着高耸乌黑的旧时发髻，扑烁着明丽的大眼睛，眼角和唇边点着一抹古色胭脂红，有着宛若鲜花般娇艳稚嫩的笑靥……她走动，我仿佛也跟着走动，她开心，我心里也甜蜜，她伤感，我潸然泪下。我对薰子充满担心，怕她摔倒，怕她被想入非非的老男人玷污了。在剩下的时间里，她一共对着我笑了十一次，我确信，她已经看到了我，已经向我示意，等她忙完就要从银幕里走出来和我单独交谈。在黑暗中，我也向她报以会心的微笑——这是国王和女王的相互致意。在这短暂的几十分钟里，我们心心相印，依依不舍。在偏僻的中国小镇终于见到了老朋友，薰子可以心满意足地离开了，我也可以心满意足地买肉去。我们开始了漫长而伤感的告别……

电影院的灯光突然亮了起来。电影还没有结束，银幕上的影像顿时暗淡了下去。卢大耳站在后面迫不及待地嚷道："电影结束了！"

我站起来，向着银幕上的薰子挥挥手。她消失了。我转身走出电影院。从卢大耳身边经过时，我对他说："我还会再来的。"

卢大耳不客气地说："下一次，你还得买票，休想从狗洞钻进来！"

我开始懂得憎恶这个镇，因为镇上有卢大耳。我愿意跟随薰子跋山涉水游走四方，像电影里的那个比我大几岁的川岛一样，我会比他做得更好。那一刻，我的心里已经有了远大的理想。

我一离开，电影院的大门哐当一声关上了。此时我才为刚刚花掉了的两块钱发愁。母亲一再警告我，不要把钱花在别处，也许这是祖母这一辈子最后一次吃肉了，一定要拿着三斤肉回家。

我不知道如何是好。抬头一看，天色已晚。我忘记了冬天的白昼要比春天短促得多。但愿那些屠户慷慨地将剩肉贱卖给我，让我四块钱也可以买到三斤肉。肉差一点也不要紧，祖母也不会计较。我善于跟这些抠门的屠户讨价还价。特别是老宋，我一向对他不薄，他应该咬咬牙，将最后剩下的三斤肉贱卖给我。他说话刻薄，但心眼不坏。

暮色从街道的尽头奔腾而来。

我把口袋里的四块钱捏得紧紧的，快步穿过寂寥的街道。然而，肉行已经打烊了，屠户们早已经不见踪影，干干净净的肉台散发着淡淡的肉味。空荡荡的肉行里只有一个老妇在打扫卫生，两三只老鼠肆无忌惮地在我面前窜动。今天确是一个出乎意料的日子，连肉行都提前打烊了。

我惘然不知所措，一屁股坐在临街的长椅上，对着电影院号啕大哭。

卢大耳在我的肩头上拍了三次我才觉察。我抬眼看他。他没有幸灾乐祸的意思，把一块肉送到我的面前，说："三斤！"

我不明就里，不敢接。

"老宋贱卖给你的。四块钱。你把钱给我，我明天转给他。"卢大耳说，"老宋说了，就当是他请你看了一回电影。"

卢大耳不像开玩笑。但看上去他至少没有先前那么可恶了。

我依然将信将疑。

"你不要？那我拿回家去，我也很久没吃肉了。"卢大耳转身要走。我马上跳起来，把肉从他手里抢过来，把四块钱塞到他的手上。

还没等卢大耳反应过来，我已经飞奔在回家的路上。

我的兄妹们肯定早已经守候在村口。安详的祖母躺在床上，她见多识广，老成持重，不像兄妹们那么急不可待，但也伸长了脖子。

（原载《朔方》2014年第2期）

八道门

周李立

1

康一西一度热衷于谈及堂宁小区的七道门——从小区大门到他家，之间竟有七道门。

“真是麻烦，不过很安全。”每逢被询问起住处，他总是这样漫不经心地说起小区的七道门。他一般会在此处停顿片刻，等着对方满怀同情地问：“怎么会呢？那么多门？”

于是便可以心安理得娓娓道来，关于那七道门。

测绘师康一西会在这时举起他执惯铅笔的右手，每说一道门，便从外向里弯下一根圆润苍白的手指。右手用完再举左手。待七道门细细讲完，手势已像佛祖。

他有时候是在出租车上谈起那七道门——饭局结束，食客们按居住方向分组乘出租车离场。他住的小区位于北京城中心，这让他总是有理由谦让：“我很近，不急。”他大度地让那些住在遥远的城东城北郊区的人们先离开，之后

摆渡车上，她们分别说着东北话、四川话以及完全听不懂的（也许是浙江）某地方言的声音，像绳索一圈圈缠绕着他。余音绕梁，袅袅不绝。完全不同的语言、完全不同的声色口吻、完全不同的频率，在狭小的空间中，和谐统一，像随意搭配出的调味品，陌生、混乱，却又刺激。

他想北京原来就是这样的啊，口音是多样的，姑娘是多样的，任何东西似乎都是多样的。它们就这样混在一起，像三个姑娘同时各说各话——陌生、混乱却又刺激。

他突然对新的城市和工作充满憧憬，像刚毕业的大学生一样，开始相信这座充斥着嘈杂错乱口音的城市，将成就自己新的人生。突如其来的肿胀的热情，连他自己都颇感意外。

事实上热情的退却比它的到来更为迅速——他走进北京总公司里属于他的格子间时，便知道，什么都没有改变。电脑里是永远做不完的项目，邻座仍然是一些明不争却暗里斗的姑娘。

唯一不同于省城的，是窗外属于北京的灰白不明的天色。

有一天，他看见天空更远处，飘浮着一团颜色深重的灰色的云，他不知道那到底是对街的高楼，还是一团更浓重的阴霾。他想打开窗户，因为怀疑被那咖啡色的玻璃窗阻碍了视线，但他很快发现那窗户竟是封闭的，根本打不开。

那一团深灰色的云，后来竟出现在了他的电脑屏幕上、他的眼镜片上、他手中的笔记本上，像3D电影中的物体一样飘浮着。他怀疑自己得了眼疾。

后来他尽量不去看窗外，而专注于电脑或者手里的铅笔。这似乎管用，乌云会在眼底散去，脑海中蓝天如洗，眼前闪现出短暂的清爽。然而新的问题很快出现，他失去了天色的参照物，有时会错觉自己仍在省城办公室的格子间，从未离开。他怀疑自己对时间的感觉也错乱了，因为有好几次他都无法记起某项目是刚刚完结的，还是十年前便已经做完了。——它们都在图纸上，缺乏时间标记，看上去总觉得没什么差别。

现实的问题更迫切——他需租房，在北京城鱼龙混杂的房产中介市场里独自摸索。网上找的中介骗过中介费之后竟再无消息，他便亲自去寻。实地勘察，是测绘师的强项。

寻来寻去，偶然来到堂宁小区。

他被第二道门处的两名高个子保安眼明手快拦了下来。保安的阻拦倒是恰到好处激发了康一西想进去看一看的兴趣——他刚刚被网上的中介骗过，正急于证明自己。

他强撑起一点自信，假称自己是新入住的业主。

常年蹲守在堂宁小区七道门之外的房产中介，在此时颇有眼力地替他解了围，说是约好来看房的。只是，在得知他不过只是想租个价廉物美的房子的时候，房产中介便面露悔意，斩钉截铁地向他宣布："堂宁小区的房子不租，只卖。"

短暂的看房之旅，让他记住了堂宁小区的七道门，以及一千元一把带芯片的钥匙。他站在小区大厅硕大的水晶灯下，竟然找不到自己的影子。灯光太辉煌，从四面八方投射下来，阴影便看不见了。

他当然买不起堂宁小区的房子，哪怕是最便宜的户型，哪怕他其实收入尚可，但为了在这没有阴影的地方多待一刻，或许也是为了虚荣，他对中介说："也许，有合适的，也会考虑买。"

"好眼光，堂宁小区卖的可不是房子，卖的是一种象征，这个不说你也懂嘛！"

但他其实还不太懂。

3

康一西入住堂宁小区一段时间后，也并不认识几位邻居——因为没有太好的方式去结交。现代的小区似乎就是为了让人们避免认识而设计的。大房子装着单独使用的电梯、隔着七道门过私密的日子……所有贸然唐突的交往都是被警惕的。他不希望让自己陷入不必要的处境。毕竟他只是租户，这身份也让他担忧，让他觉得自己与那些买几千万一套房子的业主们之间，其实还隔着一层东西。

于是他时常在与他们同乘电梯时感到无所适从。他们一起站在宽阔的、四壁都是镜子的电梯里，那些男人和女人、老人和孩子，都衣着素净、发型妥帖，孩子穿着国际学校的校服，女人拎着品牌低调价格不菲的皮包。他便无端紧张，像被揭发的卧底一样忐忑，不知该把目光落在何处。这是唯一令他不适的时刻。

也有收获。入住堂宁小区不久，他在小区游泳池认识了二十岁的游泳教练唐糖。后来唐糖主动搬来与他同住。她每天睡觉、上网淘宝、做SPA，还给康一西讲各种网上看来的冷笑话——乖巧可爱的样子让他觉得，她其实更像某种活泼伶俐的宠物。他日复一日搂着身边好似海豚般光滑细致的唐糖，更坚定了继续住在堂宁小区的决心——这样的宠物，是不会住到普通小区去的。

唐糖把这两百平米的房子填得满满的。虽然她什么也没有做，但屋子里到处都是她存在的痕迹，就像蜗牛爬过之后留下一道道闪光的线。她随处散落那些衣服、闪亮的发夹、项链、披肩，手包、杂志、各种美容小工具；她也用各种声音填满整座房子，说话声（她明明只是一个人自言自语，听起来却好像很多人在聊天）、音乐、美剧、打电话、各种电器运转的声音；她的气味，喧闹的年轻女孩与生俱来的热情味道，各种化学品（香水、洗发液、粉底、爽身粉……）混杂起来的气息，充斥着他的鼻息。

她毫不客气占领了这里。

他并不反对她的占领。他任由她不断买回各种有用无用的东西把房子填满。她的占领让他感到充实，尽管这种充实平庸而物质，就像她热衷的那些节日party。

康一西从来不去唐糖的party，他在那里找不到他需要的气场。party的气场是向下走的，像末日来临前的样子。唐糖这样的年纪可以偶尔向下，反正还有大把青春在手，但他不行，那气氛让他不适。

有时候唐糖会花整晚的时间为party寻找一条合适的裙子，之后总是康一西，将她那些长长短短散落的裙子按长短分类挂进衣柜。

她并不满意，一边涂着黑色的指甲油，一边忧心忡忡地念叨，明天是万圣节的聚会，她还没有专门为万圣节准备的裙子。

第二天，万圣节的夜晚，他在格子间加班时突然想到，不知道她今天穿了哪条裙子去参加party，是那条露肩的，还是粉红色超短的？这想法实在很折磨他——不能确定的事情都会折磨他。

万圣节只是唐糖名目众多的节日之一。节日对康一西而言，不过是给唐糖准备一份价格不菲的礼物（她一般会提前暗示他，倒让他省却诸多麻烦），睡前再放纵自己打两小时豆豆（无聊的电脑小游戏，因为强调次序与规则，让他极为热衷，甚至上瘾，但他总是克制自己，十分谨慎地每天只打半小时，毕竟玩物丧志，不过节日总是可以例外的）。这样一来，或许节日对他还是有一些意义的，那意义超越了打豆豆——只有节日，才能做些无聊之事。

他自己都没有意识到，他其实多么热爱那些冷清的节日。而这冷清都源自唐糖不在家，房子便会出现的一段短暂空寂。那空寂就如同深夜里的梦境，让他沉迷，那时他总是什么也不想，让大脑停止运转——所谓豪宅、事业、爱情，还有人生规划，仿佛都不如打豆豆更能让他感觉到自己的存在。

多么可笑，不是么？第二天他总是懊悔。

圣诞到春节期间，他透过窗户能看见北京城那些为节日装扮起来的越来越绚丽的霓虹。有一次他关了房屋里所有的灯——那的确是很多的灯，堂宁小区自认为它的品质都体现在这些小细节上。然而却并不觉得黑暗。他看着窗外闪烁的灯光，突然觉得前所未有的疲倦，连打豆豆的力气都没有。

他想，这景色佳、地段好、房子里连空气都过滤过的地方，为什么没有让他感觉舒适呢？尤其在这样的夜晚，唐糖正在某个夜店度过属于她的节日夜晚的时候，他，作为她的同居男友，第一次感到她的存在是多么重要。她是这房子的必需品，是标配。她不在，房子便像未完工的毛坯房一般粗陋。

他已无法适应没有唐糖的堂宁小区，正如唐糖也无法适应不住在堂宁小区的康一西。

他短暂地沉迷于她不在家时的安静，但他其实也害怕那种安静。就像一直在热闹的赛道上奔驰的赛车手，他一贯不问目标只管前行，尽管那赛道不过只是一圈又一圈的重复的路，然而当四周突然尘埃落定、喧闹不再，他或许会惊讶于这突如其来的安宁，或许会产生片刻的陶醉，但时间一长，他便失去了方向，不知如何是好。

他在凌晨下楼，穿过七道门，站在那扇波士顿风格的大门前等她回来。那夜突然刮起北京城标志性的风沙，堂宁小区训练有素的保安为他撑一把挡风沙的黑色大伞，然而狂风很快就让那伞再也无法撑开。

不知情的年轻保安也许在想，这是一个多么好的丈夫，这么大的风沙，他还站在外面等老婆回来。

那晚唐糖从出租车上下来，喝得醉醺醺的。唐糖看见他穿着单薄的衣服在风沙中努力站直的模样之后，竟然迅速清醒了——她担心他的责骂，晚归、酗酒、鬼混、不陪他过节日……无论哪一项罪名都足够让她离开堂宁小区，只要他真的想为难她。

虽然她无比热爱着堂宁小区里中餐西餐分开的厨房和二十四小时热水的名牌浴缸，但离开堂宁小区仍不是最坏的结果，她觉得最坏的，是让她离开他。

她很早就发现，他其实没那么有钱，尽管他租了堂宁小区的房子，尽管他对她总是出手大方，但他还是骗不过她这样的年轻姑娘。

他生活简单，衣着甚至寒酸，他也没有奢侈的爱好，连红酒都喝不出差别，高尔夫、滑雪、雪茄、古玩、赛车一概不会，他朝九晚五工作，公司里都是可以指挥他的老板……他其实没钱，连富裕都算不上。他的生活总有种“苦大愁深”的气息。

但她却不知道为什么会喜欢他。他似乎跟她认识的男人们都不太一样。只有他会在刮风的深夜下楼等她回家，也只有他会真的以为她这样的姑娘其实只是爱有钱人。她倒是真的经历过不少有钱人，但现在想来，不知道什么原因，他们似乎都不可依赖，不像他，他是可以依赖的。

她看见他居然在哭。

他没有责骂她，而是搂着她，刷了三次门禁卡，穿过了七道门。

那真是一个亲密的夜晚。

后来她问他为什么哭，他说该死的风沙。

唐糖出去与朋友们喝酒跳舞的时候少了很多，她后来只在节日的夜晚才允许自己玩乐一下（反正北京城并不缺少节日）。平日里，她竭尽所能地让自己显得乖巧听话。从这个角度看，她可以算是成熟过早的那种女孩——这跟她很小的年纪就进了体育学校或许有关系，她在里面不只是学习游泳。

但他并没有意识到她的改变，因为他真的并不在乎她和年轻朋友们的那些娱乐。她那些年轻的朋友们，他很少见过，但他觉得自己对他们并不陌生，因为他也年轻过。他知道那些年轻的男人们，不过是风中之旗——看起来也招展着，但其实单薄而脆弱，靠不住。

4

他终于还是租下了堂宁小区的房子，三室两厅，两百平米，堂宁小区里最小的户型。

设施齐全的大房子，像出浴的姑娘在他面前横陈玉体。不知所措的康一西，拉着行李箱在三室两厅间走了 大圈，还是不知道该把箱子放在哪个房间——他从来没有住过这么大的房子、没有独自拥有过这么多的房间。

他单身多年，在省城一直和多病的母亲住在一套小房子里。信佛的母亲慈眉善目，常年点灯吃素，相信这世上存在天意与因果，每日在佛前许下一个保佑全家平安的朴素心愿。

母亲似乎并未得偿所愿。那两年康家的日子现在想起来都觉得凶险。先是姐姐康一东离婚，她被年轻的女孩篡了位，又冲动，闹了惊天动地的一出；之后是身体一直强健如牛的电工父亲出事——他在自己每天早晨都买热干面的摊位前摔倒，便再也没有醒过来。

父亲离世后，为照顾母亲方便，他搬回了自己小时候住的房间。那时他三十岁，还相信人生的坐标正在上行阶段，目前短暂的沉寂不过是在起跑线上等待。

发令枪却始终不响，哪怕他一直保持着即将出发的紧张状态。日复一日，少年到白头，似乎比想象中简短。不知道从哪一天开始，他在早晨起床的铃声中，朦胧看着天花板上多年的水渍，觉得从他出生时就已是这样的形状了，什么都没改变。

他交往过几个女友，都莫名其妙地分开，无疾而终。他疑心问题出在自己身上。因为他无法看着她们清亮的双眼，向她们承诺出一个有大房子的春暖花开的未来，便总觉得辜负了人家。而且他总以为自己缺乏激情，他一生都未有过那种非谁不娶的热恋体验。他觉得这可能与经常随母亲吃素有关。青菜豆腐中缺少合成爱情荷尔蒙的必备元素。于是一段时间里他有意多吃了一些肉，但收效甚微，他仍然没有产生过食肉动物那种血脉偾张的激情。他想起很久以前在小报上见过的奇闻，说今后不长胡子的男性会越来越多。这其实是一种现代病，医学上称“须停症”，常见于工作和生活压力过大而失调的白领。康一西疑心自己本就生长缓慢的胡子，终有一天也会停止生长。他也会得上“须停症”。

调入北京总公司的消息一度振奋了他，他对年轻的同事笑言自己“不用扬鞭自奋蹄”。但他很快认清了现实，这并不是一次事业上的突飞猛进，北京的职位没有预想中那么好，调入总公司只不过是换一处地方重复眼前的生活，什么也不会改变。

他始终不明白，为什么比赛明明还没开始，他就已经感到大势已去。于是他退缩了，一度犹豫着想要拒绝。改变总是需要勇气，他担心自己无法承受，他想留在省城至少可以为母亲养老。

他后来几乎是被母亲赶出来的。因为老太太认定儿子多年单身完全是因为她的缘故（如今没有姑娘会嫁给快四十岁了还住在母亲家里的男人——哪怕他工作稳定、人品纯正）。于是自责逐渐成为她生活中除了念经打坐之外的第三大主要内容。

她强迫他离开："你留下来就是折磨我。"决绝的样子像一只遗弃小兽的母兽。

什么是更好的生活？

他站在大房子里面积最小的那间卫生间，总算在狭窄的空间里稍微平息了情绪。

浴室镜子里的这个男人，已经开始明显发福，五官圆润缺少棱角，这就是他吗？他又是如何来到这陌生的城市、陌生的小区以及这陌生的浴室的？

他很久之前曾去南方出差，诸事了结后去参观当地名胜，是一座客家富商修建的大院，占地数百亩，房屋数百间。他当时对此极为鄙夷，不过一个老地主，凭什么需要这么多房间？他们测绘师相信数字，相信土地的需求与供给应达成和谐的平衡——平衡如被打破，世界岂不大乱？

但现在，他觉得自己连南方的老地主都不如。老地主建百亩庄园，因为具备那样的实力，所以，那也算是一种平衡，量入为出的平衡。

而他，租了一套他根本就负担不起的房子，昂贵的房租让他将多年积蓄几乎一天散尽，如同多年吃斋念佛的母亲在一夕破戒，晚节不保，前功尽弃。他造了孽，平衡已被打破，世界即将大乱。

5

世界并没有大乱。

入住堂宁小区的康一西如常工作，经常加班，上下班步行，偶尔参加聚会，依然不善交际，内心平稳，少有波澜。尽管存款的数字每月都在锐减，但也没有觉得末日将至。

恰恰相反，每天出入堂宁小区的七道门时，他会感到生活仍有希望，并依稀体会到房屋中介所说的“堂宁小区是一种象征”。

他住了多年的在省城的房子，只有简单的一道门一把钥匙；四壁白墙，天花板永远有深浅不一的水渍；热水器是后来新装的，占据半个卫生间的体积；所有家具与餐具都无法成套；日用品因为母亲的节俭总是难得更换，哪怕每日擦拭也总是灰蒙蒙一片；墙壁不隔音，他知道邻居家每日什么时候炒菜……现在想来，那是多么潦草的生活。

交出第一笔三个月的租金之前，他已经知道了自己被调来北京总公司的直接原因——在他现在的岗位工作数年的测绘师，此前突发脑梗，英年早逝，业务岗位空缺一日都是损失，公司才在各省分公司急寻具同等资质的测绘师补位。

早逝的那位据说一生克勤克俭，有个人生梦想是备足存款，早日退休与爱妻环游世界。康一西曾在格子间办公室的抽屉里，发现了还没来得及清理的逝者夫妻合照。相貌相近的一对中年夫妻，在照片上羞怯地笑。翻过来看，照片背面是手书的一句俗语——“愿岁月静好，现世安稳”，字体清秀。他突然觉得逝者的体温气息仍在这格子间里停留，迟迟未散，足够令作为替补者的康一西唏嘘。

岁月不静好，现世多横祸。他想起同样意外身亡的父亲。父亲一生的愿望也不过是平稳地从国有工厂退休，可以每日种花打牌、看武侠电视剧，这个梦想最终终结于父亲退休前三个月。父亲从不怀疑自己卑微的退休愿望会无法实现，他当年可是连下岗这股大风浪都躲过去了，这样好的命，还有什么灾祸会躲不过去呢？

公司同事自发为那位猝死的前人举办了追思会，在他死去正好三个月的日子里。康一西作为继任者，也在被邀请之列。康一西与他们所缅怀的对象并不熟悉，他们并没有见过面，连点头之交都算不上。

同事们聊起一些往事，那个陌生男人的轮廓竟然渐渐在康一西的脑海中清晰起来。“他总是来得很早，一坐就是一天，好像长在座位上了。”“听说他有个女儿，但我们都没见过。”“他好像不喜欢运动，也许多运动就不会猝死了。”“他有一次劝我别买房，说买房的钱足够环游世界了，但我还是买了，现在一身债。”

现在，康一西每天坐在那人生前的座位上，处理着他遗留未竟的项目，尽管康一西相信自己至少做得不会比他坏，但那种感觉却仍然奇怪——似乎自己住在另一个人的躯体里，偶尔无法听凭自己的意志行事。

康一西有时候会匪夷所思地想，那个男人携爱妻环游世界的遗愿——这个项目，自己有没有可能替他去实现。

同事们在追思会上感慨人生，基调是人生得意须尽欢。一位年轻的姑娘很激动，她决定明天就刷爆信用卡，去报一个欧洲十国的旅行团——既然天有不测风云，必须抓紧每一天。

于是人们又纷纷谈及未了心愿。世俗人生，寻常百姓，心愿无外乎几类：有关物质的心愿说来总是容易实现，即使买不了保时捷也可买个家用两厢小polo过瘾；有关情感的愿望似乎难一些，但亦可退而求其次，独怜眼前人；最难的心愿是那些不安分的人总是希望实现自我，这话题太复杂，说来说去也觉得别无速成法，只好归结于无奈。

康一西竟然想不出来自己有什么心愿。他曾经以为认真生活、努力工作终将得到回报，但现在他没那么乐观。

同事问他是否在北京租好房、安顿好生活的时候，他突然想起了堂宁小区。

“对自己好一点，尤其是我们这样的老男人。”喝醉的同事拍着他的肩说。

在堂宁小区那样的房子里住着，生活是否真的会好一点？他应该去试一试吗？

他觉得自己应该去印证这一想法——其迫切感远远超过他对堂宁小区的喜爱程度。

“我会的，找房子是个大事，总要挑一挑的。”他说。

“在北京买套好房子很贵，租套好房子还不行吗？租房再贵能贵过房价吗？可不要委屈了自己，钱都给谁留着呢？”同事诚恳地劝说。

他当晚便给房屋中介打了电话，认可了中介此前提出的昂贵的房租价位，因为他担心第二天酒醒，便会反悔这个唐突的决定。

这次交易对他来说更像是一次冒险，他转账出那笔巨额房租的时候甚至疑心，觉得自己的内心里其实一直都想住在一处宽敞明亮的地方——这正是他的人生心愿。

有人喜欢豪车游船，有人喜欢名表钻石，他不过喜欢住得好一点，似乎也无可厚非。毕竟他在省城的小居室里住了近四十年，每日都在母亲点燃的香火里入睡，在母亲的念经声中醒来，虽然不觉得逼仄，但也始终拘束。

他在省城也考虑过买房，但被母亲阻拦，添置家业这样的事情被母亲认为是一种奢侈的罪过。还未等他说服母亲，房价就一夜之间撑破了天，他再也买不起了。

如今，在他终于可以为自己选择住处的时候，对居住环境的本能渴望便如春分时节的冬眠动物一样苏醒过来。他觉得自己其实一直渴望不被干扰的、干净整洁的生活，这样的生活必要有一处私密的房间，让他可以沉浸于自己的爱好——虽然他现在并没什么爱好，但他觉得自己也许可以培养出一些爱好，做菜、种花、品茶或者电影、音乐，随便什么，只要能让他感觉到生活并没那么粗糙。

他希望那样的生活可以在堂宁小区实现。他还觉得自己也许是幸运的，至少他有存款，没有负债，可以放心地在堂宁小区住上大半年，其实是十个月，准确地说。

十个月后怎么办，他暂时不愿去想，因为人生得意须尽欢。

6

入住那天，他遇见一位穿长衫的算命先生，先生要为他算一卦。母亲相信命中注定，但他却是唯物主义者，历来认定此类算命不过是当不得真的江湖把戏。但他还是听见了老先生冲他拉着箱子急匆匆的背影说：“凡是生门，也是死门。”

这是模棱两可的话，他们惯常说这种话，他想。

后来他穿过那七道门，并第一次用属于自己的门禁卡打开其中三道门时，却突然想起了算命先生说的话，“凡是生门，也是死门”。

为什么总是门？深秋的凉风平地而起，他刚刚打开的那道门，立刻被风刮了回来，关得紧紧的。

无事的周末，他穿过七道门，来到小区门外的北海公园，看明媚春光里的白塔。北海里，红领巾们依然在荡起双桨。他们的爷爷奶奶在岸边亭台练习合唱，曲目难度大体不会超过《社会主义好》和《大中国》。那时他还没有认识唐糖，于是独自打发无聊时光。

他在北海偶遇了同事的三口之家，第一次见识了人们在得知他住在堂宁小区时，脸上复杂的表情。

同事的妻子推着婴儿车，像看护幼鸟的百灵一般神色焦虑而紧张，她直言不讳地问：“天啊，堂宁小区，那么贵的房子，你是租的还是买的？”

同事随即制止了莽撞的妻子，并对康一西略带尴尬地说：“挺好，离北海近。”这让康一西也觉得尴尬，他差点就想告诉同事：他目前一个月的收入根本就不够交房租，而他之所以住在堂宁小区，只不过因为他对人生快要绝望了——这是绝望之人做出的绝望之事，他不奢求别人的理解，但至少也是死刑犯的最后一餐盛宴，可以吃得好一点。

但他觉得这样的道理很难用三言两语说出来，他拼命地想应该说点什么化解眼前的尴尬，也许可以开玩笑说说那不知是否必要的七道门？

康一西踟蹰于如何为自己奢侈的住所辩解，手推车里的婴儿已经开始烦躁地哭泣。同事含着歉意与康一西话别，并留下一些意味深长的眼神。

康一西在之后的饭局上，依稀觉得有些东西正在发生变化。人们似乎对他格外关注，他几乎都快成为饭局的主角了——那些冷漠的美女同事，此时都在刨根问底地想要打听他的来路和收入。

那些不明内情的人，凭着一种直觉猜测这位住在堂宁小区的新来者，要么是家底丰厚，要么是背景强大，无论哪一种，他都不是普通人。

于是人们在酒桌上抱着他的肩膀称兄道弟，佯醉的时候说：“哥们儿以后多关照小弟。”康一西说：“我不过是个新来的。”

他的交际就这样一天天多了起来，连他自己也不知道是何缘故。他并不喜欢那些华而不实的饭局，他甚至不懂得在饭桌上如何与陌生人迅速建立联系。但他越是推托，在饭桌上越是沉默，人们对他反而越发热情，大家普遍夸奖他沉稳而低调——明明是个背景复杂的大人物，却表现得像初出茅庐的青涩少年。

回想起来，其实他并没有帮助过饭桌上认识的任何一个人（虽然他也从未请求过他们的帮助），但他仍会忐忑——他吃了别人那么多饭，却无以回报，这与他多年来“先付出后收获”的人生观偏离得太远。

他起初猜想，生活在这混乱陌生又刺激的北京城的人，也许就是比省城的百姓害怕寂寞，所以他们每一个人都忙于扩大自己在这座城市的人脉。但他很快发现事情其实没那么简单，人们不过只热爱那些值得交往的人，那些人多数都手握一些钱权资源，在内心里做着一个不可一世的伟大的梦。

而他之所以被所有人都高看一眼，只是因为他住在堂宁小区。

哪怕他有时候会不安地向人们坦诚，他其实没钱没背景，能力一般，房子也是租的，但人们只是笑一笑，以为他不过是谦虚。

7

他偶然参加过一次堂宁小区的业主活动，那时他已完全适应了新生活。新生活里有活色生香的唐糖，以及需穿过七道门才能抵达的住所。

万圣节，堂宁小区的父母们组织起来，将自己的孩子打扮成各种卡通形象。孩子们在这个夜晚，拎一盏南瓜灯，敲开了邻居家的第七道门。

门铃响时，康一西刚刚加完班回到家，正打开电脑准备打豆豆，他花了很久才分辨出那声音原来是自家门铃——在他入住之后一次都没有响过的门铃。

孩子们穿着古怪的衣服，喊着“trick or treat”（不给糖就捣乱），像出笼的小昆虫一样飞了进来。

他立即想起来这是万圣节——唐糖昨晚试裙子时说过的。可是他不知道堂宁小区的万圣节竟然是这样度过的，他同样不知道应该如何回应那些说英文的孩子们的热情。

一位年轻的母亲在门外对他抱歉地笑，解释说：“孩子们要过万圣节，抱歉打扰了，支持一下吧？”这是堂宁小区的邻居第一次主动跟他说话，也是第一次有人敲开他的家门。

好在唐糖的冰箱里总是不缺乏巧克力和糖果，他热情地招待了这些兴致勃勃的孩子们，他的表现比自己预料的更加自然和亲切——他不善社交，但面对孩子，他的自信游刃有余。他还喜欢他们身上那新鲜又柔弱的气息。

但他们似乎对巧克力和糖果都缺乏兴趣，只急匆匆地想去敲其他的门——本来这万圣节的游戏，又不是真的为了讨几颗别人家冰箱里的陈年糖果。

他恋恋不舍地送走孩子，关上第七道门，世界重回平静，除了地板上出现了大大小小凌乱的鞋印——他舍不得擦掉它们。

这个万圣节没有打豆豆，但仍是他过得最开心的一个节日，尽管他此前从来不认为万圣节居然也算一个节日。

第二天早晨的电梯里，他偶遇了昨晚门外那年轻的母亲。她戴着墨镜，胸脯高高撑起西服套装，层次分明的香水有新泡乌龙茶的味道，在电梯里经久不散。

他犹豫着要不要打招呼。这是他最窘迫的电梯时刻，他总是无法在电梯的狭窄空间里表现得自然一些——可能跟他居住多年的省城房子没有电梯有关，他还没有适应与电梯有关的生活。他由此也理解了为什么堂宁小区三百平米以上大户型，都使用单独入户的电梯——他们永远不会与邻居在电梯偶遇。

她似乎很认真地看了他一眼——她的墨镜，使他无法确认她的眼神——之后她的墨镜，便一直朝向电梯显示屏的方向，只给他留下一个被CHANEL眼镜腿分割开的侧脸。他瞥见她的鼻子尖尖地翘起，脸型比她的正面要好看。

他有些沮丧地猜想，她其实认出了他——她昨晚刚跟他说过话。

走出电梯，他无意瞥见垃圾筒外，散落着不少包装得五光十色的糖果，他也很快在垃圾筒里发现了昨夜他招待孩子们的那些巧克力。这些被扔掉的糖果，塞满了整个垃圾筒。

8

在堂宁小区住到第六个月的时候，他的工作出了一些状况。

公司新规定，测绘师资质两年一审，而康一西没有通过这一年的审查考试。他始终不明白是什么缘故，他记得自己认真做完了考试的试题，其实一点也不难，按时提交了用来证明自己项目实施能力的案例。他不应该通不过这样一个形式化的考试。

邻座心高气傲的女同事刚刚升职，对康一西无缘无故的失利，她无法感同身受，于是她这样劝说康一西："不过走走形式，不要往心里去。"隔着一层隔板以及隔板上长势喜人的绿萝，康一西无法看见她的表情。

还有同事发来有八卦意味的邮件，说："康总，你肯定不差这份差使的钱，才高风亮节地把通过的机会让给我们很差钱的劳苦大众，把通不过的悲痛留给自己。”平时他们总是互称“总”。

此前很长一段时间，康一西感到人们似乎对他失去了曾有过的热情。他猜想大约人们终于意识到他不过只是个毫无用处的测绘师，并不如当初他们所想象的那么重要和神秘，他实在不值得他们浪费精力。但他也并不为此失落，即使他很快也知道了，他的职业生涯到底还是得终结于这样一个“不过走走形式”的测试。总公司对未通过测试的员工设置观察期，以待他们通过下一次审查考试，但因为康一西是借调来总公司的测绘师，本就在观察期，总公司不能再留他，他只能回省城。有人劝说他这并不是最后的结果，他只要打通一些重要环节上的人物，便可以继续留在北京。但他没有这么做，因为在他的存款就快要归零的时候，这其实是一个最好的结果。

堂宁小区的房子是皇帝的新衣，带给他很多的幻觉，回省城的消息终于让他感到踏实。

唯一的问题是唐糖。他想应该把实情告诉她：他远没有她以为的那么有钱，他只不过穿着皇帝的新衣，在北京招摇撞骗。现在他要回去了，回省城的小房子过节俭的日子、吃母亲的素食。他并不想骗她——虽然他不得不承认这大半年来，其实一直骗了她。

但这话该怎么说，在什么时候说？他依然茫然。他怀疑自己最终也说不出口，最终还是会不辞而别。

就这样拖延到最后不得不走的时候。

晚来无事，唐糖在上课，他便去小区的室内游泳池看了一会儿，以为可以找到机会坦白自己。唐糖那时正在教一个五六岁的男孩游泳。男孩其实已经游得不错了，他甚至还会潜下水面，在水里绕着唐糖转圈。

男孩的父亲，一个表情严肃的中年男人，穿着灰色真丝的中式对襟，在一旁的躺椅上翻看杂志。康一西适时听见男人向服务生要了两杯血腥玛丽，叮嘱其中一杯送给游泳池里的教练唐糖。

康一西突然觉得，他可能低估了唐糖，她其实总会有办法继续留在这里的。她跟他并不一样。

他还透过游泳池玻璃制的天花板，看见了那晚灰黑间杂犹如斑马纹的夜空，他此后再没有看见过这样颜色的夜空——他猜想那灰色的条纹也许是形状奇特的云朵，也许是他的幻觉（他可能真的有了眼疾），也许只是玻璃天花板折射所产生的特殊效果。

他也再没见过比那时更美丽的唐糖，她紧绷的蜜糖色肌肤与浅蓝的水色，是世界上最美丽的两种颜色。她是一个精灵，而他不能对一个精灵，说出那些残忍的事实。

他独自回到家，打豆豆，通关，才郑重其事地给当初的房产中介打电话。

“工作有变动，房子我不再租了。”他说。中介很客气地说要先跟房东联系，之后马上回他电话。

他悲壮地想这房子里的任何东西，他都不会带走，除了他自己那几件简单的衣物，堂宁小区的东西就应该留在堂宁小区，这是一种象征。

房产中介打来电话的时候听起来声音很紧张：“康先生，出了这样的事情，我们都很……唉，怎么说呢，我也理解您的顾虑，房东那边我们沟通过，想再跟您商量商量，毕竟您的租约还没有到期……”

康一西感到困惑，不知道什么是中介口里“这样的事情”。他没想到中介会是这样的反应。退租也许比他想象中要麻烦。

“商量什么呢？”康一西诚实地说。

“我知道，我知道，但您可不可以再考虑一下，您恰巧在这个时候退租，我们可能很难找到租客了，谁会租一个刚发生这样事情的小区的房子呢？”

“刚发生这样的事情？”康一西还是不解。

中介接着说：“房东提议房租减半，因为总比房子空着强。这条件很划算的。等这个事情过去，您再退租行吗？我实话跟您说吧，本来堂宁小区的租户就少，您一个人退租，又是在这样的时候，对堂宁小区的房价影响都大。您再考虑下，房租减半，不行我还能争取再降一点。”

“你刚说……什么事情过去？”

“康先生，您别假装不知道了，有意思吗？肯定是这个事情影响了您，您不想再在堂宁小区住了，我很理解。”中介说。

唐糖突然回来了。她的头发没有吹干，滴着水就直接扑到他身上。他只得扔掉电话。却发现她已经哭得几乎气绝，泳衣之外只有一条仓促裹上的浴巾，蜜糖色的脊背在他怀里像小鱼一样动。

“怎么回事？”他问，心里盘算着如果房租减半，他到底还能多住几个月。

“有人……自杀了，刚才……游泳池，跳台跳下来……还有孩子，在水里。”唐糖说。

9

康一西是在那半年以后离开北京的，最后半年的房租只有此前的三分之一，这一切都是因为那个从游泳池的跳台上跳下来的男人。

男人当时在游泳池陪儿子学游泳。自杀前半个小时，他翻看了最新的《收藏》杂志。他是收藏家，家产殷实，专门从事偏僻冷门的古代物件的收藏，积累无数。

走上跳台之前，他镇定地喝过一杯血腥玛丽，并非常绅士地给游泳池里的美女教练也买了一杯。

后来人们传说，他在自己的血腥玛丽里，加了一些会让人产生幻觉的昂贵的小药丸。

他在幻觉中爬上了最高的一层跳台，把游泳池边意大利产的米黄色瓷砖，当成了一条奔涌的黄色的河。

据说他跳下之前，还唱了歌，不是流行歌，因为曲调古雅，目击者复述歌词，是“春风十里，不如你……”

尸体之下大摊血迹的颜色，近似他刚喝完的鸡尾酒，血腥玛丽。

他的儿子那时已学会潜水闭气，正兴致勃勃地打量水底世界。人不多的游泳池里，尖叫声让男孩探出头来，他透过游泳眼镜上隐约的水汽，还是看清了父亲身下黑红的血，不知怎么就又沉入了水底。

男孩最终被游泳教练唐糖从水里捞出来。

目击者唐糖一直不愿再提当时的情景，她在那之后再也没有去过小区游泳池。她甚至开始怕水，洗澡都不再用浴缸。

她对康一西说，从小到大第一次，眼睁睁看着人自杀，太突然。

他为什么自杀？康一西问。

唐糖说，如果不是毒品致幻，就是巨额负债被债主逼死了，邻居们都这么传说。

康一西想起那晚斑马纹的夜空与夜空下蜜糖色的唐糖，突然觉得男人其实不是自杀，至少不是为了毒品和负债这样黑暗的原因自杀。

他宁愿相信，男人也许和自己一样，看见了那美丽的美，他不是唱“春风十里，不如你”么？男人一定领悟到那终是转眼即逝不能长久的东西——这种领悟是会让人万念俱灰的。

康一西还是有种暂时幸免于难的庆幸。凡是生门，也是死门，说不好哪一天，跳下高台的也许正是自己。

事故让堂宁小区的房价突然就降了下来，一些拥有多套房产的业主在着手搬家。

最大的变化，是堂宁小区的第一道门与第二道门之间，又加了一道门。这第八道门，据说是为改变小区不太吉利的风水。

（原载《芳草》2014年第3期）

大马士革剃刀

王方晨

我们这些老实街的孩子，如今都已风流云散。

老实街地处旧军门巷和狮子口街之间。当年，若论起老西门城墙根下那些老街巷的声望，无有能与之相匹敌者。老实街居民，历代以老实为立家之本。老实街的巨大声望，当源于此。据济南市社科院某丁姓研究家考证，民国时期老济南府曾有乡谣如斯："宽厚所里宽厚佬，老实街上老实人。"宽厚所是老济南的一家民办慈善机构。

公元20世纪90年代以降，丁研究家为保护城区百年老建筑殚精竭虑，丁宝桢故宅、高都司巷、七忠祠、八卦楼、九华楼等等，仍旧照拆不误，老实街也在一夜之间，夷为平地。丁研究家一怒之下，修书一封，投于市长，离职赴美，看外孙去了。至于这封长笺之情，保密严妥，尚不为人所知。有传言当时即被市长撕毁，但我们这些老实街出来的人俱表示怀疑，因为我们坚信，此长笺措辞怆然，气贯长虹，俨然千古圣训，令人凛栗。如果有一天此长笺陈列于山东省博物馆第十一展区，我们毫不诧异。我们老实街居民不会错，就像丁研究家书写这封长笺时，我们每人亲临现场。

非要我们说出为什么，我们也只能告诉你，那是因为我们都是老实街人。

老实街居民向为济南第一老实，绝非妄也。若无百年老街的这点道德自信，岂不白担了“济南第一”的盛名？

学老实，比老实，以老实为荣，是我们从呱呱坠地就开始的人生训练，而且穷尽一生也不会终止。不过，这也不是说我们人人都有一个师傅。

我们无师自通，不但因为老实之风早已化入我们悠远的传统，是我们呼吸之气，渴饮之水，果腹之食粮，还因为，既生活在老实街，若不遵循这一不成文的礼法，断然在老实街待不下去，必将成为老实街的公敌，而这并非没有先例。

可是，不论我们如何深刻理解老实街的崇高风尚，对刘家大院陈玉伋的遭遇仍旧感到极为困惑。

约在陈玉伋入住老实街前半年，莫家大院左门鼻老先生就见过他。当时老实街的几个孩子牵了陈玉伋的手，从狮子口街由西向东走进来，左门鼻还以为他是谁家亲戚，且初次来访，因为他脸上羞涩，一副怪不好意思往前走的模样。

本来左门鼻要出来跟他见个礼，却听厨房里咣啷一声，知道他家老猫碰倒了香油瓶。扶了香油瓶回来，见那人在好心孩子们的簇拥下，已从他家门口走了过去。他低声嘟囔一句：

“瞎瓜。”

他家老猫叫“瓜”。

他家开的是小百货店，说不准开了多少年。

小百货店临街，有时候见他不在，来买东西的人就在窗外喊：“门鼻！”所以，老实街上听得最多的声音就是这个：

“门鼻！门鼻！”

不论谁喊，他都答应。

陈玉伋开的却是理发铺。租了刘家大院两间房，靠街一间略作改造，就是门面。对人说：“不走了。”原来，他爷爷那辈儿就是剃头匠，且是那种担着剃头挑子游乡串户的。按捶拿剃，干推湿剪，走的完全是理发的老路数。

给人整得利落无比，钱却一分不肯多要。问他为什么，他说，这是没用电的。

没用电，可是用人了呀。

人喝了水，吃了粮，租了房，一站就大半天，力气功夫岂是白来？

显然，此人够老实。

在我们的记忆中，最当得起“济南第一”的大老实，正是老实街三十五号莫家大院的左门鼻。

笼罩在济南第一大老实左老先生日久月深的威望之下，我们这些人，妇孺老少，驴蛋狗剩，都是他所呵护看管的孩子。这莫家大院的原主人是个大律师，我们一直说不清到底是左门鼻，还是左门鼻的爹当过大律师的马夫。老实街的许多人都有高高骑坐在大黑马上的童年记忆，耳边是一声和缓的叮咛：

“呶，坐稳喽。”

左门鼻真名叫什么，也似乎都不记得。外号怎么来的，更无从考证。虽然他更适合叫“左光头”“左和尚”之类，人们也没想过替他改一改。

他是个光头，历来都是。

留光头的一个好处是，可以随时自己给自己剃。

左门鼻就给自己剃，所以他的头可以保持很光。

陈玉伋入住刘家大院和理发铺开张，左门鼻都有去帮忙。小百货店有没有人，没关系，从没丢过东西。

刘家大院莫家大院相距不远，一街南一街北，站在小百货店门外随便喊一声，左门鼻就能听到。

陈玉伋的理发店开张不久，名声就传播了出去。特别是那些中老年街坊，非常喜爱他的手艺。理得好不用说了，关键是——听那飒飒发断之声，就是享受哩。再别说看那鹤舞白沙的做派。啧！

最初来让陈玉伋理发的多是老实街的人，没出几日，旧军门巷、狮子口街，还有西门外剪子巷、筐市街，都有专门寻了来的。自然会有人向左门鼻问路，左门鼻热情指点：

“您可问着了！前面不是？”

下午有段时间，小百货店总显得特别清静。左门鼻拎把剪子，给他家门口的葡萄树修剪芜枝。不料，因地上起了青苔，脚下的小板凳一滑，他慌张中去抓树干，就把膀子给扭了。原以为冷敷一下，过了夜就好，起来一看，却肿得老高。

朝阳街一个半瞎的老人，苍颜古貌，拄了一根棍儿，颤巍巍也走了来。这么老的人了，竟也爱美！

左门鼻看他左右打望，忙从柜台后抽身出来，迎上去伸一只手将他扶了。“慢着，慢着。”嘴里一边说，提醒他留神脚下，一边将他送到陈玉伋店里去。

他要陈玉伋给自己剃头，说自己头上像长草，长多少年了。左门鼻并不就走，是要等他剃完头，再把他送到街口。

在陈玉伋手下，他那颗长了蓬蓬乱草的头，亮了！左门鼻头皮却一炸。

送走老人，左门鼻就回家给自己剃头。一抬膀子，酸痛难忍，差点叫出声。老猫在他旁边，竟一下跳开。这老没良心的！放了剃刀，去到店里坐着，不一会儿就如坐针毡，转身再去拿剃刀。一抬膀子，还是疼。

从店里往外望，不时看到理完发的人从陈玉伋理发铺里清爽爽走出来。不看倒还好，越看越觉得头上也像长了草。岂止是长草，是生了虱，爬了蚧壳，又落了满头鸟粪，长了根根芒刺。那叫一个难受，恨不得拿手揪一层头皮下来。

左门鼻烦躁不安到天黑。知道再睡不着的，就带了自用的那把剃刀，出门去找陈玉伋。街上黑乎乎的，也没碰到人。

敲开陈玉伋店门，陈玉伋以为出了什么事，他说，大半夜的叨扰您，给剃个头。陈玉伋将信将疑，他已在座位上坐了，顺手拿出自己带来的剃刀，说：

“试试这个。”

夜深人静，左门鼻的耳朵从没像现在一样好使。每根头发齐头皮断掉的声音，低而清晰，噌，噌，噌，他都能听到。他也是第一次觉得，剃头的声音会如此美妙，如此令人沉醉。挨头皮吹过一阵爽柔的小风儿，头就廓然剃妥，可他还在那里瞑目坐着。

陈玉伋轻嗽一声，他不由一愣。

他那魂魄，已荡然飘去了大明湖。

凑着灯影，陈玉伋留神再看一眼那剃刀，点点头，似赞之意。

闪念之间，左门鼻做出一个重大决定。他要把剃刀送给陈玉伋，也算是理发铺开业的一份贺礼，而且，他不准备再自己剃头了。毕竟年岁大了，老胳膊老腿的，怕万一弄不利索。老实街来了陈玉伋，他还要自己给自己剃头，像是说不过去。

见陈玉伋迟疑，他就说：

“我留着不糟蹋了嘛。”

“哎呀。”陈玉伋颇难为情。

“不成敬意，不成敬意。”

时间虽短，我们也看得出来，陈玉伋与左门鼻有许多相似之处。陈玉伋说他理发不用电，左门鼻也说过他小百货店是开在自己屋，不像人家还得向房管所交房租。莫大律师随国民党去了南方，临走前把院产白给了左门鼻或左门鼻的爹。

我们都爱来左门鼻的小百货店买东西，比别家便宜，有时候不赚钱，他也卖。

还有一个原因，莫家大院保存完好。

当年公私合营，左门鼻或左门鼻的爹主动把正屋上交充公，自己仅留西厢房。那正屋他从没住过一天。空着也不住。你住又怎样呢？你新主人了嘛。他偏不住。莫家大院一正两厢一倒座，到左门鼻或左门鼻的爹手上时什么样，几乎一直什么样。门口的拴马石、上马石都在，门楼上的雀替，墙上的墀头，都很好看。院里除了葡萄架，还有两棵大石榴树，棵棵都有两丈高。别的院子里乱搭乱建，犬牙交错，走路转个身都难，这个院子里却还余有空地。我们小时候也都爱来莫家大院玩，看左门鼻带着他的那只老猫，在那空地上莳花弄草。

这样，莫家大院白天里基本上人来人往，人气颇高。左门鼻有过老婆，死了。一个闺女嫁出去，住在东郊炼化厂，工作忙，不大来。他本来可以再找个老婆的，可他不找，说是怕老婆在阴曹地府生气。

哪有什么阴曹地府！老祖宗编着玩儿的话，他当真了。他就这么孤身一人慢慢度着日月，倒也不觉惨淡。

他有小百货店、有花草、有老猫、有街坊。他要在莫家大院住到老死。任东厢房换了好几次人家。那正屋曾是历下区一家单位的办公室，后来单位搬进茂岭山下新建的区政府办公大楼，门口就只剩一块破牌子，风剥雨蚀。还有人说，他有一个秘密心思，其实是要等那大律师回来。他要把房产原封不动地再交还给大律师。

时光流转，天翻地覆，那大律师尸骨也不知早抛在了哪里。他偏不管。

等着。

这就有些虚妄了不是？不过，也更让人觉得可敬。世界如此之大，几个能做到他这样？

老老实实，等。

等。

特别是他在店里坐着，又没人来买东西，就走了神，忽然地一出惊，神情像极了看到远行人的归来。

这一次仍旧是那样的一惊，但他看到的却只是陈玉伋。

理发店虽忙，也总有空闲之时。陈玉伋不大出来，怕顾客来理发找不到自己，白耽搁人家工夫。

左门鼻一看到陈玉伋，似乎发现陈玉伋的目光躲了一下。左门鼻当时就起了点疑心，身子往背后阴影里仰了仰，没去招呼他。果然，陈玉伋同样也没招呼他，就那样好像没看见他，匆匆走了过去。

也许是真的没看见。

陈玉伋什么时候回来的，左门鼻不知道，因为他也并不只在店里坐着。

接连两天，陈玉伋这样半低着头从左门鼻的小百货店门前走过，也都没跟左门鼻打招呼。左门鼻似乎有所觉察，猜他可能有什么事，不好跟自己说。

再看到陈玉伋时，正巧店里没人买东西，就早早向街上探出身子，招呼道：

“老陈，过来坐。”

陈玉伋竟张口结舌起来，像不知说什么好，支吾半天，也没说出一句话。左门鼻觉得是自己难为他了。

可是，到了半夜，左门鼻躺在床上，听那昏昏思睡的老猫抬头喵一声，就看见窗玻璃上闪现个模糊人影，忙去开了门，竟是陈玉伋。

请陈玉伋进来，陈玉伋坐也没坐，就两手捧出一个木匣子，说道：

“左先生，这剃刀，陈某不能收。”

左门鼻有点急：

“不就一把剃刀么，您这是嫌弃了。”

陈玉伋连连摇头。“这如何说不到嫌弃上。”陈玉伋言辞恳切，“我怕是辱没了它哩。本要找一个更好的匣子配它，也没能找到。这匣子是旧的，只有上面的牛皮是我去土产公司买来自己缝上的……”

“我都不知使了多少年，哪里想得到还要用匣子来装它？”左门鼻忍不住打断他，“窗台上也丢，锅台上也丢。您忽然给它配一个这么精致的匣子，让我惭愧起来。这里面到底装的什么稀罕物？”

"左先生说着了。"陈玉伋一边虔敬地打开木匣，一边说，"不光是稀罕，还是挺大个稀罕哩。陈某虽没见过世面，但也认得它。本产自外国，有一个外国名字，叫大马士革剃刀。这剃刀有了多少年纪，我说不出来。你看它竟还像新的，吹发可断。钢好。乌兹钢。造这钢可是秘密。这刀也算是绝版的了。多少年来，我是只闻其名，未见其形。那天眼拙，没看出来。"

左门鼻不知不觉已退到椅子边坐下，沉思着说：

"我也知道这剃刀不错，也疑过它纹路古怪，从不必磨，只是没想到会像你说得这么好。想想，也不差。莫老爷当年名震济南府，是个走南闯北的人物，能有一两件罕物，不出奇。在这院子住了许多年，捡到的小玩意儿倒不少，从没上过心，不管石的木的，梳子烟壶，也都随捡随丢。正是明珠暗投，谁让我是个不识货的？"

"所以我今特来将缘故说清，剃刀送回。"陈玉伋说，"这样的好东西陈某人断不敢收。左先生的美意我已领。"说着，把匣子放到左门鼻手上。左门鼻也没推辞，就看陈玉伋脸上暗暗露出一丝轻松之意。

陈玉伋走掉了，左门鼻一直坐着，并不起身送他。

老猫爬到他脚边，他就俯身对老猫说：

"瓜，不是老陈，我葫芦里闷着，哪能知道这底细？"

只过了一天，同样是晚上，左门鼻也敲开了陈玉伋的房门。

"老陈，你必得收下！"左门鼻重申，"这也是剃刀跟你有缘。"

陈玉伋虽一再拒绝，也没拒绝掉。

可是，在第二天的晚上，陈玉伋再次上门。

"君子不掠人之美，左先生这明明是要我陈某人无功受禄！"陈玉伋眼神恳切之极，"左先生若以为我太犟了些，就许我犟这一次。"

左门鼻脸上看不出什么表情，过了半天才慢慢开口：

"你是犟了些。我若不收呢，你还能怎样？"

就见陈玉伋不禁惶恐起来，声音也有了抖颤：

“那也只有再还。”

左门鼻微微颔首：

“老陈是咱老实街的。”

陈玉伋说：

“多谅吧。”

这回左门鼻把陈玉伋送出了院门。陈玉伋绕开上马石，走远，他才返身回到院子里，站在石榴树下，却又忘了进屋。次日，住东厢房的老王发现石榴树下落了一片石榴叶，树上一根半秃枝子向空挑着，揪的痕迹宛在。

尽管那把剃刀的送还全部发生在暗黑之中，后来仍被我们老实街的人获知，而且有种传言是三送三还。好像事不到三，就构不成佳话。

实际上呢？左门鼻揪那石榴叶，把手都揪痛了。搓搓手指肚回了屋，一觉睡到天亮。喂了猫，穿了件齐整衣服走出家门，在街上碰到人，都以为他是去护城河边上练扭腰。很多人应该记得，这天来小百货店买东西，一叫二叫“门鼻”，都不见人应，傍黑才在店里看到他。原来他去了东郊。

左门鼻去东郊看闺女，恰巧陈玉伋的闺女来老实街看爹。

陈玉伋也是有老婆的，死了。陈玉伋也只有一个嫁出去的闺女。

看了陈玉伋的闺女，人就想，这闺女像极了老实街上的一个人。谁呢？一时还说不准。

闺女来了，陈玉伋喜气洋洋。那些来理发的人一见就又不理了，为让父女在一起多待一会儿。还给陈玉伋说哪些地方是好玩的，要他带闺女去转转。

他要去，闺女不去。闺女好不容易脱开身来趟济南，要帮爹好好拾掇拾掇。就知她纯孝，心性良善，也正是有其父必有其女。

左门鼻不知陈玉伋的闺女来，有人看他在店里，随口对他说了。他还没走到刘家大院门口，就看见陈玉伋的闺女端了个小簸箕，正要进去。那样的身影，他再熟悉不过，脱口就叫出来：

“大妞！”

陈玉伋的闺女转过脸，疑惑问：

“您是……”

他知道自己认错了，恍然认成了自己的闺女，脸上讪了一下。

陈玉伋在房里听到左门鼻的动静，就走出来给闺女介绍：

“这就是我向你说过的左老伯。快请你左老伯里面坐吧。”

陈玉伋的闺女忙说：

“老伯请里面坐。”

“都是一家人，客气什么？”左门鼻说着，进了屋。与陈玉伋一同坐下，见陈玉伋的闺女忙着倒茶，就又说，“听说你来，我只是来看看，不用忙。”问了一遍家里还好吧，又问陈玉伋还缺什么，就告辞而出。

陈玉伋的闺女走时，他把店里所有的蜜饯、糖果都包好，让她带回给上学的孩子吃，还叮嘱她下回叫孩子一块来，左姥爷小百货店里，有得是好吃的。

等左大妞来老实街，人们一下子想起来陈玉伋的闺女像谁了。左大妞还没见过陈玉伋，左门鼻就打发她去跟陈玉伋见面。

这样来来往往，外人都觉得两家像是亲戚。

寒暑易节，转眼就是一年，又到了陈玉伋初来老实街的时候。这期间左门鼻的头也都是让陈玉伋来剃。

因为有了陈玉伋，老实街上的光头明显增多。红门柱九号院的退休干部老简，过去剪分头，梳得一丝不苟，很有派。一朝心痒，索性把头给剃了。九号院曾是状元府第。老简剃了头，开玩笑说自己都不好再走进九号院里去。这件事让老实街的居民津津乐道了许久，都说老简剃了头，变风趣了。县东巷有名的街痞小丰，平日无所事事，四处游荡，惹是生非。闻说老实街有一老剃头匠手艺高超，也便带着一帮臭味相投的小兄弟，顶着颗七凸八凹的光头寻了来。一遇类似来者不善的事，我们老实街的居民都想不起该怎样阻止，只能暗暗替

陈玉仅捏把汗。他留的光头嘛，我们都看见了，山核桃形的，七凸八凹，稍有不慎，就可能刮破头皮。挨顿打骂不说，理发店必将不保。小丰进了店，随从都在店门口候着。不料店里面一直静静的，好像一滴水。忽然就看见小丰从店里走出来。进去的时候头皮是铁青的，出来的时候白格生生，像个八百瓦大灯泡，一丝一毫的头发茬儿都找不见，都淹在肉里。出来后话也不说，朝随从一努嘴，一起向东簇拥着去了。我们虚惊一场，赶到理发店一看，陈玉仅坐在椅子上，垂着头一动不动，像是睡着。

总的来说，日子安宁如常，喧嚣只在老实街之外。直到老实街上出现了那个万年怪物。第一个发现它的，不是别人，正是无线电厂退休干部老简。

狮子口街边有个涤心泉，老简去涤心泉打水，路过吴家纸扎店，转头瞥见墙角里蜷缩着个光溜溜的东西。只看一眼，老简就看出来这东西从没见过，甚至世上也从没有过，身上还发着毒焰似的。他怕它，它也怕他。他当时就失声尖叫起来：

“妖怪——”

撒腿就往回飞跑。

这一叫一跑，就把许多人给吸引到街上。众人壮壮胆子围拢上去，看那东西还在使劲往墙根下缩，眼神里充满恐惧，遂断定与人无害。老简惊魂未定，也跟着人走回来。听众人七嘴八舌地猜测它是什么，就俯身细察一番，说道：

“这是猫。”

刚才猜什么的都有，甚至畸胎，神兽，就没猜到猫。

“谁家猫是这个样子？连根毛都没有。”

老简说：

“这是剃了毛的猫。”

“更不对了。”众人笑道，“谁能把毛剃这么光？从头到尾，耳朵眼儿里，脚爪缝儿里，全都一样。呶，眼睫毛也给剃掉了呢。”

但是，经老简这么一说，再看那怪物，就的确有了些猫的影子。“别是昨晚上演了出狸猫换太子吧。”众人说，又相互问，“这是谁家的猫呢？”

“谁家的猫？看它往谁家去，就是谁家的猫。”老简说。他胆子已恢复，就伸出脚尖，试着把那猫往街心蹴蹴。怎么也蹴不动，就像那猫要把自己缩到墙里面去。“它是羞了。”老简说。

“一只猫害什么羞？”有人不以为然。

“把你一个人光溜溜扔到大街上，你害不害羞？”老简说，“我们还是躲开看。”

话音未落，就听到远远地传来连声的喊叫：

“瓜！瓜瓜！瓜！”

光身子老猫在济南大街上一路狂奔的情景，简直就是老实街百年未有的耻辱。当时还没容左门鼻赶到，本来行动迟缓的老猫竟一跃而起，未等人醒过神，就钻出人群，拼命向狮子口街跑去。从后面看，像是街上急速飞过一道稀软的橡皮，甩得空气噼啪作响。我们不约而同，与左门鼻一起，紧追不舍。那老猫跑到狮子口街，掉头向北，从一个小巷子里七转八转，到了车水马龙的泉城路上。此刻，我们都分明感到，泉城路就是济南的心脏，也是整个世界的心脏，鲜红娇嫩，如石榴花初绽。一只光身子老猫，穿过这颗心脏，出了老西门，又沿护城河跑了一里多路。我们都不知道它的意图。再往前就是大明湖，就见它跑着跑着纵身一跃，坠入河里。等我们赶到，河里流水溶溶，毛发样的藻草款款摇曳，再寻不出老猫的影子。

左门鼻追得气喘吁吁，还没赶到老猫落水之处，就走不动了。往地上一坐，看着流水，痛心疾首说：

“瓜，你就不能等我一等？你若为人，也是我这年纪，你就这样生生把我撇下。”

听上去就像沉水自尽的不是老猫，而是他老婆。

我们又跟着疑惑起来，这老猫是公是母？有人说，母的啊。哦，这就对了。哪个老太太被剥光身子抛大街上，还能不羞死？有人说，是公的啊，没听左门鼻叫它“瓜”？哦，也对。老男人就不要脸皮了么？老男人更要脸皮。男女都要脸皮。老简也说过嘛，把一个人光溜溜扔大街上，还能有什么感受？关键是，这只与左门鼻相伴多年的老猫，光天化日之下，赤身裸体穿过大街和人群，誓将碧水化鬼泽。

那么，是谁让老猫蒙羞，也是让我们老实街居民蒙羞？能把一只猫剥得如此之光的，究竟是怎样一只魔鬼的手？

这天，我们在护城河边耽搁许久，才心情沉重地走回老实街。即使坐在家里，也都不愿说话，似乎有巨大的隐忧如同阴云压在我们每个人头上。黑夜来临，我们闭上眼睛也能反复看到那只光身子老猫在夜色里曳道白光而去。第二天，许多人起来后睡眼惺忪，显然没能睡好觉，跟左门鼻同院的老王更是哈欠连连。老王特意走到街东口的杜福胡琴店，传播左门鼻昨晚的消息。

左门鼻整晚上灯都没开，老王还以为他又去了护城河边上，今一早叫他，却发现是在小百货店里，身上还是昨天的衣服。老王谎说要打半碗酱油，什么也没问他。

我们听了都点点头。老猫既已不在，何必再戳人痛处？

正说着呢，左门鼻走来，已穿得簇新。

“看闺女去。”左门鼻说着，脸上带出点笑意，我们心里却不由一酸。

左门鼻的背影在老实街上消失，我们又随之有了盼望。

一年前的一天，左门鼻也像现在一样去东郊看闺女，而陈玉伋的闺女却风尘仆仆来老实街看爹。陈玉伋的闺女若能如期而至，谁能不为老实街上这样一份前世之缘动容唏嘘？目光一瞥，我们就发现了老王端在手里的酱油碗。

“呶，酱油还没送回去呢。”老王不禁讪笑道。

我们没能盼来陈玉伋的闺女，左门鼻回老实街的时间却与去年相同。老头儿不用牵挂家里有猫要喂，还不肯在闺女家住一晚。我们潜身在各个角落，目送他走进莫家大院，焦急等待他重新走出来，再看他向左还是向右。

老实街上最有资格为虐猫案充当判官的，岂是他人！从昨天到现在，我们一直都在猜测那个卑劣的凶手。我们甚至想到了县东巷的小丰，想到了所有老实街之外的人，然后又不断推翻自己的想法。这让我们想疼了脑子，可最终还是没有结果。

实际上在虐猫案发生后的三天里，是左门鼻第一个踏入陈玉伋理发铺。他在那里剃了头，走到街上，好像从来没有什么猫不猫的，我们也似乎跟着松了口气。

才过一个星期，左门鼻就得到了一只猫崽。他说自己睡到半夜，听有个声音在耳朵边儿叫他，醒过来，很害怕。那声音也很古怪，不像是从人的口中发出来的。接着，他又听到房门下面的动静，斗胆走过去，发现是只流浪小猫。

“你说，猫有灵魂么？”他问来小百货店买东西的人。

“猫怎么会有灵魂？”买东西的人说，“人才有灵魂。”

他不停地摇头。

“是瓜的灵魂在叫我。”他说，“瓜舍不得我，已经附到了这只小猫身上。”

“也许……”买东西的人听头皮发麻，抽身欲走。

“仔细看，它是有些瓜的样子呢。”左门鼻说，用手摩挲着猫崽的颈背，“小可怜儿，这小可怜儿。”

“您好心。”

老实街很快传言老猫显了灵。这个冤屈的灵魂，一定有着许多不甘。不过，从左门鼻手中的那只猫崽身上，我们还暂且看不出来。猫崽被叫了老猫的名字，几乎与左门鼻形影不离。左门鼻到哪里去都带着它，常常一边轻轻抚摸，一边不停念叨：“瓜，乖。瓜，乖。”这种情景，让人恍惚感到不幸的老瓜已死而复生。

关于猫崽的性别，根本不是个问题。这是一只小公猫。

猫崽完全脱去了流浪猫的秽形，在左门鼻怀里，像个可爱婴孩。左门鼻呢，好像当上了慈祥的老爷爷。他手捧尚显娇弱的猫崽，安适坐在小百货店发黑的窗框内，身子一侧的榉木桌上摆着两个分别装了糖果和蜜饯的大玻璃罐，背后的货柜上挂着一只鸡毛掸子，货柜格子里的物品一字儿排开，各种牌子的香烟整齐码放在一块专门定做的托板上，不用起身，伸手就能拿到。静谧的空气中，从院子里飘来的石榴花香微微拂动……这样的一幕，幽暗，质朴，却似乎透出一种悠长的光芒，可以照彻老实街的往昔、今生和来世。而面对如此化境，哪怕只是路过时偶尔瞥到，我们也都会肃然起敬起来。经历了前期风波，那样崇敬的心情也几乎前所未有。

谁也没料到，在一天的正午，刚能走稳的小瓜竟然摇摇晃晃爬到了纸扎店的屋檐上。我们吓坏了，特别是左门鼻，面如土色，光头上的汗粒大得像葡萄，噗噜噜往下滚。因为担心小瓜受惊，我们大气不敢出，仰着面孔，想方设法在街上做出千百种姿态，期望能够哄它下来。

尽管我们心里浓郁的善意，化为五花八门的姿势、语气和神情，纷纷向小瓜飞了去，但小瓜理都不理，又从纸扎店爬到了王家大院的如意门楼上。有人已从家里搬了架梯子来，可它停都没停，就爬过李铨发制笙店的屋山，经苗家生药铺、张公馆、小卫面店、袁家老宅，到了刘家大院。它在陈玉伋理发店的卷棚顶上蹲下来，高高俯望着地上的我们。阳光明亮，把它照射得好像一小团气体，倏忽欲散。

“瓜。”

左门鼻叫出声。声音不大，却能让人听出无边的哀伤。他向小瓜伸出双手。

我们也跟着叫：

“瓜。”

“瓜瓜。”

“瓜。”

“瓜。”

“瓜瓜。”

“瓜。”

“瓜。”

……

在我们的记忆中，我们从来没有像这天一样，好像池塘里的蛤蟆。当时，我们根本没想到自己是站在陈玉伋理发铺门前。我们就那样真心实意地“瓜”“瓜”叫，叫了足有小半个时辰。后来是老简在帆布厂上班的二儿子顺梯子爬上屋顶，把小瓜给弄了下来。左门鼻抱着小瓜回了家。有人说我们一走陈玉伋就悄悄出现在理发铺门口。毫无疑问，在那小半个时辰里陈玉伋并没有混在人群中，跟我们一起呼叫小瓜。我们满怀焦急，而他坐在理发铺里，面也不曾露一个。

在门框中间，陈玉伋两臂下垂，好像两只受伤的翅膀，整个身子也像是被什么绳索紧紧捆成了一根芦柴棒。

第二天，我们老实街再次走来一帮不速之客。领头的不是别人，正是县东巷的小丰。上一次见他，还是在去年。一年不见，好像比以往壮了，胳膊、腿都粗了一圈。他那脖子上挂了条指头粗的项链，一看就知道是镀金的。他带人从旧军门巷走过来，径直去了陈玉伋理发铺。他走进理发铺，随从仍旧候在门口。可是不大一会儿，理发铺里就传出一声惊慌失措的喊叫。

小丰双手托着陈玉伋走出来。“上医院，上医院！”他喊着。有人告诉他北边鞭指巷口的济安堂诊所最近，他也想不到叫车，双手托着陈玉伋向鞭指巷撒腿跑去。

陈玉伋才给小丰剃了一半，就晕倒在地。大夫说他气血不足，给他开了几剂汤药。他回家后，我们去看他，顺便向他提供了明湖百合莲子汤、当归熟地乌骨鸡等食疗偏方，劝他平时多吃红糖、大枣、赤豆。我们看出来，陈玉伋明显话少，对谁也只是说“谢谢”。

他闺女来了，他很吃惊。闺女说是左老伯让人捎了信。

“哪能就死呢。”他说。

闺女劝他跟自己回去，他说：

“哪能就走呢。”

闺女说，知道这是你好不容易选中的地方，咱等养好了再回来呢？又丢不了。他闭上眼，不说话。

吃了汤药，又经他闺女照料几天，他能在理发店站住了，但面容依旧枯瘦。闺女还得回去，临别他只有这句话：

“哪能就走呢。”

我们都为此感动，他的意思是说自己已经属于老实街了吧。想想他初来老实街的样子，那是什么气色？我们不禁心疼起他来。这样做的结果是，理发店生意少了。他常常一个人整天坐在店里。有人发现，他在反复做着一种给自己剃头的动作。他这个人啊，从头到脚，整齐干净。他剃头的技艺高超，但自己不留光头。他像过去的老简一样，留的分头。很长时间我们没注意到，他的分头总是不长不短。也没见他去找人剪发啊。就知道这分头是他自己剪出来的。

他做剃头的动作是什么意思？是不是想要给自己剃光头？他能给自己剪分头，剃光头应该更不在话下。但他最终没有下去手。

夜深人静，他来到莫家大院。

“左老先生，把我头剃了。”他说。

左门鼻没觉意外，摸着小瓜，悠悠问：

“你不怕？”

“不怕。”

小瓜眼里闪着绿莹莹的光。

“我还从没给别人剃过。”左门鼻说。

“割破，算我的。”

"冒犯。"左门鼻神情自若，又转向小瓜，"瓜，去。"

小瓜应声从他手上跳到床头老老实实趴着，看他转身从柜子里拿出一只木匣。

陈玉俶剃了个光头。

除了左门鼻和小瓜，老实街谁也没见过陈玉俶剃了光头的样子。第二天，日上三竿不见陈玉俶打开店门，我们都想到了不好的事情上。敲敲门，没动静。我们就走到院子里去，发现住屋的门锁着。问同院的住户，也都不知情。我们暂时没想到他会这样离开老实街。到了中午，感到不妙了，就说出自己的猜疑。房东老马说他预交了三年的房租，怎么着要走了也得先跟自己说一声。他要想退租，也是很可以的。

从此，没了陈玉俶的音讯。

又过一年半，陈玉俶理发铺的铺门才终于打开。我们赶去一看，知是陈玉俶的闺女来搬她爹的东西。忙问她爹好，她淡然说，她爹已去世。回老家不久就死了。吃不下饭，死前瘦得只剩一把骨头。

我们听了，就跟听到老实街上任何一位老人的噩耗一样，内心的悲伤好像潮水涌动。实际上，我们不知不觉，早已视陈玉俶为我们老实街居民。

东西收拾好了，我们都来给陈玉俶的闺女送行。陈玉俶的闺女却走到左门鼻老先生跟前，小声说了几句话。接着，就和左门鼻一起走到莫家大院里去。从背后看，好像一对父女。

陈玉俶弥留之际特意交代闺女替自己再看一眼那把剃刀。左门鼻神情肃穆地打开木匣，陈玉俶的闺女好像听到它在里面叫了一声。左门鼻把它拿出来，递给她，她竟没敢去接。剃刀平躺像一小汪幽暗的水，泛着潋滟水色，竖着像道纯青的火苗，闪烁出的却是寒冰般的光泽。

"您收着吧。"陈玉俶的闺女客气摆手。

左门鼻说：

“不妨。”

“我已替我爹看过了。”陈玉伋的闺女说，“我爹既让我看，自然是好东西。既是好东西，别人岂能乱碰的？”

“不愧是老陈的闺女。也罢。”左门鼻收起来，说，“本来是要送给老陈的，他偏不要。老实人都很犟的。可我留它做什么呢？我胳膊抬不到头上去，打战，不能再给自己剃。”

忽然，陈玉伋的闺女迷惑地问道：

“左老伯，您告诉我，那一年这里究竟发生了什么？”

“也没什么事。”左门鼻镇定说，“你爹老实，还能有什么事？”

“左老伯，我爹不曾得罪过您吧？”

“瞧闺女说的，老陈怎会得罪我？我生气……”

“既这样，我安心了。”陈玉伋的闺女说。

“哦，都安心。”

陈玉伋的闺女一走，老实街居民就开始传言她带去了一把剃刀。这回陈玉伋拒绝不掉了。他总不能从阴间伸过手来。这把剃刀将被他闺女供在他爹坟前。天下不识货的居多，它也必将安然与孤寂为伴，风吹雨淋，日晒尘遮，最终湮没于绵长光阴。

小瓜已长成大猫，一天到晚，听不得母猫叫。我们常见左门鼻沿街找猫，一边走，一边呼唤：

“瓜，瓜，瓜……”

同院的老王出了馊主意：

“阉了吧。”

左门鼻受惊一样：

“不成不成。”

老王不过是随口玩笑，看把我们的济南第一大老实给闹的。

那一年，老实街两旁的墙上，都写上了大大的“拆”字。这是要毁掉老实街。其实消息早就出来，东流水街、高都司巷、县东巷、舜井街、榜棚街，无数的老街巷都在拆迁之列。我们不乐意，纷纷抵制，还联合了苗家大院张家的三儿子张树，跟历下区拆迁办谈判。张树在省发改委当副主任，随便批个条子就成万上亿。

忽然听说，老实街几个有年纪的老祖宗，已主动与政府签下了拆迁协议。这种阳奉阴违的卑劣行径无疑激起了我们的愤怒。我们一趟趟快步行走在老实街光滑的青石板路上，嘴里忍不住骂骂咧咧，恨不得朝那些签了协议的人家吐口唾沫。可是，老实街名望最大的左老祖宗发话了。胳膊拧不过大腿，既为老实街居民，还是老实些。跟政府对抗有什么好处？宽厚所街不是跟政府对抗过了？到底还是拆了，补偿费还损失不少。早早合作，每家补偿费还可多些。宽厚所街不宽厚了，老实街不能不老实。千古同理，老实人不吃亏。

我们老实了，果真没吃亏，多拿了钱，还被安排在好位置。

拆迁之日，老实街迎来了无数的人。他们或拿块画板，飞速地画，或端了相机，不分东西南北，啪啪乱按快门。

老实街面目全非，终于静息下来。一个从城北来的捡破烂的老汉从废墟里翻捡到一只精致的小木匣，原以为盛着金的玉的，激动万分。

打开一看，只是一把剃刀。

刀刃上沾了根纤细优美的毛发。

“猫毛。”

老汉鉴别后不满地嘀咕一声。

一股干风吹来，毛发倏然断为两截，好像轻盈的灵魂，在阳光下晶莹剔透，各自走失不见。

（原载《天涯》2014年第4期）

米高和张吾同

胡学文

1

那天的酒场，米高原没打算去。他一向不喜欢热闹。年过四十，就更不喜欢了。临近下班，老夏又打过电话，米高不好再推。老夏和他上下届，虽说只是个小老板，但交际广，哪个行当都有朋友，别人求到米高的事，米高多半得找老夏。米高没帮过老夏什么，也帮不上。老夏与米高性格趣味相差甚远，但常混在一起，特别是喝酒，老夏总要招呼米高。

堵车，不长的路，走了一个多小时，赶到包间，他们已经开始。除了一张陌生面孔，其他的米高都认识。朋友也谈不上，说不是朋友吧，又常在酒桌碰面。介绍过陌生面孔，其他人便起哄，说米高迟到，须罚酒三杯。米高先和陌生面孔喝了一杯，又自个儿喝了一杯，老夏便打圆场，两杯行了，他酒量一般，我喝多，还得他送。有人说，换个人送，老夏说那不成，他老婆只认米高，别人叫不开门。众人哄笑，米高忙举杯说，就一杯，他喝了。老夏在什么场合都是角，是中心，而米高生怕别人注意，那会让他不舒服。被忽视的感觉更让他自在。米高坐稳当，话题很自然地转移。

话题一个接一个，普京当选、朝鲜核试验、速成鸡、瘦肉精、“表叔”、“房姐”、股票、通胀、精子库、世界末日等等，把大家都熟悉的旧闻拿到酒桌再炒一遍。当然，也有米高平时听不到的小道消息，如某个官员的背景、某个交易的黑幕。米高很少插话，他没什么秘闻提供给大家，听就是。喝一通，说一通，酒场嘛，也就这样。某个人的手机响了，稍稍安静了一些。那人挂断，老夏提议：“干吗老说不相干的事？咱说说自己。”众人嚷嚷：“说什么？我们的事你不都清楚？”老夏说：“你们干过的勾当我倒是略知一二，咱别说干过的，说说最想干但还没干的吧。”众人嚷着叫老夏先讲，老夏说：“好吧，我带个头，我最大的愿望是五十岁前建一百个行宫，每个行宫养个小三。”笑声顿起：“你长几个肾，不要命了？一百个是替别人养的，你自己十个就差不多了。”老夏定了调，众人也胡说八道，有想当钓鱼岛岛主的，有想和某个女明星睡一觉的，有想搞个印钞机的。轮到米高，米高说能天天吃没有农药的蔬菜。众人不买账：“不行，这不是你个人的愿望，都想呢，说个你自己的。”米高抓耳，老夏说：“同过床的，扛过枪的，今儿加一条，说过机密的，米高，你不能掉链子。”

目光聚到脸上，米高没有选择，说：“审判张吾同。”

没有爆笑，场面突然静了。仿佛呼吸都被滤掉。目光仍然在米高脸上定着，显然在等下文。米高想笑一笑，没笑出来，那句话便僵僵的：“我想审判张吾同。”

“张吾同是谁？”

“是……我不知道是谁。”

应该是挺好笑的，仍没一个人笑。不但没笑，神色反有些怪。很轻，可米高感觉到了。还是老夏圆场，气氛起死回生。

老夏又喝高了，米高照例打车送他回去。老夏酒局多，他的车常年在车库睡大觉。和老夏喝酒，十次有九次是米高送他回去。这可能是米高唯一能帮老夏的地方。往常，米高要把老夏送到楼上，老夏酒后嗜睡，米高怕老夏走不到楼梯口就睡过去。那天下了车，老夏没让米高进小区，说他没事了，让米高早点儿回。米高问："真没事？"老夏说："真没事。"米高转身，还是有些不放心，半路往老夏家打了个电话。

米高也有些晕，栽到沙发上就迷糊了。后来，他被冻醒，摸出手机看时间，看到吴京的短信。她说要账不顺，还得晚几天回。米高把手机合上，丢到一边，躺下片刻，又爬起来，看了看吴京发短信的时间。

2

第二天，米高没去上班。他所在的单位极不起眼，说出来没几个人知道。有时米高说了，对方会瞪大眼，问这个部门是干什么的，米高得解释半天，后来，他就不说自己的单位了。老夏介绍米高，称米高米总，米高也不解释，由他去。可有可无，因而总是被忽略。也有好处，米高早去晚去，去与不去都可以。

这几天，米高正看央视十套的纪录片《人类星球》，昨晚错过一集，他在电脑上补回来。一个人在家，他把音量调得极高。如果吴京在，他就得戴耳机。他戴耳机的时候不多，吴京一年有三百天出差。吴京比他能干，和他结婚时，她是临时工，而他是本科生。米高开始被分配在农业部门，两年后到了现在的单位，再没挪窝。再挪窝的可能性很小了，哪个单位会要个四五十岁没有任何特长的男人？米高闲散惯了，换个地方未必适应。他的性格和他的单位也算脾味相投。与米高相反，吴京换了十几个工作，直到进了这家灯具厂，由推销员一路干至销售主管。在东莞众多灯具厂中，吴京所在的厂并不大，但不大也是主管。没有奖金，没有任何福利，米高那点工资基本可以忽略不计，这个家全靠吴京撑着。吴京没因自己挣得多给米高甩过脸，米高也从不看吴京脸色行事。吴京在家，米高戴耳机是因为吴京怕吵，她在外边说得太多听得太多，回到家只想安静休息。默契？平等？米高说不上来。他是希望吴京不那么忙的，可吴京在家时间久了，他又感到不自在。怕吴京看出他的不自在，她休息，他准时准点上下班。

吃过午饭，睡了一觉，正琢磨该不该去单位遛一遭，老夏来了电话。米高以为老夏又有饭局，无论如何，今天不去了。老夏问他在哪儿，他说脑袋有点昏，在家窝着。老夏贼贼的，问："咋，怕我喊你喝酒？"米高说："真的不怎么舒服。"老夏问："不打紧吧？"米高说："不打紧，可能是有点感冒。"老夏忽然道："你不够朋友。"老夏的声音有点儿重，米高听出来了，笑笑说："我真的不舒服，又有饭局？"老夏说："我说的不是这个。"米高问："不是这个是哪个？"老夏说："你清楚。"米高问："我清楚什么？"老夏顿了顿说："米高啊，我可是从不把你当外人。"米高听出老夏的严肃，愣了愣："我也没把你当外人呀，什么事你不知道？什么事不找你？"老夏说："我等了你整整一上午，等你给我打电话，你小子撑劲大啊，我只好上赶了。"米高摸不着头脑，问："你说的什么事呀？我怎么听不懂？"老夏骂："你小子，和张吾同是什么关系？"

米高愣了片刻，突然就笑了："根本就没有张吾同这么个人，我不过是随便说说。"老夏追问："没有？你敢说没有？"米高几乎看到老夏瞪圆的牛蛋眼。老夏眼大，眼皮厚，自嘲是牛蛋眼。米高说："也不是没有，可我并不认识他。"老夏说："认识也罢，不认识也罢，反正有这么个人吧？"米高说："可能有这么个人，但与我无关。"老夏问："无关你审判他干什么？"米高笑骂："靠，那不是胡扯嘛！"老夏说："朋友归朋友，有些事不能摆到桌面上，我懂，你和张吾同有什么过节，不说也罢，什么时候用我，一个电话就得，咱公检法都有熟人。"老夏如此认真，米高急了，叫："我和他没什么过节啊。"老夏不客气地回敬："没过节审判个鸟？"米高意识到逻辑上有些混乱，越想理顺，越理不清楚，恼火地咳一声："反正，我不认识他，随你怎么想吧。"老夏说："算啦算啦，我哪有那么贱，上赶着求着帮你，实话说吧，我上午接到四个电话，问你和张吾同怎么回事，我说不知道，他们根本不信，我是你最好的朋友啊，他们认为我肯定知道。我他妈不知道怎么解释？你不说，我也不想知道。我又不想认识张吾同，也不关我的事。”

和老夏通过电话，米高的脑袋真昏了。昨天，他确实是随意扯的。距小区不远有个大塘头公园，米高常去散步，公园厕所墙上有这么一句话：审判张吾同。每次上厕所都能看到。不知怎么就刻到脑子里，竟然随意扯出来。

米高没去单位，而是去了公园。他走得很快，从未有过的快。还在，模糊了一些。歪歪扭扭的，或许是哪个顽皮孩子的杰作。那几个字对米高的意义就是上厕所时看一遍，再无其他。不知别人是否注意到，是否放在心上。米高也仅仅是扫扫，怎么……米高摸摸兜子，找出数日前交有线电视费的发票，报复似的把那几个字擦一遍。突然心一沉，他把证据毁了。又一想，什么鸟证据？暗嘲自己愚。

米高不怎么痛快，看书看电视注意力都不集中。后来，他去街角看下象棋。晚上，觉得还是向老夏解释一下。那边很吵，米高说：“你不方便，改天吧。”老夏说：“能讲就讲，没什么不方便，我出来了，你说吧。”米高就讲：“那句话是从公园厕所墙上看到的。”老夏笑了：“米高，你解释这个干吗？”米高说：“真是这么回事，我真不认识那个鸟人。”老夏说：“不认识就不认识吧，我又没逼你认识。”米高问：“你相信啦？”老夏笑了：“一个子虚乌有的鸟人，你干吗这么在乎别人信不信？”米高脑子又有点乱，于是狠狠骂了脏话。老夏说：“瞧瞧你这脾气，你平时不是这样嘛，我信，你没事就好。”老夏语气很平静，可米高总觉得其中掺了什么。挂了电话，米高发了好一阵子呆。

3

米高的每一天是以刷牙来结束的，刷完牙就该上床睡觉了。那天，他刷完，对着镜子龇龇牙，忽然想起一档子事。他重新打开电脑，搜索张吾同的相关信息。叫张吾同的还真不少，有作家，有经理，有教师，居然还有一个杀人犯，潜逃八年，终于落网。这几个张吾同应该不是厕所墙上那个，都在别的省份。米高仍在纸上草草记下他们的信息。突然生自己的气，随后把那张纸揉作一团扔了。

吴京回来是两天后了。她进门先洗澡，每次出差都这样，好像一路都在灰里滚着。米高掐着点儿，她进门，他放好水，不迟不早。她在家睡觉时候不多，吃饭时候不多，米高能替她做的没几样。洗完澡，马上过夫妻生活，倒不是两人多当紧，而是不敢耽误，吴京随时可能拎包走人。那次，吴京洗完澡，米高接了一个电话，扯得时间稍久了些，其实也就二十分钟吧。他刚挂，吴京被电话催走，半个月不见影子。米高从来不问吴京生意上的事，吴京也不说。吴京升销售主管后，更忙得首尾不见。

两人在一起的日子很像流水线，在不同的时间复制相同的过程。有些乏味，不过，习惯了，也没什么不好。米高一个人在家，除了更自在，也没什么不同。

吴京从卫生间出来，不是披着浴巾，她穿戴整齐，不过换了一套装束。已经习惯那个过程，米高就有些愣，问："这就走吗？"吴京反问："谁说我要走？刚回来就让我走，你什么意思？"吴京荡着浅浅的笑，语气中却透着怨。米高忙说："没有，我怎么会……我巴不得……"他没往下说，他觉得该说出来，但他没有，似乎怕那几个字烫着。吴京说："可以歇两个星期。"米高"啊"一声，随后就想拧自己的嘴。吴京稍稍瞪他一眼："你惊着了是咋的？"米高辩解："没有没有，你该好好休息几天，他们不能当牛马一样使唤你。"

程序乱了，米高有些不适应，吴京很随意地问米高怎么了。米高说："没怎么呀。"吴京说："你想问什么就直接问。"米高愕然："我问什么？"吴京说："问你想问的。"米高笑了笑："我，没什么想问的，什么也没有。"吴京拍拍沙发："坐呀，好像你是客人。"

吴京有些反常。在外面把舌头磨短了，回家就不想张嘴，这是她说的。今天，她的话格外多。

"我说说外面的事，你想听不？"

米高说："行啊，你想说，我就想听。"

吴京抿抿嘴，积蓄力量似的："我以前不愿意讲，是不想让你难受。你我没背景，没资源，我还比你少一样，没文凭。可是，咱得挣钱是不？靠什么？除了一张嘴两条腿，就是辛苦了。进灯具厂，人家问我能吃苦不，我说我最拿手的就是吃苦。试用期半年，底薪只够吃喝，完不成销售任务，半年就得滚蛋。六个月的中间，我好容易签了个单子，没这个单子，我离滚没多远了。那个单子是和外地的教育局签的……算了不说了，我被折磨过了，不想再折磨你。现在当了主管，在领导眼里，依然是个扛包的，不过原来扛一个包，现在扛几个包。在外面更什么都不是，孙子都不如。有时下作得自己都怀疑，但我没做过对不起你的事，你信吗？"

可能是吴京拐弯过快，米高的反应便有些迟钝。对视数秒，米高才意识到她在等他回答，忙不迭地点头："信呀，我没说过你什么。"吴京说："你没说，不一定就相信。我知道你不相信我。"米高有些恼火："我没招惹你，你这是怎么了？"吴京说："我也没招惹你呀，谁知你怎么了，你看看这个吧。"

吴京的手机有一条短信：米高在调查你和张吾同的事。

米高的脑袋砰的一声，像被枪击中了，但他的眼睛并没有发黑，硬而亮。

"灯具厂没有叫张吾同的，大老板姓李，二老板姓乔，我的客户中有姓张的，但没有这个名字。下三烂的勾当我没少干，我雇过小姐，只要客户有要求，我尽量满足。但我没卖过自己，谁稀罕一个老女人？”

“谁发给你的？”米高的呼吸很粗。

吴京说：“问你自己吧。”

米高按那个号拨过去，接通，他的腿突然有些颤。没人接听，米高一遍遍地拨，后来就拨不通了。米高接住吴京的目光：“我没调查你和张吾同的事，这是造谣，是胡说，你别理他。”吴京说：“那个人不会无缘无故给我发短信，他怎么知道我的手机，还知道你？”米高说：“恶作剧，一定是恶作剧。”吴京说：“但愿吧，这也太无聊了。”米高骂：“简直是无耻！”

米高说出去买点水果，到楼下便迫不及待地给老夏打电话。米高声音不高，可气冲冲的。老夏说：“你这口气是兴师问罪呢？你是不是怀疑我给吴京发的信息？”米高说：“怀疑你就不给你打了，那天吃饭的没几个人，你帮我分析分析，谁最有可能？干吗陷害我？”老夏说：“把那个号码发给我，我试试吧，别上火。”

米高进屋，吴京问：“水果呢？”米高一拍脑袋：“瞧这记性，被气昏了。”吴京意味深长地看了他一眼。

4

米高把那天晚上吃饭的人过滤一遍，除了那个陌生面孔，没有谁和他有过节，他们没有理由恶他，陌生面孔八竿子打不着，更不可能。他后悔自己信口胡扯，别人当了真，竟然还把张吾同和吴京扯上关系。米高不是没怀疑过吴京，但的确没怎么猜忌她。这话有些矛盾，他实在是说不清楚。吴京长得没多出色，但有时候挺迷人的，尤其笑起来的时候。有时在书上读到某句话，在电视上看见某个镜头，他会突然想起吴京，但不允许自己想下去，那对他对吴京都是污辱。刺激反应来得快散得也快，如狂风中的一缕轻烟。他没猜忌她，怎么会调查她和别人的事？都怪老夏这家伙，喝酒就喝酒吧，非要乱讲，而他竟然扯出那么一句风马牛不相及的话。

次日，米高起床，吴京还在睡。挺罕见的。她有限的在家时间，总比他起得早，睡过头她会头疼。米高没敢惊动她，轻手轻脚的。到单位，米高便迫不及待地给老夏打电话，问老夏查了没有。老夏说："你得限个工夫呀。"米高说："你快点儿，妈的，我半夜没睡。"大约一个小时后，老夏说："找人查了，那个号码没注册，可能是街头卖的一次性卡。"米高失望地说："那怎么办？就这么放了他？"老夏说："如果仅仅是玩笑，就不要在意，如果……"米高打断老夏："没有的事，可我在意。"老夏说："既然无中生有，干吗在意？"米高吞了谷糠似的有些噎，梗梗脖子："不是我在意，是吴京在意，老夏，你得帮我。"老夏也骂了脏话："我什么时候没帮过你？这种忙没法帮啊。"两人在电话里分析那天吃饭的人，都被老夏否掉了："那几个人我还了解？绝无可能。"米高问那个陌生面孔，老夏说："他根本就不认识你，更不可能。"米高说："他们都不可能，那是怎么回事？"老夏叫："你这是给我拴套子！米高，你明说嘛，干吗绕圈子？"米高忙说："你误会了，我没怀疑你。"老夏说："我伤心了，你让我伤心了。"米高说了一大堆好话，求老夏挨个给那晚吃饭的朋友，还有那个陌生面孔打个电话，如果是他们中的哪个，站出来说一声，玩笑开过头了。"我问不合适，老夏，你得帮我一把。"老夏无奈地说："好吧，我给别人擦过屎屁股，你这还不如屎屁股呢。"

吴京没再提那条短信，没再提那个叫张吾同的家伙，但明显有什么竖在两人中间。不提并非不存在。有时，往往相反。晚饭是吴京做的，她很多年没下过厨，不知油盐酱醋在哪儿放着。她没让米高帮忙，但米高也没闲着，守在厨房门口，等她询问。准确点说，这顿饭是两人合作的。饭后，米高在沙发上坐了很久，像在等待什么发生。吴京说："忙你的，别管我。"米高自问：我管了么？没管她呀！于是，他打开电脑，戴上耳机。手机就在旁边搁着，铃声一响，他就接了，但没马上说话，进了卫生间，才"喂"了一声。老夏说："问了几个，都说没开这种玩笑，根本不知道你老婆的号码。还有两个没联系上，只能明天问了。怕你着急，先汇报一声。米高，这可是得罪人的差事，哪天得请我。”米高应了，匆匆挂掉。

熄灯后，米高仰躺了一会儿。这是吴京回家的第二个晚上，昨天他们囫囵着睡了，谁也没碰谁。心别扭，身体自然也别扭。今天不同了，但也没有多么的不同。米高思忖她会不会拒绝，会不会嘲讽他。终于，他决定摸过去。如果真有那么一个人，他又在调查的话，绝不会碰她的。这话不能说出来，只能用行动来说。吴京倒没拒绝，但米高觉得她身体有些僵。他再次躺下去时，她问：“你还让我出去不？你觉得我在家好，我就天天在家。”语气是征询的，话是委婉的，可话外音很多。她还在劲儿上。米高顿了顿说：“你想在家就在家，想出去干，也没问题啊。”吴京说：“什么叫没问题？过日子得要钱，房贷是还完了，没几个余钱，碰上头疼脑热的，连医院的门都进不去。”这是实话，吴京养着这个家。米高的工资少得可怜，够他自己花就不错。米高也因此底虚。凭良心说，吴京没有因他挣得少而说过什么。凭良心说，他也没干过任何对不起她的事。因此，米高的话就有些硬：“随你的便，你爱信不信，我没调查过你。”吴京说：“你想清楚了，我天天在家可能会妨碍你，你接电话不那么方便。”米高想糟了，尽管躲进卫生间，她还是听见了。索性开诚布公吧，他说电话是老夏的，没什么秘密，只想让老夏搞清楚，是谁开这么无耻的玩笑。

吴京呼地坐起来，黑暗中，眼睛依然瞪得吓人：“怎么和老夏讲？想传播是咋的？”米高说：“要想查清楚，还你一个清白，也还我一个清白，只能靠老夏。”吴京似乎冷笑了一下：“你我清白不清白要靠老夏证明？”米高辩解：“不是证明，是查明真相。”吴京问：“老夏能查明？”米高说：“当然能。”突然意识到说过头了，可是改似乎更加不合适。吴京反而平静下来：“那就查吧，我倒要看看真相是个什么东西。”

5

老夏终于联系上另外两人。当然了，他们也没给米高老婆发任何信息。其中一个叫白五的，还给米高打了电话。可能是喝了酒，口齿不那么利索，直叫米高不够意思，为什么不问他，难道他的嘴需要老夏撬吗？米高解释，白五好像没听进去，连着问："相信兄弟吗？……相信兄弟吗？"米高说："相信啊，我怀疑你干吗？"白五追问："真的？"米高说："当然是真的。"尽管白五不在跟前，米高依然被他的酒气呛着似的，捂了捂鼻子。白五说："你说的任何话我都不会告诉嫂子，我最恨无事生非。"米高几乎是乞求了："我一万个相信你，行了吧？"正要挂断，白五问那个家伙叫张什么同来着。米高说张吾同。白五说："想起来了，你想把他怎么着？咱黑道上有人，做了他都行。"米高说："你喝大了。"白五说："我是灌了不少，但说的不是酒话。"米高挂断了。他觉得什么东西往下掉，抬头看看天空，好一会儿才意识到是脑门上的汗。

连着三天，米高接到八九个朋友的电话，有的直接问他与张吾同怎么样了，有的没提到张吾同，但关切的语气显然听到了什么。米高尽量耐心地平静地说自己没什么事，根本不认识什么张吾同。那天中午，大学时的辅导老师也打来电话。那时，米高刚走进单位厕所，还未蹲下去。他便秘好几天了。辅导老师对米高不错，但毕业后再无联系，直到两年前的同学聚会，辅导老师也参加了，米高和他互留了手机号，但也仅限于节假日发条短信。老师说的时候，米高慢慢解裤子，他感觉肠胃有那么点儿听话的意思了，不敢错过良机。老师仍然是老师的口吻，说没有哪个人是一帆风顺的，难免遇到什么危机，这是正常的。老师说，米高啊，老师终于拐到米高个人问题上，说昨天才听到的，劝米高想开点，别做傻事。米高没忍住，叫："没有的事，别听他们胡说。"老师显然被米高吓着了，顿了顿说："没有就好，是我多嘴。"米高恨不得将手机砸了。他像一条被激怒的公牛，只是没有犄角。他狠狠拍着厕所的门，半晌才想起自己是上厕所的。他痛苦地努力着，什么都拉不出。

米高赶到老夏那儿，进门就嚷：“你把我害苦了。”老夏“哈”一声：“谁害谁呀？没良心的东西！”米高讲了自己的遭遇，老夏苦笑：“是你求我给那几个人打电话，我是按你的意思问的，没多说没少说，我不是乱讲的人，你知道。没想到那么多人给我打电话，惦记你的人还真不少，他们问你和张吾同的事，我说不知道，他们说我不讲实话。这几天，我尽忙你的事了，你说，谁害苦了谁？”米高泄气地仰在沙发上：“老夏，你得帮我呀！”

老夏摊开手：“我什么都不知道，你让我怎么帮？”

米高咕哝：“反正，你得帮我。”

老夏说：“你得跟我说实话。”

米高叫：“我什么时候没说实话了？”

老夏盯住米高：“那个张吾同，究竟……”

米高气呼呼的：“我早说了，没有那么个人。”

老夏斟酌着：“你老婆，她……”

米高说：“她没外遇，我从没怀疑她。”

老夏击掌：“既然没有张吾同这么个人，你也没怀疑过老婆，由别人说去吧，你害怕什么？”

米高想：我害怕了么？不，他不害怕，可是，他难受。他，一个被忽视，享受忽视的人，突然间被置于舞台中央，被巨大的灯光烤着，比不自在痛苦万倍。还有吴京，得给她个交代。

米高在老夏那儿泡了半天，老夏答应向吴京解释，再当一回恶人。“话可以说，相不相信我就管不着了。”吴京挺给老夏面子，适度地笑着：“我不在乎破短信，自个儿干净，外人泼不脏，我生气的是他满世界地嚷嚷。”老夏解释，是他的破嘴嚷出去的，并不是米高，怪就怪他好了。

老夏走后，吴京虽然责备米高，脸显然晴了许多。夜里身体也软了许多。吴京说：“我已经是菜帮子了，也就是你啃几口。”米高很卖力，似乎要告诉她，就算她是菜帮子，他也当菜心吃。

吴京在家快一周了，后天必须得走。明儿想去趟医院，这几天乳房老隐隐地疼。米高忙说："我陪你去。"次日起了个大早。乳腺增生，轻微的，医生开了两盒药。两人大松一口气，商量着中午去吃牛排。刚出医院，吴京接到一个电话，街上嘈杂，吴京捂着一只耳朵往小巷走。米高站在那儿，看着她的背影。吴京返回来，步子迟缓了许多，脸色也不怎么好看。米高问怎么了，吴京不答。米高再问，吴京说："有人给我的同事打电话了。"米高的心缩紧了，他已经意识到，还是愚蠢地问："干吗？"吴京说："还能干吗？"

米高觉得一条冰凉的蛇缓缓地爬上后背。好半天才说："你还怀疑我……"

吴京说："我相信，你不至于。"

米高说："那不得了，别人爱他妈怎么嚼怎么嚼。"

吴京说："你没调查我，我信。那个张吾同，你和他到底怎么回事？"

米高急了："不是说过么，我随便讲的。"

吴京缓缓地说："好吧，这个我也信。"

6

家里终于剩下米高一个人了。那几日单位跑得太勤了，得歇一歇。电视开着，电脑开着，声音灌满每个房间。在混杂的震耳的声波中，米高反而是无声无息的。后来，他想起该给吴京发个短信。有两个未接来电，一个是朋友的，一个是陌生号码。他把手机丢在沙发角落，离开沙发。

当然，他不会二十四小时这样，超过限度，那就不是享受。还有人会问他，但只要提到张吾同，他就毫不留情地挂掉。他相信无声的驳斥会使张吾同更快地死掉，更久地消逝。

但老夏的电话他不能挂。许多事，还得仰赖老夏。老夏问还有没有人打听张吾同，米高稍稍犹豫一下，大声说没有了。老夏抱怨被米高折腾得够呛，米高听出老夏邀功，忙说改天坐坐。老夏也不客气，说行啊。米高问哪天，老夏说有空给他打电话。

那天，老夏定的是晚上，后来说晚上另有活动，改在中午。人都是老夏喊的，有米高认识的，也有不认识的。因是中午，又开着车，喝酒的没几个。米高做东，自然得喝。另一个原因是，米高想借酒壮胆。米高有些虚，有些紧张。他害怕他们问到张吾同，又希望某个人问起，这样，他就能将来龙去脉说清楚。像两根绳子，米高被五花大绑，一会儿往这边歪，一会儿又往那边倒。

有一个晚到半小时，边落座边和众人打招呼。和米高对视时，目光突然亮了几分，问米高："没事吧？"米高说没事。那个人比米高低一届，是米高和老夏的师弟。他说："没事就好，昨天听说你把一个人打了，本来要给你打电话，后来接待了两个上访的，就把这事忘了。"米高再次被目光围住，他冷笑着问："那个人是不是叫张吾同？师弟说好像姓张，我忘了，真打了？"老夏忙打圆场，说："别在饭桌上扯这些没影儿的事，你看米高像打人的人吗？"米高没买老夏的账，某一端的绳子突然抻紧。他说："在座的都是朋友，老夏，你把经过讲一下吧。"

老夏就讲了。

米高说："张吾同这个名字是我在大塘头公园厕所的墙上看到的，谁不信，我领你们去看。"

老夏说："没有谁说不信呀，看个鸟，别提这个碴啦。"众人也附和，劝米高别放在心上。气氛突然就有些闷，虽然老夏一再怂恿着讲黄段子。米高又不自在了，是吴京在家时间过久的那种感觉。

老夏和米高走在最后。老夏重重拍米高一掌，有些劝慰的意思。米高突然一阵难过。他让老夏跟他去公园，看看厕所墙上是不是有那几个字。老夏又拍他一下："闹什么闹？"米高说："我看出来了，他们不相信，你得给我作个证。"老夏说："由他们讲去，别折腾自个儿。"想到自己仍然挂在别人嘴上，米高更加难受，一定要拉老夏去。老夏有当紧事。米高抓着老夏胳膊，很有些蛮不讲理。老夏挺恼火，狠狠甩开米高。

米高看着老夏钻进出租车，看着出租车汇进车流。意识到自己过分了。又一想，也没逼老夏干什么，不过让老夏作个证。既然老夏没工夫，那米高自己取证好了。并非无聊，而是舞台的滋味难以消受，他需要回归观众席。

米高怕手机拍不清楚，从家里取了相机。相机是吴京的，米高出门少，用相机的机会不多。走到厕所那儿，才想起那行字早被他擦掉。米高一阵心惊肉跳，亏得老夏没来。证据没了，他仍盯着那面墙站了好久，仿佛时间足够长，那几个字会从水泥中凸出来。终于，被酒泡过的脑子转动起来，他拐出公园，买了一支黑彩笔。写下那一行字，仍觉不够解气，又加了一行：我操你妈张吾同！

米高举起相机，咔嚓一声，张吾同就这样被定格住。

（原载《广州文艺》2014年第4期）

儿子上树

女　真

儿子苗壮爬树了。

爬上了一棵大柳树。

接到陈老师告状电话时，再开一会儿就到虎石台了。乘客是一家三口，大包小裹。孩子去职教城信息工程学校上学。一般情况下，去虎石台的客人她是拒绝的，那地方偏，再给一脚油儿，到大城市铁岭了，回程通常空跑，拉不到乘客，白耗油，划不来。从城区到虎石台，中间经过大片庄稼地，虽然马路宽绰，不堵车，城郊交接处庄稼地绿色养眼睛，对一个身单力薄的女司机，却显而易见暗藏杀机。出租车公然拒载会被投诉，每一次她总还得找个说得过去的理由。通常她会焦急地说：“不好意思，忽然接到学校老师电话，孩子在学校惹祸了，老师让赶紧过去。”

一个需要开出租车养家糊口的女司机，孩子还不省心，也许这是她从来没被投诉拒载的理由吧。大多数人还是善良啊。

下午两点多，她在火车站南广场邮政中心附近，看到了招手的一家三口。靠边停车，摇下窗户，听见他们说去虎石台职教城。犹豫的当口，一家三口就上了车。她不好再说什么，一边起车一边寻思着是什么让自己破了规矩。是那个孩子长得跟儿子有些像吗？都是黑黑瘦瘦的那种类型。还是他们的辽东老家口音？她家曾经有一大堆辽东岫岩山区的亲戚，那些来城里求学、治病、找工作，然后不屈不挠要到家里串门，或者住上一阵、依依不舍地离开的七大姑八大姨表姐堂弟，是从前家里父母经常闹矛盾的重要起因。在街上又听到岫岩老家的口音，她的心莫名颤动了一下。其实，父母都已经离去好几年了，但他们的乡音，她永远怀念。如果，他们还能活着，她愿意听他们曾经让她在邻居面前抬不起头来、夹杂着脏话的谩骂和争吵。

来自她老家的这三口人显然不熟识路——虎石台在沈阳城的北面，认识路的，会走火车站北出口而不是南出口。明显的南辕北辙呀。关好车门，摁下计时器，起车拐向北陵大街，到中医药大学路口上崇山东路，又从鸭绿江街往北拐。剩下的路，基本不用拐弯，一直开下去就差不多了，比较省心。还有不到两个小时就该跟夜班交车了，她心里估算了一下，这个白天，她已经拉出二百多块钱。如果从虎石台回来能捎上客人，今天收三百没问题。鸭绿江北街是城市向北新延伸出去的街道，路宽车少，她开到了将近七十迈。大白天的，在拥挤的城市里，这个速度是不敢想象的，也是要被拍照罚款的。开快车省油，感觉也爽。

手机铃声，就在她刚有了一点爽的感觉时响起来了。她手机里存着陈老师的号。看来电显示，心咯噔一下，一种不好的预感油然升起——一定是儿子又淘气了。

她的预感准确得让她伤心又着急，身子气得要哆嗦。儿子又淘气了！淘得简直没边了！淘得太有想象力了！陈老师在电话里声音焦急："苗壮妈妈，你赶快到学校来吧，你儿子蹿大柳树上了，谁喊都不下来！我们都不敢再劝了，怕他一不小心掉下来！"

陈老师年轻，还不到三十岁，长一张嫩白娃娃脸，看上去只有二十五六，说是在读大学生都有人信。关婷婷听出她的声音带着哭腔，能够想象得出她的表情，再想到儿子这会儿正悬在大树上，随时可能掉下来摔个头破血流胳膊折腿断，一个急刹车，她把车靠边停下，眼泪不争气地流下来了：“对不起，你们下车吧，我儿子上树了，我得回去救他！不收你们钱了！”

车上的三口人，显然没有精神准备。他们坐着不动。男的问：“这是什么地方？”女的不高兴：“你把乘客这么扔在半路，你不怕我们投诉你呀？！”小孩儿脸上明显兴奋：“姨，你儿子几岁了？！”

客人不肯下车，让她冷静了些。心里估算一下，到职教城，顶多还有五分钟的车程。她停车的地方，前不着村后不着店，连公交车的影儿都没有，更别提出租车。把客人这么扔下，确实有些过分。而且白跑了这么远的路，白搭油钱，有被投诉的风险，还可能有巨额罚款跟着呢。她咽口唾沫，用手背使劲揩干眼泪，重新挂了一挡：“对不起，我太着急了，马上到了，我还是送你们过去吧。”

因为她的妥协让步，三口人一改刚才车上的沉闷，开始说话。小孩儿说：“姨，爬树一点不危险！我最爱爬树了！”女人嗔斥他：“还有脸说呢，不好好学习，就知道淘气爬树掏鸟儿蛋，现在的孩子哪有像你这样的？你要知道努力，能考个重点高中，咱们还用抛家舍业跑这么远路来学修理电梯吗？咱将来考大学，考公务员、当科学家好不好？”

三口人叽叽喳喳，五分钟一眨眼就到。收钱时，男人给了她一张五十元纸币。她准备找零，男人说：“妹子，算了吧，你也不容易，谢谢你没把我们扔下。在你之前，我们拦了两辆车，一听说来虎石台，都赶紧跑了，只有你停了。你是好人哪。回去慢点开，别太着急。小孩子轻巧，上个树什么的，摔不下来，没事儿。”

她没心情听宽慰的话，开车往回蹽，很快挂上四挡。客气话好说，谁着急谁知道。敢情不是你们家孩子。她在心里嘟囔。儿子淘气不假，极富创意地爬树却是头一次。这会儿他没事吧？万一从树上摔下来，有个好歹，她没法活了！

离婚时，男人是要儿子的。她没给。舍不得。自己身上掉下来的肉啊。儿子那时才三岁，咿咿呀呀喊妈妈，奶声奶气。男人早晚得再找女人，她不能让儿子受后妈的气。

车到学校门口，已经三点多了。勉强挤了个位置泊车，锁了车门赶紧往学校门口跑。离放学还有一会儿，学校大门、小门紧闭。她走小门，冲门卫师傅喊："我儿子爬树了！"

再不用二话，电动门马上闪开一条缝儿。一个应该上课的孩子不进教室，上了学校最高的那棵大柳树，这是校园里的爆炸新闻，门卫哪能不知道？何况还开进来一辆消防车，门卫正勾着脑袋往那个方向张望呢。进了校门，她就看到学校最里边靠近厕所二层小楼的地方，停了一辆红色的消防车，树底下已经铺上了气垫子，几个老师模样的人，还有戴头盔的消防队员，都在树底下站着，仰头往上面看。她心跳加速，堵到嗓子眼儿了。看来儿子确实爬树了。看来儿子还在树上，目前还算安全，没摔下来。她急着往树底下跑，坡跟鞋跑着不利索，脚崴了一下，差点摔个跟头。趔趄了一下，接着往前跑。她看到了消防队员、校领导、陈老师，还有校医。王校医她认识，有一次儿子跟同学打闹，胳膊扭伤了，就是王校医给包扎的，那次也是她到学校领的儿子。陈老师冲她摆了下手，娃娃脸通红，脸蛋画浑儿，明显哭过："就等你了！我们说话都不好使，他说什么不下来！你再不来，校长准备请消防队员站梯子上去了！"

气喘未定，站到气垫的边缘，仰头往树上看。树很高，树叶正浓，但她能看见儿子。儿子还是早晨离家那身，蓝运动校服，白球鞋。树有多高？十米？二十米？她估计不准。两层以上的楼高肯定有的。大柳树看上去有些年头了，是校园里最老的一棵，树干粗实，但是到了儿子栖身的树顶，从下往上看，树枝很细，顶多也就拖把杆那样吧。儿子是树枝上很小的一团儿，那小团儿身子不动，两条腿偶尔晃荡一下，他晃荡一下树枝也跟着忽悠一下，马上就要折了的样子，她的心跟着就往嗓子眼儿外面拱一下。儿子随时可能掉下来。儿子像树上挂着一只不老实的穿了衣服的小猴子。那么高的树，他怎么上去的？她从来不知道儿子还会爬树。她小的时候，很多孩子会爬树，她虽然是个女孩子，也跟着起过哄。山梨长在大树上，爬上去才能够着，谁够着算谁的呀。在岫岩老家，她跟着老家的孩子们爬树摘山梨，还跟着打枣、打核桃、掏鸟蛋。那时候她不知道爬树危险，也真没眼见身边哪个孩子从树上掉下来。老家的大人，对小孩子上树，好像并不阻拦。跟现在城市里的家长大不一样。现在城市里的孩子，还有会爬树的吗？会爬也没用，也没有树给你爬呀，城市拓展先砍树，大树砍得差不多了，路边的树经常是为了凑绿化的数刚刚栽上的，阴凉没有锅盖大，胳膊粗的树，不禁爬，也确实没看到过有人爬；公园里的树，是禁止攀爬的。但就算有了可以让人爬的树，家长敢让孩子上去比量吗？爷爷、奶奶、爸爸、妈妈、高价雇来的小阿姨，不错眼珠地盯着，从小到大，走出视线都不敢吧，还能让孩子冒风险爬高？不可能的事儿。站在树底下，大人还怕树叶、鸟屎掉下来把宝贝儿砸了呢。这个淘气的儿子苗壮，他什么时候学会爬树了？这是第一次吗？他为什么要爬树呢？跟同学打仗，躲到树上去了，还是跟哪个同学打赌闹着玩？

她站在树下，清了清嗓子，仰头看上面，想了一会儿，只憋出一句：“壮壮，你晚上想吃什么？”

树上的两条腿不动了。一个很小很小的脑袋瓜往下探。

儿子的声音听上去很小，像来自非常遥远的地方：“妈妈，真是你呀？你交车了？”

“还没呢，待会儿交。”

“吉野家双拼套饭行不？”

“行。”

“再加一杯饮料。要醒目。”

“行。”

“妈妈我想自己下来。”

“你行吗？”

“行。但得把那个垫子撤掉。”

儿子，你可真逞能，像你那个不争气的爸一样！她在心里恨恨地骂着，无奈地把目光投向身边的那些人。

商量的结果是，可以把气垫撤掉，但大人们要站在树下，万一孩子掉下来，保证能够接住。安全第一！

气垫撤掉了，她的心也快从嗓子眼儿蹦出来了，感觉自己站不住了，马上就要瘫到地上。

众人瞩目之下，一只穿着校服的小猴子，从树上噌噌噌就出溜下来了。

身手灵巧、轻盈，从树上到树下，一气呵成，中间没有停顿，落地也很稳。吊在嗓子眼儿的心一下子落下去了，她第一时间冲上去，一把将儿子拽到面前，手伸出去了，想狠狠扇他一记耳光，却在碰到儿子的脸时，变成了不太温柔的抚摸。

儿子笑嘻嘻的：“妈，说话算数，吃吉野家去吧！”

好像他没闯祸，是个有功之臣。

不行，你得先跟老师们道歉，还得谢谢叔叔们！

道歉。感谢。保证。那些在学校犯了严重错误、闯了祸的孩子和家长应该做的一系列事情，关婷婷和儿子一起又操练了一遍。

从学校出来，离交车还有一会儿。她开车，带着儿子，就近又拉了一位客人。出租车人歇车不歇，她开白班，夜班车主老邱自己开。老邱是个严谨的人，丁是丁卯是卯，每天的交接班时间前后不差五分钟，她不想破了规矩。他们交接车的地方，在长途客运站老邱家附近，离乐购超市不远。吉野家就在超市一楼。她到鸭绿江街，在中石油加满油，把车开到老地方停下，等老邱时，顺手掸着车上的灰。她是个干净人，愿意看车清清爽爽。她最看不上去那些浑身是灰、泥猴似的出租车。人整天在那种车里待着，能舒服吗？三分钟之后，老邱出现，看见苗壮在车边站着，眼睛眯成一条缝儿，两只大手把苗壮拎起来，使劲抛向空中，接住了，又狠狠撴地上：“儿子，是提前放学，还是又淘气啦？！”

老邱有女儿没儿子，见到男孩儿总愿意捉弄一会儿，有时直接就把孩子整哭了。他把苗壮抛向空中的那一刻，她的心忽悠一下，又吊到嗓子眼儿了。

儿子安好无损，在地上站稳了。关婷婷脸上挤出来一个笑，把差一点涌出来的眼泪憋了回去：“邱哥，我们走啦，油加上了，明天见。”

坐在吉野家，看对面儿子有滋有味吃双拼套饭，苗婷婷牙疼，一点儿胃口都没有。真想马上弄明白，儿子为什么要爬树。儿子很馋，但平时都是吃她做的饭，很少有机会到外面。能吃吉野家，对他来说就是一顿了不起的盛宴。看儿子贪婪的吃相，她的嘴几次张开又闭上。她怕自己忍不住发火。公共场合发火，总归不文明、不体面。她见过那种当众教训孩子的家长，大人吼、孩子哭，很丢脸，很没意思。关婷婷是一个爱面子的女人，为了面子，她甚至可以忍着，不去催男人拖延的抚养费，宁可自己多开车受累。

他们一起回家。儿子拉着她的手。在陌生人眼里，他们是多么幸福的母子！妈妈年轻，长得不丑；儿子背着大书包，小呀么小儿郎，背着书包上学堂，正是在学校读书、无忧无虑的好时光。她多么不想张嘴问儿子为什么，多么想把这种看上去很幸福的时光无限延长。

可她毕竟还得张嘴问。不能这么糊了巴涂地就放过他。万一从树上摔下来，轻则残疾，严重了可能要命，怎么能这么虎呢？！多大啦？十岁啦，四年级啦，什么小！

一定得问！

像往常一样，他们拉着的手，直到上楼也没松开。是儿子先把她手放开了，他习惯掏钥匙亲自开门。进了家门，看儿子换完鞋，把书包放下，她把脸一绷，厉声喊一句：“跪下！”

儿子哆嗦了一下，扭头，惊恐地看着她，听话地跪下了。

就是不说为什么。同学打你了吗？老师惩罚你了吗？爬树好玩吗？知不知道危险？

儿子一句话不说。既不说为什么，也不说不为什么。反正就是不说话。我可以跪下，但我也可以不说话。苗壮同学就是这么一个倔脾气的不爱说话的孩子。平时，除了跟她交流吃食，他很少主动跟她说什么。这孩子言语太金贵。刚上学时，她私下里问过老师儿子上课表现如何，老师说："挺好的，有时候做点小动作，课堂上绝对不说话，当然也从不主动发言。"

如果他能说出来为什么爬树，现在，她宁愿他上课乱讲话。

晚上十点多，苗壮同学还是不说为什么爬树，也不跟她求饶。她去厕所两分钟，回来，发现儿子歪在地上，已经睡着了，哈喇子淌到地板上。把儿子抱起来，放床上，眼睛潮乎乎的。她在心里发誓，以后万一不得不拒载时，再也不能拿儿子闯祸搪塞了。她甚至自责——儿子这么淘气，是不是让自己撒谎咒的？！

漫漫长夜，头半夜她睡不着，思绪万千。后半夜睡得还算踏实。觉是自己的，身体是自己的，日子是自己的。没有过不去的坎。白天还得开车呢，不睡好觉怎么成？

夜晚过去，白天到来。太阳照常升起。走路送儿子去上学。接老邱的车，拉了一个去航空航天大学的活儿。然后，开车向东，直奔虎石台。早晨接车时，老邱打开后备箱让她看，里面有一个捆扎结实的行李包。她一眼认出来，是那个去职教城小男孩儿的行李。昨天她着急往儿子学校赶，小男孩儿的父母，一定也是被她的焦急感染了，下车时竟然把后备箱的行李忘记了。她记得那个小男孩儿刚刚十五岁，初中毕业。这么大的孩子，非常可能是头一次独自离家生活，那行李，当父母的行前不知道精心准备了多少天吧？下车时三口人没跟她要发票，如果她不去找他们，他们是很难找到她的。将心比心，她得最快时间把东西给人家还回去。

塑胶跑道上，穿校服的学生们正在军训走正步。她到学生处，把行李的事情说了。学生处的老师打开电脑，帮她查老家岫岩的新生，查出来有个男孩儿叫关颖达，跟她一个姓。广播了一会儿，关颖达怯生生走进来，穿着灰黑色的校服，人显得更黑、更瘦了。看见关婷婷，男孩儿愣怔一下，迅速笑了，露出一口白牙：“姨，我跟我爸妈说你是好人，肯定能把行李送回来，我说对了！”

关婷婷着急拉活儿，没空扯闲篇儿，放下行李就走了。但她给关颖达留了电话。孩子再三请求：“姨，我爸妈说了，如果你能把行李送回来，让我一定要一个你的电话。他们说还会再来沈阳办事，用车的话，提前给你打电话。姨，你真是好人，谢谢你。”

空车往城里开。在鲁迅美术学院附中那儿，来活了——四个年轻人，文艺青年的范儿，俩男俩女，男的扎小辫儿、打耳钉，女的穿布鞋、套宽宽大大扎染花布衫。他们要去工业博物馆看摄影展。那地方在铁西，北一马路呢，距离不近，是个好活儿。

又一天的忙碌开始啦，她很快就把那个小男孩儿忘记了。但她不能忘记自己的儿子。儿子是她的心头肉。昨晚跪了那么长时间，早晨起来，儿子好像把头一天的事情全忘了，好像他没爬过树，妈妈也没罚他跪。上厕所，洗脸，吃面包，喝牛奶，背好书包，站在门口，等她锁门，一起下楼。她家离学校，走路十分钟。儿子可以自己走着去，她不放心，每天陪到学校门口，风雨无阻。儿子学习一般。这是跟淘气一样让她着急的事。男孩子懂事晚。她只能这样安慰自己。盼着儿子能早一天懂事，在学习上更用功。

让她万万想不到的是，七天之后，苗壮同学又上树了！

这次，爬的是松树。

那天晚上他应该在补习班学英语。苗壮同学英语不好，期末只考了79分，班里倒数第一。她着急，听陈老师建议，在中医药大学附近找了个补习班，每周两个晚上去上课。儿子上课两小时，她去北陵公园走路。天天在出租车里窝着，腿脚活动不开，肚子见长。北陵正门神道上，每天晚上七点开始都有人结队暴走。暴走的队伍有十几个，速度不一，放音乐，喊口号，飒爽英姿，是北陵公园的一景。她没有时间天天跟着走，一周最多走两个晚上，也算对自己有个安慰，是她生活中难得的奢侈。看着儿子进了教室，她转身往北陵公园走。九月中旬，沈阳的夜晚已经凉爽了，正是走路的好时候。

凭感觉，已经走了半小时。身上出汗，浑身的毛孔都张开了。在皇太极广场那儿，她主动掉队，放慢速度往北走消汗。她准备慢走到神水桥边，再往回走。她要回去接儿子。每次她都是提前二十分钟到教室门口，等儿子放学出来时，她的汗也消得差不多了。这个晚上，慢走的路上，她看见路旁的一棵大松树下，围着一大圈儿人。一年四季，晚饭后的北陵公园里，人不是一般的多，乌泱泱，走路、游泳、放风筝、打太极拳、跳舞的，到处是人，但通常情况下，没有人会围着一棵大松树。那棵树虽然很高大，也是编了数字序号、入了名册的古松，却不像北陵后身那些拴满红绳有人叩拜的观音树、夫妻树、大神树那么有名，平时不会有人关注。一棵没有名气的大树突然被人关注了，肯定发生了什么事情。她踮起脚往人堆里看，没看出什么。左右看客们都在仰头往上看，她也跟着往上看。树上有什么可看的呢？经常来北陵公园，她知道这棵树上没有松鼠。北陵公园有松鼠，一般都在陵后，尤其大神树下的松鼠，每天早早起来等待游人喂食，也是北陵公园的一景。这么晚了，松鼠该休息了，难道松鼠也有淘气不肯睡觉的吗？

她在树下看了一会儿，没看出什么门道。想走，却听旁边一位喊：“动弹了！我看到他动弹一下！”

她问：“什么动弹了？”

“树上有个小孩儿，刚才有人看见他爬上去的。”

原来这个城市里还有跟她儿子一样爱好的孩子，有机会认识了，可以让他跟苗壮会会呢。关婷婷抽身准备往回走，想了想，又站住了，声音不自觉大了起来：“谁看见树上小孩儿多大？长什么样？！”

“十来岁，黑瘦瘦的。”热心人告诉她。

她的心怦怦怦怦怦怦……又快从嗓子眼儿里出来啦！不对呀，他这会儿应该在教室里上课呀，怎么能跑出来呢？！

她往人堆里挤，再抻脖子努力往树上看。三百多年的大松树，树干笔直，又粗又壮，树冠宽大，直上云霄，像挂在人头顶上的一把巨伞。大松树下，个子再高的人也显得非常渺小。北陵公园里的松树，冬天下雪的时候最好看。那时候松枝上挂满了雪或者冰凌，远远看去，像一朵朵银色的巨伞，是人们雪后拍照留念的最美丽的背景。可是，这会儿，关婷婷希望公园里没有任何树，包括大松树——假如北陵公园没有树，也就不会有人爬了，也就不会让她担惊受怕了！

站在树下，她仰起头，往上看。天黑透了，虽然有路灯，树上也是黑乎乎的，除了黑暗和树的轮廓，基本看不见什么。她不甘心，把手拢在嘴边，试着努力往树上喊："壮壮，是你吗？"

因为她的呼喊，围观的人一阵骚乱，既而又都安静下来。有人看她，有人专注看树。突然，人群骚乱起来，原来是树上移下来一个影子。起先是松鼠那么大，影影绰绰，然后像一只小猴子，然后，看出来是一个人的孩子。大树底下围观的人，忽啦啦涌到树底下，堆成了人墙，许多人伸出了胳膊。关婷婷脸颊上有热流，但她的手也努力向上伸着，没有空去抹。从树干上出溜下来的孩子，在人群里居然能够准确找到喊他的那个人。关婷婷把他拥在怀里，不知道拿他怎么办！

松树和柳树不同。苗壮同学的手黏糊糊的，能把她的手粘上。松树有油脂，有柳树没有的芳香，是松鼠们的家园。这是他爬松树的理由吗？

回家。这一次，关婷婷没有罚他跪下。像第一次爬树一样，苗壮同学仍旧不肯说为什么要从课堂上逃出来，为什么要爬上北陵公园的大松树。关婷婷不知道拿他怎么办。如果再罚他跪下，他给你来个离家出走怎么办？她只能在心里无数次感叹：这么淘气的孩子，怎么就让我摊上了呢？！

大自然最美丽的秋天，一晃儿就过去了。

漫长的冬天，说来就来了。

沈阳的冬天，不是一般的冷啊。

冷也得上路。一个女出租车司机每天的生活，周而复始。

车轮上的生活。她可能是城市里每天跑路最多的女人。从繁华同时也经常堵车的太原街、中街，到崭新的铁西、浑南、沈北新区，到一般人叫不出名的无名街巷、不起眼儿的小胡同。出租车司机的生活既单调又新鲜。耳边永远是发动机的嗡嗡响，车轮与地面的摩擦声。你不知道今天都会去哪儿、碰到什么样的人。眼睛里是街边随时可能招手的乘客，心里想着乘客要去的地方怎么走便捷，怎么走不堵。她不怕累。累意味着你有钱可挣。累还意味着身体好。她记得妈妈还在的时候，常说："我不怕干活，能干活意味着身体还好。"现在，她就是妈妈说的那种能干活意味着身体还好的女人。

但是，她怕手机铃声。尤其白天。她的手机铃声很少响。偶尔有熟人打电话叫车，再就是陈老师。摊上一个淘气的儿子，你就得时刻准备着接老师的告状电话。小孩子打架动个手，顶多皮肉伤，没什么大不了的，抹点药水、道个歉、赔个三百两百。她怕儿子再上树。万一从树上掉下来，不是残疾，就是死亡。那是要她命的事。她开车在城市里走，眼睛里是路边招手的乘客、车前车后车左车右的车辆，还有路边的各种树。新栽的小树，细枝嫩干地在路边站着。偶尔还能看到一两棵大树，在那些还没来得及拆迁的老街老巷。偶尔想到儿子上树，每次都是念头刚一闪现，她就赶紧掐灭，好像儿子上树是她的念头引起的。有时，她会想象儿子将来从事什么职业。出租车就不让他开了，儿子总归应该比她更有出息吧？像那个小老乡关颖达去学修电梯？儿子敢上树，至少说明他没有恐高症。她弟有恐高症，怕坐飞机，人去澳洲，移民了，多少年不回来一次。人活在世上，大概都是有病的。爱上树也许就是一种病。据说人是猴子变的，本来都应该会爬树。那些会爬树，能从树上摘果子吃的祖先，肯定比不会爬树的老祖宗更容易活下来。也或者，只会爬树摘果子，但不会在树下讨生活的祖先都早夭没留下后代，所以现在会爬树的人才越来越少了？一边开车一边听广播，有一天她听新闻里说，南方的一所大学，开了一门课，专门教大学生爬树。好像是厦门大学？厦门大学是在福建吧？她没念过大学，对大学没有研究，但她一下子喜欢上了这个准备教学生爬树的大学。说明这个大学认为爬树也是本事吧。她准备有时间研究一下，鼓励儿子考那里。当然，她不会跟儿子明说爬树的事情。不能提醒他。

万一，他从此改了呢？

有些事情，不能想。好像只要你一想，本不该发生的也发生了。苗壮同学三个月没爬树了。就在关婷婷认为儿子可能把上树这件事忘记了的时候，苗壮同学老毛病又犯了。

苗壮同学真的太有创意了。

这一次，他爬上一棵圣诞树。

这一次，不是陈老师打电话。

那会儿她正在铁西拉活儿。下雪了，路不好走，她开着广播，听交通台介绍路况。漫天大雪把城市搅得一塌糊涂。到处堵车。街上的人比平时多。圣诞节商场打折促销，多少人扎堆儿这一天进商场。马路两边的街道或者商场的橱窗里，圣诞树披挂彩灯，没到夜幕降临，就已经五彩斑斓。圣诞节上街的人舍得花钱，从早晨接车，活儿没断过。但她其实不喜欢这样的日子。马路上雪还没来得及扫，路滑，车跑不起来，走走停停，费油，实际收入并不比平时多。路况不好，肇事的风险比平时更大。从早晨接车，她已经看见好几起追尾事故。

小心开车，认真听路况介绍。绕开堵车的路段，对乘客、对她自己都是必须的。中街还行，太原街、中华路一带严重堵车，没有三个绿灯通不过。她不明白同是商业街，为什么中街不堵太原街堵，有什么特殊情况？难道中街的商场不促销，去的人少吗？不太可能。她在司机群里自言自语随便嘟囔几句，群里很快有回应："太原街那边堵车，听说有人爬上圣诞树，消防车过去解围，逛街的人看热闹，路过的车也靠边看热闹，就把路堵死了。"她回说："不会是农民工出来讨工钱吧？听说有爬烟囱、爬楼顶上准备跳楼讨工钱的。"又有人接她话："好像不是，听说是俩小孩儿。"

俩小孩儿。她在心里笑了一声。谁家的孩子这么淘气，比她儿子还能耐？大圣诞节的竟然轧伙儿爬树玩，还是什么圣诞树。肯定不会是儿子苗壮。儿子今天上学了，她亲自送他到校门口，看着他进去的，他怎么可能去太原街？那会儿车不动地方，她看下表，应该是下课时间，便掏出手机，给陈老师打电话，想问问儿子近况。陈老师老半天才接电话，不知道在什么场合，周围闹哄哄。问她："苗壮妈妈，您有事吗？苗壮到家了吧？"关婷婷不解："苗壮不是在学校上课吗？"陈老师说："今天半天学，苗壮没告诉您吗？中午就放学了呀！"

学校今天半天学，苗壮竟然没告诉她。她往家里打电话。没人接。苗壮同学放学不在家好好待着，去哪儿了呢？不会去太原街爬树了吧？圣诞树是什么做的？在她的印象里，那就是长长短短的木头杆甚至塑料杆上加点装饰，做成树状，哪里是什么真正的树！哪有那么多真正的树让你砍！结不结实呀？谁家的孩子怎么就会想到去爬圣诞树？冰天雪地，地上硬邦邦，真要掉下来，那还有好？！

乘客到地方，她收了钱，急忙调头往太原街跑，庆幸自己这会儿在铁西而不是更远。路边多少人招手，她视而不见。过了沈阳站，眼见着路开始堵了，一眼望不到头的都是车，进不得退不得，她恨得手拍方向盘，喇叭声起，前面车以为是摁它，喇叭比后车还响还冲，一时间喇叭声一片，比夏天的蛙塘喧闹得多，让人没事也心慌。

街上乱套了。车走不动。再往家里打电话，还是没人接。看来有必要给儿子也配个手机。儿子要过手机，她没答应。真想马上下车，把车门一锁，跑步去太原街。还有一站的距离，跑步五分钟，走路十分钟。但车怎么办呢？车如果是她自己的而不是老邱的，她真就把车扔下不管了。车终于能动弹了，拐了挺远的一个地方才把车泊下。她锁了车门，往太原街跑。自从离婚，她没逛过太原街。太原街东西贵，不是她消费的地方。她买东西都去五爱市场，那地方批发，零售也比大商场便宜。不逛太原街的另一个理由，是苗壮的爸在这里上班。就不愿意进他的气场。太原街是步行街，有很多促销的摊位，只有行人没有车。她在太原街上跑，从南头跑到北头，又从北头折回来，速度不慢。她在体校练过短跑，有童子功。看到几棵高大的圣诞树，却没见围观的人群，没看见圣诞树上有小孩儿，没看见红色的消防车。她的心慢慢放下了。看来，群里消息不实。会不会有人知道她家儿子爬过树，故意跟她开玩笑？

这个玩笑开得有点狠。

她但愿这是个玩笑。

但是，爬圣诞树这事儿，还真不是个玩笑。

她从太原街离开，回到泊车位，正准备继续拉活儿，手机响了。一个陌生的座机号码，里面的声音，却是儿子的："妈，我在派出所，警察叔叔让你马上过来一趟。"

儿子的声音很淡定，她却毛了，不知道儿子在派出所里什么情况。戴手铐了吗？挨打了吗？会不会抓起来进管教所？儿子的淡定让她摸不着底，她宁可听见他的声音里带着害怕，带着哭音。她去派出所，还得跑！

儿子在。儿子的爸在。还有一个男孩子，关颖达，居然也在。

儿子没戴手铐。关颖达也没戴手铐。俩人在派出所也不老实，狗扯羊皮，你扯我一下，我瞪你一眼，让她看着心烦，恨不得马上把儿子扯出去，找个没人的地方，狠揍他一顿！

这两个不省心的孩子，他们怎么联系上的？她回家是说过有个念信息学校的叫关颖达的男孩也爱爬树，那是拿他教育儿子呀——如果光想着爬树，不好好学习，最后连个像样的高中都上不了。他们居然能联系上。真是神奇呀。真是一丘之貉呀。还一起上了圣诞树。

他们怎么想的？！

事情闹大了，连派出所都进了。

最近一次跟派出所打交道，那还是好多年前了——跟苗壮爸离婚，给他往外迁户口。

被训得狗血淋头。当着两个孩子的面，和不在一个户口簿、挺长时间没见过面的前夫。“现在什么形势知道不？圣诞节呀！我们维稳累得没空睡觉！你们作为监护人，怎么当的？！这叫扰乱公共秩序，知道不？！你们自己管不好孩子，可以找地方帮你们管！”中年警察眼睛通红，不知道是缺乏睡眠累的，还是让两个孩子气的。怒气冲天。

从小到大，关婷婷没听过这么重的话。错在自家孩子，她无话可说，无地自容，只盼警察放儿子回家。

她心里怕警察真的送儿子去少管所，也怕前夫借机跟她争夺监护权——如果他真动了这个念头，形势对她不利呀：瞧瞧你把孩子带什么样儿了，警察都可以作证!

关婷婷跟老邱请了假。她得在家休息。血压高。头晕，迷糊。看不得街边的树。

苗壮的爸，把欠下的抚养费，一次打她银行卡里了。

她躺床上，学校王校医，给她打电话，耗尽她一块电池。话委婉，关婷婷却听得懂。苗壮同学屡次三番上树，班主任有压力，校长有压力，学校有压力，教委都有压力了。孩子淘到这份上，对学校的声誉有影响，有可能影响今后的招生吧。校长本来有可能竞聘教委主任的。出于对苗壮同学健康成长的责任，作为校医，她建议关婷婷带孩子去看心理医生。

爱上树真的是一种病，需要看心理医生吗?

除了医生，她还能求助谁?

两个孩子，她都不懂。

她不懂关颖达。那天从派出所出来，她开车把关颖达拉到自己家，跟关颖达的爸再次通话，告诉他孩子自己领回来了，让他放心。刚才警察也让关颖达给家长打了电话，关大哥太远，赶不过来，在电话里把儿子托付给一面之识的关婷婷。回家的路上，她听关颖达给他爸打电话：“爸，太原街人老多了，我和苗壮比谁爬得快，苗壮比我爬得还快呀，没想到！我俩上树以后，那么多人都不逛街了，都来看我们俩。爸，我告诉你在圣诞树上看太原街什么感觉吧——你会觉得下面的那些人都非常小，哈哈！”

这孩子，他学修电梯，是不是想着站高楼大厦顶上，把下面的人都看小？

苗壮同学怎么想的？她想知道，也仍旧问不出。他在派出所里并不畏惧，警察虎着一脸横肉大人孩子一起训，关婷婷哭的心有，人家跟关颖达在一起嘻哈玩闹，没事儿人一样，也根本不在乎很长时间没见面的亲爸脸色铁青、眼睛瞪得老大。

从来没见他跟另外一个孩子在一起这么快乐，这么投缘，行动一致，有说不完的话。

爱上树真的是病？也许真的应该带他去医院，听医生怎么讲？

躺在床上，她又想，或许应该带儿子去检查遗传？她自己就是一个曾经上过树的孩子，是不是她这个当娘的把爱上树的基因遗传给儿子了？

她从来没跟儿子说过自己也曾爬过树。她听说有些病是父传女、娘传儿的。想到是自己把爱上树的毛病传给了儿子，她感到无比内疚。

盼着儿子快长大。

活到她这个岁数，没看见谁还有闲心想着上树！

（原载《长江文艺》2014年第4期）

我在小区遇见谁

范小青

我在一家代理公司上班。

当初我老板决定录用我的时候，我是立刻就向我父母大人报喜的。在我家乡那小地方，儿子在大城市的公司上班，足够他们满足好一阵子的。

关于我们公司的业务，用我老板的话说，就是为人民服务。事实就是如此，只要有人民币，人民让我们干什么我们都干。当然，我老板也是有素质的人，违法的事他不干。我也不干。

其实最早时我老板是搞家政服务的，后来业务渐渐拓展，公司渐渐壮大，从老板一个人，发展到连老板四个人。我们所接的单子，一部分是网上订单，一部分是委托人看到我们的业务广告后找上门来填单委托的。

这里边的情况并不复杂，也不离奇，视具体情况分类而定。比如像找保姆之类，一般都是上门来的，又以家庭主妇为多。开始的几年，雇主对我们提供的保姆评头品足，挑肥拣瘦，十分不满，但是很快事情发生了逆转，现在轮到保姆挑剔雇主，小孩我不看的，内裤我不洗的，高楼的窗户我不擦的，买菜你们自己买，免得怀疑我落菜钱，什么什么什么都要你们自己搞定。

雇主们可怜巴巴点头称是，似乎只要保姆能跟她回去，供她个祖宗也愿意。

至于像代送鲜花那样的单子，一般在网上就能确认，不一定要眼见为实的，何况现在眼见的也不一定就为实。只要用支付宝把人民币支付到我老板的银行卡上，我们就替他把事办了。

有一天我老板照例在QQ上兜揽生意，忽然有人提问说："你们能代理看望一下老人吗？"我老板灵光顿时闪现，立刻回复说："只有你想不出的，没有我们代理不了的。"

就这么简单，我公司开辟了一项新的业务。

现在我手里的这单活，就是去代望老人。不过单子不是我本人接的，我接到的已经是我公司自己制定印刷的十分规范的访问单，上面有委托人的姓名、电话、地址，当然更重要的是被看望人的姓名、电话、地址。等我完成了看望任务，被看望者在访问单上签上名字表示认同，至此我的任务完成。

虽然这是我的代理生涯中头一单代望老人的工作，可我不但没有给予十分重视，还比较掉以轻心，因为这种事情让我来做实在是大材小用了，凭我的三寸不烂之舌和装孙子的姿势，搞定一两位老人家，还不是小菜一碟？

说心里话，接到这单活的时候，我自然而然地想起我的父亲母亲，我和我父母不在同一个地方生活，我也有一段时间没和他们联系了，但是千万别以为我会动一点恻隐之心，千万别以为我会赶回家去看望他们，或者也让别的代理公司代我去看望他们。

决不。

我父亲是小镇上的小学老师，我母亲是小镇医院的护士，他们退休以后的工作，就是一起关心除了我的内心想法以外的所有关于我的一切。

最后一次和他们通电话大约是两个月前，或者是一年前，也或者是其他什么时间，反正内容都是一样的，时间就显得不重要了，他们威胁我说，如果我再不能踏踏实实地稳定下来，还在槽里槽外跳来跳去，如果我再不认真确定一个对象，还在婚姻的菜场里挑来挑去，他们就要搬来我所在这所城市来指导我、监督我。我说，爱情曾经来过，徒留一地悲伤，父母如果再来，只剩数根肋骨。他们立刻服软了，低三下四哀求我说："你明明知道我们来不了，大城市的生活我们不能适应，生活成本那么高，我们还要省下钱来供你买房结婚生子。"

和天下许多成年未婚子女一样，他们不来纠缠我，已是上上大吉，难道我还会送上门去引颈受戮，我有那么贱吗？

我还是赶紧代表客户去看望他家的老人吧。

我先看了看单子上的情况介绍，这才发现，委托人没有名，只有姓，姓王，王先生，委托我们去看望的人，也一样，姓王，王先生。也就是说，王先生委托我们去看望他的老子王先生，没有什么离奇的，有姓没名，无所谓，王先生和王五王六并没有什么大的差别，只要他能够为自己的委托埋单，他叫王什么都一样。

我按图索骥，很快找到了单子上填写的地址，是一个年代已经很久远的住宅小区，估计是在上个世纪的什么年代造起来的，那时候大概还没有我呢吧。不过我进了小区后，发现这里边地盘倒是蛮大的，不是一眼就能望穿的。我认真看了下具体的位置，又认真看了看小区楼与楼之间的排列，觉得有点凌乱，一时竟没有琢磨出我要去的楼应该朝哪个方向迈步，看到路旁有位大妈正朝我打量，我赶紧向她求助。她看了看我，先没有回答我的问题，先跟我说："我眼尖，一般进小区来的，没有我看不出来的，可到了你这儿，我眼拙了，你是做什么工作的，我倒看不出来了，不是快递，也不是抄表的，更不是送水的。"

我有那么落魄吗？我赶紧告诉她，我是代理公司的，我受人委托来看望老人——她一听，随即过来扯住了我的手臂，激动地说："哎呀呀，巧了，巧了，就是我，就是我，是我女儿委托你来看我的。"见我发愣，她又补充说，"我女儿昨天已经给我打过电话，告诉我你们今天要来。"我疑惑地说："你能确定是你女儿，不是你儿子吗？"大妈说："是我女儿，我没有儿子。"我拿出访问单又看了看，我说："可是委托我们的是一位先生呀。"那大妈说：

“可能是你们搞错了，确实是我女儿委托的，也可能，是我女儿又请别人代理委托的，那人可能是个先生吧。”大妈这么通达大度，把可能的责任先引到自己身上，我也就检讨说：“也可能是我同事把你女儿的性别搞错了。”大妈点头称是。

既然如此巧遇，我也就不客气了，在大妈的引导下，到她家去。踏进她家门的时候，我暗自思忖，大妈真没有警惕性，她怎么不担心引狼入室？我不知道是人老了会丧失警惕性，还是这位大妈天生就没有警惕性，现在社会这么乱，入门抢劫甚至杀人灭口的事情天天有报道，老太太难道不看新闻吗？

大妈热情地邀我坐下，一边给我泡茶水，一边对我说：“我女儿，她还是那样忙，她身体怎么样？”我哪里知道她女儿身体怎么样，但我肯定会拣好的说，拣让她放心安心的说，我吧啦吧啦说了一堆，也不知道我描述得对不对，是不是符合她女儿的情况。开始我对自己的无中生有还有点儿忐忑，但大妈开心而满足的表情，让我放大了胆，越说越离谱了，我甚至说到，她女儿是因出国才不能来看望她的。这时候大妈才“咦”了一声，我立刻意识到豁边了，正欲弥补，大妈却替我圆了场，她说：“这么说起来，她昨天给我打的是越洋电话哦。”既然她老人家信任我，我也就不客气了，继续往肉麻里说：“那是那是，您女儿孝顺哪，到了国外还给您打电话，那可是国际长途，电话费很贵的。”大妈又点头称是。终于将女儿的情况说够了，大妈转移注意力了，她开始仔仔细细地打量我，我被她看得有点发毛，我说：“大妈，我长得耐看。”

大妈看过我以后，就开始问我话了：“你结婚了吗？”我说没有。大妈又问：“你多大了？”我说多大了。又问：“你工作稳定吗？”我说稳定。又问：“父母是干什么的？”我说是干什么的。还有一大堆的问题，我有的如实回答，有的谎骗她，但总的来说，我说什么，大妈信什么，最后她说：“奇怪了，你这么好的条件，怎么还没有结婚呢？和我女儿一样，方方面面条件都好，就是不找对象——我想不通，你们两个，见了面也没感觉吗？”

我晕。

居然看见一个素不相识的男人，就想给女儿拉郎配，真是不知道外面的世界多精彩。比起我妈也毫不逊色哈。

我得打断她的不切实际的妄想，我提醒她说："大妈，我不是你女儿的同事，我没见过你女儿，我是代理公司的，是你女儿委托我们来看望你，我们公司有这项业务，收费的。"

听说女儿出钱请人看望她，大妈更加感动，说："你看看，我女儿就这么孝顺，自己没有时间，同事朋友都忙，她宁可出钱也要来安慰我。"

我的任务很顺利，眼看着就要圆满完成，只剩下最后一个环节，请被看望者签字，可是我的手伸进口袋时我突然愣住了，才想起，别说委托人从王先生换成了王女士，被看望的老人，也一样从先生换成了女士，我正有些疑惑，只见大妈眼巴巴地盯着我问："你下回什么时候来看我？"我说："那要看你女儿什么时候再来委托我们。"

大妈的眼神立刻暗淡下去，说："你不会再来了。"我问为什么。大妈说："其实，我没有女儿。"

我又晕了一次。

她既没有儿子，也没有女儿，她是拿我寻开心呢？我不能对大妈爆粗口，我可以忍气吞声，但我不能死得不明不白，我说："算我瞎了眼，走错了门，看错了人，可我就不明白了，你既然没有女儿，刚才硬要拉我当你女婿是什么意思呢？"大妈说："嘿，我是看电视看的，电视里天天演妈妈逼女儿找对象，我没当过妈，我没有体会，今天我终于体会到了。"我呛她说："大妈，你可不像没有孩子的人，你和我妈一个德性。"大妈高兴地说："是吗是吗？你妈在哪里——"我说："大妈，赶紧打住吧，你这是拿我当陪聊，你不会不知道吧，现在聊天也要——""聊天也要付费"这几个字我是硬生生地咽下去了，不是我改了性子，是我怕了她，我没招没惹她，她就给我唱一出空城计，我若是向她收钱，她不定使出什么幺蛾子来整我，算了算了，远离老人，留点自尊吧。

我临出门时吓唬她说："大妈，你胆子真大，你随随便便就让我进来了，你太轻信别人了。”大妈说：“这可不是我轻信你，是你轻信我哎。”我气大了，又威胁她说：“万一我是个坏人呢？”大妈朝我看看，摇了摇头，长长地叹息了一声，说：“哪里有坏人，没有人，好人也没有，坏人也没有，人影子也没有，鬼影子也没有。”

我从她家出来，在小区四顾，果然很冷清，只看到几位老人在小区里慢悠悠地转着，我心里一惊，莫不是传说中的鬼城？可是明明小区里是有人的嘛，虽然是老人，老人虽然老了，可他们是人，不是鬼。

虽然小区的楼牌号比较混乱，没有秩序，但我最终还是找到了访问单上填得清清楚楚的楼牌号，我现在就站在楼门前了，只是因为吃了头一次的教训，我学乖了一点，先照着访问单上留的客户电话打过去，电话响了两声，有人接了，我说：“请问是王先生吗？”对方说：“你打错了。”我“咦”了一声，对方立刻说：“骗子，骗子还咦什么咦？”就挂断了电话。

我站在楼前想了一会，不知道哪里出问题了，只好又打电话回公司，重新确认了地址和电话无误，我就直接找上楼去找人了。

上了楼，我按门铃，铃声清脆响亮，可按了半天，始终没有人接应。我换个办法吧，抬手敲了一下，嘿，门立马就开了，我又忍不住“咦”了一声，但很快就将“咦”字缩回去了。咦什么咦？家家有本难念的经，人人都有人人的脾气，也许老人不喜欢门铃声呢。

这回对头了，是位老先生，他一手把着半开的门，一手遮着眼睛想看清楚我的脸面，我凑到他面前，让他瞧仔细了。

老人家朝我点了点头，估计对我的长相还算满意，问我：“你找我吗？”我见他年事已高，又具有知识分子模样，赶紧汇报说：“老人家您好，是您的儿子委托我来看望您的。”

我平时的工作和生活中，根本和一个“您”字沾不上边，这会儿左一个“您”，又一个“您”，“您”不离口，这让我感觉良好，觉得自己上了一个层次，是个文明人。

老人家却并不因为我跟他来文明的，他就跟我客气，他可是一点也不文明，也不礼貌，鼻子里重重地喷出一股气，冷笑道：“省省吧，少来这一套。”我向来反应灵敏，立刻知道老人家是对儿子有意见呢，我赶紧吹牛拍马撮合他们，我说：“老人家，您儿子是个孝子哦，他特地找到我们公司，请我们代理，是付费的。”老人家继续哼哼说：“黄鼠狼给鸡拜年呢。”我心里暗笑，但面子上我得做足了孙子，我赔着笑脸说：“老人家，您这比喻，嘿嘿——”老人说：“怎么，我说得不对吗？我还不知道他安的什么心吗？不就是黄鼠狼给鸡拜年吗？”

他硬说自己的儿子是黄鼠狼，自己是鸡，我也拿他没办法，但是我得想办法让他接受我的看望，在访问单上签名，我好回去交差，按月领工资。我耐心说服老人家：“您儿子工作忙，抽不出时间回来，所以让我来——其实也不会太麻烦您，您只要在单子上签上您的大名——”老人家硬是不给我面子，拒绝说：“我不会签的，我又没有让他找人来看我。”我再引诱说：“老人家，您如果不签字，那可不合算呀，您儿子付费可是白费了。”老人家说：“白费？白费才好！别说这点费白付，这个儿子我都是白养的。”我再换个地方打一枪，我说：“老人家，现在有了法，子女不回家看父母，会违法的，您不愿意您儿子违法吧？”老人家抢答道：“我愿意他违法，我希望他违法，他违了法，就进去了，就不能委托你来看我了。”

我自以为算是个能瞎掰瞎扯的货，可这风烛残年的老人家竟也不比我差，而且他比我有耐心，沉得住气，这原因我也知道，因为在这个事件中，他不要赚钱，我要赚钱，人一要赚钱了，心态就不一样了。

但我还好啦，我虽然急于赚个开门红，但我知道心急吃不了热豆腐，我更知道天上没有白掉的馅饼，只有白掉的砖头。所以我不毛躁，我比他更有耐心，更沉得住气。我暗地里运了运气，重新开始，我说：“老人家，您的手一直支着门，会累着的，不如让我进屋坐下来慢慢谈。”我这一说，老人家的手果然放了下来，只不过我立刻看出来了，他不是要让我进屋，他是要关门了，我的心往下一沉，正在这时候，屋里边有动静了，出现了一位老太太，说：“我正在午睡呢，你们吵醒我了。”

我正要道个歉，那挡着门的老人家却说：“你不用和她说话，她是个聋子。”我奇了，聋子还能被吵醒？老太太又生气说：“我虽然耳朵聋了，但我佩戴了助听器。”我又奇了，睡觉还戴助听器，怕没人吵醒她吗？

真搞不懂他们。不过好在我并不想搞懂他们，我也不觉得他们有多奇葩，有我的父亲母亲做参照系，无论如何我都不会被老人萌倒的。

我递上两盒保健品，告诉他们这是他们的儿子委托我代买代送的，可那老人家鄙夷地用眼神拒绝了我，还好那老太太用的是另一种手段。她伸手接了过去，说：“干吗不要？不要白不要——我看看是什么。”她戴上老花镜看了一下，立刻就推了开去，说：“喔哟，以为什么东西呢，这不是保健品？”我指着盒子解释说：“您仔细看看这上面的说明，是保健品，活络筋骨、强身健体等等。”老太太说：“这是虚假广告，骗人的，以不毒死人为底线。”

我不能再和这两位有文化的老人纠缠下去了，我赶紧掏出委托单说：“王先生，请您签个字吧。”老人家又立刻翻脸说：“我不姓王，王八蛋才姓王。”真出了奇，他说他不姓王，我倒恰好是姓王，他是在骂我吗？我且忍了，听他继续数落道：“别说我不姓王，就算我姓王，他个王八蛋也不会来看我，更不可能付了钱叫别人来看我。”我忍不住说：“您是大学教授，说话怎么这么粗鲁？”老人说：“孔子曰：‘所谓诚其意者，毋自欺也。’”

天哪，他居然用孔子的话来骂人。

我历经风雨饱受重创跌跌爬爬走到今天，还没碰见过如此有水平的老人家呢。有人说是老人变坏了，有人说是坏人变老了，我不知道到底哪个说得对，我只是气得两眼翻白，忍不住说：“孔子解决不了的问题，老子帮你解决。”

其实孔子解决不了的问题，老子也一样解决不了。最后的结果使我很受伤，刚刚出马，就跌落下来，我可没脸回公司，在大街上茫然转着舔伤口呢。忽然我看到路边有一家花店，我咬咬牙，隐忍着作痛的小心脏，去花店买了一束玫瑰花。

我捧着花又回到那个鬼见愁小区，这回是那聋子老太太开的门，她一看到花，就冲着我说："还没毒死我们，就来送花圈了？"我说："这不是花圈，这是花。"老太太说："把花圈起来，就是花圈，你以为他不想给我们花送圈吗？"

明明是我买的花，她又归到他儿子头上，那儿子岂不是冤哉枉也？可我才不会为他鸣冤叫屈，我自己的冤屈还没得解呢。何况以这老两口的奇葩思路，我要是送黄金，他们肯定认为儿子要逼他们吞金自杀；我要是送钻石，他们会说里边有毒辐射；我要是送大粪呢，他们一定把大粪朝我当头一泼。

为了预防他们泼我大粪，我必须后退一步，可我实在是没有退路，身后就是楼梯，后退一步我就滚下去了，还好那聋子老太没有逼我滚下去，她还主动和我说了话，她告诉我说："喂，其实我不是聋子。"我朝她耳朵上夹着的线看了看。她就揪了下来，递到我眼前说："你看，假的，不是助听器，就是一根普通的线和一只小塞子，是我自己做了骗他们的。"

我不知道她要骗谁，不过我还是小心一点，原先我以为以我这样的鬼马之才，亲自出马对付几个老人，那还不是手到擒来？可是事实无情地击毁了我的自信，我知道错了，我知道老人也不是好对付的，我千万不要再自以为是了，搞不好我被一个聋子老太卖了还替她数钱呢。

那脸可真丢大发了。

小心归小心，我的任务还是得想办法完成呀，我说："老人家，既然你不是聋子，那就太好了，我刚才在你家说的话你都听见了吧？你们的儿子——"老太太朝我摆手，我奇怪说："怎么，难道你们没有儿子？"老太太重新把那根做摆设的线夹到耳朵上，对我说："你说什么？我耳聋，听不见。"我喷她说："你不是戴着助听器吗？"老太太说："这个助听器效果太差，便宜没好货，他们说得买两万元以上的，才听得见。"

这事情实在太诡异，太恶心，我终于要被他们气走了，我也应该被他们气走了，我把访问单朝他们的桌上一摔，老子不干了还不行吗？

还真是不行，因为意外的事情又接着来了，老两口见我要走，赶紧招呼我等一下，他们找了笔来，居然主动在访问单上签了名。

我又觉得离奇，问道：“那你们承认这个委托人王先生是你们的儿子啰？”他们神回答说：“我们签名，只是我们向你表示歉意而已，因为你的骗术没有得逞，我们虽然年老，但防骗能力还是有的。”我赶紧拍马说：“那是超强的。”他们说：“你也辛苦了半天，陪我们说了那么多假话，也付出劳动了，我们就签一下名而已，举手之劳，予人玫瑰，清香自留。”

真有学问，这样的话我听都听不懂，他们都说得出来。

我就把玫瑰留在老人的屋里了。

可我还是大意了，出了屋子，下得楼来，我才想起看一下访问单，才知道我的任务并没有完成，他们虽然签了名，但他们签的名，不是我公司需要的名，他们还是不姓王。所以，实际上我还是没有拿到他们的签名，我不知道他们是真的不姓王，还是不愿意姓王，如果他们真的不姓王，那就是委托单出了差错，如果他们本来姓王，现在却不愿意姓王了，那是不是意味着，他们和自己的儿子之间早已经断绝了关系呢？

我心里头顿时一闪，我又联想到我的父母大人了，一时间我甚至觉得是我的父亲母亲和我恩断义绝了呢，我掏出手机给父母家打电话，却没人接电话，再换打手机，手机也停机了。我这才恍惚记起，他们似乎有日子不来骚扰我了。不过我可没指望他们已经放弃了我、不再来纠缠我了，绝不可能。即便我不是他们亲生的，他们也早就把我当成亲生的一样折腾了。

可我还是不能回公司呀，这单任务可是我代望老人的首秀，就这么铩羽而归，不是我的风格。

现在我又站在凌乱的楼幢之间了，我比第一次更绝望，完全没了方向感，我茫然无目的地走啊走啊，走到小区的门口，看到门卫室的时候，我心里一惊，难道我承认失败了？难道我知难而退、望风而逃了？

小区保安年纪也不小了，他大概很少在小区看到我这样英俊潇洒的年轻人，所以直盯着我看，我可是怕了这小区里的奇遇，我应该逃避他。可是，除了他，小区空无一人，我还真不能逃避，我上前把访问单递给他，请教他说：“麻烦你帮我看一看，这个地址到底有没有问题。”他一看，立刻笑了起来：“没问题呀，就是你刚才进去又出来的那个楼嘛。”我一听，感觉有戏，赶紧追问：“他们家有儿子吗？”老保安说：“有呀。”我没料到进展这么顺利，担心不牢靠，再追问：“你怎么知道？”老保安说：“我是保安，守在门口，我天天看到，怎么会不知道？”我又有了奇怪的感觉，赶紧问：“你天天看到谁？”老保安说：“当然是他们的儿子啦。”我又更奇了：“难道他们的儿子天天来看望他们？”老保安说：“奇怪，他就住在这里嘛，不叫天天来看望，那叫天天回家。”

既然他和父母是住在一起的，为什么还委托我们看望他父母？

你们可能早已经觉察出来了，我的思路出了问题，因为我太想完成任务了，所以在我的潜意识里，一开始就认定他们就是我要找的王姓人家，人家明明不承认姓王，何况人家明明是父母和儿子住在一起的，我却偏要强加于他们，我感觉自己走火入魔了，赶紧换个话题说：“他们家那老太太一会儿聋，一会儿不聋，她到底是不是聋子？”那老保安“切”了一声说：“又装神弄鬼，那个聋子早就死了。”

我简直服了这家人，我简直服了这个小区，但我实在又不能服他们，如果我服了他们，我这一趟就算是白跑了。

我在外面随便吃了点东西应付一下肚子，耗掉些时间，我越想越不能甘心，房子明明就是那个房子，电话也明明就是那个电话——我再次拨打了那个该死的电话，电话铃只响了一声，就有人接电话了，真够快的，我也抓紧了快问：“是王先生吗？”对方说是。终于找到王先生了，我心里一块石头落地，但很快我又奇道：“王先生，为什么我中午打电话时你不承认？”他说：“中午不是我接的。”我更觉不可思议，说：“难道你家里的人不知道你姓王？”他说：“他才不是我家里人——家里人个屁，一间朝北的小屋收我八百块租金。”我这才恍然大悟，原来他是那一家的租客，难怪中午我去的时候有一扇门一直关着呢。可我还是好奇，我说：“我怎么听你的声音那么熟呢？”那王先生说：“我听你的声音也不陌生呀。”

废话少说，我直奔主题，不仅确认他姓王，还确认了他们确实知道儿子委托了人去探望他们，他们正在家翘首等待呢。我心想，这回看你再往哪儿跑。

我赶紧再次上楼进门，中午那一对知识分子老人不在，换了另一对老人在，果然是待在一间朝北的小屋里，屋子很小，光线很暗，我乍一眼看过去，怎么觉得他们有点眼熟？我奇怪说：“咦，我在哪里见过你们？”他们对我，竟然也有同感，说：“嘿，你好面熟啊。”

我想到熟人好办事，如果我和他们有交情，那他们一定不会再为难我，我就可以拿上他们的签名走人了。所以我得赶紧把他们想起来，可我仔细地想了又想，却无法确定他们到底是谁。从前同事的长辈？没有印象。前任女友的父母？也没有印象。大中小学的老师？更没有印象。

明明是熟的，却又想不起来，明明就在眼前，却又觉得遥远，我有些沮丧，只好玩老一套的把戏，套近乎说：“老人家，原来你们是租房子住的，你们不是本地人啊。”那老人说：“我们原来一直是住在一个小镇上，离这里很远，我们的儿子很有出息，大学毕业后就留这里工作了，是公司白领。”我觉得这下对上号了，赶紧说：“这就对了，你们的儿子很孝顺，他工作忙，抽不出时间，何况最近又出差了，所以委托我们代理公司来看望你们。”

老两口很高兴，除了不停地感谢我，还主动跟我聊了他们的情况，那老先生说：“我在小镇上当了一辈子小学老师。”我一听，心里居然瞎跳了一下。那老太太又来戳我心，说：“我从前是镇上医院的护士，后来退休了。”

我感觉有点不对劲，随便应付了几句，就想提前结束任务了。我拿出访问单请老先生签名，老先生爽快地签上名，我接过来一看，竟然和我父亲同名，我心里忽然有一点异常的敏感，赶紧编造说：“这访问单需要老夫妻双方都签名。”他们也信了，老太太也麻利地签上名，我再一看，竟是我母亲的名字，这回小伙伴彻底惊呆了，再仔细看他们，我认出来了。怎么不是我父母亲呢？他们就是我的父亲母亲呀！他们难道不认得我了吗？我也在访问单上签了自己的名字，其实这名可以回公司结算时再签的，但我提前签了，我把访问单递过去给他们看，他们一看我的名字，笑了起来，说：“这不就是我们儿子的名字嘛，你不就是我们的儿子嘛。”

我和我的父亲母亲互留了新的联系方式，我就和他们道别了。

我的任务完成了。

回到公司，我告诉同事说：“今天巧了，我上门代看的居然是我的父亲母亲。”我同事说：“那就奇了怪，他们不就你这一个儿子么？你又没有委托你自己去看望他们，那是谁委托的呢？”我说：“那就是他们自己委托看自己的。”

我老板毕竟比我们精明，更比我们有经验，他看了看访问单，跟我说：“你父母的名字是你签的吧？”我吓了一跳：“这怎么可能？”我老板说：“你自己看看，跟你的笔迹一模一样的嘛。”

我老板见我紧蹙眉头，过来拍了拍我的肩，鼓励我说：“这就对啦，当初我看中你的，不是你的工作能力，而是你的想象能力，我果然没看走眼。”

他没看走眼，我可傻了眼，我还在思索着这个故事的来龙去脉，我老板说：“行了行了，别再编了，你已经编得很赞了。”我不服呀，我冤大了呀，我说：“老板，你凭什么说我是编的？”我老板笑道：“那个小区本来是一个无人区嘛。”

原来，我去的那个小区，早几年就准备改造了，住户全迁走了，资金却掉链了，就成了无人区。

但是那张委托单是哪来的呢？

这太好解释了，是我自己填写的吧。

（原载《作家》2014年第5期）

火 烧

柏祥伟

应该说，鲁南地区，方圆百里，只有泗水县这个地界内的人，才把馅饼叫作火烧。顾名思义，火烧只是半截话儿，没说完。等吃到了，才知道，火烧就是火烧成的馅饼，泗水的火烧和外地的不一样，长条形，巴掌大小，皮薄馅多，外酥里绵，鲜香味浓，轻咬一口，油水便滋溢而出。不知是这地界的人嘴拙，话少，还是因为接近孔子儒学文化的影响，千百年来，深思熟虑，惜字如金，多一字不如少一字，直接就喊了火烧。

在泗水生活的人，或是来泗水出差办事的人，早饭大多是吃火烧，县城的学校门口、医院附近、超市周围，都有支着一个平板铁锅打火烧的摊位。这里的人说“打”火烧，仔细想想，这词用得有点狠。其实火烧是摊出来的，摊成一个面饼，拿勺子舀了肉馅抹在面饼上，然后把面饼四周拽开了，拽薄了，把面饼上的肉馅包裹起来，四周捏得严丝合缝，放在平板铁锅上烙。等火烧烙得挺妥了，才放在平板铁锅下边用火烧。这火烧最讲究的就是个“烧”字，铁锅下边是堆着果木做成的黑炭，那黑炭上面盖着一层灰烬，看不到明火，以为要灭了，其实温度高得很，靠近铁锅就能觉出热气烘烤。这么说来，其实火烧不是烧出来的，应该是烤熟的，烤火烧的拿一个铁筋扎成的抓篼，胳膊一般长，把面饼上下翻腾几遍，等面饼胀起来，烤出斑斑点点的焦黄，烤火烧的把抓笼上的火烧甩在平板铁锅上，大着嗓门喊一句："趁热吃吧！"

这时候，火烧才算打完了，外焦里嫩，张嘴咬一口，热气香气冒出来，勾着你的食欲忙不迭地去咬第二口。这火烧，最主要还是里面的馅子味道好，猪肉馅的、豆腐馅的、土豆馅的、韭菜掺粉条的。馅子不能绞，绞出来的馅子没嚼头，只能拿刀剁，切。剁成丁，切成丝，加上油盐、葱花、姜丝、青辣椒、大花椒、小茴香，反复调兑。凑着鼻子闻，闻出味道来，再放在盆里焖一会。等各种滋味浸入馅子里，才能准备收拾去街上出摊。

一个火烧不值钱，前几年是五毛钱一个，这两年物价上涨，面贵、肉贵、青菜贵，什么东西都跟着上涨，火烧也就卖到了一块钱。当然能看得出来，火烧涨价的幅度也是小心翼翼的，试探着的，你递给打火烧的五毛钱，他对你堆出一脸笑，赔着小心给你解释："涨价了，得卖一块钱啦。"

打火烧的笑是谨慎的，甚至还带着让你心生同情的卑微。就像一棵草，猛不丁地从石头缝里钻出来，左顾右盼，缩头缩脑，生怕一不小心招惹了谁，被谁踩一脚。可以理解，打火烧的千般小心给你解释涨价，还是怕得罪了顾客，因为在泗水这地界，打火烧的摊位太多了，街头巷尾，哪里都能吃得到。火烧摊位少有在店面里，大多数都是在路边、楼角下、树荫里，行人图个方便，吃两个火烧，喝一碗酸溜溜的鸡蛋汤，匆忙赶路的，着急办事的，站在火烧摊趁热吃，或者边走边吃，一顿早饭，填饱肚子就行了。很多人吃过外来的汉堡包、必胜客，陕西的肉夹馍，虽然也是馅饼，可是吃几顿，还是觉得味道不如火烧好，价格也比火烧贵很多，还是回过头来去街头吃火烧。这火烧，好像是，天生命贱，怎么也卖不上好价钱，不能登堂入室，只能在路边生灭，好在命贱的东西都耐活。打火烧虽然是小生意，一个早上忙活完，百八十的票子就能赚到手，常年打下来，三年五年，十年八年，有的甚至祖辈相传，因为打火烧，买了房子，买了车，小日子也算过得滋润。

泗水地处鲁中南，三面环山，说山其实不是山，看山不是山，细看还是山，就这有点意思了。左看右看，反复看，就想看出是不一样的山。看多了，看久了，真才知道其实就丘陵一样的山，连绵起伏着，大人环抱孩子一般，燕子衔泥似的，缠缠绕绕着，包围了整个泗水县。所以泗水的路不是一马平川，没有辽阔大道，倘若真想走条平坦路，那只能朝西去，西边就是孔子的老家曲阜。曲阜朝西走，一直往西，过巨野，经兰考，到了开封，才算是进入了华北中原。

从曲阜西边来泗水的人，从沂蒙山区东边到泗水的人，沿着327这条国道，一来一去，在泗水落脚，总要自觉不自觉地，经意不经意地，吃上一个泗水的长条形火烧。这些年，方圆百里地，千里迢迢地，一路风尘来泗水的人比以前多了。老的、少的，男的、女的，他们来泗水，不是图吃这个名不见经传的火烧，他们是来看泗水的山水。虽然山不高，水不深，但是泗水的山水还是能看得出别致，这里有号称天下第一的泉林，趵突泉、黑虎泉、淘米泉，泉多如林，乾隆七下江南，每次都在泉林这里濯足。很多来过的人，才知道，济南的趵突泉比不上泗水的泉林好。

日子久了，来看过的人信了，没来看过的人不信，不信就想来看看。人越来越多，人多了就显得有些闹，大大小小的，多多少少的，就闹出点动静来。这些动静闹出来，就像水里冒个泡，转眼也就消失了。

在327国道旁打火烧的老张，他的职业就是打火烧。他老婆擀面皮，包馅子，他只负责把火烧放在锅下烧烤。他除了打火烧，也喜欢探听小县城里闹出的这些动静。大多时候，别人吃着火烧说这些动静，他听着就笑。他笑是因为这些动静实在可笑，是因为这些动静与他没什么关系，才觉得可以笑。

在这些动静没有闹到他头上之前，他是笑着打火烧，笑着听这些动静的。其实刚开始，闹到他头上的动静也不大，事后很多人都听说了，老张闹出的动静，也就是因为两个火烧。那就奇怪了，两个火烧两块钱，能闹出什么大动静？再细问，才知道不是钱的事，还是因为两个火烧。嗯，没错，两个火烧就闹出了大动静。

老张的火烧摊处在十字路口，早上人来人往，占据天时地利，生意格外忙。买火烧的人多，挨着靠着火烧摊，人多了就闹，一闹就要出动静。着急上班赶路的，有人把钱扔到老张身旁的纸盒子里，预定下锅里下一个出锅的火烧。一个人扔钱，别的人也跟着扔钱，扔着扔着，就有人闹起来，闹着问老张：“我等了半个小时了，为什么不给我火烧？”

质问的声音当然不好听，老张抬起头看到是一个长头发的小伙子，长脸，竖眉，高鼻梁，嘴巴上边带着几粒青春痘。他说完这句话，不吱声，只是瞪眼看着老张，好像是等着老张回答。老张看着脸生，不是老吃客，被质问了这么一句，多少有点忍气吞声，低头没吱声。他完全可以把快烤熟的火烧，打发给这个小伙子，偏偏老张又不是敷衍了事的人，把每个火烧都想烤出味道来。只低头说了一句：“心急吃不了热火烧。”

老张没想到，他的这句话会闹出动静来，那些等着买火烧的人也没想到，因为老张这句话，那个小伙子会对老张闹出那么大的动静来。小伙子没吱声，老张没吱声，所有买火烧的人也没吱声。可是，谁也没想到，小伙子的手探进胳肢窝下的皮包里，探进去又伸出来，恍惚之间，小伙子的胳膊朝老张身旁的纸盒子里挥了一下。啪的一声闷响，纸盒子里砸进了一捆砖头一样的百元钞票。那一捆钞票砸进盒子里的时候，砸得纸盒子跳了一下，砸得纸盒子里那些零碎的纸钞和硬币也跟着跳。老张被突然砸进纸盒子里的这一捆钱给惊呆了，所有等着买火烧的人也被这一捆钱给惊呆了。

闹出动静来了。

那个小伙子的手指着老张的脸，就像一根棍子一样直直地戳着老张的脸，小伙子的嘴巴哆嗦了几下，突然迸出的话也像棍子一样戳在老张耳朵里，戳在所有火烧摊旁那些人的耳朵里。

小伙子说：“我刚才给你两块钱了，现在我再给你一万块钱，我买你一万零两个火烧。”

老张抬脸看着小伙子，所有的人都扭脸看着小伙子。小伙子说完这句话，绷住嘴巴不吱声了，老张没吱声，所有的人都没吱声。不吱声是因为被小伙子的举动给惊呆了，惊呆之后就愤怒了，愤怒之后才觉得有点恐惧。事实证明，恐惧的力量比愤怒强大，恐惧就像一把看不见的手，扼住了所有人的喉咙，让人不敢发声，连大气都不敢喘。

这个貌不惊人的小伙子是从哪里冒出来的？他是富二代？他想干什么呢？发泄，显摆，还是故意刁难老张，还是蔑视了所有人的存在呢？一万个火烧老张要打多长时间？一万个火烧这个小伙子要吃多长时间？

这个春天的早晨，有风在刮，像一群顽皮的孩子，踢得阳光在大街上奔跑，街面上有自行车，大大小小的汽车，有背着书包去上学的儿童，好像没有谁注意老张火烧摊前发生的这一切。老张的手哆嗦着，他老婆的手也开始哆嗦着，所有的人都注意到了，老张在一瞬间里想笑，他想对那个小伙子笑笑，他想对所有围在火烧摊前的人笑笑。他的笑是自嘲，还是求助？可是老张还是没笑出来，所有的人都注意到了，老张只是抽了抽嘴角，就把头缩下去，缩到了铁锅下面，他的身子极力朝下缩着，像是要缩到地下去。他的身子朝一边偏了，他坐着的马扎也跟着翘起来了，扑通一声，老张歪倒了。就像猛不丁地一盆脏水泼过来，一下子就乱了，人群乱了。先是老张的老婆尖叫起来，她尖叫的同时就把手里的擀面杖给扔了。散开的人群窜过去帮老张的老婆扶起老张，有人掐老张的人中，有人捶老张的后背，老张的老婆只会甩着手喊："老张，老张。"

人群乱成一窝蜂。火烧摊被踢乱了，不知道谁喊了一句："快打120！"

很多人就忙着掏手机，也不知打通没打通，很多人都对着手机喊："出事了！快来救人吧！"大家七嘴八舌，喊完了，才有人想起来，于是都转着圈儿找。找谁呢？找那个闹出动静的小伙子，找那个气焰嚣张该死的小伙子啊，可是那个小伙子连影子也找不到了。那个小伙子，应该是从老张歪倒的时候就吓跑了。他就像水里冒出来的一个泡，就像大风刮来的一片树叶，就像不知从谁家逃出来的疯狗，眨巴眼皮的工夫就不见了。有人甩着手骂奶奶，有人跺着脚骂姥娘，好像是这个小伙子消失了，人们才发现他的可恶，才后悔早该收拾了他。大街上的车停了，正走路的人也扭头朝这边看，路人边看边朝这边跑，边跑边喊："出事了吗？"好像是自问自答，边喊边说："是，出事了！"

人群围过来，一层贴一层，人挨人，人挤人，幸好是，救护车赶来了，呜呜的鸣笛把人群叫散了，有人帮着抬出担架来，有人抬老张，七手八脚，把老张塞进了救护车，帮着把老张的老婆扶上救护车。刚要开走时，有人撵上救护车，把老张收钱的纸盒子塞给老张的老婆。救人需要钱，钱是最实际的事。

老张被拉进医院里，才知道脑血管破裂了，血在脑子里淌满了。他手上还带着火烧的味道，身上还有木炭的温度，老张从躺在手术台上起就没再睁开眼。挂氧气，开头颅，老张被医生在手术台上折腾了多半天，推到病床上躺了两天，还是咽气了。

有时候，人死真难，瞻前顾后，左右衡量，想死都死不了，可是，有时候，人死也容易，就像老张，歪倒就死了。有人说，老张是被气死的，是被那个小伙子的一万块钱气死的；也有人说，老张是被吓死的，是被一万个火烧吓死的。他怎么会被气死呢？怎么会被吓死呢？老张的尸体被从医院抬进停尸房里，他老婆给医院结账时，才发现各种医治费用加起来，正好一万块钱。

他老婆问："一万？这么巧？"

收钱人答："就是呢，一分不多，一分不少，这么巧。"

这一万块钱，就把老张气死了，就把老张吓死了，换句话说，老张因为这一万块钱，连气带吓，突发脑溢血死了。所有的听说这事的人都叹息，都摇着头说："这世界到底是怎么啦？"叹息完之后，也就不知道再说什么，人死了，死了就没了，人都没了还能说什么呢？但是老张的儿子不愿意，老张的儿子张小帅愤怒了。当然，张小帅愤怒是正常的，自己的老爹被人气死了，吓死了，张小帅悲伤之后，就把他的愤怒爆发了出来。

张小帅是在老张死后的第二天赶回来的，张小帅原本在青岛一个船厂里打工，他本来是没打算回来的，不过年不节的，船厂里每天能挣一百多块钱，他舍不得回来。他本来是前两年和老张吵架赌气离家去青岛的，吵架的原因是，老张不想让儿子出去打工，他想张小帅子承父业，在城西头的住宅小区里开一个火烧铺。这火烧铺当然和火烧摊是不一样的，火烧铺至少是在店里的，风吹不着，雨淋不着，吃客也能坐着吃火烧。无论怎么说，把火烧摊变成火烧店，这是老张打火烧挣钱的终极梦想，但是张小帅不愿意，年纪轻轻的，血气方刚，他才不稀罕挣这仨瓜俩枣。张小帅瞧不起大半辈子蹲在街头打火烧的爹，他觉得蹲一辈子也不能站起来，也没机会体现自己的人生价值。

儿子说："我要出去闯一闯。"

爹说："闯也是瞎闯。"

儿子说："反正是死是活，屌朝上。"

老张说："操你娘。"

张小帅说："男人活着，不闯就是个缩头鳖。"

张小帅抬腿踢翻了一个板凳，背起布包就走了。

这一走就是两年，张小帅在船厂里累个驴死，还是咬着牙不回来。可是这次他必须回来了，给他打电话的亲戚，没敢跟张小帅说他爹死了，只是吞吐吐地说，他爹不行了。这"不行"还有什么说法呢？在泗水方言里，说人不行了，其实就是去世了。张小帅懂得这句话的意思，心呼啦一下就疼了。他奇怪，怎么就心疼了呢？他被女友踹的时候没心疼，被人骗去两千块钱的时候没心疼，怎么现在就心疼得喘不过气？张小帅哭丧着脸朝回赶，下午赶到医院里，从病房里赶到停尸间里，张小帅就犯傻了，老爹果真不行了。老张躺在水泥台上，穿着那种华丽富贵的绸缎衣服，带着花里胡哨的瓜皮帽子，脚蹬黑面白底的高筒靴子。他闭着眼，不看张小帅，没错，老爹用沉默的样子来对付他这个两年没见的儿子。张小帅喊了一声"爹"，是的，张小帅当时只会傻乎乎地喊"爹"，他趴老爹身上嗷嗷地哭了一阵子，等别人拍着他的肩膀，劝他节哀时，张小帅拨开了那个人的胳膊，站起身就对那个人愤怒了。张小帅愤怒地双手握成拳头，他对着在场的人骂了一句："尼玛！"

停了停，他又骂了一句："尼玛，我要杀了他！"

张小帅果真开始找杀父的仇人，他要杀那个用一万块钱气死他爹的小伙子，他要杀了那个用一万块钱吓死他爹的兔崽子。处理完老爹的后事，张小帅先去了派出所，民警听完他的控诉，拿不准这应该是刑事案件，还是民事纠纷，能拿准的是人死了，追查责任是民警的事，可是派出所的积压案件太多了，只能等。

张小帅没吱声，从派出所出来，就去了老张火烧摊的路口，他要寻找目击者。这个倒是不难的事，很多人都说记得那个小伙子的模样，说了半天，没能说出什么来呢，都后悔当时怎么就没用手机拍照，真是的，真就没人想起来拍照呢。张小帅在路口打听了三天，终于打听到了一个确切的线索，好像是，老张倒在地上的时候，人乱了，那个小伙子也乱了，他趁着人乱跑到大街对面的一辆车上，一溜烟开走了。有人说那车是红色的，又有人说那车是红色的宝马，再有人说红色的宝马车里还坐着一个娇小美女。宝马车一路绿灯，刮风一样朝西跑。泗水县小城里，还没几辆宝马呢，开宝马的都算得上人物，泗水本地人不敢这么跋扈。这么分析下来，宝马是从西边来的，它从哪里来，又回哪里去了。西边是哪里呢？西边近的是曲阜，远的是济宁、开封，是唐僧取经的西天。这路程，说远不算远，说近也不近，可是远和近又怎么呢？杀父之仇，不共戴天，这是毕生要做的事。张小帅打电话给青岛造船厂请假，又去二手车市场上买了一辆半新的摩托车，他要骑车去找那个刽子手，他想好了，风餐露宿没什么，披星戴月又如何？张小帅准备好了。临走前一天晚上，几个一起玩大的发小给他在泗河路上的一家小餐馆里壮行。白酒，啤酒，一股脑提上桌子，张小帅喝多了，他说他想哭，发小们就劝他，男人有泪不轻弹，不能哭。就有人给他出主意，可以在网上发帖找凶手，网络舆论影响大，见多识广的人也多。这话提醒了张小帅，没心思再吃饭，醉醺醺地回家，打开电脑在网上发帖子，题目是：跪求，寻找杀父仇人！张小帅平时上网不发帖，只是打游戏，看新闻，聊QQ。在电脑前折腾了大半夜，好歹写清楚了那个小伙子用一万块钱买一万个火烧这件事。他在当地和附近各个城市的网站论坛里，在百度贴吧里，在他熟知的QQ群里、微博里，在他的手机微信里，都发布了这个帖子，他发完这个帖子倒头就睡了。

第二天一早，张小帅渴醒了，发现天已大亮。头昏脑胀地爬起来，喝了一大杯水，穿好衣服洗刷以后，跟娘告别，说要去西边找杀父仇人。娘说，早回来，找着找不着，都得早回来。张小帅没吱声，跨上摩托车，豹子一样窜出去，呜呜地奔到大街上，撒欢一样，径直朝城西的大街窜。这一阵就跑出几十里地，觉得下身被尿憋，胀得慌，找了路边的一片小树林，钻进去掏出下身撒尿。正要解腰带时，听得衣兜里的手机响了，是一个陌生的号码。张小帅接通了。对方是个声音沙哑的男生，“喂喂”两声，问：“是找杀父仇人的张小帅吗？”张小帅说：“你是谁？”对方说：“你别问我是谁，我昨天晚上在网上看你发的帖子啦，你找不到那个开宝马的人。”张小帅侧着耳朵听对方这么说，一下子就觉得头发蒙，大声对着手机喊：“你是谁？”对方像是打了一个饱嗝，又像是缓了一口气，反正是停顿了一下，又对张小帅说：“你找不到了，开宝马的人已经和他的宝马一起掉泗河里淹死啦。”

张小帅听清了这话，就觉得嘴巴里像是忽然灌进一阵凉风，噎得他不知道说什么，愣怔一下，张小帅还是问：“你是谁？你告诉我你是谁。”对方没再吭声，却把手机挂掉了。张小帅对着嘟嘟的手机呆了一会儿，又拨回对方的手机，却再也打不通，对方的手机关机了。张小帅对着手机骂一句：“尼玛！”气愤地把手机塞进衣兜里，想掏出下身撒尿，却发现尿意全无。他捏着下身的小东西，低头呆一会，仰头对着蓝天和白云呆一会，才手脚无措地把下身塞进去，垂头丧气地系腰带，却怎么也系不上，手哆嗦，手指头哆嗦，哆嗦得找不到腰带的扣眼，这样的哆嗦电流一样上下窜动着，双腿也跟着哆嗦起来，整个身子也跟着哆嗦，哆嗦得连迈腿走路的劲儿都没了。张小帅提着裤子蹲在路沿石上，抬头朝西边的大路看，一直看过去，看到看不清的地方，张小帅居然觉得没意义了，他连起身的劲头都没了，更别说骑摩托车了。怎么就没意义了呢？张小帅不知道，这一个莫名其妙的电话，怎么就让他觉得此行寻找仇人的事没意义了？好像是，这个莫名的电话，就像一把锥子，把他本来鼓胀胀的雄心壮志给攮破了，把他的摩托车轮胎给扎透气了。没错，张小帅不想再骑上摩托车朝西走了。他蹲在路沿石上，蹲得腿脚麻木了，又一屁股坐下去，伸腿对着路上来往的汽车发了一阵子呆，他想哭，想哭一场。哭什么呢？张小帅不知道，可他就想哭一场。想哭就哭吧，可是又哭不出来，只能张着嘴巴干呕，呕一阵，越来越觉得心里难受，抓耳挠心的，恨不得打自己的嘴巴。果然就打了，左一巴掌，右一巴掌，啪啪地打自己，不觉得疼，反而觉得畅快，就像三伏天里劈头一场雨，大冬天里钻进火炉里，舒服，畅快。张小帅打得手腕发软，还是哭不出来，却骂出声来了。骂开宝马的刽子手，骂刚才匿名电话的那个男人，骂自己，骂自己的祖宗八辈，该骂的，想骂的，骂遍了，心里才亮堂了些。长出一口气，活动手脚，有了支配的力气，试着爬起来，强迫自己骑上摩托车。轰隆一声，张小帅掌握着摩托车，在大路上转了一个圈，调头朝城里的方向返回来了。

张小帅骑着摩托车，一路骑回泗水城里，骑到二手车市场里，把摩托车转卖给他买摩托车的二手车主，八百块钱买，五百块钱卖，张小帅心甘情愿，揣着五百块钱回家，看见娘，低头钻进屋里，娘跟过来问："这么快？"张小帅没吱声。娘又说："没找到吧？"张小帅倒头趴在床上，娘给他盖上被子，又问："摩托车呢？"张小帅闷声说："卖了，不找了。"张小帅翻了一个身，拉起被子盖上脸。听得娘说："我知道你也找不到，别人都说气死你爹的那个开宝马车的人淹死了。"张小帅翻身起来，瞪着眼问娘："你听谁说的？"娘叹了口气说："别人都这么说，开宝马车的人掉泗河里淹死了。"张小帅怔了怔，说一句："我靠！"翻身起床，对着窗外呆了一会儿，才对娘说，"我也听说了，那个王八蛋淹死了。"

这事真是蹊跷，一个大活人，一辆价值上百万的宝马车，怎么就掉泗河里淹死了呢？这泗河蜿蜒几百里，穿过数不清的桥，开宝马车的人能翻过那座桥淹死？

那天下午，张小帅走着到了城北的泗河大桥，大桥宽阔，车辆川流不息，桥两边有卖鲜鱼的，有卖糖葫芦的，有卖野菜的，有三三两两的谈情说爱的男女。这一切看起来安静祥和，根本看不出有淹死人的事发生过。张小帅没敢问在桥上走动的人，只是来回绕着桥梁走了几圈。桥梁坚固完好，没有被撞过的痕迹，至少是，看不出刚被撞过的破坏迹象。太阳明晃晃的，风一样扑打着他的脸，刺得他眼疼。张小帅趴在桥梁上，对着大桥下边清澈的水面发呆。这绝对是一个谎言，是一个有预谋的有组织的谎言，这个谎言的目的就是想阻止他对火烧事件的进一步追究。可是现在，这个谎言出现了，张小帅怎能验证这个谎言呢？他怎么能破解这个根本不可能成立的谎言呢？所有的人都不会相信这个谎言，可是所有的人都在传播这个存在的谎言。所有的人都在传播这个谎言，使传播谎言和接受谎言的人相信，这个谎言是真实的，让所有的人都相信，开宝马车的人的确是淹死在泗河里了。谎言的目的就是让人放弃真相，谎言就是让人屈服，让人妥协，让人自欺欺人又心安理得地相信谎言的真实性，那就是，气死张小帅他爹的人，开着宝马车淹死在泗河里了。人死了，人死两清账，人死如灯灭，灭了，没了，什么事都没了。是的，爹被气死了，没了。开宝马车的人淹死了，没了。“了”是什么意思呢？大事化小小事化了，不了了之了。

张小帅趴在桥梁上发呆了很长时间，站得腰酸腿疼，他活动了一下筋骨，沿着大桥南边的一段路走下去，大桥河岸不远处是一大片刚开发的风景区，有着古色古香的亭榭走廊，奇石花木，喷泉画廊，穿过一段弯曲的鹅卵石路，登上雕刻龙凤的木制走廊，就到了一片宽阔的广场上，这是这一片风景区的核心地段，广场上竖立着大理石雕刻的文字和画面，是对泗河起源的介绍，穿插着泗河流域古今当代一些名流学士的名言和生平事迹的展示。这个下午，广场上游客稀少，张小帅在孔子讲学的铜塑场景前，正准备去看远处那片特意蓄成的一片水湾里的游船时，闻到了一股焦煳的香气，他转身看到在路旁一株银杏树下，出现了一个火烧摊。一个年龄和他父亲差不多的男人坐在火烧摊旁的炉子旁，正眯眼对着远处的水面发呆。张小帅透过掩盖着火炉的锅盖，看见他的火炉上的平底锅里，摞着一层打好的火烧。三三两两的游客从火烧摊旁经过，没有人正眼看一眼这个冷清的火烧摊。

张小帅忽然觉得饿了，他看到面前的这个火烧摊，一下子就觉得肚子里空了。他已经好几年没吃火烧了，爹活着的时候，打的火烧他很少吃，他宁愿花钱去吃馒头、烧饼、水饺、蒸包，也不愿意吃火烧。可是，现在，张小帅忽然觉得自己特别想吃上一个火烧。他停下脚步，扭头看着平底锅里的火烧，是肉的香气，夹杂着葱花茴香的味道，抓耳挠心的，不依不饶地钻进他的鼻子里，让他的肚子咕咕叫起来了。他下意识地摸摸衣兜，摸一下，再摸，才确定衣兜里居然没带一分钱，是的，张小帅神思恍惚，一分钱都没带就出门了。张小帅挪挪脚步想离开火烧摊，他挪了一下，却又身不由己地转回身来，弯腰蹲在火烧摊旁。火烧摊旁的男人转头看他，指着平底锅里的火烧说："一块钱一个，吃个吧？"

男人的神情和语气，真像活着的爹在卖火烧，像极了，正是这种神情和语气，鼓动着张小帅对男人说："我没带钱，能吃你的火烧吗？"

男人稍微怔了一下，弯腰从身下摸出一张纸，递给张小帅，说："什么钱不钱的，饿了就吃一个呗。"

张小帅接过男人递给他的那张纸，探手伸进平底锅里包了一个火烧，塞进嘴巴里，张口就咬到肉馅。火烧已经不烫手了，软塌，还有些温热，张小帅咽下一口火烧，伸伸脖子对男人说了一句："等我有钱了，我买你一万块钱的火烧。"

那个男人听清了张小帅的话，嘴巴张了张，嘿嘿笑了两声，对张小帅说："好啊，这么说定了，我等着你哪天挣大钱了，再来买我一万块钱的火烧。"

张小帅"嗯"了一声，张嘴几口把火烧吞进肚子里。他也冲男人笑了笑，抹抹嘴站起身，抬头朝东边的大桥上看，阳光依旧明晃晃的，照得人眼疼。大桥上车辆来回，一辆红色的车子从桥面上像风一样由南朝北掠过去，一阵风刮过来，张小帅分明从风声里听到有人喊：“快看，一百万的宝马！”

张小帅瞪大眼，努力朝大桥上看，他踮起脚尖，伸长脖子，可是呢，他什么都没看到，在他的视线里，远处的大桥忽然隐退了，好像是被刚才的那一阵风刮走了。张小帅瞪着眼，努力分辨着自己视力可及的地方，他觉得他能看到的只是一片混沌，没有颜色，连黑白都没有的混沌，是空洞，伸手不见五指的空洞。他能感觉到他的身体在活动，他的腿在开始迈动，他觉得自己在原地转了一圈，他的腿开始迈动起来，是的，他觉得他的腿的确在朝前迈动着，好像不是他的腿，他的身子只是被这双腿承载着朝前走，他听到耳边呼呼的风声，汽车的喇叭声，摩托车自行车的车轮轧着路面的声音，他甚至感觉到阳光落在他身上的声音，就像密密麻麻的针尖戳着他的脸。

他一步步朝前走，他不知道走了多远，不知道走了多长时间，他觉得他该停下了，他该睁开眼了，其实他不知道自己的眼睛是睁开还是闭着，他只是觉得该睁开眼了，他试着眨动眼皮，他觉得他睁开了眼，他看到了眼前的景象。他站在了他家的门口，可是他又一下子不敢确定，这是不是他家门口。他不敢确定怎么会有这么多人围在他家的门口，人头攒动，一层又一层的人踮着脚尖朝他家里张望。张小帅揉了一把眼，瞪大眼迟疑着朝人群里走，他想张嘴喊一声，他想对着人群大喊一声，可是他的心慌了，好像是，从他睁开眼的那一刻起，他的心跳就加速了，心跳越来越厉害，已经跳到嗓子眼儿了，整个心快要从嘴巴里窜出来了。这时他听到有人喊了一声：“哎，小帅回来了。”

张小帅听清了这句话，他听清了有人在喊他的名字，接着又有人喊：“张小帅，你怎么才回来啊？你干吗去了，到现在才回来？”

张小帅“嗯”了一声，他听不清是谁在人群里喊他，他只是看到人群散开了，人群自动散开了一条路，张小帅从人群中间走过去，他走到了家门口，才看到他家门口停着一辆车，他看清了，是的，没错，这是一辆红色的宝马车。

（原载《当代小说》2014年第5期）

金山寺

尤凤伟

当是一种职业性警觉，宋宝琦即使沉睡中也会被一声短促细微的短信振铃惊醒，且懵懂状态中反应准确无误——一把从枕边摸起手机且对准位置：“您好，您好是哪位？”

“短信短信！”身边的老婆比他更神，黑下有风吹草动她总是先知先觉且头脑异常清醒。接下来男人把手机举在女人面前让她念。这也是常态，之所以如此，一是他不用找眼镜，省去一通麻烦，另外，也是最具实质意义的：他现阶段外面清爽，无暴露隐私之虑，乐于顺水推舟自证清白。

老婆念：“僧人要出事！”

迷蒙中一惊：“什么？！什么？！”

老婆又念一遍：“僧人要出事！”

他翻身坐起，一把抓过手机，又迅速从床头柜上摸出眼镜，他看到的信息与老婆念出来的无异，不由自主“啊”了声。

“僧人是谁？”老婆问。

“嗯，同事。”他含混地说。

他没再睡着。

上午，市府召开文教口领导干部碰头会，贯彻省府刚召开过的文化体制改革会议精神，作为市府大管家的副秘书长宋宝琦，可以说这是他的会，马虎不得，所以诸事亲力亲为，不敢在领导眼皮子底下出纰漏。直等到分管文教口的钱副市长开始对着麦克讲话，他才松了口气，思想在瞬间开了小差，回到那条让他心里一直不安的短信上。他晓得发短信的人此时也在这间会议室里开会，像其他与会者那般正襟危坐，在事先发下的讲话稿上装模作样地描描画画，心里实不知在想什么。他冷不丁想到，此时该人想的怕也是“僧人要出事”这桩事吧。该人与僧人是党校同学，也是好友。以他所知，本名尚增人的僧人党校毕业后不久升为县级丹普市市委书记，而会场上的“同党”李为则升为大市文教局书记兼局长，两人来往密切。而今，尚增人在书记任上出事，难说不会挂拉着其同党李为。他不由为李为担起心来。

一上午的会。会毕作鸟兽散。这时他收到李为发来的短信：我在车上。他心里立刻明白。

由舞蹈演员转行为司机的小马将他俩拉到海边一家菜馆，李为让小马回去了。这里他们来过几回，店不大，清静，菜品亦不错，重要的是环境，窗下便是海，海天一色，浪拍沙滩。正应店名“涛声依旧”。

不等酒菜上来，宋宝琦便迫不及待地问李为：“消息确实？”

李为点点头：“来自纪检委。”

宋宝琦其实也想到消息出处是纪检委，这类事纪检部门是正头香主，这说明他那里面有熟人，他问：“问题严重吗？”

李为说这个不晓得，不过要一般般人家也不会管。

宋宝琦问：“僧人他听没听到风声？”

李为说：“好像没有，前几天还兴高采烈地来电话，说他亲手抓的一个大项目已竣工，各方面都满意，很快要举行剪彩仪式，要我去参加，对了，他还让我告诉你，到时请你也去。”

宋宝琦说："这样，那就是还被蒙在鼓里。"又问，"什么时候对他采取行动？"

李为说："这，属高度机密，人家哪会讲？按常规，确定了就不会久拖，怕夜长梦多。"

宋宝琦心想也是的。

服务员送来酒菜时，两人打住话头儿，同时把眼光投向窗外的大海，海景美不胜收，然而他们什么也没看见，眼前唯一片茫茫的蓝。

服务员离去，李为端起满满一杯啤酒，仰脖灌进肚里，把嘴一抹，吐出一个字来："操！"

宋宝琦看看李为，没吱声。

"还不到一年啊。"李为感叹说。

宋宝琦能体会李为的意思：僧人尚增人就任书记不到一年时间就出事，太过急切。他仍未吱声，只在心里道：不是有句话叫"一万年太久，只争朝夕"吗？不过客观上讲，上任一年出事尚属正常，某市一交通局长上任还不到两个月便被"双规"，而僧人还没那么快。尽管这么想，他心里还是替僧人惋惜。依他的条件，仕途上还是大有作为的。不想前程就这样断送了。

两人喝了一会儿闷酒。李为突然问："这一两年你和僧人走得近吗？"

他看了李为一眼，惊讶于他怎么会问出这么一句话来，哪怕再弱智，也会猜到其潜台词：僧人出事会不会牵连到他，就是常说的"拔出萝卜带出泥"。当然他也晓得李为是出于好意，出于对他的关切，否则也不会深夜发短信，更不会冒昧地问出这么一句话来。他对着李为摇了摇头，说没有远近这一说。

"是吗？"李为忖忖说，"但，你对他是有恩的呀。"

指向似乎更明确了。他没反驳，因为李为并没有说错，自己确实对僧人是有恩的，这恩就是帮他坐到书记的"龙墩"上。这个李为是始作俑者，他比任何人都清楚。那是一年多前，作为市府办公室主任的他在丹普市副书记任上挂职已经快三年，恰这时，市委鲍书记调任大市任副书记，按常规市长孙广德会填充这个空出来的位置，成为书记，但他的年龄到了“杠杠”上，没戏了。在这种情况下，市委市府居副职的，许多人都盯着这个位置，思谋着能上位。一时间各种传闻飞扬。不久集中在两个人身上，一个是副书记尚增人，另一个是来挂职的他。而他对此无动于衷，挂职官员属“飞鸽”干部，期满便打道回府，即使要提拔也是回去后的事，所以他不当回事，每当有人在他面前说到这件事，他也是一笑置之，不入心，倒有些隔岸观火的心态。

事情常常这样，愈是没有念想，最终就愈落在你头上。一天李为打电话给他，说已得知市领导倾向于让他接手书记一职，干一届后再回大市。李为又说自己要到丹普出差，到时一聚。当时他不晓得李为是为何而来，但能聚一聚也是高兴的。到达的那天晚上，他与尚增人尽地主之谊，宴请过程并未涉及书记职务话题，饭后他与尚一起把李为送至宾馆，尚率先告辞，他留下与李为说话，很快就说到主题上。李为问他对留下任书记有何考虑，他说他没思想准备，也没认真考虑。李为点头说：“根据你的情况，回大市也会升任正局，所以在丹普干不干书记无所谓，而这一职对僧人却大有所谓。下面竞争激烈，机会稍纵即逝，过了这个村就没这个店，所以他让我与你商量一下，看能否把这个机会让给他。”

其实不等李为把话说完，他就明白李为此行是专程为尚当说客，让自己把到手的书记一职让给尚，让尚成为丹普一把手。他晓得，通常情况这是很扯淡的事，不过就自己的实际情况而言，李为分析得对，挂完职回大市升正局是手拿把攥的事，而尚就不同了，也许这是他升迁的最后一次机会。也正因为看明白了这一点，作为两人共同朋友的李为才能开这个口。于是“理解万岁”这句话在这里就体现出来。他理解尚增人，也理解李为。他当即表示同意，这事就谈完了。不久市委组织部来人征求他的意见，他首先对领导给自己的信任表示感谢，后又以孩子即将考大学需要回去照顾为理由，婉拒了这次提职。来人又征询他对尚的看法，他毫不吝啬地说了一通好话。尔后的事情也如他所料，尚上位。从这一点看，也确如李为所说对他有恩，甚至可以说恩重如山。只是世事难料，尚履新不到一年便出事了，仕途一败涂地。李为的责怪也在情理之中。不仅李为，他自己也难以接受这一现实。他叹口气："僧人走到这一步，也用不着大惊小怪，一把手，过去叫父母官，现在叫老板，想不走歪都难啊。"

李为苦笑，说："论究起来倒是咱俩害了他，让他上了位，为主一方，就急于搞出政绩，弄个什么丹普世纪园大工程，这你知道，人人都知道工程是个大泥沼，没有提着头发飞过去的本领，谁能逃得脱？"

他说话是这么说，可一旦摊上事，这些就不能论究，只能按倒霉处理了。

李为把杯子往桌上一磕，脱口说他自己倒霉，别人也要跟着不清爽！

这话的意思再明白不过。都知道李为与尚增人过从甚密，在某个范围里他也讲过帮尚上位的事，尚出事，自然会有人把眼光盯向他。回到刚才李为说他对尚有恩的话，这不就是把眼光盯上他了吗？当然不是幸灾乐祸，而是担心，以他与李为的交情，这他能肯定。

他说："李为你放心，我和僧人之间没啥事，要说有只一桩，春节他请我去丹普寺院烧香，回来时他让人在车后备箱里放了几盒当地特产，有海参海米鲍鱼，他要是交代出来，我承认，上面要撤职就撤职，要入刑就入刑……"

李为淡淡一笑，说："这点儿事在咱这里，肯定不会追究。大家还不会相信，会讲帮这么大的忙，仨瓜俩枣打发了，太不靠谱。"

实际上这也是李为对他讲的话，李为不大相信尚能如此不讲游戏规则。他很想问一句：尚又是咋样向你报恩的呢？讲恩，你比谁都大呀。牙关一咬，终是没说出口。须知这是最隐秘的事体，特别在这关口。

李为突然发现了什么，盯着宋宝琦面前满满的酒杯，问："你咋不喝了？"

宋宝琦说下午陪李市长去保税区视察，哪敢多喝。

李为调侃："为人不当差，当差不自在。还是早些当上一把手吧。"

他回句："别忘了利益与风险共存啊。"

李为哑然。或许想到了尚增人吧。

回机关的路上，宋宝琦感到身心轻松。庆幸尚增人没把他的帮忙当回事，这让他得以清爽。真是不做亏心事不怕夜半鬼叫门啊！

在保税区吃了晚饭，宋宝琦与谭秘书一起把市长送回家，回到自己家时，中央一套刚播完晚间新闻节目。许是与市领导夫人的身份有关，安安愈来愈关注国内外时讯，晚七点、晚十点的两栏新闻是必看不可的。宋宝琦应酬回来常常看不到，安安就补课似的把当天的重要新闻大事转述于他。其实这时醉意未消的宋领导唯见她嘴唇翕动却听不见声了。

今天他喝得不多，有心事。自然还是为僧人的事。他认为如果李为的消息确实，李市长一定会知道。“双规”一个中层干部铁定须经常委会拍板。视察过程中他一直寻找与市长说话的机会，却苦于区里一大帮子人的前呼后拥，根本寻不到空隙。直到饭前见市长一人在大堂吸烟区吸烟，便赶紧给自己点上一根凑了过去。他怕再有人步他的后尘，赶紧开口说：“李市长，有件事需向您请示，下周丹普新落成的世纪园要举办剪彩仪式，您去吧？”李市长连想都没想说不去。他赔小心说：“丹普那边……”李市长打断他：“丹普那边，不就是尚增人嘛！他开他的庆功会是了，我没空。”他住口。也无须再说什么，市长明显的情绪化已说明了一切。

此刻，他将自己的情绪带进了家，打开了闸门：“僧人完了，完了。”

安安问：“僧人是谁？”

他说：“丹普市委书记尚增人。”

安安对上了号：“他完了？怎么完了？”

他说：“怎么完了？要‘双规’。”

安安问：“为啥？”

他说：“还用问？”

安安问：“事大吗？”

他说不大也不会动他。一两个亿的大工程，他掌控，人家拿钱砸，还不往死里砸！

安安就不再问，给男人泡了一杯茶，放在茶几上。

宋宝琦问：“年初一从丹普回来都带了些啥玩意儿？”

安安脸上现出惊色：“怎么，挂拉上咱了？！”

宋宝琦不耐烦：“到底带回了啥？”

安安说：“哪记得过来，没那么好脑子。”

宋宝琦说：“别的我不管，只丹普回来带的，还在不在？”

安安说：“应该在，年前把储藏室清理了一次，该送的送，该丢的丢，年初一才从丹普带回来的，不好处理，应该还在那儿。”

宋宝琦挥挥手，“快去看看。”又说，“全部拿出来。”

盯着安安提溜在茶几上的僧人谢礼，宋宝琦如同望着一堆不明危险物，心中极为不安，甚至恐惧。假若如官场惯用伎俩，礼品挂羊头卖狗肉，变更了内容，那么其所具危险是显而易见的。以李为所说自己对僧人有大恩，那么可与大恩相对应的报答，自不会是个小数目，其效应足以让自己翻船。如此的事体怎能不让他心惊胆战？如同儿时在老家看杀猪，杀巴子（屠夫）在举刀将猪开膛之前，总会念叨句：“有膘没有膘但看这一刀。”而对于眼盯着礼盒的他，当是有祸没有祸但看里面的货了。他苦笑着摇摇头。

“拆。”他说。

“拆？”安安用眼光问。

“拆开看看里面有没有别的。”他说。

安安明白了他的用意，一惊，问：“这些礼品够贵了，海参一盒三四千，鲍鱼一盒两三千，还能……”

宋宝琦打断她：“不知道有没有比海参、鲍鱼更贵的。”

“啥？”

“钱！”

安安眨巴眨巴眼，领会了，就动手开启礼品包装，打开后仔细检查，直至拆完也未发现有异。哦，正常礼品。

面对一片狼藉，宋宝琦先愣了一阵子，而后轻嘘一口气，心里不由嘟囔句："你个尚增人，倒是放了在下一马啊！啥个叫劫后余生？这就是了。"

卸掉压在心头上的石头，他轻松无比，站起身在厅里踱着步子，像在"复读"自己在仕途中走过的一步步。奋斗了二十多年，直到今天走到地级市副秘书长的位置，虽说算不上两袖清风，但总体上说自己是清廉的，究其原委，一是怕出事断了前程，另外所从事多为没有实权的差，没实权办不了实事，人家自没必要拿钱"砸"你。他不由想，要是当初不把丹普书记的位子让出去，接下来，结果又会怎样？会不会像今日的尚书记那般，走到末路？这个，他不敢断定，更不能嘴硬说自己不会。尚也好，其他贪腐被查或未被查的人也好，一开始未见得就无所顾忌，只是走着走着才身不由己，他记得在一本书上看到这么一段对话——一个人向一位道行深厚的大法师请教："船在什么地方最安全？"大法师回答："在远离大海的地方。"回答可谓饱含禅意，然而反过来想，远离了大海，船还是船吗？正因为船对大海有种本能的渴望，所以才一往直前驶向海的深处。此几乎成为颠扑不破的真理。又奈何？他深深叹了口气。

这一晚倒睡得安稳，中间还钻进安安的被窝操练了一把。

第二天陪李市长去经济开发区视察。开发区刚开建时他在筹委会办公室干过一段，与现任开发区主任孟先知同为办公室副主任，关系不错，后来分开亦经常联系，互相让对方帮办一些事，办完在电话里道声谢，如此而已。说来官场上也不像有人认为的那样锱铢必较，义气还是有的。不过像今天这种情况，到了他孟先知的地盘，酒是要多喝几杯的。

常常是这样，走马观花般地视察，压轴戏还是在酒场里。经过多年官场洗礼，个顶个，喝酒不在话下。不过今天李市长情绪不高，不肯喝，宋宝琦就成了众矢之的。特别当着市长的面，须摆出一副舍己救主的姿态，另外从僧人的纠葛中得以解脱，心情轻松，喝酒正当时，就一杯接一杯地喝，很快就过量了。于是就故伎重演，从兜里摸出手机，做接电话状到走廊里。头脑发热，稀里糊涂拨了李为的号码，听到对方的应声，急不可待地报告佳音：“李为李为，你放心，放心，我没事，没事。”不等对方反应过来，接着把清查礼品无异常的事和盘托出。跟句：“真得谢谢僧人啊。”

电话那头儿生硬地一笑：“哈，老兄你说倒背了，是僧人应该感谢你！”

“哦哦，他谢了，谢了。”他分辩说。

“哈，几盒劳什子土特产，那也叫谢？”

虽带着醉意，他仍明白李为的意思：依他之所做，僧人的答谢是远远不够的。不合规矩，荒诞不经。事实上他自己也清楚，李为的质疑是摆在“理”上的，符合当下价值观念。而问题在于，僧人对他的无理正是歪打正着，为他之所求，所望。这般他才没有麻烦啊。

“事情不对啊，真的不对。”李为的声音透着认真，“僧人不会这么弱智，脑子再短路也不至如此。尽管有句话叫什么大恩不言谢，那是扯。你再仔细想想，查查，别出纰漏。当然，谁都不希望有事。可常常不以人的意志为转移……”

他“啊啊”着，心里却有气：“你小子是认准我受了僧人的巨贿了？可在哪里？你检举，检举出来我认！”

“不讲了。挂了。”

回到房间接着再喝。心中有纠结，喝得更无节制，甚至有些癫狂。李市长有些于心不忍，朝众人说：“不要再灌宋宝琦了，再喝得在这落宿了。”李市长的号令下得有些迟，他已经醉态毕露，嚷着叫孟先知再拿两瓶茅台出来，一人一瓶“吹喇叭”，让李市长给挡住了。

回程，汽车驶上快速路便疾速前行，车灯的光柱刺破暗空，非现实般光怪陆离。一如既往，市长秘书小谭坐副驾驶位置，宋宝琦陪李市长坐后排。而与以往不同的是，今番打盹儿迷糊的是宋宝琦，清醒的是李市长。不久，把持不住的宋宝琦把头靠在李市长的肩膀上发出鼾声。李市长倒体恤，没做反应，小谭看不过眼，向后撂胳膊碰碰宋宝琦，呼声：“秘书长，压着市长了！”宋宝琦就惊醒过来，意识到自己的失态后连声说对不起。李市长说：“以后我不喝，也用不着你代，没这本经嘛。”宋宝琦说：“是，以后注意。”停停李市长问：“听人讲春节你去丹普拜佛烧香了？”一听市长问这码事宋宝琦打个愣怔，一下子醒了酒，一时不知作何答。

李市长说：“怎么不和我打个招呼，一块儿去跟佛亲近亲近？”他说：“封建迷信的事，谁敢向市长说呀。”李市长说：“都说那座寺院做法事很灵，拿你来说，上香不久就升官了嘛。”他赶紧说：“就算有点滴进步，也是市委、李市长的培养啊！”李市长笑了一声，说：“你个大宋行啊，喝醉了官话还一套一套的。”他说：“这不是官话，是事实。”李市长问：“你什么时候开始对佛有认识的呢？”他说：“不瞒市长说，我是一俗人，不仅对佛家缺少认识，还一直抱有成见。”李市长问：“为什么抱成见？”他说：“怕是受民间故事《白蛇传》的影响吧，法海和尚不择手段拆散白素贞和许仙一对恩爱夫妻，还把白素贞压在雷峰塔下面受苦，心里不接受，所以……”李市长说：“这是传说，历史上那个真实的法海可是个了不起的得道高僧。”他说：“原来是这样啊，那市长给讲讲真实的法海，以拨乱反正。”李市长说：“我也是一知半解，弄不好就以讹传讹。”小谭说：“市长太谦虚了，讲讲也让我们长长见识。”宋宝琦说：“市长讲讲吧。”李市长就讲起来，说：“法海是唐代人，父亲裴休是当朝宰相，以现在的说法是官二代了。法海的母亲吃斋念佛，所以法海在娘胎里就开始斋戒与佛结缘了。出生以后，父母认为，官场险恶，富贵虚渺，所以决定送子出家，法号法海。他砍柴三年，担水三年，闭关修炼三年，又在师父的引领下，三次云游，46岁来到镇江金山。此时金山上有一个寺院叫泽心寺，败落已久，法海找到一个低矮的岩洞栖身，看到寺庙破败，杂草丛生，非常心痛。一天，他在佛像前起誓，一定要将寺院重新修复。后来法海不畏艰难，挖土修庙，有一天意外挖出一大箱黄金，法海不为金钱所动，上缴镇江太守，太守上奏皇上，皇上深为感动，下旨将黄金发回，修复庙宇，几年之后，残破的庙宇终于修葺一新，再次迎来旺盛的香火。法海圆寂后，人们将他原先修炼的那个山洞取名法海洞，为他塑了一尊石像，供奉在里面。你们说，这个法海与欺压白娘子那个残暴的法海是不是有天壤之别呀？”市长一席话直讲得车内的人感慨不已。宋宝琦说：“没想到市长的知识这么渊博，有空一定向市长好好请教。”小谭说：“市长讲的这个真实法海坚守信仰，不存私欲，值得我等今人学习效仿啊。”李市长说：“金山寺在唐朝时，叫江天禅寺，后改为金山寺，应与法海和尚和黄金的故事有关，说来也是颇有意味啊。”大家连连点头称是。小谭说：“佛教博大精深，劝人积德行善，用现时的说法算正能量。”李市长说：“是正能量。”小谭说：“‘文化大革命’当‘四旧’破了，现在开始昌盛起来，许多人皈依佛门，不少官员家里都设了佛堂，整日香烟缭绕。”李市长说：“这都是老婆们干的，也无非是求告个平安。平安是福嘛。”小谭说：“是。”宋宝琦问：“市长，要是让你在东方佛家与西方的基督中举手，你怎样举？”李市长答非所问：“我举‘中特社’。”都笑。

回到家，宋宝琦重新进入醉酒状态，直挺挺倒在床上，呼呼大睡。却没有睡久，醒来时见安安坐在床边望着他。四目一对，他心里倒泛出些许温情，问：“咋不睡了？”安安不语，赶紧起身去倒了杯温茶端来。他喝下后也就添了些精神，对安安说：“把你的手机给我。”安安问：“干啥？”他说：“给孟先知发个短信。”安安问：“你不是刚从他那儿回来的吗？”他说：“刚想起一件事。”安安问：“啥事？他说我突然明白过来，李为告诉我僧人要出事，除了是关心我，让我从中脱身出来，还另有一个目的是让我把信透给僧人啊。”安安说：“他和僧人那么铁……”他打断说：“正因为铁所以要避，在这关头，当事人的铁哥们儿电话都有可能被监听，这个他清楚。”安安有些紧张起来，问：“那你呢？”他说：“应该不会，可也不敢贸然行事，所以迂回一下，把李为的短信转发给孟先知，让他透露给僧人。”安安问：“孟先知敢出头？”他说：“差不多，一是孟和僧人是老乡，也是挂拉亲戚，知道了这事会急，另外孟这人挺仗义，没城府，心直口快，一炮就打过去了。”

说着他就把“炮弹”提供给孟先知：僧人要出事！

孟没立即回应。也在情理之中。

尽管心情有所放松，但心里还是替僧人忧虑，即便与其没有利益瓜葛，也不希望他出事。

只是事说来就来了。下了班司机小邹送宋宝琦回家，宋宝琦有意无意地问：“小邹，上回从丹普回来，人家给的啥，还记不记得？”小邹想了想，说：“是海产品吧？你、我、张梅一人一份。”他“哦”了声。一般到下边去，礼品少不了司机的份儿。小邹说的张梅，是办公室的会计，不知从哪儿知道自己要去丹普进香，找到他，提出跟车一块儿去，说要去许个愿。他不好不答应，就让她同行。礼品有她一份儿，也在情理之中。小邹又想起什么，说：“对了，尚书记还送了你一个笔筒。”“笔筒？”他打个愣怔。小邹说：“对，很壮观的，包装盒上印着毛主席诗词。下车后你给了张梅。”他“啊”了一声，瞬时记起有这回事。送行时，尚一个人来到他的房间，把小邹说的那个笔筒递给他，笑着说：“听说你老兄的书法练得不错，借借主席的仙气，更上一层楼。”因都知道他练书法，送文房四宝大有人在，僧人送这个，他没当回事。一起下楼来到车前，小邹很有眼力见儿地从他手里接过笔筒，放进提前装了礼品的车后备箱里。回市里车开到自家楼下，小邹和张梅一起下车帮他从后备箱里拿东西，又要帮他送到家，他谢绝了。也就在这一刹那，他不知怎么心血来潮，把笔筒往张梅手里一递，说：“这个你带回去吧，得空练书法也不错嘛。”张梅没推辞，道声谢收下。这是个简单过程，没当回事的事，忘记了不足为奇，而一旦记起来又会很清晰。这如从天降的清晰记忆让他头脑里炸了一道雷电：莫非僧人真正的“意思”就藏在笔筒里吗？有可能，很有可能，如果是这样，尚对自己真正的“表示”就落到张梅手里了。这一刹那，张梅那张带着可人笑容的脸油然现在他眼前。他倒吸了一口气。

推开门，听安安在讲电话，见到他，朝他摆摆手继续讲，讲的什么他一概不入耳，他心里正陷入要不要把笔筒的事讲出来的纠结中。讲必然要带出张梅，而张梅跟他去丹普他没告诉安安，没别的，只觉得多一事不如少一事，女人，特别是官员女人在对自家男人的戒备上总是神经过敏，风声鹤唳，问题是现在不讲以后不得不讲可就转不过脖来了。权衡一番，觉得还是讲为好。

安安收了电话，说："今天孟先知发来短信，问我是谁，我没回。"

他说："不回对。"

过会儿又来一条。

"说什么？"

"问是啥意思。"

他哼了声："啥意思？让你通风报信，这还不明白？"

安安又重复老问题："他会给僧人报信吗？"

他说："应该会吧。"

安安问："就算僧人知道要被处理，还有挽回的余地吗？"

他说："这得看他的法道了。"

"法道？"

"就是能不能赶快找人灭'火'啊。"

趁安安不再追问，宋宝琦就把僧人送笔筒的事讲出来，说主要是家里这类东西泛滥成灾，就顺手给了张梅。至于笔筒里放没放别的，还是个未知数。

开始安安听得很迷茫，等明白了是咋回事，眼一下子瞪得溜圆，喊："赶紧把笔筒要回来呀！"

出乎宋宝琦的预料，安安并未诘问被他隐瞒了的张梅丹普行，直奔主题到笔筒上，可见她对事情的轻重是有数的，只是思维尚过于简单：送了人的东西能说要就要吗？或说这件事早已复杂化了，"内涵"远不是一个笔筒。比方如果里面有"货"，张梅会承认并交出来吗？通常情况，自己吃个哑巴亏也没大要紧，问题是不弄清真相，以后的事就无法进行有效应对。他把自己的担忧如实告诉了安安。

“这，这可咋办哩？”安安扭动着手指，这是遇纠结的习惯动作。

他自是不指望她能对这桩策略性极强的事拿出个办法来，叹口气说：“想想，好好想想。”

这晚他失眠了。辗转反侧中他想到报上登的一则笑话，问：“失眠的时候都在想什么呢？”回答：“想睡觉。”而对于此刻的他却不是这样，他想的是那个诡异笔筒对于他的安危不可测啊。

早晨起来，宋宝琦脑子里已形成一个思路，不过没和安安讲。

上午，李市长听财税口汇报，讲起来后他退出小会议室，本想直接去财务处找张梅，想想觉得不宜太郑重，就回自己办公室用座机拨过去，张梅听出是他，立刻用欢快的语调说：“领导有什么指示，请下达。”他笑一声，说：“没指示。”觉得心跳得有些急，便定了定，又说，“小张不好意思呀。”张梅说：“领导有事只管讲，一定照办。”他又笑笑说：“小张，你记得年初一从丹普回来，我送你一个笔筒吗？”张梅笑说：“记得记得，领导的恩典怎能忘怀呢？”他说：“瞎说瞎说，那么个不值钱的东西算啥个恩典。”他不等张梅接话，紧接着问道，“小张，那个笔筒你开始用了吗？”张梅说：“还没有，领导让我练书法，我真想练，可这段时间老爸的身体欠佳，老跑医院……”说到这儿张梅大概反应过来了，问，“领导是不是要……”他赶紧打断张梅的话，说：“小张，是这么回事，我老弟那天来电话，说要练书法，让我给弄套文房四宝，别的都有，就少个笔筒，所以……”张梅在那边嘻嘻笑，说：“这么大的领导还翻小肠啊，行啊，还给你就是了。”他跟着张梅笑，说：“给了东西再要回来，是不像话，不过，我保证再送你一套上佳的。”张梅说：“行是行，不过要罚。”他问：“怎么罚？”张梅说：“再去丹普还要带上我啊。”他大包大揽：“一定一定，没问题。”

稳妥起见，他借口事急让司机小邹拉着张梅回家取。

不多会儿，小邹把笔筒送到他的办公室，放到茶几上。他显出不经意的样子瞅一眼，像看个无足轻重的物品，心却加速了跳动。啊，哪里是无足轻重，是举足轻重啊！

门在小邹身后刚刚关闭，他便弹簧样从沙发椅上弹起，三步两步奔到茶几旁，哆嗦着手从塑料袋里把笔筒掏出来，入眼的是考究庄重的厚纸壳外包装，上面印着一只圆柱形青花瓷笔筒，笔筒上印着毛主席诗词《沁园春·雪》手书。他不深究，只一眼带过，便着手查验是否有被拆启过的迹象，反复端详了一阵，未发现有异常，便着手打开顶盖，把笔筒从里面拿出来，在这一过程中答案已经彰显：笔筒是空的，一无他物。开始，他怔了怔，待完全认定眼前的事实，他僵硬的身体一下子放松了，如同卸下一副千斤重担。

上苍保佑，终是逃过这一劫啊！他心里默说，眼前同时现出大年初一在丹普寺院烧香许愿的那一幕，他记得当时许了三个愿，头一个便是仕途通顺，厄难不及，现在看，当是灵验了。

他想想，给李为发了个短信：放心，我没事，绝对。

李为很快回答：没事就好。

但愿僧人也没事。

共同心愿。

然而许多事并不以人的意志为转移，丹普市委书记尚增人终是被“双规”，有内部消息来源的李为在电话里对宋宝琦讲了个大概，声音透着不安与沮丧。他一时无语，心情很沉重。到了这一步，僧人的命运落定，难以翻盘。如果在这之前有所知晓（他不能断定孟先知、李为及其他人是否已把消息透露给尚），请某个大人物救急，或许会有转机，而现在事情由暗转明，实在是晚了，再有人施以援手，就不是“救火”，而是“劫法场”了。如此“舍己救人”哪个敢试乎？他问尚被控制在哪里。李为说目前还在丹普。他问事情严重不。李为说交代中，难确定。匆匆挂了电话。

他赶紧上网，见城市论坛头条便是尚被“双规”的消息。没有更多实际内容，仅消息而已。然而对当事人而言，短短几行字已为灭顶之灾。

啊，僧人完了！

在无尽的惋惜嗟叹中，他再次为自己没身陷其中而感到庆幸。他也清楚是尚的不按常理出牌，把他从网眼儿里放出来了。世事难料，这话对极。

尽管未被尚案牵扯，但他仍密切关注，得空便上网，察看动态。随着时间的推移，案件已渐渐发酵，各种说法铺天盖地。让网民大做文章的是尚书记跳高式身败——刚起跳便摔倒（李为亦对此事耿耿于怀），何以如此速朽，网民也有自己的见解：权力过于集中。对此，了解丹普情况的他是认可的。尚当上书记同时又兼任了人大主任一职，这不足怪，问题在于恰逢市长到点下野，一时没合适的人接，尚又临时接过这一摊。智慧的网民将其调侃为“三头六臂尚”，“三头”无须再说，“六臂”是指尚大权在握后进行了一次班子调整，调整是官样说法，实为重新洗牌，尚将重要部局的一把手都换成自己的人。将这么一副官人“形状”称为“三头六臂”是恰切而传神的。只是春风得意的尚没记住有句叫“成也萧何，败也萧何”的话。

渐渐地，尚案的发酵已不仅限于网上的空口把式，而进入实际阶段，办案人员频繁地找相关人谈话，落实问题。孟先知电告他谈过了。李为也电告谈过了，还加句：你也做好准备。他不以为然：谈有可能，但没什么可顾虑的，平常心应对即可。

那天刚上班，小谭秘书便告知李市长在办公室等他。他不敢怠慢。办公室除了李市长，还有一男一女两位客人。李市长笼统介绍说这是纪检委的两位同志，找你了解些情况，好好配合。他说好的，主动上前与两位同志握手。李市长说他有事出去，就在这儿谈吧，不受干扰。他晓得市长是去快落成的铁路北站检查工作，本来他也要陪同去的。

李市长出了门，宋宝琦以主人身份从饮水机接水泡了茶，端到客人面前。

脑子趁这空当转：他们会了解些什么呢？无事不登三宝殿。难道真以为就犯在他们手里？滑天下之大稽。

年龄五十上下浓眉大眼的男客当为主谈。待他坐下，三十左右清秀的女客冲他友好地一笑，介绍说：“这是孙处，我姓丁，小丁。”他朝孙处点点头。虽在机关多年，并没见过这位孙处，包括小丁，他们的工作性质属那种昼伏夜出的类型，常人难得一见，包括他这个大管家。

孙处喝了几口茶，眼光随着放杯子的手落下，并不抬起，仍盯着杯子看，和蔼得近乎讨好说：“宋秘书长，冒昧打搅，不好意思，请务必理解。”

他说：“理解理解，你们是公务，不必客气。”

小丁拿出本子准备做记录。

孙处抬起头，看看宋宝琦，说：“如果您认为是不当问题，可以不予回答。如果口误，提出来可以不作数。”

很客气啊，他心想，可视为对领导的优惠政策吗？笑一笑，说：“哪能哪能，说了的就要负责嘛。”

孙处也笑笑，说：“宋秘书长是个敢作敢为的人哪。”

这话让他有些不爽，孙似乎认准了他有问题，就看能不能敢作敢为了。孙想干啥？

孙处说：“事情是这样，丹普市委书记尚增人严重违纪，现已被‘双规’，这秘书长自然知道，我们来是想就有关问题向您做些了解。”

他说：“孙处长只管问，凡知道的我肯定说。”

孙处点点头，问：“秘书长从什么时候起认识的尚增人？”

他想想说：“这个记不太清。”

孙处问：“那熟悉呢？”

他说：“熟悉应该是到丹普挂职之后吧，一个班子内，住同一座宿舍楼，同在市府餐厅吃饭，低头不见抬头见，常委会、书记碰头会，一起出席。”

孙处问：“秘书长认为尚增人是怎样一个人呢？”

他说："从旁边看，很正常的啊。有魄力，也实干。不过被'双规'了，就不能从表面看了。"

孙处略顿顿，说："冒昧问一句，秘书长与尚增人的关系如何？"

他说："这怎么讲呢？"

孙处说："怎么讲都行。"

他说："正常，应该说正常。"

孙处点点头，说："应该是这样的，可有些人认为你们的关系比较密切……"

他一笑："过从甚密？沆瀣一气？狼狈为奸？"

孙处说："言重言重。"

他说："外面有种说法，丹普书记这把椅子是我让给尚增人的，但稍微有些常识的人都知道，这不可能。行车讲礼让三先，官场不讲这个。"

"事实上……"

"事实上每个人的情况不同，同一个职位，有的人想得，有的人不想得，比方我，不要书记一职，是想回家督促孩子备考，怎么能认为我与尚是私相授受呢？"

孙处说："当然不是，你的情况是明摆着的，即使不留丹普，也不影响……"

他知道孙处没说出口的话是不会影响后面的升迁。

他不吱声。孙处喝了口茶，又说："正如您所言，事情因人而异。对于尚增人同志，书记一职可遇而不可求，重大无比。所以，你的后撤，事实上是成全了他，他应该很感激你……"

他一下子明白，绕了半天，却与李为所想如出一辙。不过他并不特别反感，投桃报李是人们的思维定式，是美德，否则便为不堪。

他沉默。

一直忙于记录的小丁趁这空当为每只茶杯里续了水，又对他一笑。

孙处喝口水又将眼光盯在杯子上，过会儿，说话的语气有所沉哑：“宋秘书长，公务在身恕我不恭，能否回忆一下与尚增人同志之间可有不当往来？”

他问：“什么叫不当往来？”他盯着孙处看。

孙处说：“这个秘书长应该清楚。”

“金钱？财物？”

孙处不语。

“金钱没有，财物嘛，尚增人送了我几盒海产品，还在，如果这算尚增人对我的贿赂，过会儿我回家取来上交。”

孙处摇摇头说：“如果仅仅是几盒海产品嘛……”

“别的没有，肯定没有！”他打断说，又问，“尚增人讲给我别的好处了吗？”

孙处说：“对不起，这个我们有纪律，不能讲。”

孙处站起身，向宋宝琦伸出手，说：“务必请秘书长理解。”

他不能理解，明明没有干系的事，别人就是认定你有干系，不是撞见鬼了吗？

谈了，他也如实做了回答，他觉得事情已到此为止，事实却不是这样。中间只隔了一天，孙处和小丁再次登门。

这回是在市府小会议室。

落座后孙处对再次打扰表示歉意，希望对他们的工作继续予以支持。

他轻松说：“没问题。”心里却想：他们不依不饶，一定是以为我有问题不讲。凭什么这样不相信我？

孙处说：“我们接着上回谈，你说尚增人同志请您去丹普寺院上香，前后是怎样一个过程？”

怎么问起这档子事？不搭界嘛。便说：“年前，大约小年后一两天，尚增人打来电话，说这几年寺院极红火，香客蜂拥而至，拜佛许愿据说很灵，问我想不想去，去的话他提前安排。因我爱人和小孩儿要去兰州岳母家过年，只剩我一人在家，也无聊，就答应去。初一日出前赶到，尚增人带我们一行上山，又由寺院大法师引带敬香、敲钟，中午尚增人陪着吃了一餐饭，便回来了。简单说就这么个过程，还需要详细说吗？”

孙处说：“已经很详细了，不过有一点想和秘书长拚对一下，尚增人有没有讲相关费用一事呢？”

“费用？什么费用？”

孙处看着他：“香火啊。”

“啊，这个尚增人没讲。”

“秘书长没想到会有一个费用问题？”

“当时没想到，只想是由一把手安排的，一切不成问题。”

“是这样，应该是这样。但佛事不同于其他，要虔诚，官再大，香火钱不敢不付。”

他眨眨眼，一下子明白过来，硬把他往尚增人的事上拢，症结原来在这笔香火费上啊。其实他不是没听说过关于官员进香拜佛的一些事，只是脑子一根筋，觉得“三头六臂”的尚增人能把他地面上的所有事摆平，用不着自己多操心。原来问题出在这里。

他诚恳地说：“我还真没想到这个问题，要是提前想到，我肯定会自己付。”

孙处说：“这个我们完全相信，问题是即使秘书长想付也未见得事先能准备那么个数目啊。”

他脱口问：“多少？”

孙处不想卖关子，说：“十万。”

他不吭声了。十沓红色百元大钞在眼前悬浮，像一把火在烤。他感觉额头沁汗了。

小丁友好地起座为他添了茶水，说：“喝点儿水。”

他渐渐缓过劲儿来。望着孙处问道："这十万是尚增人付的吗？"

孙处摇了摇头。

"那是谁？"他问。

"一私企老板。"

"尚增人说的？"他问。

"是。"孙处如实回答。

他终于明白，在让官这件事情上，尚确是按大恩谢了自己，以这种形而上的方式。

他问："尚还说什么了？"

"与秘书长相关的，就这些。"

他意识到自己问了不该问的问题，其实孙处已经向他透露了本不该透露的话，其善意应该心领了。同时，他也知道事情不会止于此，不管什么人付了钱，都是与他有关联的。尚增人讲出来，自是想撇清自己，找出个相关人替自己担当这一块儿，减轻一些罪责，对此他也能理解，现时的人对许多乌七八糟的事都能理解，见怪不怪也是一种修行啊。

他发现孙处又在盯着茶杯看。他忽然明白，孙极力避免与自己对视，是因他自知眼光里有一种难掩的职业件严酷，便努力避免以此冒犯自己这个市领导。他同样领情。

他试探问："纪检部门欲怎样定性这十万块钱呢？"

孙处稍稍抬下头，眨着眼说："这个领导让我们先听听秘书长的说法。"

"我？"

"对。"

他说："实事求是讲，我不认为这笔钱应该算在我名下。"

孙处不接话，只转头看了小丁，小丁低头在记。

他继续说："一、我不知道要花这么多钱；二、钱的来龙去脉我一无所知。"

孙处低着头说：“按说秘书长应当知道做这种高端法事的行情，十万也是优惠了的。”

他问：“不优惠能有多少？”

孙处说：“三十万五十万都是在谱的事。”

他说：“这行情我确实是不晓得的，而问题的根本之处是我并没见着钱。”

孙处说：“是没见着，但钱是为你花出去了，你是受益人哪。”

“受益人？精神受益人？”他似乎是自言自语。

“也可以这么讲，物质是可以转换为精神的。那就是转换成本。”

“噢，上升到哲学层面了，很深奥啊。”他不无讥讽地说。

孙处说：“哲学也谈不上，可从法律层面上看，事情还是很明显的。”

“请讲。”

孙处尽量从眼里透出和善，说：“尚增人授意老板埋单，属索贿性质；那老板肯于付钱，属于行贿性质；而落到秘书长身上，则属于贿赂对象了。”

他觉出孙绵里藏针的毒辣，一定要把他栽进去，便质问道：“那么收款的寺院该怎样认定？”

孙处说：“寺院属正常佛事活动，功德箱里面的钱是善男信女自动放进去的，不是非法所得。”

对这一点，他无话可说。

孙处歉意地笑笑，说：“秘书长别误会啊，我们只是想大面上把事情捋一捋，这样对秘书长也有益处啊。”

阴阳怪气。他想。这些人你就不知道他哪句话是真哪句话是假。他既然要把事捋一捋，就不妨一捋到底，落得个心里清爽，便眼盯着孙处问：“你们纪检是不是已有定论，这十万块钱是我的受贿款项？”

孙处沉默，良久方说：“对秘书长说句真心话，这个我不知道，最后由领导来定。”

这次谈话到此结束，双方都悻悻的，勉强握了下手。

接下来的日子宋宝琦就很不好过了，可谓度日如年。他左思右想，也无法推断事情会朝哪个方向发展。他不大相信自己会彻底翻船，那来无影去无踪的十万块钱强栽到自己身上很狗血，可他又深知官场的事向来难测，事说大便大说小便小，只看握权把子的怀哪种心思。另一个让他隐忧的因素今年是他的本命年，这道无形的阴影一直印在心里面。当初答应去丹普进香也与此有关，希望能保佑自己迈过这道坎儿。而结果适得其反，惹出这番事来。想想只怪自己借花献佛心不诚。有时他也事后诸葛瞎寻思：早知如此当初就不该把书记一职让给尚，自己留下干一届，再回大市说不定能干上副书记或副市长。呵呵，他晓得事到如今想这些已经晚三春……他不由得又想到那个关于船与海的典故，觉得人生是耶非耶真他妈的很悖论，难说难道。

他联系不上李为，李为也不联络他，不晓得是怕惹麻烦，还是本身已经有了麻烦。特殊时期，什么情况都可能发生。

他也思谋着从顶头上司李市长那里套点儿口风，又担心不慎出错，偷鸡不成蚀把米，便作罢。

一把刀始终悬在头顶，又不知啥时落下，心神不宁，烦躁不安，抑郁的各种症候亦渐次显现，感觉像到了世界末日。

这天是周六，安安的学校有活动，临出门安排他买鲜奶，说小铺里的不保险，要去大超市。近期的事情他没和安安讲，这人看似很有章程，其实心理承受力很差，知道了会比自己更焦虑。

超市离家不远，步行十分钟便到。他推着购物车在货架中间穿行，忽听有人呼了声“秘书长”，旋即一个同样推购物车的秀气女子笑盈盈站在面前，他稍稍一愣，认出是与孙处一道与自己谈了两次话的小丁。他高兴地与小丁打了招呼，除了寒暄，偶然相逢的两人似乎也没多少话可说，便客气地挥手再见。而没过多久，小丁又转回，伸手递给他一张字条，说：“秘书长要有事就联系我。”他笑着点点头，顺手把字条塞进口袋里，没多想。

回到家，放下东西，又习惯性地把零钱掏出来放进门边的一个纸盒里，这时看见混在其中的小丁给他的那张写有电话号码的字条，他的心倏地一动，意识到小丁这一举动似有某种深意。再联想到谈话过程中小丁投向他关切而友好的眼光，心想莫非她是暗示自己，想知道案子的内情她可以……对，是这样的，一定是这样的。自古有云“朝中有人好做官”，她就是“朝中”人，知道“朝中”内幕。

想好了，便不再迟疑，给小丁拨了电话。小丁平静地问：“是秘书长吗？”他说：“是我是我。”小丁说：“有事请讲吧。”他一时竟不知该从何讲起，而怎么讲又都显得唐突。小丁不吱声，等着。他轻咳一声，小心翼翼地问：“小丁，那事，有什么进展吗？”小丁说：“那事啊pass了。”“没事了？Yeah，为什么……”小丁笑笑，问：“难道秘书长不希望是这个结果？”他赶紧说：“不是，不是，只是……”小丁说：“秘书长不用说了，我知道你怎样想，这事有些超乎常规，程序走到上面，上面集体无语。”他说：“怎么会……”小丁说：“想想也在情理之中，这事佛是一方事主，哪个愿多事，惹佛不高兴啊？”“啊，啊，是这样，原来是这样！”他真的没想到这一层，可仔细一想，也确在情理之中。

当他要向小丁真诚道谢时，小丁已挂机。即便如此，他还是由衷道句：谢谢你啊，小丁！

满天阴霾一扫而空。生活重新美好。忍不住又给李为拟了条短信：我请你，还在“涛声依旧”……想想似觉不妥，便作罢。

又过了几天，他接到张梅一短信：宋哥，对你讲，上回在丹普寺院许的愿，已经灵验，非常非常感谢你呀。我想在国庆长假期间再南下去金山寺上香，你可愿同往？

他满身发起热来，不待细想，便打出三个字：没问题。发了出去……

（原载《小说月报·原创版》2014年第6期）

逃不出的幻世

孟小书

没有开始，就已结束。所发生的一切都是那么的自然，就像是花期那样的有条不紊。

1

今日再次失眠至凌晨四点，电脑中循环播放王家卫的《花样年华》已经是第三遍了，电影里的咿咿呀呀和房间中杜宾犬阿杰熟睡的鼾声，让我爱上了深夜，并享受着这种心理上的自虐。周慕云和苏丽珍彼此的错过让我恨死了王家卫。每看一遍都期待着会有不同的结局，可这并未如我所愿。失眠对于我来说像是理所应当的事情，我抠着额头上的青春痘，破了，流血，结痂，留疤，我无法控制，就像失眠一样。黑夜把我变成了一个额头满是疤痕的女孩。

凌晨五点半，天色见亮，终于渐渐睡去。

上午对我来说从未存在过。我走进厨房，随便揪起一片面包，无味地咀嚼着。这是一天中的早餐，在我的概念里，一天中的第一餐饭称之为早餐。早餐跟失眠不一样，它是可有可无的，而失眠不是，它是必备的，是注定的。

傍晚五点，夕阳半洒进房间，我讨厌这金灿灿的阳光，讨厌每天的五点半，也许是因为这个时间不好打车，也许是因为妈妈要下班回来，也许是因为这个时间让我想到生命快燃尽的部分，谁知道呢？一天当中，只有深夜才是我的最爱。

我是学动画设计的，能去个玩具工作室设计玩偶是我最大的梦想。事事就是这么的顺利，在我抱着电脑看王家卫的电影时，突然接到玩酷动画公司的面试邀请，公司在苏州。

22岁的我没有家的概念，我随着梦走，梦在哪，我在哪。毫无畏惧。临走前一天晚上，那个男人突然给我打了一个电话，他似乎在电话的那头已经兴奋跺起了脚。

“秦梦，告诉你一个好消息，爸爸我要结婚了，她28岁，漂亮极了。”

他就是这样一个自私到令人发指的人，他未来的妻子仅仅比我大6岁。真好奇是什么样的姑娘会嫁给比自己大将近30岁且微微谢顶的男人。

这一通电话我并没有感到意外，只是觉得有些恶心，像吃了苍蝇般。我故作镇定地说：“恭喜。”

“你说我是要男孩还是女孩？”

“您还是养条狗吧。”说罢便挂了电话。

妈妈窝在客厅沙发中百无聊赖地看着上百集的电视连续剧，显然她尚未得知这一消息。

我不知如何开口，只想逃离。趁着妈妈还没向我哭诉或破口大骂时，我要马上离开这里，带着我的小猴子一起“私奔”。

摊开的行李箱赤裸裸地在我眼前，我不知道还应该带走什么，什么都是必需的，什么都是无用的。

这晚，我像往常一样，温习着深夜的寂静。我反复舔着门牙上的小缺口，舌尖刺破，流血，我停不下来。

早上，我抱着小猴子，提起行李箱，出发。

2

“私奔”这词极其符合我的爱情观——给我一颗糖，便伴你走天涯。我从没想到自己会有一天带着小猴子“私奔”到苏州来。感谢那个男人昨夜的电话，感谢玩酷公司的邀请，所有的因素串在一起，使我圆梦了。

苏州夏季的天气，闷热、潮湿，额头上的汗珠融了我的妆。小猴子在我怀中依然咧着大嘴。“私奔”从下飞机的这一刻开始，往后的日子令人期待、惶恐。

我不知道“私奔”是对是错，所有已发生的事都是命中注定，爸妈的离婚，我的失眠症，周慕云和苏丽珍的擦身而过。面对命运，我们像河流中的一片花瓣，随波逐流，荡漾，最后被吞噬。

出租车带着我穿梭在苏州城里，婀娜的植被，婉约的江浙女子和吴侬软语让我身子变得僵硬。我嗅着小猴子身上的奶气，这味道让我安心。

玩酷位于工业园区，说是新加坡人投资建造的，环境优美，惬意。但同时也少了份苏州老城的韵味。相比之下我更喜欢老城。宿舍干净整洁，一个房间两个人住，我跟小猴子算是在苏州落了脚，成功地完成了“私奔”的第二步。

和我一起面试的是一个身高一米八五的男孩，这样的身高和我倒是匹配，他是苏州本地人。他盘桓在公司走廊的落地玻璃窗前，焦躁不安。看来这份工作对他来说非常重要。不知为何我的双腿会自动朝他走去。

“你苏州人？”我问他。

他点点头。

“你也来面试？”

“嗯，不然我站这儿干吗？”他甩了下挡在他眼前的头发帘。男生留长发，通常都是搞艺术的，但像他这种半长不短的，通常都是被艺术搞的。但这句话我没说出来。无论是谁搞谁，他们都有一个共同点——发型对他们来说都是至关重要的。

“你学动画设计的？”我问。

“是呀。”他紧张得直跺脚。似乎再多说一句话，就会由于过度紧张而开始呕吐。理论上来说，身高一米八五的男子是没有权利跺脚的，这会让他看起来非常欠揍。

这时，从一个办公室里传来：“白慕云！”

“来了！”说罢他便整理了下衬衫，慌张地走进去了。

白慕云？是因为名字的关系么，我对这一米八五，被艺术搞的男生有了莫名的好感。我决定要在这里等他，说不定我会是他的秦丽珍。

事事皆是命中注定，我不决绝，我不反抗，随遇而安。我和小猴子继续“私奔”。

3

白慕云蹲坐在公司大门前的台阶上，一缕缕烟丝环绕着他。下午五点半，我最讨厌的时间。

“怎么样？过了么？”我问。

“没有。你呢？”

“不知道，让我等通知。爱过不过呗。”我把手插进白色的连衣裙兜里。

“那就应该是过了。你是哪人？”他问。

“按祖籍我是山东的，按出生地我是北京的，可我在北京也就待了不到十年，就去西安上学了，你说我算哪儿人？”

他咧咧嘴，从脸上勉强挤出一个蹩脚的微笑。

“走吧，我请你吃饭。算是给你庆祝下吧。”

我没有拒绝。

饭后我们一起游走金鸡湖，这是我和一个陌生人在一起度过最长的时间了。我不能与人长时间接触，尤其是陌生人，过长时间的谈话会让我表情麻木，烦躁、胸闷。虚假的社交礼仪就像是女人的腹带和内衣。我享受一个人的时光，有时可以连续几日不语。

夜晚的湖面波光粼粼，几对恋爱中的男女缠绵于岸边树丛。

“你说你是做舞美的？那工作不好么？”

“那里的人太世故，我不喜欢，况且那工作过于机械化，什么事情都要按照别人的意愿来。我是学动画设计的，可是那时候没搞出名堂，想现在试试，没想到又是这结果。”

之后我们并没有说太多的话，很多话都是不必讲出来的。沉默变成了我们的一种默契。我们围绕着湖岸，漫步。

许久后。

“明天你准备做什么？”他望着湖面，并没有看向我。

“准备跟我的猴子在苏州‘私奔’。你要加入么？”

“你那么大个儿，不适合天天抱着个猴子，这事没人告诉你么？明天带你逛苏州吧，我现在已经把自己调为消极怠工模式了。”

我们互换了电话，就此告别。

回去的路上，漆黑的夜里，街道寂静。树上花朵仿佛突然间怒放，这花瓣在冒着微弱的荧光，为我指路回家。这花朵仅为我一人盛开。

4

我不相信男人，可以说是有些厌恶。妈妈和他离婚是对的，他诠释了男人身上所有令我厌恶的特质。妈妈喜欢干净的男人，除了这一点他再无优点。可唯有这一点，让我对干净的男人也产生了厌恶感。与我再亲近的男人也都只能视为好友，仅此而已。

第二天，我们约在金鸡湖畔的摩天轮旁，他站在熙攘的人群后面抽烟。我一眼就望见了他，衣服还是昨日那件，没更换。起码，他不是那种只注重外表

绣停针

付秀莹

吃罢晚饭，小鸾便一头趴在案子上，比比画画地，裁衣裳。

占良一面收拾碗筷，一面问："这灯暗不暗？"又抬头看看那灯泡。灯泡瓦数不大，悬挂在裁缝案子上方，投下一片黄晕的光，小鸾正好被罩在那片黄晕里，一头卷发雾蒙蒙的，飞着一根一根的金丝银线。见占良问，回头横了他一眼，赌气道："把这双眼睛熬瞎算了！"占良赶忙赔笑道："乱说！那我可心疼死了。"小鸾说："今儿个叫唤婶子又拿过来一件棉袄，指名要大襟的。如今谁还做大襟的？又费事儿。"占良说："叫唤婶子？怕不是她穿吧？"小鸾说："是她那老娘。八十岁的人了。"占良说："噢，老人家的活儿，你细致点儿。"小鸾说："乡里乡亲的，我也不好推。这活儿忒费事儿，又挣不了个仨瓜俩枣的。"占良说："推不得，那哪能推？"小鸾叹口气道："我这一天到晚的，白忙活。"占良这边已经收拾完毕，把吃饭桌子掀起来，往墙根那儿一靠，奉承她："我媳妇儿多能干哪。"小鸾翻他一眼，说："少来！给我灌迷魂汤，把我灌晕了，给你们当牛作马是不是？"

蛋子过来，举着作业本，问小鸾。小鸾头都没抬便说："去去去，问你亲爹去。"蛋子噘着嘴，就去问他亲爹。占良把作业本拿过来，爷儿两个趴在那里，嘀嘀咕咕弄了半晌，占良叹口气道："唉，真不行了，早先学的那一点儿，这些年都就着卷子吃光了。"小鸾训斥道："你这小子，怎么不在学校里问老师？老师就是咱花钱雇的，你不用他你就吃大亏。现在打电话去，去问你们老师。"蛋子刚要转身走，又被小鸾叫住了："还是赶明儿去学校问吧，省点电话费！"占良看她五马长枪的样子，便笑道："好家伙，这么厉害。看把孩子给吓傻了。"

小鸾恨道："也是一个不长进的货！"占良听这口气，也不敢替儿子争辩，就摸索出一支烟来，又摸出一只打火机，慢悠悠地点上，不一会儿，屋子里便弥漫起一片呛人的烟味。小鸾咳嗽起来，嘟嘟囔囔地抱怨着，像忽然想起来似的，问占良厂子里的事。这个月工资快开了吧？奖金有没有？那个狐狸眼，是不是真离了？问一句，占良答一句。问着问着，小鸾就问烦了，嫌占良嘴拙，赌气不理他。

占良就吸烟。屋子里静悄悄的，只有小鸾的划粉在布料上嚓嚓嚓嚓嚓嚓的声音，还有剪子咔嚓咔嚓咔嚓的绞布声。有一时安静下来，却听见小虫子们的叫声了，咯吱咯吱，咯吱咯吱，咯吱咯吱咯吱，也不知道是在院子里的墙根底下，还是藏在门口的草棵子里。叫一声儿，歇一会儿。再叫一声儿，再歇一会儿。刚听出一点儿头绪，忽然间竟连着叫了好几声儿，把人吓了一跳，待要细听时，却又不叫了。有那么一点淘气的意思，又好像是，故意跟人逗着玩儿，逗惹人的好性子。

小鸾说："贵山家二婶子刚出院回来，该过去看看。"占良说："是该。你过去还是我过去？"小鸾说："这倒不碍事，你不是忙吗，见天儿也没有个钟点儿。"小鸾说："我过去坐一下吧，拿二斤鸡蛋？少不少？"占良想了想说："再提上一箱子奶吧。都七十多岁的人了。"小鸾鼻子里哼了一声："就你懂！"小鸾说："他奶奶过去看了没有？"占良说："看了吧，她们老妯娌俩，一辈子要好。"小鸾冷笑道："说什么要好不要好的话。谁不知道她们之间那些个事儿？"占良皱眉说："老辈人的疙里疙瘩，你管那么多干啥？

真是。”小鸾说：“我管得着吗我？好像谁乐意管那些个破事儿似的。不是我说，他奶奶一辈子老好人儿，可那是在外头。窝里横！拿着皮肉倒往人家外人身上贴！”占良听她絮絮叨叨的，一时不耐烦，就要往外走。小鸾叫住他：“哎，你去哪儿？这都几点了？”占良说：“我去尿泡尿，总行吧？”

早晨起来，小鸾收拾完家务，梳洗一番，换上一件素净衣裳，就出了门。

街上很安静，偶尔看见一两个闲人。是个半阴天儿，恍恍惚惚的，像是没睡醒的样子。太阳躲在云彩后面不肯出来。云彩一大朵一大朵的，一眼看上去，好像是一匹马，再看一眼，又好像一只羊了。露水挺大，空气里湿氳氳的，一把能掐出水来。远远望去，有极轻极薄的一层雾气，一会儿拢起来，一会儿又散开去。树木啊房子啊花花草草啊，像是浸在水里面，一漾一漾的，叫人疑心不是真的。正走着，迎面影影绰绰过来一个人，小鸾仔细一看，一颗心止不住怦怦怦怦乱跳起来。

中树老远就把眼睛眯起来，像是看不清，又像是调戏的意思，直到走到跟前，才像是猛然惊醒的样子，嘴里咝咝哈哈地吸着冷气，一迭声只管哎呀呀哎呀呀的，也说不出什么来。小鸾心里恼火，也不好摆在脸上，便搭讪道：“吃了？”预备错肩走过去。不料中树却说：“怎么了这是？看这嘴噘得，能拴住一头驴。”小鸾听他口气轻薄，就不打算理他，却被他叫住了：“是他——欺负你了？”小鸾一听便火了，冷笑道：“真是咸吃萝卜淡操心。跟你有一分钱的关系？”中树见她火了，反而笑了：“看你那个厉害样儿！啊呀呀真是，越生气越好看。我不是看你不喜欢嘛。”小鸾说：“怎么不喜欢？我喜欢得很。白天黑夜，我没有一时不喜欢的。”中树见她脸儿气得红红的，搽了胭脂一般，一时看呆了。小鸾趁他不防备，扭身便走。中树在身后哎哎哎哎的，赶不是，不赶不是，也不好叫名字，也不好叫妗子，眼睁睁看她走远了。小鸾咬着嘴唇，又是气，又想笑，终归是忍住了。

一进院子，贵山媳妇儿正端了一盆水出来，见了小鸾，便笑道：“哎呀，这么早。吃了没有啊？”一面问，一面拿眼睛瞅小鸾手里的东西。小鸾赶忙说：“吃啦。上班的上班，上学的上学，都打发走了。我才腾出空儿来，过来看看二婶子。”贵山媳妇儿忙说：“在屋里靠着呢。也没有大碍，倒还让你牵挂着。”一面把水盆子就地儿放下，把小鸾往西屋里让。

西屋里倒还算宽敞。老式的房子，迎面摆着条案，墙上挂着神，前面供着一盘果木。二婶子半歪在炕上，听见说话声，挣扎着要坐起来，被小鸾慌忙劝住了。贵山媳妇儿拿了一个枕头，塞在她背后，叫她半靠着。小鸾问了问病情，又问了问饭量，问吃的是什么药，是在县医院看的，还是在中医院。贵山媳妇儿都代她婆婆一一答了。又说了一些个劝慰养病的话儿，二婶子只是点头。小鸾看她半歪在枕头上，焦黄的一张脸儿，瘦得厉害。眼窝子深陷着，眼睛里一闪一闪的，仿佛有泪光。小鸾也不敢深问，又同贵山媳妇儿说了一会子闲话儿。正起身要走，院子里有人说话，贵山媳妇儿赶忙答应着出门去看。贵山奶奶抖抖索索的，把一只手掀开被窝叫她看，小鸾迟迟疑疑地凑过去，一股尿臊气扑面冲过来，细看时，只见那整个褥子，千补丁万补丁的，都湿淋淋的透了。小鸾捏着鼻子，不由得“哎呀”一声，刚要说话，二婶子赶忙冲她使眼色，一面拿手指了指外头，摇摇头，闭上眼，两颗泪珠子慢慢滚下来，滚到半道，却被一道深褶子拦住了。小鸾替她把被子掖一掖，正不知怎么办才好，见贵山媳妇儿已经进屋来了。小鸾赶忙起身告辞，把带来的鸡蛋牛奶一一放在条案上。贵山媳妇儿一迭声地嚷着，推着，追出来，打架似的，硬要她拿回去一个点心匣子，说是给蛋子吃。小鸾推不过，就只好拿了。

天还是半阴着，却好像是亮了那么一点点。抬头望去，还是看不见太阳的影子。天上的云彩一会儿一个样子，一会儿一个样子，叫人捉摸不定。杨花早已经飞尽了，只偶尔有那么一两朵，零零落落的，有心无意地飞下来，也就罢了。要不了几天，一阵子东风，或者是，一阵子雨水，新叶子就该发出来了。芳村这地方，大平原上，四季分明得很。该热的时候热，该冷的时候冷，一点儿都不马虎。因此，这地方的人们，穿衣裳也从来没有为难过。都说二八月，乱穿衣，这样的时候，也是有的。只不过是那么三天两早晨的事儿。比方说眼下，小鸾穿了一件薄薄的小布衫，走了这么一会子，竟然感觉到有点热了。小鸾把领口的扣子解开了一个，心里头仍是燥燥的，手心里湿淫淫的，全是汗，那点心匣子的绳子滑溜溜的，有点勒得慌。小鸾低头看着那亮闪闪的盒子，上面写着“石家庄”的字样，心里暗想，这八成是贵枝寄回来的。也不知道，贵枝知不知道自己的娘在家里受的这份罪。石家庄这么近，又没有隔着山隔着水，怎么就不能抽出空儿，回家来看一眼？人哪，都一样。是往下亲，不往上亲。

正胡思乱想着，老远见小令骑车子过来，到了跟前，也不下车子，把腿一叉，说：“你这是去哪儿啦？大清早的。”小鸾说：“贵山家二婶子身上不舒坦，我过去看了看。”小令说：“噢，倒没有听说。几时的事？”小鸾说：“我也是才听说。那天丑货说了句，借的是他家的车。”小令“噢”了一声：“照说我也该过去看看，贵山家跟我婆婆这边，认的是干亲，早些年走动得勤，这两年倒不大走动了。如今我这光景也过得巴结，人穷气短哪，都变成不出礼儿的人了。”小鸾见她叹气，便劝道：“过去看一眼，也是那么个礼儿，什么东西不东西的。”小令说：“那倒也是。不过，哪有白过去一趟的？挺大个人了，空着两只手，看着也不像。”小鸾又劝了几句，小令只是摇头，又叹口气，上车子就走了。

院子里树多。平日里倒不觉得，今儿也不知道怎么了，东一片西一片，满眼里都是落下来的杨花柳絮。小鸾对着那些花絮们发了会子呆，抓过把笤帚，就哗哗哗哗哗哗地扫起来。一只大白鹅走过来，摇摇摆摆的，嘎嘎嘎嘎嘎嘎嘎，聒噪个不停，小鸾拿笤帚轰它，它竟然叫得越发欢了，惹得另外一只也凑过来，伸着脖子，同这一只一唱一和地呼应着。小鸾骂道：“叫叫叫，叫你娘的脑袋！”正骂着，瞥见自行车筐里横着一个包袱，心下疑惑，打开一看，是一块布料。正琢磨是谁送来的活儿，手机却响了。

素台在电话那边问：“大清早的，跑哪儿去了？”小鸾就把贵山家二婶子的事儿说了。素台说：“怨不得，我过去了一趟没有人，才打家里电话也没有人接。我爹的衣裳，还得麻烦你。”小鸾埋怨道：“这话说得，就远了。嫂子还跟我这么见外。”素台压低嗓子说：“是送老衣裳。我特意买的料子。你给裁剪好了，叫我姐做。”小鸾赶忙说：“这是哪里话？嫂子你要是信得过我的手艺，我裁好做好了给你送家里去。”素台笑道：“哎呀这怎么好意思，你的手艺我还不知道？说实话，这绸缎料子又光又滑，泥鳅似的，一般人还真是不好下手。”小鸾笑道：“嫂子你放一百个心。”素台又客气几句，才挂了电话。

晌午饭就小鸾一个人。小鸾把头一天的剩饭热了热，没滋没味地凑合吃了一口。歪在床上，胡乱翻着那本裁剪大全。沉甸甸的一大本，都被翻得卷了边儿。上面各式各样的衣裳样子，被同一个女人穿着，竟穿出各种各样的滋味来。小鸾自小就是个手巧的，手巧心也巧，全凭着自己琢磨，竟练得一手的好针线。能裁会绞，在裁剪缝纫上，是有慧心的，一点就透。在娘家做闺女的时候，小鸾就是个出了名的巧人儿。等到嫁过来，历练得越多，越是出色了。这么些年，村子里的人，有几个没有穿过小鸾的针线的？自然也不算白干活儿，人情肯定是有的。谁也不傻，谁的心里没有一本账？早些年，各人有各人的法子。几个鸡蛋，一碗饺子，即便是自家地里种的瓜瓜茄茄的，笑着送过来半筐，也是一份热乎乎的意思。可这几年，却渐渐地变了。也不知从什么时候起，人们都开始给手工费了。真金白银的，叫人难为情。小鸾推了几回，知道推不过，也就笑嘻嘻地收下。人们都说，如今哪有叫人白攒忙的？谁的工夫不是工夫？如今哪，什么都有个价儿。有了价儿就好说话了。比方说，薅草，一亩地多少钱。浇地，一亩地多少钱，这里面也有分别，玉米地多少钱，麦子地多少钱，棉花地豆子地多少钱，庄稼地不一样，有苦也有闲么。再比方说，起一圈粪多少钱，拉一车煤多少钱。大概的价钱都是一定的，少给或者不给，那是另外的一回事。少不得承人家的一个情分么。小鸾也叫占良做一个价目表，贴在裁缝案子旁边的墙上。起初占良不肯，觉得脸面上不好看。一个村子住着，不是沾亲就是带故的，怎么好意思？后来终于拗不过小鸾，还是照做了。

不知什么时候，外面竟有些晃开了。有一绺微微淡淡的太阳光，正好落在那一张价目表上。大红的底子，黑色的字。占良的那几笔字，实在是寒碜得很。歪歪扭扭，屎壳郎爬似的。小鸾是看一回笑一回。占良呢，也不恼，嘿嘿嘿嘿笑着，对小鸾的那一张刀子嘴，倒像是十分受用的样子。小鸾叹口气。怎么说呢，占良这个人，也就这一点儿好儿。厚道。要说笨呢，也不是笨。要说傻吧，却也说不上。总之是，占良这个人，好就好在这里。结婚这么多年了，两个人竟从来没有红过脸。自然了，有很多时候，小鸾气不顺了，也会拿自家的男人煞煞性子。小鸾除了会裁缝针线，最拿手的一样，便是找碴。逢这个时候，占良总是好脾气地笑着，赔着软话儿，却不肯戗着她的碴口来。实在没法儿，就只有不吭声了。小鸾闹过一场，自己反倒先没了意思，好像是，一拳打过去，遇上的偏偏是一团软棉花。心里是又无趣，又恼火。也就只有罢了。有时候，小鸾平心静气地想一想，觉得实在是委屈了占良。自己呢，也真是犯贱。要是遇见一个性子刚硬的，硬碰硬地来一回，火星四溅的，或许竟服气了，也未可知。

想着想着，不知怎么就想到了中树。那一回，中树媳妇儿送来一块布料，又打发中树来家里量尺寸。小鸾就拿了一把软尺，仔细地给他量。一面量，一面把尺寸记在纸上。中树规规矩矩地伸着胳膊，任她在身上摸索来摸索去。两个人东一句西一句地说着话儿，也不知怎么，忽然就都不说了。小鸾抬头一看，中树的眼睛直勾勾的，仿佛是丢了魂儿一般。顺着他的目光低头一看，才发现自己衣领子里面的光景，尽被他偷看去了。心里一急，两颊上就飞红了一片，刚要开口骂他，那张着的两只胳膊一下子却把她搂住了。小鸾又气又急，想抬手打他，却动弹不得。中树的一只手早把她的衣领子撕开，一俯身含住了她。小鸾“哎呀”一声，竟是一句话也说不出来了。

这都是什么时候的事了？也不知怎么，这会子小鸾倒又想起来了。这个挨千刀的，缺德货。论起来，还要叫她一声“妗子”，不想竟是这么的放肆。真是把人气疯了。想起中树那天的样子，满嘴的肝儿啊肉啊地叫着，温存得不行，像是要把人弄化了。一下一下地，每一下都好得说不出来。小鸾尖叫着，简直就要死过去了。门外的大白鹅，一声一声地，同她应和着，越发叫人起性儿。小鸾一面叫唤着，一面担心着外面的大门。真是疯了，大门竟都没有关！两个人做贼似的，是又怕又好，又好又怕。越怕呢，越好，越好呢，却越怕。大白鹅的叫声附和着小鸾的叫声，一声高，一声低，一声大，一声小。一时间竟是难舍难分。

小鸾抬手摸一摸脸颊，滚烫滚烫的，像是着了火，身上却是软软懒懒的，知道自己是不行了。心里暗骂自己不要脸。又骂中树那个小流氓，牲口下的。那流氓后来再见了，也不管在哪里，涎着一张脸，一口一个“妗子”，问她怎样，好不好。小鸾气得咬牙，想骂他两句，却又怕旁人看出什么，只有悄悄忍着羞臊，拿出正经妗子的样子，同他说话儿。那中树趁周围没人，便凑在她耳边轻轻说一句，小鸾的心怦怦怦乱跳，像是随时就要跳出来了，一张脸红得，血滴子似的。

后来，中树几次撩拨，小鸾便不肯再让他近身。

其实，这中树原是村子里的二流子，出了名的游手好闲，专会偷鸡摸狗。庄稼活儿上，竟是一样儿都拿不起来。家里穷得，有了上顿没下顿，叮当乱响，却最是个甜嘴蜜舌的风流种子。村里的大闺女小媳妇，都老远地躲着他走。乡亲辈儿，瞎胡论儿。中树这一声“妗子”，也不知道是从哪里说起的。要认真论起来，中树他娘，算是刘家院里的干闺女。家里光景凄惶，又加上中树名声在外，他娘死得早，这爷儿两个，两条光棍儿，天天冷锅冷灶，睡了这么多年的冷炕。都道是这一家这一辈子一眼望见了头儿，就这么混过去了，谁知道世事难料。这些年，中树东游西逛的，走南闯北，倒眼见得发达起来了。听说做的都是大买卖，又是倒汽车，又是贩猪崽，还在城里承包了几家加油站，富得流油。盖了楼，买了车，把他爹供养得又白又胖，天天搬个小凳子，坐在大门口吹牛皮。这中树又不知从哪里勾引来一个黄花闺女，仙女似的一个人儿，三媒六证，风风光光娶到家里来。家里有了女人，日子越发红得火炭似的。芳村的人们都惊得直喊亲娘，自此再也不敢小看了中树。

小鸾心里乱纷纷的，忽然翻身起来，从床垫子底下摸出一把钥匙，把衣柜里那只小抽屉打开。是一只金戒指。小鸾把它托在手掌心里，左看右看，又把它戴在左手的无名指上，伸直了手，仔细端详。想不到那中树竟这么有心。结婚这么多年了，占良可什么东西都没给她买过。有时候，看着素台她们手上的金戒指，脖子上、耳朵上的金银玩意儿，再看看自己光秃秃的一个人儿，小鸾也不免心里委屈，但也只是那么一会子，便又过去了。那些金银玩意儿，不过是有钱人烧得慌，臭显摆。是当得了吃呢，还是当得了喝？早先呢，小鸾也是一个心思花哨的人儿，做闺女的时候，也做过一些雪月风花的乱梦。可是后来，后来嫁给了占良，小鸾的那一些枝枝杈杈的小心思，便渐渐地被磨平了。梦呢，也偶尔有过，只是知道了不能当真，也就当作梦一场了。可谁会料得到呢，如今，这只黄澄澄的金戒指，竟又把她的那些个梦唤醒了。

听见脚步声，小鸾慌忙把自己的梦收好了，锁起来。刚关上柜门，却见婆婆撩帘子进来。婆婆也不等让座，自己找地方坐下，跟小鸾没话找话。小鸾知道她这是有事儿，故意地不问，看她怎么说。婆婆东拉西扯地说了会子闲话儿，忽然说："贵山家，你二婶子，听说病得不轻。"小鸾心想，果然是来说这个的，嘴里说："是啊，我也听说了。今儿个前晌，我过去看了看。"婆婆"噢"了一声，问她拿了点什么。小鸾说："二斤鸡蛋，还有一箱牛奶。"婆婆又"噢"了一声，便不再说了。小鸾知道婆婆和那二婶子素来不和睦，便说起了二婶子的病。小鸾说："二婶子瘦得不轻，眼窝子都塌下去了。二婶子的饭量不行，吃得忒少，人不能吃了怎么行？看这样子啊，二婶子这一关怕是难闯。"婆婆只管听着，一会儿点头，一会儿摇头，却不说话。小鸾说："二婶子还跟我掉了泪，二婶子这么刚强的一个人——"婆婆一惊，问："怎么，她哭了？"小鸾说："是啊，看样子有话要说。"婆婆说："当着贵山媳妇儿？"小鸾说："没有，贵山媳妇儿出去了当时。"小鸾有心想跟她说说二婶子那尿湿的破褥子，想了想，又不说了。婆婆叹了口气，说："贵山那媳妇儿，是个厉害的。"见小鸾不搭腔，便赶忙改口说，"嘴一分，手一分。过日子的好手。”小鸾见她说话颠三倒四，也不点破她，由着她说。一面把素台那块布料拿出来，在案子上比画着。婆婆见那布料亮闪闪的，便问：“是谁家的？”小鸾说：“是素台她爹的，送老衣裳。”婆婆凑过来看，一双粗手，在那绸缎料子上摩挲来摩挲去，刺刺拉拉的，不留神便勾出一些个丝丝缕缕的来。小鸾赶忙说：“哎呀看你那手，这料子娇气。”婆婆讪讪地笑着，缩回手，看着小鸾把那料子比比画画，看了半晌，忽然说：“贵山家，你二婶子，一辈子要强，霸王似的一个人，又爱好儿，家里外头，草点子不沾。你二叔活着那会儿，把她疼得呀，什么似的。如今老了老了，唉——”小鸾听这口气，莫不是婆婆也知道了什么？便试探道：“我今儿个在二婶子那边，见屋里条案上堆着鸡蛋，二婶子这一病，去看望的人想是不少。”婆婆叹口气说：“这个时候还有什么用？东西都吃不下一口了。”婆婆说：“人缘儿也不是你二婶子的——她那个性子。贵山两口子，这些年道儿走得忒宽，人家又有，显得又懂人情，又会出礼儿。”小鸾说：“可不是，贵山媳妇儿是个人精儿。”婆婆说：“谁家没有老人？谁没有老了的那一天？”小鸾听婆婆这话，猜想她八成是去看过二婶子了，想接过话头儿说两句，又一时不知道该怎么接，就只顾低下头，把那料子弄来弄去。婆婆看她顾着忙碌，也觉得没意思，便起身要走，又啰里啰唆地，问起了蛋子。说那天在街上遇见了，蛋子又跟她要钱，不给吧，孩子不高兴，给吧，又怕他瞎花。小鸾听她这么说，知道是给了，故意说：“这小子！甭管他。都给惯坏了。”婆婆说：“我能不给？半大小子了，立在我面前，个头比我还要猛，朝我伸了手，我硬是不给？我这当奶奶的，怎么下得去？”小鸾笑道：“好啊，你心疼你孙子，就只管给。往后他长大了，再让他孝顺你。”婆婆听她说话不是味儿，便扭身要走，一面唠唠叨叨的，说：“等他孝顺我？嘴上的毛还没有褪干净呢。”小鸾埋头干活，不理她。

婆婆和贵山家二婶子的事，小鸾也隐隐约约听说了一些。也不知道，婆婆这回怎么变了口气了。说起来，小鸾这儿媳妇当得，算是不错了。对婆婆，也还过得去。自然了，婆婆又不是亲娘，隔了一层肚皮，就是不一样。要说多么的亲厚，也说不上，可是小鸾是个要脸儿的人，大面儿还是顾的。占良又没有个亲兄热弟的，只有一个姐姐，嫁到了城关里。婆婆身上穿的戴的，都是小鸾一针一线做的。逢年过节，也照例是从头到脚，新鞋新袜的，都是小鸾操心。一年的养老供奉，也是一个子儿都不少。这些个，都是请了村里管事儿的，写了字画了押的。只为了这个，占良就不能不疼她。

院子里有人说话，小鸾只当是婆婆还没有走，却听见是中树媳妇儿的声音，出来一看，不是她是谁？

自从和中树有了那一回，再见了中树媳妇儿，小鸾就十分不自在。笑也不是，不笑呢，也不是，很尴尬了。中树媳妇儿见她出来，笑道："才和大娘说话呢，问妗子在不在家。"小鸾也笑道："你怎么这么稀罕？平时请都请不到。"中树媳妇儿说："妗子这是哪里话？知道妗子是个忙人儿，我轻易不敢过来麻烦。今儿个有件事求妗子。"小鸾说："你看你，倒真的客气起来了。"中树媳妇儿笑道："我家那外甥媳妇儿，一两个月就要生了，都说是，姨的裤，姑的袄，我怎么也得给他做一条裤子，费事儿不费事儿？"小鸾赶忙说："那费什么事儿？"中树媳妇儿说："我怎么不知道，小娃娃的衣裳最是费事儿，又小，又不好收拾。还有，我妹子还想给这孩子做双鞋，就是老虎头的那一种，我少不得还得再麻烦妗子。"小鸾笑道："都不是费事儿的。你放心。"中树媳妇儿扭头对着小鸾婆婆说："大娘你看看，你老有多少福分！我妗子这人，真是好得没法儿说。又巧，又好说话儿。"小鸾婆婆只是笑。中树媳妇儿又说："那什么，料子啊什么的你就替我垫上吧，我又不懂这个，也不会买。最后咱们再一起算。"小鸾埋怨道："看你，净说生分话儿。咱们之间，还算的哪一门子账？"中树媳妇儿笑道："该算还得算。亲兄弟，明算账么。"

这一片，都是平房。院子种了很多树。有钻天杨，有老槐树，枣树也有，这几年倒是肯结果子。屋子旁边，是一棵石榴树。身子已经长歪了，但还粗壮。要不了几天，石榴花该开了。红红火火的，叫人看着心里喜欢。这石榴树本来是两棵，并肩儿栽的，一棵甜石榴，一棵酸石榴。每年八月十五左右，石榴下来了，小鸾都要给左邻右舍的送几个。自己呢，挑了个儿大生得俊的，上供用。婆婆家里也挂着神。小鸾每年都给婆婆留着上供用的好石榴。听占良说，这院子里的石榴树，还是从婆婆院子里移过来的。公公死得早，婆婆守寡已经这么多年了。也不知怎么回事，这个院里的男人们，都不长寿。认真算来，大大小小的，留下来的竟是一群寡妇。听算命的瞎子说，小刘家院里，阴气重。阴气重呢，阳气就压不住。问怎么个破法儿，说是祖坟的事儿。大家就商量着，要动祖坟。动祖坟是大事，族里人牵藤爬蔓的，光召到一起就不容易。这些年，上外头打工的越来越多，东一个西一个，很有一家一家的，有的一年回来一回，有的呢，好几年都不回来了。也是如今人心都散了，商量来商量去，鸡声鹅斗的，竟没有定论，最后也就不了了之了。小鸾就叫婆婆请了神，保着占良蛋子他们爷儿俩，平平安安。平日里香火不断，逢年过节的，更是好酒好菜地供奉着。

小鸾一面照着素台给的尺寸裁衣裳，一面心里盘算着中树媳妇儿的事儿。这么几年了，中树媳妇儿都没有来麻烦过她，怎么今儿个倒来了？这媳妇也是个要样儿的，人又长得标致，又不缺钱，衣裳自然都是去城里买有牌子的。看她今儿个那一身儿，杏子红的衫子，偏偏配了一条秋香色的裙子，光着白花花的两条腿，也不怕冻着！那高跟鞋细细的跟儿，把院子踩得一个坑一个坑的，像是羊蹄子印子。好歹也是三十多的人了，打扮得妖精似的，真是不要脸。做裤子倒也罢了，还要做什么老虎头鞋，也好意思开这个口。有钱怎么了？有钱就能把人家支使得陀螺似的，团团转？看她那个轻狂样儿，谁知道是哪里来的外路货！自家男人在外头偷嘴吃，还有脸到处走！小鸾心里胡思乱想，说不清是苦是涩还是酸，当真是百种滋味，一个都不好尝。心头一乱，手下就没准了。偏偏那料子又光又滑，剪子一下子竟然下偏了。小鸾吓得出了一头的热汗，赶忙左右比画着，知道偏差不大，才略略放了心。中树这个该死的，原本是个风流种子，如今发达了，不知怎么，竟然安分下来了。成天开着车来来去去，轻易不见个人影儿。今儿个倒是稀罕事，不想那么巧，就碰上了。小鸾想起中树那轻薄的样子，脸上滚烫，恨得直咬牙。狗日的。占了人家便宜还不算，竟然那贱老婆也找上门来给我派活儿了！谁稀罕你那几个臭钱！

做晚饭的时候，蛋子放学回来了。一进门就喊饥，嚷嚷着要吃的。小鸾数落道，背着饥布袋哪你！蛋子朝他妈吐吐舌头，做了个鬼脸儿，一溜烟地跑进屋里去了。小鸾把小米淘好放进锅里，又抓了一把豇豆，一把赤小豆，想了想，又抓了一把花芸豆。馏了馒头，盘算着弄个素炒小菠菜，再炒个葱花鸡蛋，蛋子正是长身体的时候，不敢太马虎了。正盘算着，见蛋子咋咋呼呼地跑过来，拿了一块点心，举着给她看。小鸾一看，知道是贵山婶子给的那点心匣子，气得不行，骂道："馋嘴的东西，谁让你手欠，把那点心匣子拆开了？那点心匣子是要给你姥姥送去的，怎么你那爪子就那么快？"越骂越气，劈手就把那点心夺过来，却愣住了。那点心已经被咬了个缺口，月牙一样，上面已经星星点点长了红毛绿毛，小鸾呆住了，赶忙叫蛋子吐出来，蛋子哪里肯，被小鸾一巴掌打在脸上，哇的一声哭开了。

占良回来的时候，见娘儿俩正闹得不可开交，忙问怎么了。小鸾只是哭，也不说话。问蛋子，蛋子更是委屈得什么似的，哭得一噎一噎的，小脸儿上一道子一道子的，也不知道是泪水，还是汗水。占良笑道："娘儿俩打架啦？我来判一判——是大的没理还是小的没理——"不想小鸾起身"通通通"走到案子前，一把把那案子掀翻了，上面的针头线脑儿、剪子尺子，连同衣裳料子稀里哗啦地散了一地。小鸾一面哭，一面发狠道："我今儿个把我这双贱爪子剁了！这辈子再也不伺候人！"占良看她气得脸儿黄黄的，也不敢拦着，更不敢劝。又见她"通通通"又走到厨房里，把那一锅粥一股脑地推翻了，顿时地上像是开了颜料铺子，红红黄黄一大片。只听小鸾哭道："刘占良，这日子没法过了！我要跟你离！"占良见她这样子，气得直哆嗦，也赌气道："撒什么泼？离就离！"小鸾哭道："谁不离谁是大闺女养的！"

夜深了。芳村的夜，又安静，又幽深。月亮在天上游走着，穿过一朵云彩，又穿过一朵云彩，再穿过一朵云彩。地上的庄稼啊房屋啊草木啊，也跟着一阵子明，一阵子暗，有一阵子，竟然像是被洗过一样，清亮亮的，格外分明。玻璃窗子上影影绰绰的，落满了树影子。也不知道是什么花开了，香气浓得有点呛鼻，叫人忍不住想打喷嚏。

蛋子早哭累了，歪在沙发上睡着了。占良正在厨房里收拾那一地的残局。小鸾呢，趴在缝纫机上，卖力地蹬着机子。咯噔咯噔，咯噔咯噔，咯噔咯噔咯噔咯噔。这声音听上去有点单调，但在这静悄悄的夜里，却传得很远很远。

（原载《长江文艺》2014年第7期）

礼拜二午睡时刻

戈　舟

一场暴雨后，屋檐上像长蘑菇一般长出了硕大的蜂巢。家中的老人试图将之捅掉，结果不出所料地没有得逞。也许只能听凭黄蜂肆虐，在长日无尽的盛夏里将屋顶啃光了。在这种令人无力的想象中，母亲终于答应带着男孩去省城。

出门坐了两个多小时的车，母子俩先到了县里。在县里的客车站，母亲让儿子等在原地，自己去买开往省城的车票。烈日炎炎，天上一片云也没有。男孩局促地站在停车场明晃晃的空地上，感到两个脚底板在融化。目送母亲离开的背影，男孩发现，这么热的天，母亲却穿着一条很厚的深色裤子。没准是父亲的？男孩惊讶地猜测，不明白自己为何此刻才发现了这一点。也许出门时他太兴奋了，根本无视母亲的穿戴；也许身边经过的那些女人，她们光着的大腿，让男孩比照出了母亲的古怪。

烈日下的一切都是亮的。母亲穿着厚裤子的背影却是暗的。母亲像一条鱼湮没在一片光明中。后来她又破水而出，在浮动的热气中袅袅现身。太亮的地方，人的轮廓反而是虚的。男孩觉得母亲走来的身影总是遥不可及。她似乎永远都走不到他眼前了，虚虚地蠕动在光影里，突然弯下腰不动了。随后她蹲了下去。男孩知道，母亲又呕吐了。

男孩走过去，无助地站在母亲身旁。母亲吐出来的不过是一小摊水，微不足道，里面有几片芹菜叶。那摊水在炽热的阳光下迅速消失，似乎还嗞嗞作响。出门前他们用一只大可乐瓶灌满了浆水，在来县里的长途汽车上，母亲不停地大口喝着。浆水是母亲自己用芹菜沤的，灌进可乐瓶后，她还加了白糖。现在这只可乐瓶拎在男孩手里，里面的浆水泛着气泡，余下小半瓶。男孩笃定地认为，自己手里的浆水，对于正在呕吐的母亲不啻为一剂药。这些日子以来，母亲频繁呕吐，呕吐后，便大口大口地灌浆水。

男孩将可乐瓶递给母亲。母亲伸出手，却一把抓住了儿子的手腕。她因此借了些力，艰难地站起来。但男孩觉得母亲就像一个落水的人，不过是抓住了一根稻草，然后自以为得救了。母亲向儿子勉强地笑一笑。她的笑凝固在脸上，失去了勉强着收回去的力气。母亲牵着男孩的手，手心冰冷。酷热的世界在母子俩握着的掌心里形成了一块汗津津的水涡。

"你不喝点儿浆水吗？"男孩提醒母亲。

母亲恍然大悟地接过可乐瓶，就着瓶口灌下一口浆水。那个笑一直板结在母亲脸上，这让她看起来都不大像她了。她把可乐瓶还给儿子，像是偷喝了别人家的浆水一样神色忸怩。

母亲牵着儿子，儿子拎着可乐瓶，母子俩在停车场里寻找开往省城的客车。县城的客车站男孩来过，每次都是下了车就出站离开，从未有过逗留。因此他从未发觉这里宛如一座迷宫。一排排汽车在烈日下反射着刺眼的光。世界仿佛被钢化了，而且还电镀了一遍，却又被暑气蒸腾得动荡不安，人的每一口喘息都能令空气随之微微摇颤。男孩原本以为母亲会轻车熟路，牵着自己，轻易地找到那辆开往省城的客车。但是母亲比儿子更加迷惘，东张西望，犹疑不定。男孩不禁怀疑，母亲从前一次次离家去往省城，是否都是真实的经历呢？

踆巡了一圈后，母亲沮丧地停下，鼓起勇气向人打问。对方是一个油光锃亮的男人，额头上的汗光可鉴人。

母亲从裤兜里掏摸出车票，向这个男人问道：“去省城坐哪辆车？”她的口气不像是一个问路的人，这让她显得有些唐突和没礼貌。好在那个笑依然歪打正着地僵在她脸上。

男人看看母亲，看看票，看看男孩，看看男孩手里的可乐瓶，一摆头说：“跟我走。”

母子俩跟在男人身后找到了目标。司机在车下检票，一行三人令司机侧目。这不怪司机，连男孩也觉得将他们三个人视为一家，是件令人难以置信的事。客车里凉爽至极，爬上去后宛如换了人间，男孩身上的毛孔立刻都张开了。每排坐椅可以坐进三个人，男孩和母亲落座后，那个男人，母子俩的引路者，理所当然地和他们并排坐在了一起。

母亲靠在窗边，男人隔着男孩向母亲搭讪：“妹子，你们是哪里人？”

母亲侧脸望着窗外，置若罔闻。

“我们是陈庄人。”男孩嗫嚅着替母亲回答。

“陈庄啊，那是出美女的地方！”男人满意地笑起来，好像果然不出他的所料，“去省城玩吗？”

母亲依然不置一词。男孩尴尬地看男人一眼，只好垂下头去。本来这次出行，在他而言的确是一次玩耍，但这一刻，他对自己的目的没有了把握。

得不到回答，男人并不甘心，再次追问道：“究竟去做什么嘛！”

男孩有些紧张，认为还是应该给出一个答案，只好向母亲求证。

“妈，我们去省城做什么？”男孩碰了碰母亲的胳膊。

母亲转过头，木讷地看着儿子。那个面具一般的笑顽固地罩在她脸上。母亲不知所以的样子让男孩觉得丢人。

“我们去省城做什么？”男孩轻声嘀咕，头垂下去不再看母亲。

母亲居然迟钝地重复了一遍儿子的问题：“我们去省城做什么？”

“干吗问我？”男孩恼了，向母亲低声埋怨，“你自己不知道吗？”

“哦，你不是要去玩吗？”母亲喃喃地说。

男孩觉得乱套了，这并不是事实。不是因为他要玩，母子俩便有了这趟行程，而是母亲要去省城，男孩才提出了要跟着去玩。玩，并不是此行的目的，起码不全是，它只是一个顺带着的要求。以前母亲去省城，目的都很明确——她是去给城里人做保姆。一个月前母亲回来了，表示再也不会离家打工。爷爷对母亲的选择颇感欣慰。爷爷老了，捅不掉屋檐的蜂窝也养不动孙子了。所以今天早晨男孩央求着要和母亲一同上路，得到了爷爷的支持。被黄蜂蜇伤的老人可能觉得，即便母亲会一去不返，只要男孩也随着去了，他就不会再有养不动孙子的烦恼。母亲此行，到底要做什么？这个问题倏忽变得尖锐，变得令男孩坐卧不宁。但男孩可以确定，母亲不会是去玩。他认为那不可能。母亲吐了半个月，随时令人猝不及防地弓下腰吐天哇地。她这副样子，是不会有玩兴的。

男孩怀抱着那只可乐瓶，开始在心里杜撰一个答案。这个答案渐渐成形，后来他几乎要忍不住大声对身边的男人宣布："我们去省城找消灭黄蜂的办法！"

车子启动后很快驶上了高速公路。世界在摇曳，笔直的路面泛着白灼的光。

男孩从没见过高速公路——尽管他的父亲长年在南方打工，据说就是在修着这样的路。这样的路太平坦、单调了，如今亲身体验，男孩觉得车子像是悬浮在虚空的水面上那样不真实。连带着，男孩觉得父亲在远方所从事的劳务都像是一个谎言了。

母亲一直望向窗外。身边的男人好像睡着了。男孩夹在中间，感到无所适从。他焦灼地等待着某个时刻。那个时刻果然如期而至——母亲毫无先兆地剧烈发作起来，双手徒劳地推着车窗玻璃，像一只装在罐头瓶中盲目振翅的、狂乱的蛾子。然而车窗是密闭的，母亲无法打开。于是，她只能将自己的胃液喷射在自己的怀里。邻座的人厌恶地掩鼻，身边的男人也被惊醒。男孩只有把头埋得更深，默默地将怀里的可乐瓶塞给母亲。

母亲大口地灌着那救命的浆水。她在家里呕吐时躲躲闪闪，只在儿子面前吐得肆无忌惮。可男孩并没有觉得这是一件天大的事。此刻，他们滑行在冰面上一样行驶在高速公路上，他们坐在一辆别有洞天的过分凉爽的汽车里，母亲的呕吐一下子显得这么不合时宜。男孩将头抵在前排的椅背上，无地自容，觉得冒犯了整个世界，同时也为母亲担忧起来。

“晕车了这是。”身边的男人咕哝着，站起来，向着车后的空座走去。

母亲平静下来。她胸襟上的黏液散发出浆水馊掉后的酸味儿。

抵达省城已经是午后了。烈日当空，弥天盈地，正是最嚣张的时刻。男孩的双脚站在了省城的地面上，却并无格外的欣喜。从凉爽的车厢里下来，男孩感觉不过是迎面被热浪劈头盖脸地猛揍了一通。脚底板依然像是要被融化掉，他无视眼前林立的高楼，从未有过的兴味索然。此刻，那个玩的念头已经被动摇，男孩也就没有了天经地义喜悦的理由。

母亲拽着男孩去了车站的卫生间。男孩以为母亲要解手，不想母亲却脱下了衣服，只穿着贴身的背心，就着卫生间里的龙头揉搓起衣襟上的秽物。那个油光锃亮的男人尾随着他们。他钻进了男厕，提着拉链出来后凑在水池边冲手。男人一边冲手，一边斜觑着母亲。

“陈庄出美女啊！”男人十拿九稳地说，得不到母亲的回应，他甩着湿淋淋的手走开。经过男孩身边时，男人向男孩挤挤眼睛。“我知道了，我想了一下才想通了，”男人得意地宣布，“那个娘儿们是怀孕了！”

男人的口气好像男孩跟他是一伙的，而男孩的母亲，不过是一个“陌生娘儿们”。男孩十分憎恶这个男人，意识到自己的这趟省城之行，已经完全被这个家伙不依不饶的盘问和自以为是的指认给毁掉了。男孩怔忪着，也像是看着一个陌生人一般地看着母亲的背影。母亲回头看了一眼，抬胳膊蹭蹭额头的汗，露出蓬勃的腋毛。她的脸色煞白，依然挂着乖张的笑。从这一刻起，男孩接受了母亲的面容可能将要永远这样笑下去的事实。

洗净的衣服被母亲拎在手里。母子俩重新走进赤日下。在车站的广场前，母亲将衣服抖开，像一面旗帜似的迎着太阳招展。男孩出现了幻觉，他觉得自己看到了这件湿衣服在赤日下有声有色地蒸腾着水汽，水汽四散奔逃，只一瞬间就融化在空气里。而怀抱一只可乐瓶的男孩，也只在一瞬间，就随之被炙烤得蔫头耷脑。男孩想这下好了，母亲不会再呕吐了，她身体里的水分肯定也被晒干了。如果母亲还要吐，吐出来的怕只会是她的胃了。

穿回衣服的母亲貌似振作了一些。男孩饿了，却一点儿也没有食欲。出门前他因为兴奋而毫无食欲，现在他因为兴奋的烟消云散而毫无食欲。

往常的这个时刻，男孩会午睡，这已经成为一个不由分说的习惯。每天的此刻，男孩奔涌的热情都会被奔涌的倦意所覆盖。但是现在，他毫无困意。他只是被一种深深的、疲劳的厌恶所笼罩。男孩觉得自己身上隐秘的渴望，一切积极的、贪婪的情绪，都像那件衣服上的水汽一样，冒着烟，被蒸腾进了省城的酷热中。

“你要喝水吗？”母亲问儿子。

男孩并不看母亲，因为他不想看母亲脸上的笑。他认为此刻母亲应该问他要不要午睡。母亲就像一个陌生娘儿们，不再是男孩所熟悉的那个母亲。她不需要儿子的回答，自顾在冷饮摊买了瓶饮料。饮料是冰冻的，喝下一口后，男孩觉得自己缓过了一口气来。

“你要喝浆水吗？”男孩问母亲。

那只大可乐瓶里的浆水已经所剩无几。母亲摇摇头，让儿子把它扔掉。不知出于怎样的动机，男孩却执拗地坚持把它拎在手里。

母子俩乘上了一辆公交车。车上的人不少，但母亲身上的酸味使他们免受拥挤之苦。乘客自觉地错开母子俩，像避开两罐气味浓郁的浆水。乘车现在对于男孩是件费神的事。他觉得他们今天可能就要这样永无止境地换乘一辆又一辆的汽车，直到日落西山，直到黑夜来临。这个想法令男孩疲惫不堪。

好在这趟车坐得短暂，母子俩在一条小街下了车。下车后母亲走在男孩的前面，街边的树荫剪碎了母亲摇摇晃晃的背影。看得出，母亲满腹心事。

“妈，我们要去哪里？”男孩在身后向母亲发问。

他难免要为自己未知的前途而忐忑。出门的时候，这并不是一个问题，因为男孩知道，他们要去省城。而现在，母子俩已经走在省城的一条小街上，于是男孩迫切地想知道，下一步，他们将去向何方。此刻，玩，已经确凿地不在他的盼望里了，仿佛他此行的目的，只是为了搞清楚自己要去往哪里。母亲并不回答儿子。即使浓荫匝地，街道也像是被无形地粘在一起。男孩觉得自己眼前的一切都离地半尺，悬浮着，被热浪暗自托举了起来。

一个赤裸着上身的男人骑着摩托车从他们身边轰然驶过，下坠的肥肉像水囊一样甩着。这一幕突然让男孩气愤不已。

“你怀孕了吗？”男孩向着远去的摩托车手喊叫。

母亲买给他的那瓶饮料已经喝完，男孩将空瓶狠狠地投掷出去。瓶子划出轻飘飘的抛物线，似乎在空中遇到了超乎寻常的阻力，它几乎像是要恒定地悬浮在空气中了。世界折叠了起来，就像一块巨大的水面陡立而起。

母亲停下步子，回过头苦恼地看着儿子。可是男孩不想看母亲的苦恼挤在一张笑脸里。他埋头从母亲身边走过去，手中甩动的可乐瓶撞在母亲的大腿上。

母亲碎步赶上。“好吧，”她好像下了一个决心，“我告诉你，我们要去丁先生家。”

丁先生男孩知道，那是母亲在省城做保姆时的东家。

“去丁先生家做什么？”男孩问。

“大人的事，你不要问这么多。”不出所料，母亲就是这样回答的，但母亲回答得并不是那么不由分说，她用商量的口气跟儿子说，“你会替妈保密的，是不是？”

“可是我都不知道你有什么秘密，我怎么为你保密？”

“你不要再问了！总之回去后什么都不要讲出去！”母亲焦躁地将儿子甩在了身后。

男孩尾随着母亲，渐渐在心情上假装不是前面这个女人的儿子，而是一个不相干的别的什么人。这种假想出的疏离感，让他觉得有趣了些。

小街的一侧出现了大块的草坪，路边的围墙变成了爬满藤蔓的铁栅栏。母亲始终不再回头，带着儿子来到了一座小区前。小区有着喷泉的大门口站着一个穿制服的保安，里面的车子出来时，此人很有威仪地用手里捏着的按钮升起挡在车道上的栏杆。他看到了母亲，正正衣冠，在阳光下堆起一脸碎银般的笑。

“回来啦？我就说你还得回来！城里的饭吃惯了，就没有人还吃得进乡下的饭了！”保安嘴里说着，不忘举手向驶过的车子敬礼。

“我一会儿就走，我不会回来了。”母亲急切地纠正道，“我不会再回来了！”

“干吗非要走？丁先生人很不错的，丁太太也知书达理的样子，他们没有亏待你吧？”

母亲不再作答，径自走了进去。男孩很怕会被拦下来，小跑着凑近了母亲，重新回到了一个儿子的角色里。

母子俩在一栋楼下按响了门铃。

一个声音凭空而来：“谁？”

男孩觉得自己的兴致被轻微地唤醒了。

丁先生家的门前摆着门垫和几双拖鞋，母亲指示男孩换下了脚上的鞋子。

开门的是一个中年女人，系着条围裙，不太友善地盯着母亲瞧个不停。

房子很大。里面的一切几乎和男孩在电视上看到的一模一样。水晶吊灯，地毯，通向跃层的木楼梯。一个肥胖男人坐在客厅的沙发里，戴着眼镜，背心下腆起的肚子让他像是怀抱着一只篮球。男孩想，他一定就是丁先生了。

母亲不期然呕吐起来。但这一次她有所防备，左手飞快地捂住了嘴巴。她的确没什么可吐的了，只是肩膀觳觫着干哕。男孩想，也许母亲真的吐出了自己的胃，如果她的手挪开，她的胃没准就会跌在脚下那块厚墩墩的地毯上。男孩再次将手里的可乐瓶塞给母亲。母亲抓住了，很理智地没有去就着瓶子喝——那里面所剩无几的内容，只会让任何一个举着它去喝的人显得滑稽。她紧紧地捏着瓶子，把瓶子捏得七扭八歪。男孩不安地看着母亲，很想贴在母亲的身上。他觉得内心慌张，也需要一个像可乐瓶一样的什么东西能够被抓在手里，成为自己的一个依赖。

丁先生胳膊拄在膝盖上，支颐着脑袋，神色略微有些好奇，爱莫能助地看着这对母子抖作一团。当母亲终于平复下来时，男孩才发现，一个精瘦的女人无声地站在楼梯上望着他们。

“看来是真的了。”女人发出一声叹息。

母亲的惊慌显而易见，她看看丁先生，再看看这位女主人，脸上不恰当地板结着笑意。男孩知道，这并不是母亲的表情，母亲只是变成了一个笑面人。更加可耻的是，当母亲放下捂住嘴巴的手时，她的嘴角粘着一枚腐烂的芹菜叶。

“你不要吃惊，”女人皱着眉说，“你知道，老丁什么都不会瞒我的。”

母亲像个笑脸傻瓜，两只无处着落的手一同抓在可乐瓶上，好像扶在了一根想象中的扶手上。

“我就知道没这么好打发，看到了吧，”女人对着自己的丈夫说，“这就找上门来了。”

丁先生讪笑着，揪揪自己的耳垂。他圆滚滚的，让人颇有好感。

“究竟唱的是哪一出呢？”女人站在楼梯上，居高临下地看着母子俩。

“我在电话里都跟丁先生讲了，我也没想到……”母亲的声音低得几乎听不清。男孩可以作证，早晨出门时，母亲的确在村里的小卖部打过一个电话，那时母亲捂着听筒，满脸愁云。

“你也没想到？”女人吁口气，“你没有做过措施吗？”

“有的。可是，医生说也会有意外。”

“你看过医生了吗？”

“嗯。”母亲畏葸地点头。

“村里的医生？”

“嗯。”

女人再次吁了口气，拍一下楼梯的扶手：“上来说吧。”

母亲将手中的可乐瓶塞还给儿子，顺从地走向了楼梯。男孩有些迟疑，很想跟在母亲身后，但那个女人凌厉的目光让他却步。她们消失在楼梯上。男孩不知所措地站在原地。他觉得有点冷。这栋房子的温度比他们来时乘坐的空调客车还要低。

“过来。”置身事外的丁先生坐在沙发里，向男孩招着肥胖的手，“过来过来。”

男孩慢腾腾地走到他眼前。他真的很庞大。有一瞬间男孩不禁猜测这就是那个刚刚在街上裸身与他们擦肩而过的摩托车手。男孩想丁先生要是行动起来，身上的赘肉势必也会像水囊般地甩动吧。

丁先生嘭嘭地拍着沙发：“坐下来坐下来。”

男孩坐在了他的身边。

“多大了？”丁先生在男孩头顶摩挲了一下。

男孩报出了自己的年纪。其实他并不想回答。

“喔，这么大了，”丁先生搓着双手，若有所思了一阵，像电视里的人说着那种抑扬顿挫的普通话，“你想不想要个小弟弟？”

男孩惊讶地抬头看他，态度僵窘地用力摇了摇头。从男孩坐着的角度看去，丁先生一侧脸颊的肤色发暗，像是遭人殴打后留下的淤痕。

“你可能会有一个，”丁先生看了眼楼梯，压低声音神秘而严肃地说，“不过很快应该就又没啦。”说完他摆出正襟危坐的样子，像是终于说出了内心抑制不住的秘密后立刻开始心有余悸地矫正自己。

“我听不懂。”男孩如实说。

“听不懂？”丁先生颇为苦恼地挠挠头皮，“嗯，其实我也不大搞得懂。”

“我听不懂。”男孩坚持这么回答。他认为这是自己目前唯一能说的最保险的话。

“你能帮我个忙吗？”丁先生权衡了一阵，犹犹豫豫地说。

男孩默不作声。

“嗯，你替我跟你妈妈说声对不起，给她道个歉。”丁先生的双手插在两腿间，身子前后摇晃，眼睛望向天花板，估量着眼下的形势，“怎么样，可以吗？”

“我听不懂。”

“好吧，算了。”丁先生不得要领地胡乱笑起来。他这么通情达理，好像他完全理解男孩的处境，好像他也在经历着同样的困扰。“你想喝点儿什么？”他问。

男孩像是被什么力量控制住了，只会用力地摇头。

“喝杯咖啡吧！”丁先生拍了下巴掌，“加点儿糖吧！”

系着围裙的女人应声端来了他要的东西。男孩想，这个女人所做的一切，以前就是母亲做着的吧，如今女人顶替了他的母亲。

那杯咖啡冒着热气，泛着油亮的泡沫。

“喝吧，”丁先生心不在焉地招呼男孩，“喝吧喝吧。”

男孩将手中的可乐瓶放在地上。不用再和丁先生说话，这让他如释重负。咖啡男孩见过，在电视里。电视里的人们常说：喝杯咖啡吧；有时候，他们也会加一句：加点儿糖吧。当男孩捧起眼前这杯咖啡的时候，倏忽认为自己今天坐了五个多小时的汽车，就是为了在午睡时刻来到这杯咖啡的面前。它就是一条路的终点，就是他们在盛夏里动身前往省城的一个目标。如今，男孩把它捧到了鼻尖。他扭脸去看丁先生。丁先生也在看他，肥厚的嘴唇湿漉漉地耷拉着，冲他浮出心事重重的笑。

客厅里只有空调发出的换气声。男孩觉得在这杯咖啡的周围，有一种独特而私密的氛围正在生成。咖啡很烫，他只能噘起嘴，小心翼翼地去试着接触那新鲜的滋味。

——这时候母亲下楼来了。

母亲的手里捏着一只牛皮纸的信封袋，神情恍惚，像个刚刚午睡醒来的人。她似乎完全忘记了儿子的存在，径直走向门口。男孩只有仓皇地放下手里的咖啡杯，并且没有忘记拿起自己的可乐瓶。他匆匆跑向母亲。尾随着母亲出门的片刻，男孩回头瞥见丁先生拄着一根不知从哪儿摸来的金属拐杖吃力地站了起来。

是的，男孩并没有尝到咖啡的滋味。他的上嘴皮，第一次和咖啡接触，不过是刚刚沾到了一丝泡沫。这似是而非的一丝泡沫粘在男孩的嘴皮上，当母子俩走出楼洞，溽热的空气迅速将之驱散殆尽。男孩无法甘心，谨慎地伸出舌尖，仔细探寻留存在意识里的那种感觉。他的嘴唇起皮了，在烈日下像一片片细碎的鱼鳞。可是他觉得自己的嘴唇非同往昔，总有依稀的滋味回味不尽。男孩无法形容它，只能凭感觉在心里以一种进入午睡前的昏聩的状态臆造它莫须有的醇香。他以自己有限的经验将之想象为油脂与蜜的混合物。

母亲神不守舍。她整个人都是坚硬的，也像是被烈日钢化了一样，有股一意孤行的味儿。一辆小车在身后不停地按着喇叭。但母亲充耳不闻，也像一辆车子般地当仁不让。那位保安正靠在小区门前一根有旋涡形花纹的柱子上，他升起栏杆，目送母子俩从行车道走出去，庄重地向他们敬了个礼。

尽管男孩不认路，但还是发现他们并没有走回来时的方向。母亲走在前面，男孩不知道将被引向何方。他有种被劫掠和槌打的感觉，就像被扔进了盛着沸水的洗衣机里搅拌。他感到被热得浑身发痛。男孩看到母亲后背的汗水已经洇湿了衣服。她也在经受着劫掠和槌打，想必也被热得浑身发痛。

“妈，我们要去哪里？”得不到母亲的回应，男孩无聊地独自嘀咕，“他让我跟你道歉，他说对不起。”

一路上母亲又干呕了几次，每次男孩都把那只可乐瓶塞给母亲。这只是一个安慰性的动作，并没有实质性的意义了。烈日晒透了塑料瓶，原本还剩下的一点浆水化为了乌有，几片芹菜叶贴在瓶壁上，已经变成了黑色。男孩觉得手中的这个瓶子渐渐在膨胀，在变成一只气球，如果他撒手，它就会飘向空中。

母子俩走进了一条狭窄的小巷。小巷的路面上污水横流。在一家小诊所门前，母亲让男孩等在外面。她从那只信封袋里摸出了一张百元钞票，塞给儿子，让儿子不要乱跑，但可以就近找地方吃点东西，吃完后回到原地等她。

男孩何曾得到过这么多的钱呢？这让他不免有些激动。对于那只信封袋，他也充满了疑惑，此前他一度猜测，那只信封袋里，没准是装着一份如何剿灭黄蜂的方子。他还没有回过神，母亲已经走进了诊所。小巷里挤满了摊贩。卖菜的，卖肉的，诊所正对着的，是一家卖活禽的。鸡被塞在铁笼子里，遍地褪下的鸡毛和腐臭的下水。男孩走开一截，在一家五金店前的台阶上坐下。此刻，他破天荒地拥有着一张百元大钞，但却丝毫没有挥霍的欲望。这张钞票之于男孩，就像喝空了浆水的可乐瓶之于母亲，徒具象征性的意义。

男孩感到累了，抱着可乐瓶尽量坐在路边的阴影里。他和这只瓶子之间浮动着一种特殊的感情。身后的五金店飘出金属特有的甜丝丝的气味。他想着这已经过去和即将过去的一天，认为如果还有下一次，自己再也不会来省城了。这里和他想象中的完全不同，比他们村里热一万倍，这条巷子里的气味，比他爷爷施过肥的菜地都要复杂一万倍。在不可一世的骄阳之下，省城真的算不了什么了。

不远处的鸡下水招惹了很多苍蝇，四下飞舞，拖曳着绿色、蓝色乃至金色的弧线，像电焊时迸溅的火花。它们让男孩想到了自家屋檐下那群不祥的黄蜂。总有几只苍蝇在男孩的头顶挥之不去。赶了几下后，男孩再也懒得挥动手臂，任由它们飞矢般地打在脸上。男孩很饿，也很渴。但他不知在跟什么较劲，心里恹恹的，同时还有一些没来由的伤心，执意不用手中的那一百元钱去解决自己的饥渴。男孩让饥渴都塞在自己的身体里，似乎那样他才能保持住必要的分量，不至于如一滴水珠般被这座城市轻易地挥发掉。

来自乡间的男孩就这样席地坐在省城的一条小巷里昏昏欲睡。

起初他还不时留意张望一下那家小诊所。其间有个穿着白大褂的护士拎着一只塑料桶出来，将一桶血糊糊的垃圾倾倒在路对面的那堆鸡下水里。苍蝇四起，像凭空绽放了一朵流光溢彩的金属花。后来男孩把头埋在两个膝盖之间睡着了。醒来的时候，烈日依旧耀眼。男孩喉咙干涩，下意识吞咽了一口唾沫，只觉得一阵刺痛。他闭起眼睛，伸出舌尖轻舔嘴皮。嘴皮上那个模棱两可的局部，残存着某种不可捉摸的魔力，它让男孩口舌生津，获得了一种莫可名状的快感。男孩用舌头抵着嘴唇，仿佛整个身体的重量都找到了一个可资依靠的支点。

这是盛夏中的一个礼拜二。男孩在这一天经历了他此生最为漫长的一次午睡。

母亲在黄昏时摇醒了儿子。当空的太阳终于下落，高温却俨然一台滚烫的马达，凭着惯性兀自继续空转。暮色四合，小巷蒙上了一层金灿灿的光芒。男孩张开眼睛，感到有些头晕和恶心。他睡眼惺忪，眼中的母亲变得有些陌生，可是究竟哪里发生了转变，一时却难以说清。母亲整个人光芒闪耀，披着金色的纱巾，宛如站在未来的世界里。

男孩站起来，一阵天旋地转。在他坐过的地方，留下了一块汗湿的烙印。他忘记了两腿间夹着的可乐瓶。可乐瓶被男孩在睡梦中夹成了“K”形。它掉在地上，骨碌着滚出去，滚的过程中瓶体复原成圆柱状，好像不断被充进了气流。但它并没有像男孩所担心的那样飘向空中。男孩想去把它追回来，却被母亲阻止住了。

“我们去吃饭吧，你一定饿了。”母亲的声音虚弱不堪。

母亲终于想起来儿子会饿了。说起来，男孩内心的失落也是有道理的。从早上到现在，他不过喝了一瓶饮料。当然，他还午睡了一觉。男孩忘记了母亲曾经阔绰地给过他一张百元钞票，他只是感到莫名的委屈。今天他并没有比在村里时更糟蹋自己，没有翻墙爬树，没有就地打滚，可是现在他觉得自己从没有过地邋遢。他想自己是被热坏了，是被热脏了，是被热病了。他甚至希望母亲继续忽视他的饥饱，乃至无视他的存在也好，好像现在母亲对他冷酷一些，反而会给他起到降温的效果。

男孩磨磨蹭蹭地跟在母亲身后，震惊地发现母亲的屁股上洇湿了很大的一块。男孩猜想，难道她在诊所里尿裤子了吗？母亲走得缓慢而笨拙，是一种古怪的步态——两腿叉开着，脚步蹒跚。

金黄的天边浮着一轮银白的娥眉月，薄薄的，几近透明，轮廓给人随时会淡化下去直至无存的脆弱感。男孩不经意间抬头看到了这日月并存的天象，心里只觉得一阵空茫。

母子俩走进了路边的一家小饭馆。母亲双手撑在餐桌上，慢慢地偎进椅子里。这时候，男孩才如梦方醒，原来发生了转变的，是母亲的那张脸。那张母亲面具一样罩着的笑脸不见了。母亲从诊所出来，就像是被剥去了身上一层隐形的壳。这让她整个人仿佛都缩小了一圈。同时，她也不再显得僵硬和呆板。她重新变得柔软，像一段弱不禁风的柳枝。

母子俩对坐在一张圆形的餐桌前。母亲用一种儿子从未见过的目光动情地看着儿子。而男孩，也突然身不由己地感到了伤心。饭馆实在不算高级，不比他们村口的那家强多少。母亲的两条胳膊放在油污的桌面上，一只手捏着那只牛皮纸的信封袋，一只手将儿子的手捂在自己的掌心下。母亲的嘴角掀动着，她有些不能自持地想说点儿什么，但是她有些不能自持地什么也没说。母亲生命的律动从掌心震颤着传递给男孩，一切都让人感到绝望，但似乎又有希望暗自生长，就仿佛那只信封袋中，真的如男孩所想象的那样，装着一个一劳永逸的对策。

男孩干燥的舌头猛然变厚，抽动着，感觉像是要缩进喉咙里。在他身体的深处有一种相反的、无法控制的气流一个劲儿地向上拱。他预感到有什么事即将发生。

母亲将桌上那张封着塑料皮的菜单推向儿子：“你给咱们点吧，点最好的，点你最爱吃的。”

男孩想给母亲一些安慰，他想让母亲高兴起来，想给出一个与这一天相匹配的建议。他忍住不适，故作轻松地用普通话郑重其事地说：“喝杯咖啡吧，加点儿糖吧。”

说完男孩势不可挡地呕吐起来。隔着小饭馆的窗玻璃，男孩看到一只可乐瓶飘浮在空中。天光是琥珀色的，宛如流淌着油脂与蜜。此刻还有什么在空中飘？下落的夕阳，上升的弦月，鸡毛，下水，熠熠生辉的苍蝇，一个血糊糊的弟弟，以及宿命一般掩杀而来的黄蜂。而这一切，多么像是午后的一场冗长的梦境。

原来呕吐是这么的令人忍无可忍。

（原载《南方文学》2014年第7期）

大 师

双雪涛

那时我还小，十五岁，可是个子不小，瘦高，学校发下来的校服大都长短正好，只是实在太宽阔，穿在身上即使扣上所有扣子，拉上能拉的拉链，还是四处漏风，风起时走在路上，像只气球。所有见过我的人，都说我长得像父亲："嘿，这小子和他爹一模一样，你瞧瞧，连痦子都一模一样。"尤其遇见老街坊，更要指着我说："你看这小子，和他爹小时候一样，也背着个小板凳。"确是如此，我和父亲都有一颗痦子长在眉毛尾处，上面还有一根黑毛。父亲也黑瘦，除去皱纹，几乎和我一样，我们二人于是都得了"黑毛"的绰号，不同的是，他的绰号是在青年时叫起，而我的，是从城市的街边流传。

正因为身材一样，所以父亲能穿我的衣服。

母亲在我十岁的时候走了，哪里去了不知道，只是突然走了，此事在父亲心里究竟分量几何，他并不多说，我没哭，也没问过。一次父亲醉了酒，把我叫到近前，给我倒上一杯，说："喝点？"我说："喝点。"父亲又从兜里摸出半根烟递过来，我摆摆手没接，喝了一口酒，夹进一口豆腐，慢慢嚼。豆腐哪禁得住嚼，两口就碎在嘴里，只好咽下，举着筷子喝酒。菜实在太少，不好意思再夹了。就这么安静地喝到半夜，父亲突然说："你妈走的时候连家都没收拾。”我说：“哦？”他说：“早上吃过的饭碗还摆在桌子上，菜都凝了，你说这是怎么回事儿？”我说：“我不知道。”他点点头，把筷子搁在桌子上，看着我说：“无论什么时候，用过的东西不能扔在那，尿完尿要把裤门拉上，下完棋的棋盘要给人家收拾好，人这东西，不用什么文化，就这么点道理，能记住吗？”我说：“记住了。”那时头已经发晕，父亲眉间的那根黑毛已经看不真切，恐怕一打嗝豆腐和酒就要倾在桌上，所以话尽量简短，说完赶快把嘴闭上。父亲说：“儿子，睡吧，桌子我收拾。”于是我扶着桌子进屋躺下，父亲久久没来，我只听见他的打火机啪啪地响着，好像扭动指节的声音。然后我睡着了。

父亲原是拖拉机工厂的工人，负责看仓库，所以虽是工人的编制，其实并没有在生产线上做工，而是每天在仓库待着，和各种拖拉机的零件待在一起。所谓仓库管理员，工资也比别人低，又没个伴，没人愿意去，就让父亲去，知道他在工作上是没有怨言的人。说白了，仓库管理员是锁的一种，和真正的锁不同的是，父亲能够活动，手里还有账本，进进出出的零件都记在本儿上，下班的时候用大锁把仓库锁住，蹬着自行车回家。工厂在城市的南面，一条河的旁边，据说有一年水涨了起来，一直涨到工厂的门前，工人们呼喊着背着麻袋冲出厂房，水已经退了，留下几处淤泥，据说还有人抓了一条搁浅的鱼回去，晚上炖了，几个人打过扑克，喝了鱼汤。父亲的仓库在城市的北面，事实就是如此，工厂在城市南面，仓库却在北面，来往的路上跑着解放汽车，一趟接着一趟。仓库紧挨着监狱，因为都在路边，都有大铁门，也都上着锁，所以十几年来，经常有探亲的人敲响父亲的门：“这是监狱吗？”父亲说：“这是仓库，监狱在旁边。”问的人多了，父亲就写了一块牌了立在仓库门口，写着：仓库。不过还是有人敲门：“师傅，这是监狱的仓库吗？”于是父亲又写了另一块牌子，立在仓库的牌子旁边，写着：监狱在旁边，北走五百米处。

之后还有人走错，父亲就指指牌子。

监狱的犯人们，刑期将满的，会出来做工。有一天清早呼呼噜噜出来一队，修的就是监狱门前这条路，三五十人，光着脑袋，穿着号儿坎，挥动着镐头把路刨开，重新填进沥青，然后圆滚滚的轧道机轧过，再挥着大扫帚清扫。忙了整整一天，正是酷暑，犯人们脖子上的汗，流到脸上，流到下巴上，然后一滴接一滴掉在土里，手里的镐头上上下下地抡着，地上晃动着上上下下的影子。黄昏的时候，活干完了，犯人坐在父亲的仓库前面休息，狱警提了两个大铁桶，装满了水，给犯人喝，前面一个喝过，脏手擦擦嘴角，把水瓢递给后面的人，自己找地方坐下。喝过水之后，狱警们抽起烟，犯人们坐成一排相互轻声说着话，看着落日在眼前缓缓下沉，父亲后来对我说，有几个犯人真是目不转睛地在看。这时一个犯人，从怀里掏出棋子和塑料棋盘，对狱警说："政府，能下会儿棋不？"狱警想了想说："下吧，下着玩行。谁要翻脸动手，我让他吃不了兜着走。"那犯人说："不能，就是下着玩，我们都不会下。"说着把棋盘摊在地上，棋子摆上，带棋子的犯人执红，坐在他旁边的一个犯人把手在身上擦了擦，执黑。"你先。""你先。"最终红先黑后，俩人下了起来。

下到中盘，犯人们已都围在旁边，只是没有人高声讲话，静悄悄地看着，时不时有人说一句："这活驴还会下个棋咧？"众人笑笑，继续看。红方棋路走得熟稔，卖了一个破绽，把黑车诱进己方竹林，横挪了个河沿炮，打闷宫，叫车。黑方没有办法，只好飞象保命，车便给红方吃了去，局势随即急转直下，两车对一车，七八步之后，黑方就投子认输。输的那人站起来，说："你这小子，不走正路子，就会使诈。"红方说："那还用说，我是个诈骗犯啊。"众人哄笑间，另一个坐下，接过黑子摆上，这时两三个狱警也围过来，和犯人挤在一团看棋，犯人渐渐把最好的位置腾了出来。下到关键处，一个狱警高叫了一声："臭啊，马怎么能往死处跳？"说着，伸手把黑方走出去的马拿回，指住一个地方说："来，往这里跳，准备高吊马。"黑方于是按图索骥，把马重新跳过，红方后防马上吃紧，那黑马如同达摩克利斯之剑一样高悬，红方乱了阵脚，百般抵抗，还是给高吊的黑马将死了。众人鼓掌，有人说道："没想到政府棋好，政府上来下吧。"众人都说是好主意，耍耍无妨，路已修完，天黑尚早，不着急回去。那狱警便捋了袖子，坐在红方处，说："下棋是下，不要说出去，还有，不用让我，让我让我瞧出来，就给你说道说道。"这么一说，没人敢上，你推我我推你，看似要闹，其实心慌，哄狱警上来的犯人，早躲到最后面去。

这时，一个跛脚的犯人走上前来，站在狱警对面，说："政府，瘸子跟您学学。"说是跛脚，不是极跛，只是两腿略略有点长短不一，走起路来，一脚正常迈出，稍微一晃，另一条腿突然跟上，好像在用脚丈量什么。狱警说："行，坐下吧。还有多长时间出去啊，瘸子？"瘸子说："八十天。"狱警说："快到头了，出去就不要再进来了。"瘸子说："知道，政府。你先走吧。"狱警在手边扯过红炮放在正中，说："和你走走驾马炮。"瘸子也把炮扯过来，放在正中，说："驾马炮威猛。"然后就闭上嘴，只盯着棋盘，竟也开的是驾马炮的局。狱警说："咦，后手驾马炮，少见。"瘸子不搭茬，有条不紊地跟着走，过了二十几手，狱警的子全给压在后面，除了一个卒子，都没过河，瘸子的大队人马已经把红方的中宫团团围住，却不着急取子，只是把对方全都链住，动弹不得。父亲在旁边一直站着看着，明白已经几乎成了死局，狱警早就输了，瘸子是在耍弄他。狱警没有办法，拈起一个兵拱了一手，瘸子也拈起一个卒拱了一手，并不抬头，眉头紧锁，好像局势异常紧张。围观的犯人全都安静得像猫，就算不懂棋的，只要不是色盲，也知道红方要输了，虽是象棋，却已形成了围棋的阵势。狱警不走了，频频看着瘸子眼色，瘸子也不催，只是低着头好像在思索自己的棋路。天要黑下来了，犯人们突然有人说："和了吧，和棋。"马上有人应和："子力相当，正是和棋，不信数数。瘸子你说是不是？"瘸子却不说话，只是等着狱警走。这时父亲在旁边说："兄弟，炮五平八，先糊弄一招。"狱警抬头看了一眼，知是仓库管理员，没怎么说过话的邻居，反正要输，依父亲的话走了一手，瘸子马上拿起车伸过去，把炮吃了，放在手里。父亲说："马三进二，弃马。"狱警抬头说："大哥，马也要弃？"父亲说："要弃。"狱警把马放在黑方象眼，瘸子飞起象把马吃掉，和炮放在一起。父亲说："沉炮将军。"狱警沉炮，瘸子把另一只象落回。父亲说：“车八平五叫杀。”瘸子又应了一手，局势又变，再走，又应。三五手过后，红方虽然少子，不过形成一将一衔之势，勉强算是和棋，不算犯规。狱警笑着说：“以为要输了，是个和棋，瘸子，棋这东西变化真多。”瘸子忽然站起，盯着父亲说：“我们俩下。”父亲还没说话，狱警说：“反了你了，操你妈的，是不是想让老子把你铐上！”瘸子把头低下说：“政府，别误会，一个玩。”狱警说：“你还知道是个玩？是不是想把那条腿给你打折？操你妈的。”众犯人上来把狱警劝住，都说：“瘸子嘛，要不怎么是瘸子呢？算了算了。”父亲趁机躲回仓库，在里屋坐着，很晚了才开门出来回家，路上漆黑一片，已经一个人也没有了。

之后狱警骑车经过仓库，车轱辘底下是新铺的路。看见父亲，会招手说：“高棋，忙呢？”父亲说：“没忙，没忙，卖会呆。”狱警点点头，骑过去了。那年父亲三十五岁，妈妈刚刚走了，爷爷半年之后去世。

一个月之后，父亲下了岗，仓库还是有人看，不是他了，时过境迁，看仓库的活也成了美差，非争抢不可。按照死去的爷爷的话说，是这么个道理，就算有一个下岗也是他，何况有这么多人下岗，陪着，不算亏。

父亲从十几岁开始喜欢下棋，到了让人无法容忍的程度。爷爷活着的时候跟我说：“早知道唯一的儿子是这样，还不如生下来就是个傻子。”据说，父亲下乡之前，经常在胡同口的路灯底下下通宵，一洒灯光，一群孩子，附近会下棋的孩子都赶来参加车轮战，逐渐形成一群人对父亲的局面。第二天早上回家，一天一夜没吃没喝，竟还打着饱嗝，脸上泛着光辉，不说话，只是愣愣地看着爷爷傻笑，爷爷说：“兔崽子，笑个什么？下个臭象棋还有功了？”父亲说：“有意思。”然后倒头睡了。下乡之后，眼不见心不烦，爷爷知道他在农村也要下，看不见就算了吧，只要别饿死累死就行。从父亲偶尔透露的只言片语判断，确如爷爷所料，他在农村下了四年棋，一封信也没写过。后来没人与他下，又弄不到棋谱，就自己摆盘，把过去下过的精彩的棋局摆出来，挨个琢磨。回城之后，分到工厂，那时虽然社会不太平，工厂还是工厂，工人老大哥，人人手里一只铁饭碗。刚进了工厂没多久，举行了象棋比赛，父亲得了第一名，赢了一套印着“大海航行靠舵手”的被罩。母亲当时是另一个车间的喷漆工，看父亲在台上领奖，笑得憨厚，话也不会说一句，顿觉这人可爱又聪明，连眉毛上那根黑毛都成了可爱又聪明的缩影，经人说合，大胆与父亲谈上了恋爱。爷爷看有媳妇送上门，当即决定拿出积蓄，给母亲买了一辆永久牌自行车，黑漆面，镀钢的把手，斜梁，座位下面有一层柔软结实的弹簧，骑上去马上比旁人高了一截。母亲非常受用，觉得一家子人都可爱，一到礼拜天，就到父亲家里来干家务，晒被、擦窗、扫地、做饭。吃过了饭，掏出托人在百货商店买的瓜子和茶叶，沏上茶，嗑着瓜子，陪爷爷聊天。

有一次父亲站起来说：“你们聊着，我出去转转。”爷爷说：“不许去。坐下。”母亲说：“让他出去转转吧，我陪您老聊天。”爷爷说：“前一阵子街上乱，枪啊炮啊搬出来，学生嘴里叼着刀瞎转悠，现在好些了，也有冷枪，前院的旭光，上礼拜就让流弹打死了。”母亲点点头，对父亲说：“那就坐会儿吧，一会儿骑自行车驮我回去。”父亲说：“爸，旭光让打死的时候，正在看我下棋。街上就那一颗流弹，运气不好，我就没事儿。”爷爷脸色铁青，对父亲说：“你想死，等娶完了媳妇儿，生完了孩子再死。”母亲忙说：“大爷，您别生气，时候不早了，让他送我回去吧，我来的时候街上挺平静，晌天白日的，不会有事儿。”于是父亲驮着母亲走了，在车后座上，母亲掐了父亲一把，说：“你啊，现在这么乱，上街干吗？净给老人添乱。”父亲说：“不是，是想下个棋。”母亲说：“你看这大街上一个人也没有，谁和你下棋？这么着，你教我，我回头陪你玩。”父亲说：“教你？棋这东西要悟，教是教不了的。”母亲笑着说：“傻了，你还当真了，别说你看不起人，有跟你学棋的工夫，还不如说说话呢。”正说着，路边一棵大树底下，两个老头儿在下棋，父亲马上把脚踩在地上，停了车，说：“我去瞧一眼。”母亲伸手去拉，没拉住，说：“那我怎么办？”父亲头也不回，说：“等我一会儿。”父亲刚在树荫里蹲下，一颗子弹飞过来，从母亲的脚底下掠过，把自行车的车链子打折了。

虽说如此，一个月以后，父亲和母亲还是结婚了。

父亲下岗之后，又没了老婆，生活陷入了窘迫。因为还生活在老房子里，一些老街坊多多少少地帮着，才不至于陷入更加悲惨的境地。老师看我不笨，也就偶尔帮我垫钱买课本，让我把初中念下去。“黑毛啊，课本拿好，学校给的。”她经常这么说，但我知道是她自己买的。父亲的酒喝得更多，不吃饭也要喝酒，什么酒便宜喝什么。烟是在地上捡点烟蒂抽，下棋的时候对方有时候递上一根，就拿着抽上。衣服破了，打上补丁，照样穿，邻居给的旧衣服，直接穿在身上，胖瘦不在乎。一到我放暑假寒假，就脱下校服给父亲穿，校服我穿得精心，没有补丁。父亲接过，反复看看，穿上，大小正好，只是脸和校服有点不符，像个怪人。走，父亲然后说，把板凳拿上吧。

母亲还在的时候，我就跟着父亲出去下棋，父亲走在前面，我在后面给背着板凳。母亲常说：“儿子，你也不学好，让你妈还活不活？”我说：“妈，闲着没事儿，作业也写完了，去看大人玩，算个什么事儿啊？你好好待着。”就背上板凳跟着父亲走。父亲从不邀我，也不撵我，愿意跟着走就走，不跟着也不等，自己拿起板凳放在自行车后座，骑上车走。看得久了，也明白个大概，从车马炮该如何行走懂起，渐渐也明白了何为锁链、擒拿等，看见有人走了漏招也会说：“叔，不妙，马要丢了。”然后叔就丢了马。只是看了两年，父亲的棋路还没看懂，大树下，修车摊，西瓜摊，公园里，看父亲下棋，大多是赢，有时也输，总是先赢后输，一般都输在最后一盘。终于有一天，我好像明白了一些，回家的路上，下起了雪，我把板凳抱在怀里，肩膀靠着父亲的后背，冷风从父亲的前面呼呼吹来，让父亲的胸口一挡，就不觉得多冷了。我说：“爸，最后一盘你那个仕支得有毛病。”父亲不说话，只是眼看前方，在风雪里穿梭，脚上用力蹬着车。我继续说：“好像方向出了问题，应该支右仕不是左仕。”到了家，锁上车进屋，母亲还没下班，平房里好像比外面还冷。父亲脱下外衣，从抽屉里拿出象棋，摆在炕上，说：“咱俩来三盘，不能缓棋，不能长考，否则不下。”我有些兴奋，马上爬上炕去，把红子摆上。

父亲给了我的手一下说："先摆的摆黑，谁不知道红的先走？"我于是把棋盘旋转，又把黑的摆好，开下。输了个痛快，每一盘棋都没有超过十五分钟，我心中所想好像全被父亲洞悉，而父亲看起来的闲手全都藏着后续的手段，每个棋子底下好像都藏着一个刺客，稍不留神就给割断了喉咙。下完了三盘，我大为沮丧，知道下棋和看棋是两码事，看得明白，走着糊涂，三十二个子，横竖十八条线，两个九宫格，总是没法考虑周全。下完之后，父亲去生炉子，不一会炕就热了起来，父亲回来在炕上盘腿坐下说："现在来看，附近的马路棋都赢不了你，但是你还是个臭棋，奇臭无比。今天教你仕的用法，下棋的人都喜欢玩车马炮，不知道功夫在仕象。一左一右，拿起来放下，看似简单，棋的纹路却跟着变化，好像一个人出门，向左走还是向右走，区别就大了，向左可能直接走进了河里，向右可能就撞见了朋友，请你去喝酒，说白了，是势的大不同。现在来说常见的十几种开局，仕的方向。"说着，随手摆上，开始讲仕，讲了一个钟头仕，母亲还没回来，父亲开始讲象。从象开始，讲的东西散了，讲到朝鲜象棋象可以过河，这涉及中国的历史和高丽的历史，也就是朝廷宰相功能的不同；又讲到日本象棋，又叫本将棋，和国际象棋有些相像，一个兵卒奋勇向前，有可能成为独霸一方的王侯，这就和日本幕府时期的历史有了联系。如此讲下去，天已经黑了，我有点恍惚，从平时母亲的态度看，父亲的这些东西她是不知道的。我说："爸，这些你怎么知道的？"父亲说："一点点知道的。"我又问："那你怎么今天把仕的方向搞错了？"父亲想了想，说："有时候赢是很简单的事，外面人多又杂，知人知面不知心，想下一辈子，一辈子有人和你下，有时候就不那么简单。"说到这里，门锁轻动，父亲说："坏了，没有做饭。"母亲进来，眉毛上都是雪，看见我们俩坐在炕上，雪也没掸，戴着手套愣了半天。

现在我回想起来，那个夜晚特别长。

从那以后出去，背上了两个板凳。我十一岁的时候，有人从新民来找父亲下棋。那人坐了两个小时的长途汽车，到父亲常去的大树底下找他。"黑毛大哥，在新民听过你棋好，来找你学学。”那人戴着个眼镜，看上去不到三十岁，还像个学生。穿着白色的衬衫，汗把衬衫的领子浸黄了，用一块手帕不停地擦着汗。眼镜不是第一个，在我的记忆里，从各个地方来找父亲下棋的人很多，高矮胖瘦，头发白的黑的，西装革履，背着蟑螂药上面写着“蟑螂不死，我死”的。什么样子的都有。有的找到棋摊，有的径直找到家里。找到家里的，父亲推开一条门缝，说：“辛苦辛苦，咱外面说。”然后换身衣服出来。一般都是下三盘棋，全都是两胜一负，最后一盘输了。有的人下完之后站起来说：“知道了，还差三十年。”然后握了握父亲的手走了。有的说：“如果那一盘那一步走对了，输的是你，我们再来。”父亲摆摆手说：“说好了三盘，辛苦辛苦，不能再下了。”“不行，”对方说，“我们来挂点东西。”挂，就是赌。所谓棋手，无论是入流的还是不入流的，其中都有人愿意挂，小到烟酒和身上带的现金，大到房子金子和存折里的存款，一句话就订了约的有，找个证人签字画押立字为凭的也有。父亲说：“朋友，远道而来别的话不多说了，我从来不在棋上挂东西，你这么说，以后我们也不能再下了，刚才那三盘棋算你赢，你就去说，赢了黑毛。”说完父亲站起来就走。还有的人，下完棋，不走，要拜父亲当师傅。有的第二天还拎着鱼来，父亲不收，说：“自己的棋，下可以，教不了人，瞧得起我就以后当个朋友，师徒的事就说远了。”

那天眼镜等到父亲，拿手帕擦着汗，说要下棋，旁边的人渐渐围过，里面说：“又是找黑毛下棋的？”都说：“是，新民来的，找黑毛下棋。”父亲坐在板凳上，树上的叶子哗啦哗啦地响，他指着自己的脑袋说：“老了，酒又伤脑子，不下了。”那年父亲四十岁，身上穿着我的校服，胡须长了满脸，比以前更瘦。同时期下岗的人，有的人已经做生意发达了，他却变成一个每天喝两顿散白酒、在地上捡烟蒂抽的人。话也比过去少多了，只是终日在棋摊泡着，确实如他所说，半年来只是坐在板凳上看，不怎么出声，更不下场下棋。眼镜松开一个纽扣说：“不下了？听说半年前还下。”父亲说：“是，最近不下的。”眼镜说：“我扔下学生，坐了两个小时汽车，又走了不少路，打听了不少人，可是你不下了。”父亲说：“是，脑袋坏了，下也没什么用。”眼镜继续用手帕擦着汗，看着围着的人，笑了笑，说：“如果新民有人能和我下，我不会来的。”父亲想了想，指着我说：“朋友，如果你觉得白来了的话，你可以和他下。”眼镜看了看我，看了看我眉毛上的痦子，说：“你儿子？”父亲说：“是。”眼镜在眼镜后面眨了眨眼，说：“你什么意思？”父亲说：“他的棋是我教的，你可以看看路子，没别的意思，现在回去也行，我不下了。”说着又指了指自己的脑袋说，“脑子坏了，谁都能赢我。”眼镜又看了看我，用手摸了摸我的脑袋说：“你几岁了？”我说：“十一。”他说：“你的棋是你爸教的？”我说：“教过一次，教过仕的用法。”大伙儿笑了。眼镜也笑了，说：“行咧，我让你一匹马吧。”我说：“别了，平下吧，才算有输赢。”大伙儿又笑了，他们是真觉得有意思啊。眼镜蹲下，我把板凳拉过去，把黑子摆上，说了半天，确实年纪小，就执黑先走。到了残局，我一车领双兵，他马炮单兵缺仕象，被我三车闹仕赢了。眼镜站起来，从兜里掏出一支钢笔放在我手上，说：“收着吧，自己买点钢笔水，可以记点东西。”父亲说：“钢笔你拿回去，他有笔。”我们下棋是下棋。眼镜看了看父亲，把钢笔重新放进兜里，走了。

回家的路上，我在后座上想着那支钢笔，问：“爸，你真不下了？”父亲说：“不下了，说过的话当然是真的。”接着又说，“你这棋啊，走得太软，应该速胜，不过这样也没什么不好。在学校不要下棋，能分得开吗？”我说：“能，是个玩嘛。”父亲没说话，继续骑车了。

现在说到那时的事了。

那时我十五岁，鸡巴周围的毛厚了，在学校也有了喜欢的女生，一个男孩子样的女生，头发短短的，屁股有点翘，笑起来嘴里好像咬着一线阳光。偶尔打架，揍别人也被别人揍，但是无论如何最后一次一定是我揍别人，在我心里，可能这是个原则问题。父亲已经有三年没参加家长会了，上高中一年级的时候，家长会是初中老师代表我爸去的。她比初中时候老了一点，可又似乎没什么变化，好像她永远都会是那个人，我知道那恩情可能同样永远地还不了了，虽然我也知道，她从没等着那个东西。父亲有两次在冬天的马路边睡着了，我找遍了半个城市，才把他找到，手脚都已经无法弯曲，胡子上都是冰碴。自那以后，我在父亲的脖子上挂了一个牌子，上面写着我家的地址，因为没法不让他出门到棋摊坐着，只好寄希望于一旦走丢，好心人能把他送回来。他还穿着我的校服，洗得发白，深蓝色的条纹已经变成了天蓝色，他还是固执地穿着，好像第一次穿上那样，对着镜子笨拙地整理着领子。

包括我初中老师在内，没有人知道我下棋。十五岁的我，已经没人把我当孩子了，那时城市里的棋手提到“黑毛”，指的是我。傻掉的父亲很少有人再提了。

一个星期六的中午，同学们都去了老师家补课，上午数学，下午英语，我背着板凳准备出门。问父亲去不去，父亲说，不去了。他说出的话已经含糊不清，很难听懂，之所以不去，是因为他还没起来，在被里醉着。那是北方的七月，夜里下了一场暴雨，早上晴了，烈日晒干了雨水，空气还有点湿，路上都是看上去清爽的人，穿着短袖的衣服顶着太阳走着。楼下的小卖部前面围了一群人，小卖部的老板是个棋迷，门口老摆着一副硕大的胶皮子象棋，随便下，他在旁边擦着自己的自行车，有空就看上一眼，支上几招。这人后来死了，从一座高桥上跳进了城市最深的河里，据说是查出了肺癌，也有人说是有别的原因，那是多年以后的事情了。老板与我很熟，没人的时候，我偶尔陪他玩上一会儿，让他一马一炮，他总是玩得很高兴，没事就给我装一袋白酒让我带给父亲。那天我本来想去城市另一侧的棋摊，那里棋好，要动些脑筋。看见楼下的棋摊前面围了那么多的人，我就停下伸头去看。一边坐着老板，抽着烟皱着眉头，棋盘旁边摆着一条白沙烟和一瓶老龙口的瓶装白酒，我知道是挂上东西了。另一边坐着一个没有腿的和尚，秃头，穿着黄色的粗布僧衣，斜挎着黑色的布袋，因为没有脚，没有穿僧鞋，两支拐杖和一个铜钵放在地上，钵里面盛着一碗水。说是没有腿，不是完全没有，而是从膝盖底下没了，僧裤在膝盖的地方系了一个疙瘩，好像怕腿掉出来一样。

老板把烟头扔在地上，吐了一口痰说："嗯，把东西拿去吧。"和尚把手里的子递到棋盘上，东西放在布袋里，说："还下吗？"老板说："不下了，店不能荒着，丢东西。"说着他站起来，扭头看见了我，一把把我拉住，说："黑毛，你干什么去？"我吓了一跳，胳膊被他捏得生疼。你来和这师傅下，东西我出，说着把我按在椅子上。我看了看棋盘上剩下的局势，心里很痒，说："叔，下棋行，不能挂东西。"和尚看着我，端起钵喝了口水，眼睛都没眨一下，还在看着我。老板说："不挂你的东西，挂我的，不算坏你的规矩，算是帮叔一把。"转身进屋又拿了条白沙，一瓶老龙口放在棋盘旁边。和尚把水放下，说："再下可以，和谁下我也不挑，东西得换。"老板说："换什么？"和尚说："烟要软包大会堂，酒换西凤。"老板说："成。"进屋换过，重新摆上。人已经围满，连看自行车库的大妈，也把车库锁上，站在人群中看。我说："叔，东西要是输了，我可赔不起你。"老板说："说这个干啥？今天这店里的东西都是你的，只管下。"和尚说："小朋友，动了子可就不能反悔了，咱俩也就没大没小，你想好。"我胸口一热，说："行，和您学一盘吧。"

从中午一直下到太阳落山，那落日在楼群中夹着，把一切都照得和平时不同。我连输了三盘棋，都是在残局的时候算错了一步，应该补的棋没补，想抢着把对方杀死，结果输在了毫厘之间。和尚赢去的烟酒布袋里已经装不下了，就放在应该是脚的地方。最后一盘棋下过，我突然哭了起来，哭声很大，在人群中传了开去，飘荡在街道上。我听见街道上所有的声响，越哭越厉害，感觉到世界上我一个人也不认识，世界也不认识我，把我随手丢在这里了，被一群妖怪围住。

和尚看我哭着，看了有一会儿，说："你爸当过仓库管理员吧？"我止住哭，说："当过。"和尚说："眉毛上也有一根黑毛吧？"我说："有。"和尚说："把你爸叫来吧，十年前，他欠我一盘棋。"我忽然想到，对啊，把我爸叫来，把我的父亲叫来，把那个曾经会下棋的人叫来。我马上站起来，拨开人群，忽然看见父亲站在人群后面，穿着我的校服，脖子上挂着我写的家庭住址，一动不动地看着我，眼睛像污浑的泥塘。我又哭了，说：“爸！”父亲走过来，走得很稳当，坐下，对和尚说：“当年在监狱门前是我多嘴，我不对，今天你欺负孩子，你不对。我说错了没，瘸子？”和尚说：“不是专程来的，遇上了，况且我没逼他下。”父亲说：“一盘就够了，三盘是不是多了？”和尚说：“不多，不就是点东西。”说着，把身子下面的东西推出来，布袋里的东西也掏出来，对老板说：“老板，东西你拿回去，刚才的不算了。”老板说：“这么多街坊看着，赢行，骂我我就不能让你走。”和尚说：“我没有脚，早已经走不了，只能爬。”说完，用拐杖把自己支起来，支得不高，裤腿上的疙瘩在地上蹭着，东西一件一件给老板搬回屋里。然后坐下对父亲说：“刚才是逗孩子玩呢，现在咱们玩点别的吧。”父亲用手指了指自己：“我这十年，呵，不说了，好久没下棋了，脑袋转不过来。”和尚笑说：“我这十年，好到哪里去了呢？也有好处，倒是不瘸了。”父亲在椅子上坐正了，说：“好像棋也长了。”和尚说：“长了点吧。”“玩吗？”“我刚才说了，玩点别的。”父亲说：“玩什么？”和尚说：“挂点东西。”父亲说：“一辈子下棋，没挂过东西。”和尚说：“可能是东西不对。”说完从僧衣的怀里掏出一个小布包，布包打开，里面是一个金色的十字架。十字架上刻着一个人，双臂伸开，被钉子钉住，头上戴着荆棘，腰上围着块布。东西虽小，可那人，那手，那布，都像在动一样。和尚说：“这是我从河南得来的东西，今天挂上。”人群突然变得极其安静，全都定睛看着和尚手里的东西，好像给那东西吸住，看了一眼，还想再看一眼。父亲冲和尚手里看了看说：“赢的？”和尚说：“从庙里偷的。”父亲说：“庙里有这东西？”和尚说：“所以是古物，几百年前外面带进来的，我查了，是外国宫里面的东西。你赢了，你拿走，算是我为你偷的。”父亲说：“我输了呢？”和尚抬头看了看我说：“你儿子的棋是你教的吧？”父亲说：“是。”和尚说：“我一辈子下棋，赌棋，没有个家，你输了，让你儿子管我叫一声爸吧，以后见我也得叫。”人群

动了一下，不过还是没有什么声音。父亲也抬头，看着我，我把手放在他的肩膀上，那个肩膀我已经很久没有依靠过了，我说：“爸，下吧。”父亲说：“如果你妈在这儿，你说你妈会怎么说？”我说：“妈会让你下。”父亲笑了，回头看着和尚说：“来吧，我再下一盘棋。”

向老板借了硬币，两人掷过，父亲执黑，和尚执红，因为是红方先走，所以如果是和棋，算黑方赢。和尚走的还是架马炮，父亲走平衡马。太阳终于落下去了，路灯亮了起来，没有人离去，很多路过的人停下来，踮着脚站在外面看，自行车停了半条马路。两人都走得不慢，略微想一下，就拿起来走，好像在一起下了几十年的棋。看到中盘，我知道我远远算不上个会下棋的人，关于棋，关于好多东西我都懂得太少了。到了残局，我看不懂了，两个人都好像瘦了一圈，汗从衣服里渗出来，和尚的秃头上都是汗珠，父亲一手扶着脖子上的牌子，一手挪着子，手上的静脉如同青色的棋盘。终于到了棋局的最末，两人都剩下一只单兵在对方的半岸，兵只能走一格，不能回头，于是两只颜色不同的兵卒便你一步我一步地向对方的心脏走去。相仕都已经没有，只有孤零零的老帅坐在九宫格的正中，看着敌人向自己走来。这时我懂了，是个和棋。

父亲要赢了。

在父亲的黑卒走到红帅上方的时候，和尚笑了，不过没有认输，可是继续向前拱了一手兵，然后父亲突然把卒向右侧走了一步，和尚一愣，拿起帅把父亲的黑卒吃掉。父亲上将，和尚拱兵，父亲下将，和尚再拱，父亲此时已经欠行，无子可走，输了。

父亲站起来，晃了一下，对我说：“我输了。”我看着父亲，他的眼睛从来没有这么亮过。父亲说：“叫一声吧。”我看了看和尚，和尚看了看我，我说：“爸。”和尚说：“好儿子。”然后伸手拿起十字架，说：“这个给你，是个见面礼。”眼泪已经滚过了他大半个脸，把他的污脸冲出几条黑色的道子。我说：“东西你收着，我不能要。”和尚的手停在半空，扭头看着父亲，父亲说：“我听他的，东西你留着，是个好东西，自己一个人的时候还能拿出来看看，上面多少还有个人啊。”和尚把十字架揣进怀里，用拐杖把自己支起来说：“我明白了，棋里棋外，你的东西都比我多。如果还有十年，我再来找你，咱们下棋，就下下棋。”然后又看了看我，用手擦了一把眼泪，身子悬在半空，走了。

十年之后，我参加了工作，是个历史老师，上课之余偶尔下下棋，工作忙了，棋越下越少了，棋也越下越一般，成了一个平庸的棋手。父亲去世已有两年，我把他葬在城市的南面，离河不远，小时候那个雪夜他教我下棋的那副象棋，我放在他的骨灰盒边，和他埋在了一起。

那个无腿的和尚再没来过，不过我想总有一天，他会来的。

（原载《西湖》2014年第8期）

赞美诗

郑小驴

一

她搬过来的那天，他记得刚好是立夏。天气已经燠热起来了，热浪涌来，让人隐隐地躁动不安。那天下午一丝风都没有，连罗望子叶片都没抖动一下。她来到楼下，才给他打的电话："……噢，能下来帮我提下东西吗？谢谢！"她大概连他叫什么都忘了。那会他正在午睡，电话响起的刹那，一个鲤鱼打挺就起来了，奔去洗漱台洗了把脸，又抓起剃须刀匆匆刮掉凌乱的胡子，然后飞快地从六楼冲了下来。他看到一个长发女孩穿着一身素洁的套裙，正给出租车司机付钱。

第一次见她是一星期前，她按照他在58同城上的合租帖，按图索骥赶了过来。当时她站在房间里四处瞥了几眼，只说了一句："这房子户型好奇怪。"他问怎么了，她眯着眼笑说："像把手枪。"他探头探脑观察了一番，表示佩服她的观察力。她没说一定要租，也没说不租。她说这离单位倒很近。那天她穿的高跟鞋，不紧不慢的，下楼的时候叮咚声尾随了一路。他惊愕，她怎么长得这么像刘若英，特别是笑起来的时候。

他一手拎起一只编织袋往楼梯口走。东西比他想象的要沉一些。她几次提出来帮忙，但是他拒绝了。女孩跟在后头，他尽量做出轻松的样子，一口气爬上了六楼。

“看你瘦，力气可真够大的。”她撩了一下耳际的发丝，微笑着道了谢。

他脸顿时有些发烫。

他将她的东西搬进了那间房，满头大汗地出来了。她像进了自己家一样，一顿乒乒乓乓后，随后啪的一声关了门，挂在门上的那幅卡通画轻轻地抖动了一下。不久他听见房间里传来女孩打电话的声音，偶尔格格地笑，声音清脆。他站在空寂的客厅里，像进了别人家，有些不自在。

每个礼拜天的清晨，窗外都会传来赞美诗的声音。住在这三年多了，他也搞不懂声音到底是从哪传来的。这儿没有教堂，那些虔诚的信徒们不知坐在哪个角落里，将悲悯而清越的福音传递到他的耳边。后来他问女孩听见了没有，她困惑地摇了摇头。她迷茫的眸子真可爱。他真想问：“有人说过你长得像刘若英吗？”话到嘴边好几次了，都及时地打住了。

偶尔他也想起赞美诗，比方在寂寥的夜晚。夜风将窗外的悬铃木阔叶吹得窸窣作响，那时他想，这会能听听赞美诗该多好。窗外除了噪音，什么也听不见。午夜十二点，一列慢车会准时哐当哐当拉着汽笛从不远处经过，持续一分多钟。能听见火车声，说明他又失眠了。他坐在黑暗中，烟头一闪一闪的，有时很想往自己手臂上烫一下。

之所以记得她搬来的这天是立夏，因为那天是他生日。今天二十八岁，立夏，天气渐渐热了起来。他的日记已经越来越简单，除了记记天气和日期，很多东西已经可写可不写。该改变的东西已经不多。二十八岁，一晃就到了，孑然一身，一事无成。那天他是这么写的。略迟疑了一下，他又记下了这么一笔：今天搬来一位女孩，长得像刘若英。

他的耳机每晚都流淌着这位台湾明星的歌。他喜欢她大概有些年头了。他总觉得，她和她们有些不一样，给人一种清新脱俗、干净透彻感。他喜欢这种与众不同的异质，仿佛为他而存在。

二

他起床的时候，他确定她已经出门了。他不知道她什么时候走的，似乎一点动静都没有。怡薇。他在心中念了这两个字。有些惆怅。这需要告诉他吗？他记得合租的第一天，他们一起在小区旁边的一家云南菜馆吃了一顿晚餐。“希望以后合租愉快，相互包容，各自生活的空间，互不干涉，OK？”她伸出手，两人握了握。她的手有些凉。冬天得多吃羊肉狗肉。他憨憨笑了笑，又低着头吃东西。他实在不知道该讲些什么，都她一个人在说。大学毕业，工作不好找，这份工作还是家人托亲戚关系找的，在工商局，目前暂时属于临聘人员。家人准备让她在这座城市留下来，打算给个首付，让她先在这边按揭一套小户型。正在考驾照，还差场外没考，计划年底先买个代步车。凯越？世嘉？你觉得哪个适合我？

他都默默地听着，偶尔点点头，又摇摇头。

“先这么混着吧！”

她的自信让他感到自惭形秽。

“大哥，你呢？”

他一下子不知道该怎么说好了，有些窘迫。

“你在58同城上说是药剂师？”

他“嗯”了声。

那是多少年前的事了？不过他大学的确学的是这个。

“那你现在哪家医院？”

他又沉默了一下方说：“安仁医院。”

她表示没听过。他喜欢她迷茫的眼神。

出门的时候，他回头环顾了一下客厅，发现饮水机没关，于是过去摁掉了开关。她那只钢化玻璃杯摆在茶几的边缘，里面还盛着半杯水。他忍不住握了握，将水杯挪到茶几中央。

上午的复印店比较清闲。他掏出U盘，询问打印简历的价格，打印了几份。从复印店出来，他顺便去旁边的早点铺买了一笼肉包当中午饭，又去对面的手机店充了三十元话费。太阳的光芒穿透密集的悬铃木、香樟树叶，刺得头皮发烫。回去的时候，他在隔着栅栏的别墅区，发现花园的一处角落里长出了几株昭和草。长得很茂盛，有株还靠近栅栏，伸手就可以摸到。小时候乡下的夏天，他常见到这种植物。记得1997年夏日一个炎热的正午，他兴高采烈地一路往村支书家跑去，手里握着的就是几株旺盛而鲜艳的昭和草。村支书家的黑白电视机前挤满了人，大家聚集在这里，饶有兴趣地看着国家领导人在主席台前宣誓。村民们叼着烟斗，大声争论什么时候才能收复澳门。那天白天也转播信号，让他印象深刻。自那以后，他焦虑而迫切地等待着澳门的回归。他相信国家会一天比一天强盛，他忧心忡忡，又迫不及待着。

在别墅区也能看到这种低贱的昭和草，他有些欣喜。通常别墅区都种植着一些多头铁树、大型仙人掌、蝴蝶兰，很多名贵进口花卉，他都叫不出名来。

若不是花园被栅栏围着，他想拔几株回来。花园不远处停着一辆最新款的凯迪拉克，旁边是一头在警告他的藏獒，令他不敢再走近。

他坐在客厅里将包子吃完，喝了一大杯水。她依然没有回来。今天是休息日，他猜她大概是逛街去了。水桶偶尔发出咕咚咕咚的响声，像一个快断气的人在喘息。他想起一个月前的新闻，一个保安把别墅区的女户主给捅了，原因据说是那女户主骂他是看门狗。采访他的记者指出了他的杀人动机：“没人天生就是看门狗。”这句话他细细地回味了几天。在这几天中，他频繁地投寄简历和应聘。

他很少得到回复，偶尔有，也限一面之缘。一见面，他就猜他们会问什么。

“你的眼睛……”

“哦……小时候受过伤。”

他们还会问些别的，但是已经无关紧要了。他们会很客气地送他出门，让他在家等电话，然后叫下一位。一出门，他立刻戴着墨镜。全世界，只有墨镜不会歧视他那只巨眼。有时他恨不得将那只巨眼剜掉。它百无一用，丑陋地将他置于难堪之境。他已经习惯了人们头一次见到他时，暗藏于色的惊诧。那只坏眼像巨大的磁场，牢牢地吸引着他们。不到万不得已，他从不和镜子打交道。

他坐在那儿，既没有开电视，也没有开风扇。午后的斜阳透过窗台，照进了客厅，光正好罩着她的钢化玻璃杯。墙上的钟滴答滴答地走着，有时他的思维被它的节奏带乱，陷入一片胡思中。那只钟已经影响到了他的睡眠，深夜里，他几次想把它摘了。但摘了又能怎样呢？它依然会在这座房子里不疾不徐地走着。那是房东的东西，他只能让它继续在墙上待着。

五点钟的时候，他很想给她发个短信过去，问她回家吃饭不。这个决定可能会置他和她于尴尬的境况。他将手机放在茶几上，紧挨着那只钢化玻璃杯。他看到玻璃杯里的水轻轻晃动了一下，沾在杯壁上的水珠又缓缓流落下去。那一刻他想起了宿命。

七点整，她仿佛是踩着点回来的。“以后别等，我不在家吃饭。”她朝他微笑了一下，他便觉得这一切的等待，都是值得的。她进了自己的房间，门啪的一声关掉了，房间陷入一片寂静中。他起身去厨房煮面条。一会儿后，她回到客厅，打开电视、风扇、接水、换台。她的房间总是出奇的安静，他猜不到她在房间里做些什么，她静得像空气，连手机铃声都没开过。

三

他尽量不在她单位周边活动。早晨她出门的时候，他都会醒来。中午饭她会在单位食堂解决。晚饭基本上是在外面吃。她穿36码的鞋，Tata或者达芙妮、百丽。她用的钱包是米奇。她的手机手势密码是一个“L”形。她喜欢吃小天鹅火锅，那是那次吃饭他无意中知道的。她的床头摆着一只泰迪熊，天热她可能也抱着它睡。她可能还没男友。她喜欢汪涵、王菲，房间里偶尔传出王菲的歌声。他不知道她喜不喜欢刘若英。她喜欢读饶雪漫的小说，正在读《糖衣》。从折页看，她每天读二十到三十页不等，然后沉沉睡去。她几乎不吃早餐，踩着钟点跑去隔着两条街区的单位上班。这让他忧心。她喜欢各种明星八卦，知道谁最近和谁好，谁又被谁甩了。她手机装了陌陌，还有微信。她喜欢夜里喝水，床头柜上必须要摆一杯水，每回都会渴醒。她几乎都到十二点过后才睡。

如果需要，他能统计他们之间一共说了多少句话。一切都历历在目，每一句他都能回忆出来。如果没有必要，他们一天都可以不搭话。她很少主动找他，他更是。在她面前，他基本上都是低着头，尽量不去看她。她越美，他越是不敢直视她。午夜的汽笛声悠长，暴烈，蛮横。他躺在床上抽烟，听见她出来接水。拖鞋的声音。饮水机咕咚咕咚的声音。他的心跳声。有一次，他撞见她穿睡袍的样子，吓得他慌忙转身进了房。她倒被他弄得有些尴尬。那天她买了一些新鲜的荔枝回来，放在茶几上，邀他一块吃。他有些受宠若惊，脸都红了。她就笑他。“都是新鲜的，刚广东过来的，别不好意思，多吃点……你看你的皮肤……以后记得每天吃一个苹果！”说完水汪汪地望着他。那一刻他有种想拥抱她的冲动。

第一次，阿普唑仑片，0.4mg一颗。他将碾碎的粉末倒进那只钢化玻璃杯中。他亲眼看见她将水杯端进房间。那时他会选择出门散散步。夜晚的暑气渐渐消退，难得的月夜，无私地映照着这块大地，每个人都能公平地得到月光的沐浴。这个世界上，只有阳光、空气、月色还有父母的爱是无私的，不求回报。散步的时候，他突然想起父亲。他记不得父亲的模样了，只听过他死的时候比较凄惨，夜里给大货车碾断了双腿，司机跑了，父亲躺在马路上慢慢死去。父亲下葬的时候，家里穷得连棺木都买不起，用红砖砌了个坟。很长一段时间，他视家里的赤贫为耻辱。真的是死无葬身之地。

他爱他的母亲。这位目不识丁的女人憋着一股子劲，拼了命也要供他念书考大学。他是家里唯一的男人，母亲和三位姐姐一起供着他从小学一直念完大学。每次想起母亲，他就想哭。她以为儿子考上大学后，就能改变家里的命运。他亦视念大学为耻辱，悔不该念这个书，把家推向了更为绝望的深渊。

路灯将香樟树叶照得泛黄。人行道上已经没有多少行人了。只有这个时候，他才感觉整个世界都是他的。不会有人来与他争工作，也不会有人窥伺着他的那只巨眼。他看见不远处的中国石油，加油工正和一个女人在闲谈着什么。一辆宝马车的到来，中断了他们的谈话。车上下来一个女人，瞥了他一眼，显然诧异他为何深夜也戴着墨镜，并保持了警惕。

十二点一刻，他转身往回走。

客厅的灯关了。她房间的灯也灭了。他轻轻地走到她的房间门口，屏息凝神地听了一分钟，里面没有任何的声音，她肯定睡着了。他轻轻敲了敲门，没有回应。如果她醒来，他会问她有没有胃痛药。这个理由并不是很聪明。目前只能这样，他希望不会碰到这种情况。

他掏出钥匙，小心翼翼地插入锁孔。心脏猛烈地跳动着，声音巨大，里面像钻进了一只青蛙。门咔嚓一声开了。月光越过窗台，侵入了房间。他努力克制住颤抖，让黑暗中的那只巨眼，平静而安分地尽量多望她几眼。她睡得很香。“S”形，侧着身。泰迪熊已经落到了地上。粉红色的睡衣。肚脐处裸露着。他替她将空调被盖好，将泰迪熊摆放在她床头。房间有点乱，显然平时在家都是她母亲照顾的。床头柜上摆着尚未合拢的书和水杯、手机。他将它折好页，合上。做完这些，他蹲在她眼前，细心地欣赏、凝视着她。一切都是完美的，无瑕的。她美得像天使，像圣女一样贞洁。他感觉鼻子有些酸楚，想哭。

黎明的时候，他依依不舍地退出了她的房间。

四

她似乎并没感到异常。早晨她咚咚咚地踩着高跟鞋走下楼梯，那一刻他立马睁开了眼。新的一天，并不会有新的起色和变化。他的手机，除了10086提醒他快要欠费停机的短信，基本上没人来惊扰他。他换了几次号码。他也很少给家里打电话。他知道她们嘘寒问暖过后，便会提起他的工作收入和感情。“都二十八岁的人了，过年该带一个回来看看了。”姐姐这样说。母亲催得更紧。她们显得比他还急切。回忆自己的爱情，至少他也爱过一次。那时他还在学校，她坐在他前排，一个四川姑娘。他给她写过几封信，还专门去《读者》上摘抄了几首情诗送给她。那姑娘一封信都没有回。他恼羞成怒表示要给她写九百九十九封，直到打动她为止。事实上，在他写到第四封的时候就泄气了。那天在图书馆门口，他看见她挽着一个高个男生的胳膊。他呆呆地望着他们远去的背影。后来她给他回了一条短信：“沈齐，我觉得你学习很刻苦用功，将来可能会有大出息，但是，你真的不适合我，我已经有男朋友了，对不起！”

那一刻，他领略到了爱情的残酷。那高个男生带着同情和戏谑的目光直直地盯着他的那只巨眼，他在他俯视下，节节败退了下来。“他们在一起才是最合适的。”他这么安慰自己。

他躺在床上，一点也不想动弹。耳机里反复播放着刘若英的歌：《原来你也在这里》《为爱痴狂》……有一会，奶茶的歌中夹杂着几句赞美诗。他无从分辨。那把放在床下的刀子，他伸手就能够着。那是他在地下通道花三十块买的。他喜欢它的构造，锋利，乌黑，厚实，尖锐，手感非常好。摊主似乎摸透了他的心，一分钱也不肯让。他想总有一天用得着这玩意儿，还是掏钱买了。用它干吗呢？对付自己还是对付别人？对付赵大宇吗？在赵大宇将他从公司开除的那一天起，这个念头就在心中萌发了。但奇怪的是，他并不恨赵大宇。开除自己是应该的，长了一只难看的巨眼，客户看着都恐慌，这种人难道不该扫地出门么？赵大宇这样的人，这几年来，他已经习以为常了。有时他也听听莱纳德·斯凯纳德的《把我的子弹还给我》：

把我的子弹还给我，把它们装进属于它们的枪膛

不要再次欺骗，因为我已经索然无趣

当我到达顶峰，却失去了梦想

……

他已经习惯了晚上散步，也将刀子随手拿上。它给了他勇气、希望和信心。有时，它就是他的精神支柱。汽车灯在夜空中汇聚成一道道流动的光线。高层大厦和繁华的商场仿佛彻夜不眠。那些出入高档饭店和商场的人，脸露自信的微笑，得体的打扮，从容的姿态，无处不体现着上等人的尊严和价值观。他记得那天晚上在地下车库，一男一女久久也没有从车上下来。他好奇地走上去，看到了一件让他感到羞耻的苟且之事。一个五十多岁的光头，正在拥吻着一位高中生模样的女生。那一刻，他下意识地掏出了刀。他就像黑暗中的豹子，怒火冲冲地瞪着那该死的猎物。在他咬紧牙关走向前时，一道光照耀了进来，他听见了车喇叭的声音。它及时制止了他心中的恶。他几乎是小跑着走出来的，天下着小雨，将他一路淋得垂头丧气。

神在第四天创造了光，结束了世间的黑暗。见到她的那一天，是个晴天，连日的雨水在那天奇迹般停歇了。她像一束明亮的光芒，将他内心每个阴暗的角落都映照得光明如初。神看着是好的。

五

第二次他差点出了岔子。他没想到她竟然迷糊中伸手去摸床头柜上的水杯。水杯是空的，水早喝完了。他吓得蹲在床脚，听见心脏在剧烈地跳动，有几秒钟，它仿佛停止了跳动，旋即报复似的狂蹦起来。那一刻他的大脑一片空白。如果她发现，他立刻跳楼自杀。一点也不会犹豫。这样的惶恐让他如坐针毡，冷汗从几亿个毛孔里奔涌而出。他听见汗滴在地板上的声音，下雨一样。漫长的等待，客厅墙壁的挂钟滴答滴答地响着，催命似的。他蹲在那儿一动也不敢动，生怕惊醒她。直到天色快要亮了，她已经进入了沉睡状态，他才敢蹑手蹑脚地爬出去，关上门，球形锁咔嚓一下，如西西弗斯的巨石，从悬崖上滚了下来。

一连两天，他都处在诚惶诚恐中。他暗地里观察着她的表情和行动，她似乎并没有什么变化。他想大概是剂量不够才导致这种情况的发生。他决定将剂量加一倍。

月色依然挺好，淡淡地从白色的纱窗上透射进来。房间似乎洒过了香水。她歪着脖子斜躺着，胸前还放着饶雪漫的小说。她几乎一页都没翻就睡着了，连台灯都来不及关。他小心地将她的身子往下拉了拉，使她睡得更舒服些。房间越来越凌乱，电脑桌上杂乱无章地摆着巧克力、香水和化妆盒。电脑键盘落满了饼干渣。墙角的蚊香已经快燃尽了。旁边堆着一只大箱子，塞满了没折的衣服。手机正在插座上充电，显示已经满格。他轻轻地将插座拔了。他猜她从未拖过地。他找来一把毛刷，将键盘夹缝中的饼干渣清理干净。然后用抹布和拖把，把桌面和地板擦扫干净，将所有物品一一整理归类，整齐摆放在该放的地方。干完这些，他愉快满足地望了沉睡中的她一眼，长久堵塞在心中的某些东西，统统被疏通掉了，他感到浑身通透，每个毛孔都在呼吸着新鲜而健康的空气。

她沉睡的样子依旧那么迷人。月光挥洒在她的脸上，像笼上了一层洁白的面纱。那平静而富有规律的呼吸，随着瓷实的乳房一启一合着。她的身体洁白无瑕的，圣女一样，不容人侵占。她的左手搭在床边，玉指芊芊。他颤抖着手，缓缓地与它相扣。在碰到她的手指时，他的牙关都在抖动。十指相扣，从此一生不相离。那一晚他就这么坐在她床边，沉浸在美好的世界里，直到东方发白，他方才离去。走时他将东西又置之于凌乱中，关掉台灯，默默地道了声“早安”。

晚上看电视的时候，她破天荒地和他说起话来。

“我以前可是夜猫子，睡眠质量非常差，一般都要熬到一两点，直到非常累了才能睡得着。最近不知道怎么，挨着床就睡着了。”

他说：“可能是你最近工作太辛苦了。”她翘着樱桃小嘴，做一副哲学家的思考状，继而假装严肃地对他点了点头说：“有道理，有道理！没想到上班治好了我的失眠症，哈哈真是因祸得福啊！”她给他大讲单位领导们的各种八卦，某个部门领导和小三逛商城的时候，被老婆堵在电梯门口……她眉飞色舞起来。他露出羞赧的微笑聆听着，始终盯着电视屏幕，尽量不与她对视。

他不得不考虑再增加一点剂量，在安全的允许范围内。有几次他被噩梦惊醒，大汗淋漓。在梦中，他看见床上的她突然醒了，错愕地看着他，继而发出一声尖叫……他赶紧向前捂住她的嘴，用力地抱着她，直到她瘫软下来，慢慢失去抵挡。他怎么没有选择从窗口一跃而下呢？这个梦像达摩克利斯之剑，牢牢地悬挂在他的头顶。

六

有阵子，他沉浸在这样的世界里。他幻想自己就是她的守护神，在阒无人声的夤夜，静静地守护着她。这是他们两人的世界，连月光也休想参与进来。

有时他甚至颤动着嘴唇，忍不住想轻轻呼唤她。

“怡薇……”

那晚天热，她没有穿睡袍，只穿了一条小内裤。她蜷曲着身子，手搭在胸前，构成一道迷人的曲线。心惊肉跳中，他感到脸上烧灼了一样。他立在那儿踌躇一下，那道打开的门又缓缓合上了。躺在床上他的脑海中装着的全是那道“S”形的曲线。她沉睡的面容那么安详宁静，身体却发出了塞壬的歌声。昏黄的台灯下，她的影子无处不在。

“你爱她吗？”

“你配爱她吗！”

她裸露的部分让他产生了不可遏制的罪恶感。他为自己的卑鄙感到羞愧。午夜的列车准时拉响汽笛。他头回发现窗户发出细微的颤抖声。有一束来路不明的光柱打在玻璃上，很快又转移开了。这一天过得实在有些沮丧。中午在小区大门口，他瞥见地上那一毛钱硬币，弯腰拾起迅速装进裤兜时，才发现旁边台阶上站着的男孩。他正用一种复杂的目光考量着他。这个小孩的目光让他受辱。为什么不能去捡地上的一毛钱？就因为它低贱吗？他有些愤懑起来。

他将空烟盒揉成一团丢进垃圾桶里。嘴唇因吸烟而苦涩，他感到某种空缺已久的需求。再次回到了她的房间，几乎是带着一股怜爱，将太空被轻轻地将她覆盖好。她的呼吸平顺而流畅，沉睡带给了她香甜的梦境。那是一种没被破坏的美，像荒无人迹的冰山，干净，清澈，冰冷。他握了握她的手。

手机响得那么突兀，他完全没有做好准备。悦耳的铃声伴随着震动，在桌面上嗡嗡地响着。他惊心动魄地望了她一眼。她似乎也没有被闹醒。他屏息蹑足，将手机的声音关掉。是一条短信。他下意识地打开了手势密码。

“小宝贝，睡了没？你怎么没上微信？想你了！”

这个叫大块头的男人的短信让他产生一股子妒忌。他打开她的微信，他们的聊天记录源源不绝地呈现在他的眼前。

“想我还不赶紧来。”

“这边暂时还没法辞职啦！那个跟你合租的男人怎样？”

“呵呵，怎么你不放心吗？”

“孤男寡女的……”

“去死！你要见到他人，肯定就会对他放心啦！”

“怎么？”

“我给你发张我偷拍他照片给你看看就知道了。”

……

“怎么长成这样？歪瓜裂枣的呵呵。”

“这下你可放心了吧！他那只坏眼睛真让我恶心！你说我再怎样，品位也不至于这样差吧！”

“是很恐怖的，看上去像个恶魔哦！”

沈齐几乎忍着满腔的妒火将短信看完的。

他从没想到自己在她眼中竟然是这样一副形象。她成了他的一面镜子，将他丑陋不堪的一面完整地呈现出来。而她是什么时候偷拍到这张令他恼羞的照片的呢？他做梦也没想到，她偷拍了他，并且将它发给了很多男友，与他们一起分享着他自卑的灵魂。在她那众多陌生男人的微信好友聊天记录中，他俨然成了他们之间的谈资。在几个男人的聊天记录里，那些散发着肉欲的挑逗聊天让他血脉偾张着，他第一次目睹她的裸体竟然是通过微信里她的自拍照。她的放荡的眼神让他感到羞愧。那些狎昵的语调，露骨的调情和不堪入目的照片让他感到有些伤心。仿佛断臂的维纳斯又接上了那只胳膊。她正在和一个男人计划着月底的旅行，泰国南部的普吉岛。“来回的机票和酒店已经订好了……”他想象着他们在碧海蓝天的海滩上，勾肩搭背的情景。那是他永生也无法承诺的梦想——带着自己心爱的女人出国旅行。他们住在海边的酒店，在床单上翻腾。“宝贝，好想你吃我的香蕉……”“坏人！”他将手机轻轻放在桌上，眼前的这个女人感觉越来越陌生。

她陌生得让他怀疑自己从未见过她。她和他本就不是一个世界的人。一切不过是幻觉，就像那些迷幻的声音和细节。他小心地撩开被子，将手安然地放在她的胸上。那一对洁白而丰腴的乳房，在触碰的瞬间，他感受到了片刻的晕眩。继而一股电流在体内不安分地流窜，奔跑，他感到自己像一个真正的男子汉，很骄傲地站在自己暗恋已久的女人面前，坚硬地勃起，又夹杂着奔赴战场前的焦躁和激动不安。他将自己脱光，然后上了床。客厅墙上挂钟的指针，窗外偶尔路过的汽车呼啸声，环卫工人清扫马路上落叶的声音以及她的呼吸声，他一一收纳。有一刹那，她似乎动了一下，在他嘴唇凑过来的时候。他什么也没有察觉到。她的嘴很甜。口腔还残留着薄荷型牙膏的味道。在他褪掉她的内裤，行事的关键时刻，他听见了愈来愈响的火车声。仿佛是从窗台下经过，铁轨被激动地撞击着，毫无商议的汽笛声尖刀一样划破夜空，朝他刺了过来。那声音和床上发出的尖叫声混合一团，构成黎明前的双重奏。

她惊愕的眸子吓着了他。在她即将尖叫的时候，他及时骂了声“婊子”！期间他动用了枕头、双手和全身所有的力气。他像一头狂暴的狮子，朝身底下那不安分的猎物发出狂吼。他不吝用最野蛮的力量，才将她的反抗镇压下来。她终于安静了。又回到了最初的时候。黎明正酣，外面短暂地回归了沉寂，万物寂静如初。

许久，他轻轻地呼唤了一声。她没有搭理。他声音再加大一点，再大一点，再大一点……她没有再理他。他去找了一根烟，坐在床头静静地抽着。她睡着的样子和几分钟前没有两样，如果可以像拍电影那样，把刚才那几分钟的镜头掐掉，一切重来该多好。天刚破晓的时候，他去抽了几张餐巾纸，将她的下体擦拭干净。期间，欲望促使他又重新伏在她身上做了一回。如果不能主动，那就只能接受被动，就像面对生活。完事的时候，他这么想。

七

他倦怠地往箱子里塞了几件衣服，拿了她一点钱和首饰，接下来该干些什么？房间里找不出一根烟来，他只能等天亮透后小卖铺开门。期间他去垃圾篓里翻出了几个烟蒂。烟蒂散发出一股涩味，含在嘴上让他恶心。她的手机响了，是那个大块头发来的短信。他几乎是怀着恶作剧的心情，回了过去。他想象对方暴跳如雷的情景，不禁哑然失笑。不知道过了多久，楼下越来越多的卷闸门响起来。太阳喷薄而出，霞光温柔地沐浴着大地。他看见环卫车在地面上洒着水，几个晨练的人穿着背心朝街上跑去。街道又恢复了喧哗将至前的冷清。

赞美诗的声音就是那时响起的。他循着声音，推开了她房间的窗台，在拐角处，他看见一群打扮得体的老人们站在修葺整齐的私家花园里，正面容肃穆地唱着："圣哉，圣哉，圣哉，黑暗蔽圣明，罪人不能仰视，庄严广大妙身，唯独主为真原……"那声音那么慈祥圣洁，仿佛不沾人间烟火气。他颓然地坐在地上，一脚踢开旁边箱子，点燃烟蒂，将衣服又一件一件扔了出来。他感到有些沮丧，想原来她们都住那里面啊。

（原载《人民文学》2014年第9期）

不速之客

孙　频

一

大约晚上十一点钟的时候，又是三声敲门声从天而降。羞怯，笃定。敲在门上像落进了一只空桶里，那回音一落进去就迅速破土而出，直长得蓊郁妖娆，阴森森地爬满了整间房子。

苏小军扯开被角翻身坐起，紧张恼怒地盯着那扇门。三声敲门声无声无息地落下去了，空气里出现了一段短暂的空白，然而，这空白倒像是一只紧闭的柜子立在他面前，有装满了敲门声的嫌疑，似乎只要他一打开，它们就会立刻占领他的整个房间。一定又是那个女人。他下床，光着脚轻轻走了几步，无声地把灯关掉了。然后，他赤着脚戳在黑暗中，静静地等待着。果然，一分钟之后，又是三声同样质地的敲门声响起：笃、笃、笃。苏小军站在原地一动不动，他从最下面的门缝里窥到了楼道里一线昏暗的灯光和那个正守在门前的影子，那影子也一动不动，像是本来就长在他门口的一株植物。他希望它能走开，可是，它因了黑暗和绝望的浇灌反而长得更葳蕤了。它简直要在他家门口繁衍出一片森林来。

又是几秒钟的空白，门外的影子不动，门里的苏小军也不动。虽然身体没动，苏小军却觉得他整个人都被一口气提起来了，正悬在空中。他等待着一秒钟之后再次拔地而起的敲门声，果然，又是三声敲门声。只是比刚才烦躁了些，急促了些，似乎是果子成熟，急于要落到地上来。苏小军发现自己居然还是一动没有动。在那一瞬间，他都有点惊讶于自己的残忍了，他居然能在九声敲门声后还待在屋子里装死，只是为了不让门外这个女人知道他在里面。

屋里的这团黑暗比外面的夜色更加坚硬，盔甲一样裹着他，让他闻到了一种生铁的冷硬，还有一缕细若游丝的血腥味。他有些恐惧，但这恐惧里还夹杂着一种奇异的快乐。他看着自己的那双手，在黑暗中，它们看起来面目模糊，安详残忍。

就在这时候，他的手机忽然响了，该死，他忘记关机了。就在他扑到床头要摁住活蹦乱跳的手机音乐时，门外的人已经听到了。一阵猛烈的敲门声倾巢而出向那扇门砸过来，这样再砸下去所有的邻居都会被砸醒，大家披着睡衣揉着眼睛出来看热闹，说不定还会有人报警。他知道，如果今天不开门，她会一直砸门砸到天亮。这个可怕的女人。他扔下手机走过去，开了门。屋里还黑着灯，猛一开门，他有些不适应楼道里的灯光，然后他眯着眼睛看到了灯光夹裹着的那个女人，她身上披着一轮光晕。果然是纪米萍。她敲第一声门的时候他就知道是她了。

除了她还有谁会在深夜里死不罢休地敲他的门?

他站在那扇门里，像个邪恶的门童一样守护着背后满满一屋子的黑暗。借着黑暗的庇护他仔细地打量着她，她头发散乱，眼角泪痕未干，就着灰尘和成了两粒黑色的眼屎，肩上又背着那只鼓鼓的黑色大挎包。肯定又是坐火车长途跋涉过来的，和以往每次都没什么不同。她终于敲开了门，却不敢与他对视，仿佛他是坐在教室里的威严的老师，而她是犯了错误的学生。她歪着一只肩膀，那只包可能太重了，扯着她的肩膀，露出了一根黑色的胸罩带，她也不打算把它收进去。她歪着肩膀低着头站在他面前，一缕油腻的头发垂下来遮住了她的眼睛。

这已经不知道是第几次了，每次都这样，她事先连个招呼都不打就跑过来找他，坐七八个小时的火车，如果买不到坐票，她就一路站到太原来找他。然后，她就站在他门口一遍一遍敲他的门，如果他真的不在，她就在他家附近找个最便宜的小旅店住下来，几天几夜安营扎寨专职等他。以至于他每次一走到楼下就有一种踩上了蜘蛛网的恐惧感，似乎这蛛网是专门为他布下的。他要是不撞到这网上来都有点对不起她了。

他阴沉沉地立在那里不说话，她也不动，以固定的姿势垂着眼睛，只让自己躲在那缕油腻头发的门帘后。那只大包正从她肩膀上往下滑，每滑一次便把她的衣服往下扯一点，仿佛地下有什么神秘的力量正把那只包连那只胳膊拉向深渊。她不抗拒。渐渐地，她的整个肩膀都露出来了，她上身偏胖，肩膀本有些肥腻，又箍着那根黑色的胸罩带，倒也有几分萧条的肉欲。她似乎是在以此刻意提醒他，衣服下面，这衣服的下面还有别的，好比超市的货架，你要用什么随时可以来拿。他盯着那肩膀心里一酸，叹了口气，往后退了一步，说了声“进来吧”。

她像刚刚被赦免的犯人一样，诚惶诚恐地跟着他进了屋，关上门他顺手开了灯。黑暗中轰然炸出一片雪亮，像座刚刚浮出来的岛屿，她仍然不敢放下那只大包，拖着它站在岛上等候发落。他像个观众一样又看了她几秒钟，然后又叹了口气说：“把包放下吧，你也不嫌累。”她得了指令便怯怯地把包放在墙角，似乎那桌子上是收费的。头依然垂着，他看到她那只扯衣角的手在习惯性地抽搐着，他知道她一紧张就这样，一只手放在腿上抽搐的时候就像她正在练习弹钢琴。她怕他看见了，忙使劲往下拽衣角。他假装没看见，只说：“快去洗把脸吧，这都几点了。”

她终于抬起头来看了他一眼，她看上去并不痛苦，准确地说，她的五官都像泡在某种溶液中一样，呈现出一种夸张的休眠状态，似乎它们是某种海底生物，可以几千年地蛰伏着不动。

纪米萍从包里取出自己的毛巾，然后借着脸上那缕头发的掩护向卫生间走去，好像这样护着自己，他就暂时不会看到她了。他看着她的背影，她走得很慢，佝偻着背，抱着自己肥硕的毛巾，整个人看起来忽然变得很小很小。她进了卫生间，把门关上了。苏小军再次倒在床上，他脑子里一遍又一遍地想，这个女人，这个可怕的女人，简直好像随身携带着棺材一样，好像随时准备着一死，好像她压根就不打算活长久。真是比他还要亡命徒，他最多被人雇来做临时打手讨讨债，出出气，杀人的事还从来没干过。他简直不是她的对手。

过了一会，纪米萍从卫生间出来了，苏小军感觉她慢慢走到床前了，她似乎从自己的包里又掏出了什么，她站在床边低声对他说："这是给你买的衣服。"他并没往她身上看一眼，她每次不打招呼跑过来的时候都会给他一件东西，衣服、围巾、袜子，没有什么牌子也看不出价格，和她身上的衣服如出一辙。他从来不会穿，但也无法阻止她。他皱着眉头说："先关掉灯睡觉吧。"她听话地关掉灯，整间屋子咣当一声再次掉进了黑暗的箱底，在他们掉进箱底的一瞬间，那种恐惧在黑暗中忽然再次苏醒了，好像它本来就蹲在河流的上游，现在随时会随着黑暗顺流而下，流到他们面前。他只觉得黑暗的空气里全是她，站满了密密麻麻大大小小的她，她们像千佛洞里的佛像一样向他挤压过来。

就在这时，被子被掀开一角，她无声地爬进了他的被子里。在这张床上她睡过不是一次两次了，她很熟稔地躺在他身边，把半张被子盖在了自己身上。她身上冰凉滑腻，还挂着水珠，像一尾刚刚捞上岸的鱼。她躺在那里慢慢蠕动着，好像要在这床上给自己刨出一个坑来，在这个过程中她和他有几处短暂的肢体接触，这些接触很细小很轻微，小心翼翼的，好像从她身上长出了无数气根一样的小手，这些小手试探着触摸着他，见无处生根便又自己缩回去了。他静静躺着不动，好像已经睡着了。她终于停止了蠕动，也静静地躺在那里，他感觉到她把脸侧到了一边，好像在黑暗中都怕他会看到她的脸。两个人像两具尸体一样并列在床上。

不知过了多久，他叹了口气，终于伸出了一只手，这只手准确无误地放在了她的一只乳房上。她上身是光的，他继续往下摸，她全身都是光的。在上床之前她就把自己脱光了，像是要祭献给他的一盘肉。他仍然是那个姿势，懒懒地躺着，那只手从她上面摸到下面，又从下面摸到上面。在这缓慢的抚摸中她开始了低低的抽泣，他每摸她一次，她的抽泣声便大一点，似乎是在给他计件付报酬。她的乳房肥硕松软，一躺下来便流得到处都是，他慢慢摸着那只乳房，像是要耐心地把它们都收集起来，收好了像雪人一样堆成一堆，他慢慢摸到中央，她变得冰凉而坚硬。与此同时她忽然便大声抽泣起来，这骤然响起的哭声在黑暗中听起来鲜艳凛冽，像块刚揭了皮的伤口。他下意识地把手抽出来，像是怕不小心碰到了这鲜红的皮肉。她的哭声像玻璃碎片一样四处硌着他，在这张床上他几乎没有容身之地了。

他知道他再没有别的办法可对付她。黑暗中，就着这裂帛似的哭声，他鞭策自己一跃而起，趴在了她身上，他像给汽车加油似的又使劲揉了她两把乳房，下面好歹硬了，可以发动了。可是他进不去，她下面太干了，干得像铜墙铁壁，连丝缝隙都没有。她没有声息了，在屡次试验中他的脸碰到了她的脸，他感到她无声地躺在那里却是在比刚才更汹涌地流泪，她的整张脸都是湿的，她在那无边无际地流泪、流泪。他把手放在她的眼睛上，想把那泪水堵回去，可是他的那只手很快就被淹没了，泪水从他指缝间涌出来。他简直像趴在一眼泉上汲水。

他像被大雨浇透一样再没了心情，可是他刚要从她身上下去又被她死死抱住了，她一边抽噎一边哑着嗓子乞求：“和我做一次，就一次，好吗？”她一边乞求一边流泪一边揉搓着他下面，他也快流泪了，但是他知道他现在唯一该做的就是进去，进去了才是对她的安慰，好像只要他一进去她就可以把他整个人都霸占住了。她才不会这么恐慌，这么神经质。

为了接纳他，她几乎摊开了身上的每一个毛孔，似乎要给他一道永久免费的通行证，他什么时候想进去就可以进去。可是，他还是进不去，她那该死的眼泪还在不停地决堤不停地淹没他。他随手打开台灯，几乎要求她了，求求你不要再哭了行吗？灯光下他看到她两只眼睛已经哭得红肿，眼泪鼻涕糊了她一脸，脖子里也全是泪，再往下是那两只四处流淌不成形的大乳房。她使劲“嗯”了一声，伸手撕了一块卫生纸狠狠擦了擦鼻子、眼睛，然后，她肿着两只通红的眼睛，大义凛然地对他说：“我不哭了，来吧。”好像她是屠宰场上那只洗干净的牲畜，就等着他一刀子下来了。

他也急于想进去，不是他多想要，而是，他知道，若不进去今晚便没完。可是他软了硬，硬了又软还是徒劳，果然，她的泪又出来了，她又一次无声地流泪，两道泪水在她脸上闪闪发光，像两把利刃对准了他。他不想再看，又伸手把台灯关了。她在黑暗中抽噎着说：“你吻我一下好吗？你都不吻我。就一下……你知道的，你不吻我，我是不行的……就一下，让我知道你还是爱我的。”他没有说话，嘴唇也没有向她的嘴唇伸过来。她忽然再次大声抽泣起来：“你明明知道，你都知道，你就是不肯吻我一下，吻一下就那么难吗？”

“我知道什么？”

“你撒谎，你知道的，从第一天起你就知道，不接吻我根本不能做爱，我不是妓女，我得接吻，你不吻我的时候你根本就进不去。你早知道的，你从一开始就知道。”

“你和其他人不接吻又不是没做过。”

她歇斯底里地哭号起来：“那不算那根本就不算，那是做爱，那就不是爱。爱一个人就是要接吻的。”

“那你不照样也做了。”

“……”

她不再说什么，只是把自己摊在黑暗中歪着头无声流泪，他的手碰到枕头，那里已经湿了一大片。他的眼睛一阵酸涩，泪差点也下来了。这个女人啊。他使劲掰过她的脸，终于对着那张湿漉漉黏糊糊的脸吻了下去。在他的嘴唇触到她的脸的一瞬间里，她把自己整个人都送了上去，忙不迭地，唯恐过时不候的。在找到他的嘴唇之后，她贪婪地吮吸着，恨不得把他整个人都吸进去，咽下去。她嘴里满是浓烈的牙膏味，好像刷个牙便挤掉了半管牙膏。他知道，为了迎接他，她恨不得把自己身体里的每个角落都打扫干净。这牙膏味像鞭子一样抽在他身上，使他忽然便生出了很多蛮力，他一使劲，总算进去了。这次的任务好歹是完成了。他知道，只要进去了，哪怕只有一分钟，她对他也会感激涕零。

她痛苦地叫了一声，然后便更紧地抱住了他，她紧紧地抱着他，好像生怕他会消失了，会忽然跑了。他在这馥郁浓烈的拥抱中几乎动不了，就像身上驮着一个人试图要飞起来一样，两具沉重的肉身压着他拖着他，只三分钟就结束了。他趴在她身上想对她说一句“对不起”。却发现她还是那么紧那么不顾死活地抱着他，他开始感到一阵强烈的恐惧，他知道她又要说什么了。可是晚了，他根本拦不住她，她抽噎着在他耳边断断续续说了三个字：“谢谢你。”他愤怒着，抓狂着，想大吼一声：“不说这句话会死人吗？”他没吼出来，泪却下来了。他趴着不动，静等着那两滴泪水自己风干。

两个人又恢复了原来的姿势，像两具尸体一样平躺在黑暗中。她的身体在黑暗中悄悄蔓延，试图向他偎依过来，他便坐起来，点了一支烟，靠在床头上一明一灭。他抽了两口烟之后还是开口了：“这次你打算待几天？”

她慌忙说：“我不会待久的，就和你待两天，待两天我就走。”她急切地强调只要两天，似乎两天是不算数的，是可以被忽略的。

“你那边也不扣你工资？”

“我请假了，反正也不忙。”

“你怎么老是招呼都不打一个就跑过来了？我和你说过多少次了？”

“谁让你不理我了。”

“你跑过来又怎样？你觉得有用吗？我早和你说过了，不要再来找我，找我也没有用的。”

“你真的不爱我了吗？”

“是的。”

“……你撒谎，我不信，你心里对我还是有感情的，我能感觉到。”

“我原来是喜欢过你，可是现在真的耗光了。你这样每跑来一次我对你的厌恶就多一点，现在我已经很怕看到你了，你知不知道？”

“……我不信……我不信……你刚才还吻我的。我知道，不爱是不能接吻的，我和其他人都不接吻的，就只和你一个人接吻……”

“够了。你和别人又不是没睡过，睡都睡了，还一定要装作根本没接过吻，从来没有和人接过吻，这有意思吗？”

二

她啪地打开台灯，从床上一下跳了起来，她披头散发地半跪在床上，把下半身埋在积雪似的被子里。她的眼睛因为流泪太多已经肿成了两条缝，她向他探着上半身，两条缝里挤出的目光湿答答的，像狗的舌头舔在了他的脸上，殷勤地、急切地、讨好地、不顾一切地要舔着他的脸他的手他的全身。她用一只手在胸口大幅度地比画着，指着自己的心脏部位，似乎随时准备着要把那里剖开，要把里面的东西一览无余地给他掏出来。她养的指甲很长了，半透明的指甲在灯光里闪着釉光，一把把匕首似的在肥腻的胸脯上划来划去，两只乳房跟着她的手势活蹦乱跳。她比画着胸前，探着头盯着他的脸，似乎要把她整个人都送出去：“你不信？你不信我说的话吗？原来我说什么你都不信么？你居然……不信我从来没有和别的男人接过吻？”

“……无聊。”

她的两只手以更大更焦躁的幅度在胸口乱扒拉着，好像一定要在那里刨出点什么来，好像她全身都快着火了，唯有胸口那个地方能流出泉水来解救她。他看着她的脸，心里像塞满了石头，硌得他生疼，连他那只抽烟的手都跟着抖了一下。然而，在这种疼痛的薄膜下还包着另一种物质，它像蛋壳下一只正在成型的雏鸟，正渐渐长出爪子，长出嘴。正渐渐地破壳而出。他忽然认出它来了，他浑身一哆嗦，那薄膜下又是那种快乐，那种见不得人的诡异的快乐。每次痛到极点了，这种快乐便也会跟着现形。似乎它们是一母同胞。她的动作越剧烈，那快乐便在他心里长得越茂盛，它简直快要长成庞然大物了。他忽然明白了，其实是她用她的苦痛饲养了它。它在他的身体里喝着她的血长大了。可是他唯恐它会跑出来，因为在它的映照下，他会像一个被投射在幕布上的巨大剪影，他会觉得自己比它更凶残更阴森。果然是一个做打手的料，他再次害怕他自己厌恶他自己。觉得自己像个刽子手。

他大喝一声："不要说了。"手又是一抖，一截红色的烟灰掉到了被子上，她也不顾手烫，低下头去急急摘掉了那截烟灰。她仿佛连疼痛都感觉不到了，简直是水火不进的钢铁之躯了。他愈加烦躁，转身碾灭烟头，对着她绝望地说："我求求你，这次走了就不要再来找我了好吗？我对你这样的不好，为什么还要来找我？"她还是那样半跪着，两只手还搭在胸口，她脸上已经没有泪了，两只眼睛肿得遮天蔽日，快要把整张脸淹没了，这使她看起来分外丑陋。她跪在那里喃喃自语："我来看你是我自己的事，我需要它，你不懂吗？你不相信我吗？这么久了你还是不相信我吗？我和别人睡过觉那是由不得我，可是接吻不接吻我是可以自己做主的啊。"

他冷笑一声："由不得你？有人逼着你卖吗？"

她哑着嗓子叫起来："你不和他们睡你怎么活？十几岁我就开始养活自己了，我没有本事没有钱没有亲人，我什么都没有，他们看你年轻就要和你睡，你说怎么办？我怎么活？你让我怎么活？"她的声音忽然又兀自低了下去，就像绕过了一个激流险滩后忽然被搁浅了。她声音低低的，浑浊不清的，像是在自言自语，又像在向着一个神父忏悔，他就是站在她面前的神父，她忏悔着，一定要把自己从一汪血泊中解救出来。她喃喃地说："可是，这么多年里我从来不和他们接吻，因为他们没有人爱我，我知道，他们只是要和一个身体睡觉。我和他们睡觉是因为我觉得那身体我早就不想要了，可是，我还可以给自己留着一个吻。”他鼻子里又是一声冷笑，心里的疼痛却更剧烈了，他忽然无比恨她，恨她要一直这样喋喋不休下去。可是她还在继续：“我一直在想，只要他是爱我的，我就什么都不怕，我就怎样都可以……你能相信我吗？我怎样才能让你相信我？”

他不再看她，只说：“我们结束了，以后不要再来找我了好吗？”

她的目光从那两条石缝里榨出来，已经支离破碎了，可是她没有再流泪。她哑着嗓子又问了一句：“你真的一点都不爱我了吗？”

“不爱了。”

“……你知道我心里是把你当成亲人的，我就你这么一个亲人。”

“我知道，可是，我真的爱不起来了。对不起。”

“不要对我说对不起，我不需要，我不需要。”她的声音猛地高起来，然后再次落下去，向深不见底的地方落下去，“你放心，我就只是来看看你，看看你我就走。我就是觉得不放心，不放心你一个人住在这里，你不会做饭不会洗衣服，你看看你的桌子有多脏，你看看你的裤子开线了你都不知道。不知道为什么，我经常觉得你还是个小孩子。你记不记得有一次你在路边给我摘了一朵花送给我？你不知道，我捧着那朵花，跟在你后面悄悄哭了一路。那时候我真觉得你像个调皮的小孩子啊，我就总想着，能为你做点什么就做点什么，哪怕给你洗一次衣服做一次饭，我也会觉得安心一些。就算你真的不爱我了我也还是心疼你，我明天就走，我来就为了和你待一个晚上，待几个小时，我明天就会走的。只是现在……你再抱抱我好吗？”

他的泪再也止不住了，那疼痛像一种刚刚酿好的毒药腐蚀着他的五脏六腑。他流着泪咆哮起来：“你马上滚，马上离开，我再也不想见到你。你这贱货，你为什么要让自己这么下贱？你能听懂吗？你有一点点尊严好不好？算我求你了，你有一点点尊严好吗？”

她跪在那里呆呆看了他几秒钟，像是在辨认一个水中的模糊倒影，终于，她认出是他了。不会是别人，只能是他了。她不再说话，缓缓从床上爬起来，走到地上，她在那里失魂落魄地站了几秒钟，看着自己脱下来的衣服却没有穿，好像她已经不认识它们了，它们是天外来物，她压根没见过它们。一分钟之后，她赤身裸体地向自己带来的那只大包走去，他看到了灯光下她那宽阔的臀部，死鱼白的大腿，像反射的雪光一样灼伤着他的眼睛，原来，这一切他已经是这么熟悉了，她一次一次跑来看他，他竟无法不熟悉关于她的一切了。她背着那只包，赤裸着，像个随时会化掉的雪人一样，向门口慢慢走去。在她即将打开门的一瞬间，他以飞快的速度跳下床，同样赤裸着，从背后抱住了她："你这傻瓜。"他的泪落在了她肥腻的肩膀上，又顺着那肩膀向下流去，流去。

他第一次见到纪米萍是在两年前了。那一晚一个朋友请他去一家夜总会，叫了两个陪酒小姐。其中一个是新来的，二十一二岁的样子，脸上还带着点婴儿肥，穿着一件廉价的黑底白点裙，浑身上下到处是圆鼓鼓的，散发着一种肉质的荤腥。她就是纪米萍。她坐在那里，表情看起来有些怪异，表示她对所有的人爱理不理。她才喝了一瓶啤酒就把酒瓶往桌上使劲一撴，然后像个烈士一样大义凛然地对两个男人说："我可是只陪酒不陪睡的。"另一个陪酒女低头偷笑，两个男人想，这女人怎么有点二百五。她看起来似乎酒量极好，一瓶接一瓶地往下喝。几瓶啤酒下去之后，她身上那层怪异的肃穆忽然裂开了一道缝隙，有什么东西正挣扎着从那道缝隙里探出一只触角来。她忽然对他抛了个媚眼，波光潋滟的，水红色的，职业性的媚眼，抛完后又向另一个男人也抛过去一个，以示她根本不缺这点东西。然后她坐在那里跷起一条腿架在另一条腿上，吮当又喝下去半瓶。这个媚眼像枚大头针一样，穿过了苏小军的身体，使他忽然动弹不得。

倒不是这目光多么妖媚，而是，他忽然觉得这目光像是从她身上拔起的一个塞子，有更多的东西即将从里面倾倒出来了。果然，又是一瓶酒下去之后，她呆呆地坐在了那里不动也不看任何人，像是突然在思考什么问题。几分钟之后，她带着一副被打扰了的不耐烦的表情抬起头来看了他们一眼，好像一个被迫中断了工作的伟人。她又喝了半瓶酒，然后对自己凛然一笑，就像在空气里忽然看到了自己的倒影。她好像感到包间里很热，便把领口往下撕了撕，于是露出了半个肥硕的乳房。两个男人的眼睛都落在了那半个乳房上，她感觉到了，对着空中笑着晃了晃身子，半只乳房也跟着她晃动。然后她看着他们，又抛来一个娴熟的媚眼。媚眼之后她赶紧又灌了一口酒，好像急于把刚才那媚眼压下去，仿佛她很厌恶它，都不知道它是怎么跑出来的。

又是整整一瓶酒，这瓶酒下去之后，她的表情明显开始呆滞，她呆呆坐在那里，好像正在空气里费力辨认着什么。苏小军坐在旁边像看一出话剧一样一直看着她的表情，她好像还是有点不相信那个抛媚眼的是她自己，她好像不知道该拿那个已经存在的自己怎么办。她的另一个自己似乎受到了极大的威胁，她的目光松脆、零散、慌乱，像是忽然走失在了异国他乡。她似乎正在忙于探究自己的身份，在费力地辨认自己究竟是谁。

他看到她那只放在大腿上的手正神经质地抽搐着，四个指头胡乱敲着大腿，像是正在弹一架钢琴。发现他在看她，她便举起那只手，做出燠热难耐的样子又撕了撕领口，这次，是一条很深很肥沃的乳沟被犁出来了，她自己在前面给他们引路。她不再看他们，只是挺着这道乳沟傲然坐在那里，好像是她自己一手开发出了胸脯上这广袤的原野，就等着游客来参观了。

她敞着宏伟的乳沟喝了一瓶又一瓶，不讲荤段子也不唱歌，只是恪尽职守地喝酒喝酒。喝完第十五瓶，她开始呕吐，不顾一切地排山倒海地开始呕吐，呕吐完之后她开始哭泣。哀哀地没有任何理由地开始哭泣，仿佛呕吐哭泣都是她自己的事，和别人没有半毛钱关系，她一个人肆无忌惮地游弋于其中。朋友皱着眉说今天怎么这么背。苏小军平日里最讨厌喝点酒就痛哭流涕的人，好像全世界都欠了他们，但现在看着一个女人喝了酒痛哭流涕还是觉得别有风味，就好像，她的苦痛要比别的女人深，深很多，以至于根本无法从中把自己打捞出来，必得这样大哭才能让它们像盐一样析出来。他说："今天先这样吧，我把她送回去，你看她吐成什么样子了，也就是个没酒量的。我看她不过是想借酒发发疯，也怪可怜。”

苏小军打了一辆出租，上了车问她住在哪。她缩着脖子看起来迟钝寒冷，好像正踽踽独行在冰天雪地里，她指指这又指指那，苏小军叹口气，把她带到了一家宾馆。他指着房间里的那张床说：“今晚你就睡这吧，早点睡。”她迷惑地盯着那张床看了半天，忽然扭过头来，用浑浊不清的目光盯着他：“这是哪里？我到哪里了？”他说：“你喝醉了，回不了家，这是宾馆。”“宾馆？”她忽然咧嘴笑了，一边笑一边挣扎着蹒跚着又打出了一个媚眼，媚眼七歪八扭，像刚凿出来的石头，掷过来刺得他生疼。

她指着那张床，媚笑着说：“你带我来这里，是不是想和我睡觉啊？”他看着她，不说话。她跌跌撞撞地游到了他面前，绕着他转了一圈，好像他是地球，她是卫星。然后她忽然又撕了撕领口，那条乳沟再次跳出来，殷实而肥腻，似乎正静等着人的收割。她用拉皮条的眼神瞅着他，然后独自在房间里转了一圈，似乎这屋子里站满了密密麻麻的人，她正和他们交谈，手舞足蹈。他听见她对着空气说：“每个男人都想和我睡觉，我就知道，你们都想和我睡觉。我在这个社会上已经混了五年了，五年啦你知道吗？我十八岁就开始端盘子做服务员，那时候就老有人会摸我的胸摸我的屁股。他们都说我胸大屁股大，真是个抗操的货。五年啦，我什么没做过？我做过传销，做过售楼小姐，卖过保险，做过保洁员，做过收银员，告诉你我什么都做过，但做什么都做不长。因为老有男人想和我睡觉，走到哪里都是这样。因为他们觉得我会贪他们的小便宜，比什么都好打发。就是睡了，给点小恩小惠就打发了，或开张空头支票也打发了……不睡白不睡。可是你知道吗，我从来不要他们的钱，我不要任何男人的钱。为什么要他们的钱？难道我是只鸡？他们太小看我了，太小看我了，你看看，你看看我身上的衣服，三十块钱的衣服，如果我要他们的钱，我会这么穷吗？三十块钱啊。”

他说：“睡吧，你喝多了。”

她忽然跳到了他面前，嘴里吐着酒气，用迷乱的却异常明亮的目光看着他，她像神秘地耳语一样对他说：“你是不是觉得我很下贱，这么容易就被男人睡了？你们每个人是不是都觉得我很下贱？可是你知道吗，我有一个秘密……我从来没有和一个男人接过吻，一次都没有。”

像是怕他不认识一般，她比画出一根指头，表示那是“一”。她笨拙地晃着这根指头问他：“你说，接吻是不是比做爱更重要啊？就算他们把我睡了那又怎么样？睡就睡了，为什么要觉得自己被男人睡了就是亏大了？只有鸡才会这样想，因为她们觉得这个可以卖钱。可是我，你说我都没有和男人接过吻，我其实是不是还是个好女人啊？一个很好很好的女人，啊？你说，是不是啊？”

他还是不说话。只是看着她。

她被他看得有些害怕了，她后退了几步，一屁股歪在了床角上。刚才那点邪气的明亮烟花一般从她眼睛里退去了，她重新变得呆滞笨重，好像一枚常年浸泡在酒里的标本，苍白，死滞。她低下头去喃喃自语：“我知道你肯定在想，我刚才为什么要让自己装得像个妓女，我是不是装得很像？我只是习惯了，知道吗，习惯了这种和男人打交道的方式，从一开始他们就是这样和我打交道，从十八岁起，我就知道在这个社会上我是那个该被睡的人。我……只是习惯了，就像一个人习惯了吃一种饭。只有这样，我才会觉得自己还不是那么一无是处，还有男人会看上我，不管看上了我的什么。我还可以幻想，我在他们眼里还是有魅力的，我才能不那么厌恶自己，我才能一天一天地往下活……”

他再也不愿听下去了，他粗暴地打断她：“不说了，你喝多了，睡吧，我走了。房钱我已经付过了，快睡吧。”

他转身要走，她忽然冲过来拦住了他，她仰着脸，用狗一样潮湿的目光阻拦着他，不让他过去。她像狗怕挨打一样一边躲闪着他的注视，一边喃喃地喃喃地低语，像是生怕他听见了：“你要走……你一定要走吗？你是不是……还是觉得我太下贱了，啊？”

他再不愿看她的目光一眼，他一把推开她夺路而逃。把她一个人丢在了宾馆。那个晚上出了宾馆，他一个人在路边蹲着抽了半包烟。

第二次见到她的时候已是半个月之后了。他一个人去了那家夜总会，单点了她一个人。他想，她会不会已经离开了，如果那样，这辈子他就再也见不到这个人了。可是，几分钟后，她穿着一件白裙子出现在了他面前。她坐在他身边拘谨冷漠，好像根本不认识他这个人。他咬开两瓶啤酒，递给她一瓶，然后，他就一口啤酒说一句话，像夹着花生米下酒。他说：“你还是干别的吧……干这个……不适合你……看你也没什么酒量……再喝那么多酒就是找死了。”

“你就是想说这个？”

“嗯。”

他摸了摸他手上的那道伤疤，没有缘由地紧张，几句话被筛出来以后已经体无完肤了，这些话语的碎片在昏暗的灯光下落叶一般飘了一地，萧索颓败，似乎他和她正站在一片秋天的白桦林里，脚下的落叶一踩上去便会吱嘎作响。回头看看来路，已经被落叶淹没，他们没有来路也没有去处。她豪爽地用酒瓶子撞击着他的瓶子，说：“来，喝。”“来，再喝。”她又是一瓶接一瓶地往下灌，好像她此时是一块悬浮在水面上的木头，顺流而下，什么都不想，只求快快被河水冲刷到尽头或者干脆搁浅，被阳光暴晒而死。他知道，她大约是拼命想从他对她上一次的记忆旁边逃开。也许这么多天里，她胆战心惊唯恐会再次撞上他，怕他想起她的丑态。然而他还是残忍地自己送上门来了。她无处可逃。

两个人虽然安静地坐在一张沙发上，其实却是一个在逃一个在追，逃的那个拼命想遮羞，想遮住自己的脸不让对方认出自己，追的那个却不遗余力要把脸凑上去，一定要把她看仔细了，一定要认出她身上的气味，如同一只猎犬。

于是，她再次如愿以偿地喝醉了，再次笨拙地疯癫地躲在酒里不肯出来。

他也如愿以偿地看到，在躲进酒精里的一瞬间里，另一个她还是借尸还魂了。

三

这次她跳过呕吐，直接开始哭泣，边哭边接着半个月之前的话题继续控诉，她接得天衣无缝，好像每天都在心里默默彩排一样，唯恐生疏了。她继续控诉一个初中毕业生的艰辛，控诉这个社会：“你说让我做什么啊？我什么没做过？没人看得起我，没有人把我当人。以前我做超市收银员，一个月就八百块钱，每天下班的时候我就抢着买超市的烂菜烂水果，每天晚上就吃那些腐烂的水果，那些水果烂得流水生虫。你说我和一个捡破烂的有什么区别？有什么区别啊？我没上过大学，体面的事都做不了，哪里都不愿意要我这样的人，你以为我愿意像只鸡一样来陪酒吗？她们每天往死里喝，喝多了就给客人干。当然是要收费的。可是，我不。我偏不。我就不做收费的事。她们笑我给人白睡，说白睡还不如收费，我说我就情愿给男人们白睡，只要是白睡，他们就不会把我当成一只鸡……我就不是一只鸡。”

她反复念叨着这句话，像在背诵一首单调的儿歌。她对着空气狰狞地笑着，两只手挥舞着，好像急于和空气中飘过的影子打招呼，让它们快快把她带走，带她离开这个世界。她自己跌跌撞撞地转了几圈之后，忽然停下了，她似乎醒过来了一点，意识到自己刚才的丑态了，她知道自己又出丑了，于是她对着他羞涩地抱歉地笑。橘色的灯光下，她的笑容看起来纯净而温暖，羞耻而无辜，好像她忽然小下去了，小到只是那个小学时候邻桌的女孩，不小心被同桌的男生碰了手，便无地自容地想把那只手剁掉。

为了遮羞，她又抓起桌上的一瓶酒往嘴里灌。他一把夺下，厉声呵斥：“不能再喝了！”她惊愕地看着他，似乎刚刚才注意到他的凶狠，她忽然看到了他手背上的刀疤，又是一惊。然后，她听话地低下头去，放开了瓶子，不再说话，好像又潜入了独自一个人的幻想。他带着她出了门，打上车，说：

“我先送你回去，今天知道你家住哪吗？”她指着前面一条胡同：“就那，就那。”他皱着眉头，不相信地看着她：“这么近？”她振振有词，像是完全清醒了：“住得近了上班方便。”他指责道：“那上次你怎么乱指一通？害得司机绕路。”

胡同太窄，出租车进不去，两个人下了车走进了胡同。这是一排很古老的平房，估计曾是哪个工厂的宿舍，已经被列入了拆迁的范围。胡同里荒草茂密，不时跳出一两只野猫野狗。住在这里的都是些外来务工者。纪米萍在一间黑灯的屋门口站住了，她不开门，只冷冷地说：“你走吧，我到了。”他说：“我看着你进去。”她面无表情地说：“你先走我再进去。”他提高了嗓门：“这到底是不是你家？你是不是又在骗我？”她低头掏出了钥匙，嗫嚅着：“开就开，干吗这么凶！”

果然是她家。破旧的木门嘎吱一声开了，他不由得打了个寒战，觉得里面那团黑暗阴冷潮湿，好像正站在墓穴前面。她一伸手，啪一声把灯打开了。这是一间十平米左右的屋子，里面唯一的家具是一张木床，木床上铺着一卷单薄的军绿色行李。靠墙的地方放着几瓶化妆品，一面镜子和一把木梳，还有一本破旧的杂志。地上扔着一只大大的塑料编织袋，袋子敞着口，吐出了里面五光十色的衣服，像流出了一截肠子。靠门的窗台上晾着一排面包片，大约是怕发霉了。还有两只腐烂的木瓜。一只木瓜往外流着水，伤口里爬出了几只黑色的虫子。

他没有再往前走一步，却忽然一伸手关掉了灯。屋子咣当一声再次掉进了黑暗里。黑暗中他听见了自己干涩的坚硬的声音：“跟我走。”他不由分说，拽着她的一只胳膊拖着她出了胡同。她挣扎着：“去哪？又去住宾馆？我不去。”他不说话，把她塞进车里，直到出租车开到他楼下，他才说：“我家，上去。”

就是从这个晚上开始，她知道了他住在哪里，也开始了此后一次又一次对他的突袭。后来他想，这是他自找的。她突袭他的理由永远是：“我要是和你说了你就不让我来了，你要是躲起来我来了都找不到你。”

她穿着一件他的衬衣从卫生间出来了，光着两条白花花的腿。他注意到她的大腿根部很圆硕，有点像古代的三足鼎。她一边用两只手拼命往下拽衬衣，一边目光游移着，并不看他，最后她看着沙发说：“我就睡这吧。”嘴上说着，身体却并不动，还恋恋不舍地站在刚才那个位置。他伸手把灯关了，这样就看不到她的表情了。他躺在黑暗里说：“上来吧，上床睡舒服点，在沙发上睡不好的。”

她又在黑暗里磨蹭了几分钟才爬到床上来，睡在了他身边。两个人都一动不动，连呼吸都小心翼翼的，因为小心又变得加倍粗重，好像这黑暗里睡满了打呼噜的人，拥挤，嘈杂。很久她都一动不动，他疑心她是不是已经睡着了，便有点懊恼又有点惊诧。他惊诧的是，他这样的人，也是吃喝嫖赌惯了的，睡个女人根本是小菜，可是对这个女人他却怎么都不敢碰。

他眼前再次浮现出她那道深犁过的乳沟，那里是够肥沃的，他又想起了她往下撕领口的动作，好像要敲锣打鼓急吼吼地给自己打广告似的，急着要和男人们分享她那里有什么样的宝藏，怎么还没有人去开采她。还有她的臀部，是够宽阔的，怕是一个人都抱不过来，怪不得她那么自豪自己的这两样东西。大约也是因为身无长物，只有这两件东西还拿得出手。他下面已经很硬了，独自在黑暗中蠢蠢欲动，几欲先走。可是他忽然想起了从她嘴里说出的那两个字：白睡。这两个字像咒符一样箍着他，他忽然便觉得有种莫名的恐惧，好像睡在他身边的是一个陷阱。他便继续一动不动地躺着，由着下面软了硬，硬了又软。

就在这时候，忽然有只手伸过来抓住了他下面。他一惊。接着他听见黑暗中传出一声甜腻的夸张的巧笑，因为用力过度反倒像未熟的橘子，涩而硬。她又抓了两下，像在鉴赏什么宝石的硬度，然后他听见她边笑边说：“我还以为你真不想要呢。”他无语。她一定要在他头上别个标签，他也不能再拔下来扔到地上，否则就有点太不识抬举了。她接着在被子下面调戏他，手指从他那里出发一路游到了上面，娴熟有序。他咬着牙想，可能每个男人去了她手里都不过是流水线上的产品，她对他们完全一视同仁，用相同的程序来处理每一件产品。她要求他们睡她……既然这样。他在黑暗中翻身而起，压在了她身上。

他刚把嘴唇凑到她胸前，便听见她郑重而严肃地说了一句："我知道你是个好人。"太煞风景了，他趴在那里又动不了了。然后，他又听见了更惊心动魄的话："你爱我吗？"他在黑暗中挣扎着抬起头来，想看看这个女人脸上的表情。可他无法看清楚，只看到她黑黢黢地躺在那里，杂乱无章地庄严肃穆地躺在那里，有如一处倒塌的烈士纪念碑。他想翻身下去，忽然间却感觉到她捧住了他的脸，她倔强地像发高烧一样又呻吟了一句："你爱我吗？"他垂下头去，睡这个女人太费事了。尽管她自己假装得那么简单，好像睡她比做世界上的任何事情都简单。他趴下去，脸贴到了她的脸上，她的脸上湿漉漉的，她早已经满脸是泪了。他心里忽然就一痛，他就着这生鲜的疼痛，在她耳边说了一个字："爱。"说出来他忽然又有些后悔，预感到事情的严重性了。

她的脸上更湿了，眼泪正滔滔不绝却又寂静无声地在她脸上奔流。她努力想装出正常的声音，却还是哽着嗓子说了一句："那你能吻我一下吗？"他在黑暗中沉默了三秒钟，然后向她的脸俯了下去。几乎是在他的嘴唇碰到她的第一个瞬间里，她便像蚂蟥一样牢牢地吸住了他。她用尽全力在吮吸他的嘴唇，好像她已经干渴了一万年了，她太需要一点水分的滋润了，为此她几乎愿意丢掉性命。她不顾一切地吮吸着他的嘴唇，他的舌头，他的牙齿。她嘴里的酒气犹在，这让他觉得有些眩晕，有些恶心想吐。他极力坚持着，像在参加耐力比赛。她还在哗哗流泪，像水库决堤，再也无法收回去了。

他只觉得自己周身被她的眼泪和唾液包裹着，他周身也变得湿漉漉了，他们两个人像是一同掉进了河里，像两个即将溺死的人。他们的嘴唇终于分开了，他却已经被吸得精疲力竭，再没有多余的力气做爱。她湿答答地躺在他身边，不再摸他，却又说了一句："第一次见你时我就知道你是个好人。"

他觉得无端地被她加冕上这样一顶金碧辉煌的帽子有点消受不起，却又有些得意，还有些悲凉。平日里他的职业无非就是打打杀杀帮人追债，多少年里都没有人用“好人”两个字来形容过他了，以至于总让他觉得她说的并不是他，而是这黑暗中另有其人，还有第三个人横亘在他们中间做替身似的。这种纵横交错的复杂让他愈加疲惫，好像忽然误闯进了一处时光深处的迷宫，一时间，他兜兜转转也找不到出口。然而，她并没有罢休的意思，他听见她哽着嗓子又说了一句更具有杀伤力的话：“今晚你就不想要我吗？”

不和她睡就是看不起她。正如她所自豪的，她可是向来给人白睡的，她认为这是一种美德。起码是她与妓女的最显著区分，她挣扎着一定要向他证明，她绝不是妓女。那他就必须白睡她。她的手又伸过来，在那里抓了几下，他再次被迫坚硬，他决定成全她，他打算成全她那点可怜的骄傲。那就得睡她。

可是他再一次崩溃，他进不去。她那里干旱异常，几乎没有一滴水，他根本找不到进去的路。成人之美的欲望诱惑着他，做好人的责任感也胁迫着他，他便义不容辞，失败再尝试，尝试再失败，周而复始，却死活找不到一点裂缝。与他的崩溃交相辉映的是她那兀自鲜艳挺拔的骄傲，她躺在那里，用略带自豪的口气重复着：“我已经告诉过你了，你看是不是，我不是鸡，不是谁想睡我就能睡得了的。”她好像正在用一系列的实验来证明她伟大的科研成果和辉煌特性，结果仍然证明她是真理。为此她不能不自豪，甚至已经有点近于炫耀了。

他再次气馁，准备败下阵去，然而她还不肯罢休。她忽然更紧地抱住了他，死死抱着他，唯恐他跑了。她又开始流泪，又开始遍地潮湿，她就着他的耳朵呻吟：“说你爱我，告诉我你爱我，这样我才能变湿。快告诉我，你爱我。叫我宝贝、宝宝、乖乖、傻孩子、傻丫头，快叫我啊。”她好像在一边哀求，一边身体力行地向他传授如何进去的秘籍，而他真是在当场学艺了，而且是现学现卖。

他不肯说，她的泪水再次汹涌，几乎要把他淹死了，他终于哽着嗓子，如含着一块鱼骨头一样在黑暗中呻吟出一句：“爱你，我爱你。”她继续鞭策他："再告诉我，多告诉我几遍，说你爱我，你是爱我的。"他机械地接受命令，像复读机一样重复她刚才的录音："爱你，爱你，爱你。"

她终于湿了。她再次捍卫了她的真理。

这次做爱中流泪的不是她，是他。

这只是一个开端。此后他们的做爱必得有一个冗长的接吻来开头，简直像一把开山劈石的利斧，无往不胜。中间还必须点缀着一些夹生的不辨真假的情话。爱。喜欢。爱吗？真的爱吗？他开始的时候并不吝惜这些词语，倒不是不值钱，而是把它们施舍给她的时候，他多少觉得心安，甚至觉得替她高兴，好像替她丰收了一样。似乎这话一说出来便是真的了，真的有人在爱她。真的有人是因为爱她而和她做爱。

到后来，次数多了，他渐渐有些烦了。因为她每次来找他的时候都不打一个招呼就跑过来了，搞得像突袭，不像要给他惊喜，倒像是要存心捉奸一样。他是她的。她给他这种暗示。因为他愿意吻她，因为他说过爱她。

有一天晚上，她忽然跑来敲门。一进门就迫不及待地告诉他，她又辞职了。她不再做陪酒女了。他知道，她的意思是想告诉他，她为了他辞职了，她为了更贞洁更伟岸地对待他，再次辞职了。她满脸放光，有如莲花盛开，一副已经重新做人的欣喜。他忽然就感到很厌烦，她在以这种方式向他施加压力，仿佛在告诉他，她是为他辞职的，她再一次没有了饭碗，为了他。所以，他是要对她负责的。负责，妈的。他在心里骂了一句。不错，她是给了他一些成就感，他让他在自己十恶不赦的壳子下挖掘出了另一尊自己，文物似的自己，那个自己貌似好人。这让他遥想起很多往事，在那些如烟的往事里，他确实曾是个好人。其实他从小喜欢哭，心肠并不硬，看个电影也能看哭，见个乞丐就要给钱。他忽然悟到，其实一直到现在他还是保留着这样的习惯。他正在施舍她，所以她对他感激涕零。根子里的东西真是顽固，烧不尽砍不光。

他淡淡地说了一句："辞职了去做什么？"她偷偷看着他的脸色，低声说："还没想好，慢慢找个工作吧，正常一点的工作。"她又是一副随时要立地成佛的架势，仿佛此前她真的是身在地狱，污浊不堪。她急吼吼地要转世投胎，重新做人。于是，她投奔到他这里来了。因为，她大约觉得他爱她，或者爱过她，再或者，愿意爱她。有了这点东西垫底，那她来找他就是正大光明的了。

可是他并不想无限期地收留她。因为他还不想结婚，他觉得自己不适合。就算他哪天真想结婚了，也不打算找她结婚，她只适合怜悯不适合结婚，甚至，她都不适合做爱。这个变了形的贞洁烈妇。

但他不能告诉她她的无用。因为他深信本质上他真的还是个好人，就算他偶尔会因为业务把欠债的人打断一条腿。

她自己跑来的次数越多他越是厌烦，就是她躺在他身边，他也不打算去碰她，更不用说接吻。她一次又一次地怯怯地像挨打的小狗一样问他："你是不是不爱我了？你是不是开始烦我了，啊？你还爱我吗？"

他忍住不去看她的目光，她的目光里有蛊，看了他便心软。他终于硬着心肠说："是的。"她不愿相信，继续像无辜的迷路的小孩子一样看他，一遍一遍地问他："你真的不爱我了吗？"他开始咆哮："是的！是的！是的！要我说一万遍吗？是的，我不爱了！"他不能告诉她，他从来就没有爱过她，他只是收留过她怜惜过她。那怜惜是真的，那收留也是真的。

她泪如雨下，一声不吭地转身离去，步履踉跄。他喝住自己不要追过去，追过去就永远摆脱不了这个包袱了。又过了几天她发来短信，说有人帮她在大同找了份工作，在矿务局的办公室里打打杂，很轻松，工资也还不错。她要一个人去大同了。他回短信：多保重。她没有再回一个字。

他以为她就此就要消失了，甚至有点懊悔当初应该对她再好一点。她走了，倒是把目光给他留下了。那挨了打的狗一样的目光，真是具有原子核的威力，久久辐射着他。

四

然而他发现，他已经被她下蛊了。

天快黑了，他一个人走在街上，一片灯火忽然钻进了他的眼睛，天上的盛世一般。女人们穿着裙子三三两两从他身边走过，没有一个女人和他有关系，就算他现在就和她们做爱了，也还是没有关系。事实上，这世界上的每一个人都和他没有关系。他如一个气泡悬浮于他们之中，没有人能看到他。他在路边抽起一支烟，忽然就想起了那个远在大同的女人，她是不是也像他一样正被夹裹在人群中，她正在寻找下一个猎物。再下一个男人再下下一个男人的时候，她是不是还是先把腹腔里录制好的磁带先放一遍，不厌其烦地放给每一个男人听，唯恐漏掉一个？世上的每一个男人都可能会拯救她，都可能是她闪闪发光的救世主。你想和我睡觉吗？我不是鸡，不要以为我是一只鸡。你能抱抱我吗？对不起，我做不了爱，你能吻吻我吗？你爱我我就会变湿。你不想要我了吗？啊，不想了吗？

抽完一支他又点起一支，在路边坐下，闭上眼睛开始回忆她留给他的那些目光。他突然发现，那些目光他其实一直就随身佩戴着，像一件诡异异常的配饰，触着他的皮肤，硌得他疼痛，却也让他欢愉。他朝夜空中慢慢吐着烟圈，把那些储藏着的女人的目光倾巢放出，由着它们像风中落花一样落在他脸上，身上。忽然，他哆嗦了一下，它们仍然带着武器的威力，每次碰到它们他都像在受刑。可是，再往这种刑罚的深处走，顺着这种疼痛的脉络再往里走，便是柳暗花明了，这时候他会忽然感觉到一种欢愉，一种隐秘的不成形的欢愉，若隐若现，但他知道那一定是一种欢愉。它因为和疼痛掺杂在一起不可分离而显得加倍妖媚加倍明亮，如雌雄同体。是的，他必须承认，他其实一直享受着她的目光。她越是像狗，他便越是享受。如服了辛辣无比的芥末，虽然涕泪交流，后面却是加倍的舒泰。

在她的目光中他仿佛成了一尊天神，隐去了真身，他住在天上遥远的国度里，他凌空而下，只要一个吻就能把她活活带走。虽然她也知道再接下来，无非还是要跌到地面，更加心力交瘁，却还是愿意被那一个幻影带走。这么多年里他活得像一粒沙子，却不料有一天他在她这里做了回国王。

烟头烫到他的手了，他一惊。忽然为刚才的得意感到羞耻，这种羞耻再次让他觉得债台高筑，觉得是他欠了她。他掏出手机终于给她发了条短信：在那边还好吗？她的短信以迅雷不及掩耳的速度回了过来，以至于让他疑心她像个猎人一样静静埋伏在手机那头，随时准备着捕获他的任何一点信息。她说：我每天都在等你的短信，晚上睡觉都不敢关机。她把自己说得像个地道的应召女郎。他再一次不能不得意，这种见不得人的得意像蛇一样阴凉地从他身上心上爬过。与此同时，他又觉得欠的债更多了些，他便给她回短信：我也想你。短信发出去他感觉轻松了些，似乎这短信携着他的债务一起发射过去了。

让他没想到的是，第二天晚上他刚走到自己家门口就发现那里蜷缩着一个人在等他，是纪米萍。她都没和他打个招呼就自己从大同跑过来了，反正她知道他住哪，即使他不在她也大不了守株待兔就是。震惊之余他有些后悔昨天是他先撩逗了她，给了她可乘之机。她大约也觉得不请自来有些心虚，瑟瑟地从那个角落里站起来，蜗牛一样背着一只黑色的大包，她垂着眼睛，不敢看他。像个知道自己犯了错误的小学生。

“你怎么跑过来了？不用上班？”他唯恐她张口又告诉他，她再次辞职了。

“这几天不忙，我就是来看看你，看看你我就走。”她重重强调了她随后就会走，以便让他宽心。大约她心里也为自己感到羞愧，好像突然跑过来是来做贼的，都见不得人。

“怎么过来的？”

“坐火车，七个小时，慢车。”

“有座位就行。”

“站过来的。”她嘴角往下撇，带着点邀功请赏的悲壮。

“……”

他不知道下句该说什么，便开了门，让她进去。屋子里好多天没有收拾过了，她不请自来，他没有时间提前收拾，不过就算他提前知道了他也不会为了她收拾打扫。他努力按捺住那三个慢慢爬过的字：不值得。尽管还有更多感情压在这三个字的上面，但它们照样活了下来，可见生命力之顽强。她一进屋便一惊一乍地叫了起来：“这么乱啊，你这衣服都多少天没洗了？你看看这桌子上的土有多厚。”

她的声音听起来丰富得近于富丽堂皇，歌剧一般，正好掩饰她在门外的萧索。他微微一笑，由着她。她卷起袖子开始扫地拖地擦桌子椅子洗衣服擦洗厨房。他听见她在厨房里一边刷盘子一边唱歌，好像她此时真的是个快乐的主妇，无比享受这样的忙碌和琐碎。她端着一杯茶出来，递给他的时候眼睛闪闪发光。她又在习惯性地谄媚。她在感激他所赐给她的主妇的忙碌。

她真是勤劳能干。房间迅速被打扫得窗明几净，衣服已经挂在阳台上滴着水，像一只荒唐的时钟在尖锐地滴答着。已经没有什么活可干了，她还站在那里摩拳擦掌跃跃欲试，她大约知道他心里在感激她，只想把这感激的药力发酵得久些再久些，储存起来才好。他看着明晃晃的屋子再次感到了一丝恐惧。忽然觉得自己此时正站在一座教堂里，而眼前这不顾一切忙碌的女人也多么像一个最虔诚的修女，一心来拜谒上帝。可他知道她真正在拜谒的并不是他，他只是一个替身。其实对她来说，哪个男人都可能是这个上帝的替身。

他不由得再次鄙视她。他听见自己说：“以后不要这样不打招呼就跑过来，你好歹提前说一声。”

她低着头，完全是做错事的愧疚：“你不在我也可以等你的。”

“你赶紧回去上班吧，小心又丢工作了。”

“你放心，我不会待久的，我待两天就走。我就是想过来看看你，我不放心你。”她说着又偷偷瞟了一眼他手上的伤疤。

他心想：不放心？把他当瞎子聋子残疾人？

她住了两晚上，他们做了两次爱。仍然是那套铁打的程序，她说："抱抱我，吻吻我。"然后一遍一遍地问他，"你爱我吗？爱吗？爱吗？"在得到回答之后便开始滔滔不绝地流泪流泪，然后他终于允许被进去了。此时他已经精疲力竭最多三分钟完事。简直有损于他的尊严。他诧异于怎么之前会有男人想和她做爱，如她所说的每个男人见了她都想和她睡觉，如今想来也大约是她的一种幻想。但她看起来并不在乎做爱做了多久，她真正满足的是他的这种疲惫和诧异。她好像在不厌其烦地向他卖弄："怎么样，我没骗你吧，我说的是真的吧，我其实就是个烈妇，别人是装烈妇我是装鸡。懂了吗？"

第三天一大早她背着那只大包走了，没有再赖下去。他以为此事可以告一段落了，没想到，一个月后的一个黄昏，他再次在自己的门口看见了缩成一团的纪米萍。

"你怎么又来了？"他真正想说的是："你他妈的怎么又一声不吭地跑过来了？"

"我想你了，就想见你一面，见见你我就走。"

"你为什么就那么想见我？"

"因为你喜欢我爱我。"

"我已经不喜欢你了，不了不了，你能听懂吗？"

"……我能感觉到你还是爱我的。"

"真的不爱了，真的。我们结束吧好不好？你以后再不要来找我好不好？"

就在楼道里，她趴着门框开始号啕大哭，一边哭一边求饶："求求你再给我一次机会好吗？我以后来的时候一定告诉你还不行吗？呜呜……我是真舍不得你啊，只有你对我好过。就算你不爱我了那也没有关系，我只要能来看看你帮你做点事情也就行了。你看看你身上的伤疤，你连洗衣服都不会，也没有什么亲人，呜呜……有时候我觉得你就像一个小孩子，你一个人怎么过啊。我就是希望你过得好一点，看到你过得好了我就放心了。"

他想说，我一个人活了这么多年也没见死掉。可是他说不出口了，他抱住这一把鼻涕一把泪的女人，叹了口气，把她抱到了屋里。她紧紧地依偎在他怀里，生怕他把她扔下，再扔进黑暗的楼道里。

坐在桌子旁，两个人各抱一瓶红酒，红酒已经下去一半了。灯光昏暗，把两个人照得像两只古董，好像摆在这里已经有一千年了。纪米萍把腿搭在桌子上，两手抱瓶，又灌了一大口。他发现她喝酒非常功利，直奔一个目标而去，就是喝醉。至于喝什么酒并不重要。一旦喝多她就达到目的了，然后像被催眠了一样开始哭泣开始一股脑地往外倾倒倾倒，恨不得把心肝肺全给人倒出来。大约她还是体会到了这其中的乐趣，正因为深谙其味，便越发贪得无厌。

他说："哎哎哎，喝慢点，事先和你说好，喝多了不要再哭行不行？你不知道一喝酒就哭有多傻逼。"

"我本来就是个傻逼。"

"你确实是个傻逼，不过我也是。你今年才多大？二十三？二十四？我又不会和你结婚，你这样缠着我有意思吗？"

"你真的烦我了吗？"

"我们已经完了，真的完了。你能以后不来找我吗？"

"不能，因为我爱你。"

"你怎么知道你爱我？你可别告诉我你就我这一个男人。"

"和其他男人都不算，我和他们都没接过吻。"

"又来了，真的，我没法和你在一起了。"

她凛然一笑："爱你就一定要和你结婚吗？"说完又灌了一口酒，喝得猛了，又吐出来半口，挂在嘴角鲜血似的。大半瓶酒下去了，她两只眼睛已经开始发直，木木地看着前面一团空气，好像真正和她说话的人正在那里面。

他用手指敲了敲她的脑门，说："有时候我觉得你这里有问题。还喝，快不要喝了。你喝多了就吐，也不觉得难受？"

"难受，当然难受，最难受的时候三天不能喝一口水，喝什么吐什么。可是，越是难受才越是觉得快乐。”

“……你脑子是不是真的进水了？”

“放屁，你才进水了。你不要以为我就不是人，你一次次地骂我羞辱我我不是听不懂，可我还是会摇尾乞怜，还是会一次次跑来找你，因为这感觉让我心里太疼了，所以我反而对它有了依赖。就像我愿意依赖着你，不管你爱我还是不爱我了，我心里都愿意依赖着你的那个影子。依赖着一个人，我心里就不那么害怕了。”

他明白了，他对她来说根本不具有肉身。

她在对着那团空气说话，一边说她一边异样地笑着，她的目光还在往上升往上升，仿佛她整个人都要随着那缕目光飞起来了。她脸上有一种巫师的神秘，仿佛她是一炷被点着的香，她正化成一缕青烟去祭祀那庙宇中的神像。

“可我们不会有结果的。”

“我不稀罕。我从来没说过要和你结婚，只要你还让我爱你就够了。”

她的舌头已经木了，转不动了。眼泪又开始唰唰往下流。他不得不扔掉瓶子抱住了她，她流着泪说：“你再叫我一声‘傻孩子’好不好？我喜欢听。”他叹着气，低低地唤她：“傻孩子，傻孩子。”

他知道事情不会结束的，他知道她会一直这样下去的。果然，每隔一段时间，他就会在自己门口看到不请自来的她，大大的黑色挎包，一身的火车味。简直像一棵长在他门口的怪树。砍掉就会自己再长出来。

他越来越恐惧于看到她的到来，她彻底被她的自我意识催眠了。更重要的是，她根本不愿醒过来。大约是因为一旦醒来，她又不得不奔赴于找下一个男人的途中，她早已经怕了，所以情愿不醒，一直不醒便也是一种自在。用她的话说，怎么活都不过是这几十年，耗尽了就好。可是，他无法压制这日益茂密的厌恶，他感觉自己简直是活在她的监控之下，他的每一天都得对她打开，他屋子里的每一个角落每一个抽屉都被她收拾过清理过。他的一切像被解剖的尸体一样，每个角落都被她一览无余。

她又打来电话，他不接。他下定决心不再接她的电话，他要强制结束。见他不接，她便一个接一个地打，连点空隙都不留。他怀疑她在那边根本就不是在上班，倒好像是在专职给他打电话。他被铃声搞烦了，使劲摁掉，这一摁向她证明了他是在电话跟前的，于是铃声愈发反弹。无论他走到哪，那手机都一路唱着唱着，好像他随身携带着录音机正在放音乐一样，引得人们纷纷侧目。他调了静音，随它自己唱去。过了一个小时，他战战兢兢地往手机上一看，六十个未接电话，平均一分钟一个。还有几条短信，一模一样的短信，好像刚从模型里磕出来，还冒着新鲜的热气。为什么不接我电话？为什么？为什么？

正在这时候第六十一个电话又打过来了，他犹豫了一下，终于还是接了。

“喂。”

“你为什么不接我电话？为什么为什么为什么？为什么一个电话都不肯接？”

接着是电话那边汹涌的哭声灌进了他的耳朵，他不得不把电话拿得远一些：“你要说什么？”

“呜呜……呜……”

“你到底要说什么？”

“……”

电话那头只有断断续续的哭声和久久的沉默。他说：“不说就挂了。”说完就挂了，滴滴几声，电话里再度荒芜凄凉。

忽然又一个电话跳起来追杀过来了，他绝望地再度举起手机：“喂，你，到底，要，说，什么？”

“……”

“神经病。”

“……”

“你这个疯子。”

“……”

“你到底要怎么样，啊？”他的声音快哭了。

“……我想让你接我电话回我短信，哪怕就说一个字，就是一个字也好。”

“够了。”

啪一声，他再次摁掉电话，然后抱着路边的一根电线杆大口喘气，活像个发作起来的哮喘病人。他想，要不搬家吧。可是一想到如果他搬走了，那一根筋的女人三天三夜石狮子一样守在那里等他怎么办？他相信她一定能做到的，她一定能几天几夜不吃不喝地往下等。他不能搬走，他得为她留一条活路。他果真是个好人。他惊愕地看着玻璃里的自己，不能不再次得意。

五

现在，这女人又横亘在他房间里了。赶不走，打不死。

天光已大亮，两个人都没有睡好，一脸疲倦，倒像是赶了一晚的夜路。他决定在出门之前把酝酿了一晚上的语言组织起来，锤进她耳朵里。

“你在这里待两天，这两天我们好好在一起待着，我会好好对你。但你要答应我这一定是最后一次了，这次你走了之后我们就再不要见面了好吗？”

“……”

“我真的受够你这样一次次不打招呼就跑过来了，你感觉不到你这样做是完全不尊重我？来不来都不需要经过我的同意，你觉得你来与不来只是你一个人的事情，你大约觉得与我无关。可是我受不了了。真的，求求你，饶了我吧，算我求你了。”

她不看他，只是专心致志地盯着前面一堵墙。她好像不认识这是一堵墙，呆呆地盯着看了不下二十回。忽然她独自笑了，然后她像服毒一样哽了哽嗓子，吐出了一个字：好。

他赶紧出门，说有事要办，便急忙出门了。天黑下来的时候，他还是出现在了自己家门口，他先是蹲在楼道里抽了半支烟，烟抽到一半，他掐灭了，站起来先是趴在门上听了听动静，然后才缓缓掏出了钥匙。他知道她一定会在屋子变魔法给他看，她每次都这样，一定会把他的房间天翻地覆地收拾一次，把每个角落都擦洗干净，把所有的床单被罩只要能洗的她会全部洗一遍。她只要进了他的屋子就必须不停地找活干才会感到舒泰，好像空气里悬着一条巨大的鞭子正不停地抽打她，把她抽打得如同一只陀螺。

他慢慢推开门，做了个深呼吸，好像即将从跳板上一跃钻进水里。一屋子的灯光轰隆隆向他碾压过来，他下意识地挡了一下眼睛，好像不适应如此辉煌的明亮。然后他慢慢移开了手，一切都不出他所料，地板亮得吓人，他站在门口就像站在一汪湖边，可以清楚地看到家具落在里面粼粼的倒影，天花板上的吊灯落在里面就像是一轮水中的月亮，似乎一伸手就可以捞出来。桌子上的玻璃器皿闪闪发光，像树上刚摘下来的水果，新鲜茁壮得让人流泪。可以一眼瞥见阳台上招摇的衣服，阴凉的水草一般渐渐弥漫在这房间里。没有一样是逃出他的假设的。没有一样。

可是他隐隐觉得不对，无端觉得这屋里还有更恐怖的东西等着他。他慢慢往这屋子腹地走，慢慢走到了那一抔灯光下，忽然一抬头他看到靠墙站着一排柜子。一排簇新陌生的柜子忽然像蘑菇一样在他屋子里长出来了。他惊愕地看着它们，看了半天他忽然明白了，是纪米萍干的。原先那扇临时的柜子门早坏了，他也懒得修理，没想到她帮他换了整个柜子。可能因为匆忙，那些刚拧进去的螺丝像骨头一样露着一截，他能想见她是怎样匆忙地买回这些木板和螺丝，然后跪在地上像搭积木一样，一颗螺丝一颗螺丝地把它们搭起来装起来，就为了在他回来的时候能给他一个惊喜，这是临别时她送给他的礼物。

他僵着背久久站在那里，一动也动不了。这个女人，这个女人，她为什么要这么虐待他？她究竟要虐待他到什么时候啊？他的眼泪已经涌出来了，他又硬生生地把它们咽回去了。身后是纪米萍很轻很柔软的声音："吃饭吧。"这一天时间里，她不仅打扫了房间洗了衣服，还装了柜子居然还做好了晚饭。她为什么要让自己贤良到无耻的地步？她就是愿意看着他在她面前债台高筑吧？就是想让他这辈子再还不清她吧？他忽地转身，愤怒地绝望地逼视着她。她不敢看他，好像刚又做过什么错事，只是低下头去，躲在自己的目光里不肯出来，仿佛那是一丛遮天蔽日的芦苇荡。他吼道："为什么要这么做？"

她悄悄抬起眼睛偷看了他一眼，又低下去了，她狡辩一般说："我看你的柜子坏了，灰尘进去了衣服就脏了，他们送过来的，不是我自己搬过来的。"

"谁让你换的？"

"……我这是最后一次来看你了，我，能为你，做点什么就做点什么。我怕我走了你的衣服会脏，你自己又不会换。我只是能做点什么就做点什么……"

他的眼睛因为憋着泪水，火辣辣地痛着，他几乎跳了起来，一拳捶在了柜子上："你这次走了以后再不要来了，再不要为我做什么了，我求你了。"

"好。"她流着泪。

他必须把她赶走。他下了狠心，忽然抬起头说："我还没有告诉你，我已经有别的女人了，我真的爱上别人了，你不要再出现在这里了，她很快就会搬过来和我一起住。真的，要不要我给你看看照片？"

她静静地流泪静静地看着他："你会和她结婚吗？"

"是的。"

"你和她在一起很快乐？"

"是的。"

"你们认识多久了？"

"一个月前开始的，我还没有来得及告诉你。"

"……我不信。"

"我现在就可以打电话把她叫来。"

他开始掏手机。她呆呆站着，张着嘴，翕动了几下，忽然就向着房间里的那张桌子冲过去。她抓起桌子上的杯子、盘子、花瓶，抓起什么算什么，统统向他砸去，他不动。她又冲到电脑前面，把显示屏推到地上，抓起键盘和鼠标向他砸去。他还是不动。她佝偻着背站在地上大口喘气，慢慢蹲在了地上。两个人就这样一个站着一个蹲着僵持了十几分钟，她忽然好像从一个很深的梦里醒过来了，她慢慢用膝盖爬到了他脚下，忽然就抱住他的腿号啕大哭起来。她一边哭一边使劲揉着他的手，她俯下身抓起他的一只脚，用嘴亲吻着他的脚，她嘴里不停地说："对不起对不起，我是不是把你砸疼了？你这里还疼吗？我给你去拿药好不好？对不起对不起，对不起……"

他说不出一个字。

她抱着他的腿仰起一张湿漉漉的脸来，她一边流泪一边笑了，她说："爱一个人就是怕他受苦吧。我只是想照顾你，只是怕你过得不好，现在有人替我照顾你了，我应该高兴才是。我一直都想着，等你要和别人结婚的时候我就会消失的，到时候你就不需要我为你洗衣服为你打扫房间了。我真的替你高兴，你相信吗？我知道我不是什么好东西，我十八岁就和男人上床就堕胎，我知道我是贱货我不过就是个傻逼。可是在你这里我做了一回好女人，我要谢谢你。其实我要的真的不是结婚，只是想做回好女人。谢谢你。谢谢。"

他仰起脸，泪如雨下。

第二天早晨他又早早出门，直到晚上才回到家中。他慢慢推开那扇门，却不敢往前迈一步。里面是黑的，一种巨大的彻底的黑暗。他走进了那黑暗里，只觉得自己像一只被封在黑暗里的虫子，无法辨认方向，也不知道该去哪里。过了很久很久，他终于摸到了一面墙，打开了那墙上的开关。骤然亮起的灯光空旷荒凉，屋子显得格外大，简直比平日里大出了十倍。他觉得自己正踽踽独行在一片荒野上。她不在了，连同她那只黑色的挎包也不在了。不仅如此，她平时放在这里的所有小东西连同那盆她买的仙人头都全部消失了，消失得一干二净。好像它们从来都没有出现过。

他久久站在那张电脑桌前，桌子上的电脑是簇新的，键盘和鼠标也都是簇新的。她在走之前为他换的。他的手指从那冰凉的键盘上划过，忽然想起了她的那个动作，几个指头不停地敲打不停地敲打，就像在敲打着一架虚拟中的钢琴。

他想，她也许还会再来的。她是一个病人，她患有依赖症，也许她还会再来找他的。他甚至暗暗期待着哪天忽然又在昏暗的楼道里看到了蜷缩成一团的她。可是，没有。一个月过去了，两个月过去了。四个月过去了。她没有再来，他再没有见过她。

他晚上开始了严重的失眠，只要睡着了十个梦里有九个都是她，她鲜血淋漓满脸是泪地站在他面前。他惊奇地发现，当她彻底从他生活中消失了之后，他却真正开始思念她了。他躺在黑暗中，想着关于她的一切，她的所有往昔如黑白照片一样在这黑暗的房间里冲洗出来，一张一张地挂在了他面前。一张一张飞快地过去了，它们连在了一起，于是变成了一部她的电影。他是黑暗中那唯一的观众。他一边看一边流泪。

他一次又一次地拿起电话想再次和她联系，却忽然又一阵恐惧，他恐惧于她如果再一次一次不请自来了，他又该怎么办。他还是会把她赶走，除非，他再没有了把她赶走的能力。

半年过去了，她杳无音讯，再没有出现在他的门口。一次他正走在街上，忽然看到前面走着一男一女，男人年龄很大了，大腹便便，女人二十多岁的样子，背影极像她。他呼吸急促，果然，果然不出他所料，她离开他之后只能再去寻找下一个男人，再下一个男人，乞求那些男人，乞求他们让她好好爱他们，让她做一个好女人。他不顾一切地冲上去却发现是个陌生女人，不是她。胖男人带着年轻女人走远了，他却再没有了走一步路的力气，他坐在马路边上大汗淋漓，好像刚刚从一场噩梦中挣扎出来，仍然心有余悸。

八个月过去了。这个晚上，他刚走进一条寂静的巷子里，就听到背后有脚步声跟了上来。他刚要回头，一只钢杵已经砸到了他头上。他明白是怎么回事了，报应来了。平日里为人追债，他就是这样打别人的。拿着钢杵或铁棍朝着别人的头上腿上砸下去。现在，别人来复仇了。这一天是他早就想到的，心里竟没有太多的惊异。只觉得头部剧痛，两眼模糊，大约是血。连两个人的脸都无法看清。两个人开始拿钢杵砸他的腿，就像他曾经做过的那样，不止一次把别人的腿打断。

开始是剧痛，他撕心裂肺地叫着，可是那两个人并不罢休，他们一声不吭地打他这条腿，看样子一定要把它砸断为止。疼痛一阵一阵地袭击着他，他感觉到浑身在冒冷汗，心脏开始抽搐，然而他们还在继续，他听到了骨头断裂的声音，这钢牙铁齿般的疼痛啃噬着他，一阵比一阵剧烈。忽然，就在这四面八方的疼痛里，他再次感到了那种奇异的却是熟悉的快乐，他不知道在哪里见过它，只是肯定见过。这缕快乐在一片狰狞的坚硬的疼痛中如一曲圣歌上升，安详宁静。他觉得自己的灵魂正跟着它上扬，甚至都能看到自己那个正在受苦受难的肉身了。肉身上的疼痛还在加剧，他感到了，那疼痛越是剧烈，那快乐便越是清晰，像一只母亲的手正从他的额头上鼻子上拂过。痛到极致便是快乐。这点快乐忽然抵消了他此时的所有疼痛，也抵消了他淤积在心底的所有疼痛。他简直要上瘾了，他从没有这样痛快过，从没有这样地感到过快乐。他是该被惩罚的，他是个恶人，是他赶走了她。多一点，惩罚再多一点吧。他鲜血淋漓地哈哈大笑着，一边笑一边大叫："打啊你们再打啊，你们快打啊。"

一条腿终于被打折了。两个打手弃他而去。他就在一摊血泊里躺着，不能再动弹，意识也是断断续续的，他时而觉得自己醒了时而又沉沉昏睡过去。在睡过去的一瞬间，他看到眼前站着一个人，是纪米萍。他对她说："你终于来了。"她说："是的，我来看你了。"

不知过了多久，一辆上夜班的出租车在他身边停了下来，看了看他的情况，连忙打电话叫了救护车。他清楚地记得，当有人要把他抬上担架的时候，他用尽全身力气说的一句话是："不要管我，是我愿意的。"

六

一条腿终究是没有保住，截肢之后他坐上了轮椅。

坐到轮椅上的第一天，他做的第一件事就是给她发了条短信，就像是急着向她报告什么喜事一样。他说：我成了一个残疾人，需要一个人照顾我。我现在过得不好，你不能放心。

他出了院回到自己家里，一天天地等着敲门声响起。一天两天过去了，十天过去了。他开始想，也许她已经换电话了，也许她根本没有收到这条短信。还也许，她已经死了，再无法看到他的短信了。

第十一天的晚上，他正一个人坐在轮椅上发呆，忽然听到那扇门上传来三声敲门声，不多不少的三声，羞涩的笃定的三声。

他差点忘记了自己的腿，一跃便从轮椅上跳了下来，才发现自己无法走到那扇门前。他匍匐着一点一点爬到了门口，探身把一只手放在了门把上。这时，外面又传来了三声敲门声，门外的人在告诉他，她等急了。如果再不开门，两秒钟之内她还会第三次敲门，也是一模一样的三声敲门声。一共九声。

他的手哆嗦着开始往下旋转。他的脸紧紧贴在那扇门上，他发现不知什么时候他早已是一脸的泪水。

（原载《收获》2014年第5期）

百花二路

吴　君

李青云很久没有夫妻生活了。尽管两个人还躺在同张床上，但是各盖一张被子，互不往来。半夜醒来，他凑到近处去看叶曼华，发现对方紧锁眉头，闭着双眼，梦里正在唉声叹气，萌生的想法又退了。黑暗中不禁有些心酸，李青云觉得自己这辈子应该是废了。

五十岁生日刚过，李青云先是发现身上的肉多了，手脚最明显，分不清是肿还是胖，总之比平时大了一号。只有散步过后，才似乎消了些。所以每天晚饭后，他和老婆叶曼华雷打不动要出门。所谓出门，不过是在百花小区外围绕个大圈，把自己身上的一些躁动和不甘全部散掉，才罢休。

百花小区是深圳最早的福利房。原来叫百花村，后来搞城市化，把“村”字给换掉了，说是方便管理。倒是小区里面的人并不领情，尤其几个文化人，觉得把原来的味道、感觉全弄没了。当然，这些人都没什么实权，说了不算，基本属于瞎操心。到了这几年，很多家庭置了新物业，陆陆续续搬出去，到前海或是默林关附近，买了套大的，百花小区的房子便租给那些有考生的家庭，没人再去关心名不名的事儿。深圳人到底还是务实，“空谈误国，实干兴邦”就是这边人提的。

李青云在百花小区一住就是十九年，从来没有厌烦，他喜欢那种旧旧的感觉。六七层，在寸土寸金的深圳，简直就是奇迹，另类别墅。李青云走在花花草草，成片的树冠下，觉得内心清雅。有时经过南瓜架下，他会慢下来，安静地站在小黄花和树藤前，他想到了老家的泥巴和青草味，寂静的午夜，满天的繁星，房后面哗哗作响的溪水。这时候，他在心里嘲笑那些早早搬走的邻居们，土豪，没品位，没远见。什么叫慢生活？这就是。他会有意无意间把这些想法灌输给学生。

有段时间，李青云总拿些类似的事情安慰自己，也包括，老婆叶曼华站在他旁边，身材仍然亭亭玉立。别人的家属到了这个年纪已经面目全非了，早没了样子，散步的时候像个水桶在前面挪动。李青云的老婆叶曼华倒像是逆生长，主要是身材。她过去是个歌剧团的演员。尽管眼下不唱了，却没有放弃对自己的要求。不仅吊嗓子，练钢琴，还穿上练功服下腰，踢腿。光是腰就比很多女孩子细。她梳着高耸的发髻，从背后看像个二十岁的少女，非常吸引人。最初，李青云也觉得奇怪，唱歌的人怎么也要练功呢。尽管是夫妻也不好意思问，尤其是这些年，两个人交流越发少，再说也算个敏感问题。不能问的事情还有许多。比如有一天他发现叶曼华没有眉毛时吓了一跳，没敢吭气。想到平时都是画上去的，他连看也比较小心了。两个人越发客气，极少争执，什么该说什么不该说把握得极好，要紧事发个短信都能解决。他们家在这个楼里算是安静的。当然，叶曼华练声的时候除外。“越是不让我练，我越要努力。”这是有人到管理处投诉的时候，叶曼华的回答。她觉得自己跟这些人没办法交流，恶俗的洪流已经淹到了脖子。她在心里说：我不会妥协，不会。

据本地人讲，百花村原来是英国人开的疯人院，有些病人无人认领，被永远留在了这里，再也没有回去。也有人说，此地原本是个花街柳巷，失眠或爱走夜路的总能听见一些特别的声音，比如咳嗽和女人的哭声。类似的故事，也有人对李青云和叶曼华说过，这人是家里来的钟点工。她说有个女老师，每天晚自习回来，总能听见身后有脚步。有一次补数学回来，走到百花争艳处，突然听见有人在背后叫自己小名儿，声音熟悉极了，像是母亲，回头看又没人。可走了几步，她母亲的声音又出现了。老师吓得魂飞魄散，昏倒在路边大叫“对不起对不起”。当年，她曾经恨过母亲，就连守孝时也没在跟前。钟点工还说，太晚不宜到院子里赏月、看花。

李青云瞪着眼睛正听得入神，叶曼华突然在背后冷笑：“阿姨你读过书吗？怎么传播这些封建迷信？”对方听了，一下子不知所措，前一分钟还见叶曼华入迷，这一刻就变了。钟点工红了脸，不好意思，不知道怎么接了。过了一会儿，才讪讪地给自己解围，说自己不是读书的料，高中都没念完，不像你们两位老师有文化。叶曼华根本没听完下半句，鼻子哼出一团冷气，故意盯了眼钟点工手里躲躲闪闪的LV，心里顿生出鄙视。她庆幸自己从来不背名牌，也从来不买那种东西，深圳这个地方，盛产各种A货B货，让她心烦，全是假的，人和物，全是山寨。平时她喜欢到晒布路的白马市场去逛，遇见合适的布料，就买下来，拿到浙江人开的裁缝店，做些特制的服装。所以，在这个小区里没有人和她撞过衫，更没有人和她谈过共同的话题。

训斥完钟点工，她目不斜视，走到沙发中间坐下，拿起一个椭圆形小盒子，打开并倒出各种安利产品、澳洲鱼油在手里，用力仰起头，分两次送进嘴里。她每天主食吃得很少，只需这些药和水果就撑饱了肚子。

李青云有些不好意思，当然也不能安慰钟点工。有些心里话，他不会说出来，比如叶曼华本身就很迷信，剧团解散前，她总是到仙湖和凤凰山烧香，希望菩萨保佑深圳文艺事业兴旺发达，不要解散剧团。当然，她的愿望没有实现。还有，叶曼华的年龄明显比钟点工大很多，却称呼对方“阿姨”，这让李青云也感到难为情。

在家里，李青云早就养成不交流的习惯，免得生出事端。有时候，李青云想起母亲离开前那些时候，她说一个人喝茶是孤老茶。当时，她看着李青云越发稀少的头发，眼里满是心疼。一个人吃饭又是什么呢？不会更惨吧。儿子高中住校，大学又考到外省，多数时间，都是李青云一个人吃，吃完再去洗碗。听着水龙头哗哗在响，他的眼睛望着不远处的莲花山。如果没有风筝就好了，太闹，与他的心境不符。

与李青云和叶曼华不同，在百花小区散步的人多数着休闲装，有人还穿睡衣，男人们脚上多是人字拖，女人则彻底放松了自己，身上多是着了艳红或嫩绿。有人手上拎着鼓鼓的塑料袋，拐到垃圾桶边上，再远远地抛进去。

李青云通常在楼下站上五六分钟，才把叶曼华等出来。歌舞团解散之后，叶曼华就不再说话，包括对丈夫李青云。她恨这个世界，不能上台演出，不能带学生，包括百分之七十的工资，简直是种羞辱，她觉得自己被这个不断被歌颂的时代抛弃了。

李青云体谅叶曼华的处境，一直迁就她，包括主动带孩子，接送孩子学习，买菜做饭，直至完成了中考高考。他还在医院做过几年陪护，送走了不断生病的父母，又从农村接出弟弟妹妹，并把他们安顿在深圳，虽然是在关外打工，至少不用在家种地，也省得他总给老家寄钱，让叶曼华生闷气。

“妈，我心里苦啊。”大清早，他被自己这句话吵醒了，直愣愣坐起来，看着灰蒙蒙的室内。他想起老妈早死了，最后看他的那一眼，也有幽怨。可有什么办法呢？他对自己也并不满意。

比起小区里那些妇女，叶曼华非常重视形象，出门必须化妆，而且很浓，或许涂了睫毛膏不敢眨眼的原因，她很少有笑容，使得原本很深的法令纹越发明显。为了遮挡额头的皱纹，还特意剪了个齐刘海。刘海下面则是一双涂了眼影后越发塌陷的眼睛。当然，她不仅仅是注重自己形象。有几次两个人已经走了一会儿，发现李青云穿错了鞋，叶曼华停下来，不说话，眼睛盯着李青云的脚。李青云只好返回去，换好再出来。李青云也不计较，反正都是小事，再说叶曼华是为他好。在百花小区，到处是熟人。他被许多眼睛盯着。院子里也有学生，很多家长都认识李青云。尽管他并不知道这些人都是谁，哪个系的。他和叶曼华一样，不是很会认人。他理解叶曼华的做法，毕竟做过老师，认识的人多。在小区，也算是有头有面，前几天还被人提议竞选楼长，如果愿意，可能都当上了。平时他们步伐整齐，有条不紊，连微笑和说话都好像是备好的，不会出现一丝差错。有一回，叶曼华因为不小心踩了颗石子，差点摔倒。李青云才发现叶曼华穿的是高跟鞋。再看看自己的脚上也穿了款式相近的一双，难怪路上有这么多注目礼。当然，他也能找到安慰自己的办法，那些开名车招摇的家伙怎么样呢，没文化，大老粗，没底蕴，什么也不知道。有谁会从心底里搭理他们？他记得当年给儿子去开家长会，那些做生意的家伙，除了替孩子赔罪，请老师喝早茶，却连句完整的话都说不出来，更不要说别的。他们口袋里装着备好的购物卡和现金，内心却虚得很。这样的人，谁又会认得？

这时，他看见了一个熟人。女孩姓李，名字叫旦旦，湖北人，是自己部门的聘用人员。由于人长得矮，穿平底鞋，圆脸，鼻子眼睛都比较小，真有点鸡蛋的味道。没事的时候，都是看见她坐在角落，为那些旧档案扎孔、装订，很少看见她像其他年轻人那样，没事就上网或看手机。眼下，她把一个细高个男孩和单车抛在路中间，向李青云这边走来。那个男的在后面喊，她也不理。像是受了气，腮帮子胀得很圆。她梳着齐耳短发，头发随着步伐翻来翻去，如同一个拉线木偶。

这时，她看见李青云，本来生气的脸，愣了下，随后便露出了笑容。

李青云只得停下脚，给旦旦介绍身边的叶曼华说：“这位是阿姨。”

旦旦对叶曼华点了下头，没说话，倒是后面跟过来的男孩叫了声“阿姨好”。

李青云对两个人都点头致意了，他故意板了脸，对女孩说：“闹什么，也不给人家一点面子，得注意形象。”这是他第一次和这个女孩说话。旦旦听了，吐了下舌头，笑了。两个人站在一起傻呵呵地对着李青云。李青云觉得自己此刻像个长者，他换成笑脸道：“快去吧，好好玩，你也不许再欺负人了。”最后一句是对着旦旦说的。他甚至想要拍下男孩肩膀，再抚下女孩头发，像父亲那样。

因为被耽搁了一小会儿，接下来的走路有点急促。路过书城广场的时候，见到一个流浪艺人唱歌，叶曼华加快了脚步，李青云自然得跟上。走了很远，叶曼华才慢下来，黑着脸说：“艺术被践踏成这个样子，我都为自己的身份羞愧。”

叶曼华总说艺术生命被深圳扼杀了。李青云还以为是老话题，默默地听着。过去总是有人过来搭讪，偶尔也会有人递给他一支烟，或是拿着材料向他咨询。李青云教过书，刚找到感觉，也有了些教书育人的体会，就被转到档案室。叶曼华是音乐科班出身，每年一月份总有些家长带着孩子，临时抱佛脚，向叶曼华请教些招生规则和练声方法。叶曼华通常冷着脸，表现出不耐烦，但心里很受用。转变是从剧团解散之后，搭话的人没了，好像叶曼华被剧团开除了。

“也算一道风景嘛，百花齐放嘛。”李青云又回头看了眼流浪艺人，讨好地说。

叶曼华冷冷地说：“你眼里的确有道风景。”

李青云不好再接，他听出来叶曼华话里有话。

周一上班的时候，李青云比平时早到了半个小时。他见到了那个叫旦旦的女孩。说过话的原因，李青云和平时有些不同，他故作和蔼地说：“小两口没事了吧？”

“什么小两口？”旦旦不屑地答，眼睛看着门外。

“还没和好呵。”听了这句，李青云有点尴尬。

想不到旦旦利索地回答：“分了。”

“分了？这么快。怎么，你又欺负人家了吧？我看小伙子挺好的啊。”李青云发现自己说太多了。

"哈哈，谈太久了，准备换个新的。"旦旦扬了扬自己粗短的脖子。

李青云发现她的这份洒脱和气质很不符，一下子也不知道怎么接话，只好继续像长辈一样，摇着头，快快进了办公室。关上门，心里还怦怦乱跳，怪自己失态，多嘴，实在不妥，好在没什么人看见。除此之外，他发现旦旦穿了双细长的高跟鞋，鞋头很尖，说话的时候，直直地冲着他。

到了晚上，李青云和原单位的同事到四川大厦吃饭。这是很早的约定。当年报社解散，原因特殊，同事间的感情不同，曾经的热血青年，约好每年出来聚一次，宣泄各种不满，顺便表达想念，然后回到各自的轨道上，有规有矩地活着。让他吃惊的是，这一次，李青云见到了旦旦。整个晚上，他都在想是谁带过来的呢。他仔细打量着每个人，似乎都不像，旦旦没有和谁打招呼，也没有人过来和她说话，她只是不断吃菜。李青云眼睛躲闪着，不敢向旦旦这面看。

两桌人互相敬酒，很是热闹。吃完饭还是没有尽兴，又说去唱歌。李青云喝得有点多，只能稀里糊涂地跟着。车很快就到了八卦一路，这些人鱼贯进了包房，点歌、唱歌，拿着杯子碰杯。

喝到后面就开始有了分支，先是出现了三几个人一组的情景，再后面则是成双结对，或是唱歌，或是私聊，身体紧紧地挨在一起，为接下来的计划做好了铺垫。这样的情况，李青云司空见惯。他看过不少，内心也很向往。一个人吃饭，一个人睡觉，待在一个人的办公室，他羡慕这些人。有多少年没有拥抱了，哪怕与男人或者一条小狗也行，不说话也没关系，只要抱在一起。李青云的皮肤渴望触摸，尤其是深夜。睡不着的时候，他常常下楼，坐到小区的草地上。有几次，他见到不远处有东西在闪，发着银光。他想起关于百花二路的那些传说。真的是他们吗？有时，他希望是真的，有那些鬼魂在，听见他心里的话，他会觉得没有那么寂寞。

他发现整个晚上旦旦都在看他，看得他耳热心跳。如果在平时，这么一个临时工，他是不会在乎的。可今天不知怎么，就是和以往不同。不知道是不是喝了酒或席间有人念过诗的原因，他的脑子有些乱。旦旦凭什么要把分手的事告诉他？平时除了问好，根本没有过交流。再说，招这个女孩的人是自己的副手，李青云调到档案室当主任的时候，这个副手就跟他争。要知道李青云不过是平调，从中心地带走到边缘，大势已去。知趣的人都清楚怎么回事，可这个副手巴不得李青云提前退或改非，把位置让给他，分明有赶尽杀绝的意思。

李旦旦是专升本，不符合录用条件，副手的理由是旦旦会唱京剧。李青云听了，心里老大不高兴，他讨厌对方说话那副腔调。京剧是什么呀，现在有多少人知道？歌剧和京剧一样，拧巴。如果会打球，专业之外又能维修计算机或者是上面什么人的亲戚，可以多申请些项目经费，这也勉强算个条件。鉴于以上种种原因，他迟迟没有在用工合同上签字。想不到，后来学校下死规定，进人必须考试，聘用人员也不例外。也就是说，他和副手的关系，影响了旦旦。

又喝了一瓶的时候，她发现旦旦不见了。他稍稍松了口气，放下心，眼睛也敢四处看了。

坐了一晚上，脚都麻了。除了心不在焉地和人说话，还没唱过。他站起身，刚走到电脑前面，准备为自己选首歌，手机就震了下，他收到了一条短信。尽管没有署名，可是他有了某种预感。

旦旦说她在马路对面等他。

李青云想不起怎么走出来的。他发现自己的脚离开了地面，像个火球，从房里飘出去。站起来之前，他喝空了瓶子里的酒。

后来旦旦说李青云走路的时候，摇摇晃晃，很夸张，一看就是装的。说这话的时候，两个人已经在床上。旦旦把李青云的衣服剥得只剩一件，然后笑着，露出一对小虎牙，逼着他自己脱。李青云见旦旦在身后吃吃地笑，不知道接下来怎么办。他有些不好意思，可又到了这步，退回去，连身体也不答应。他捏了把旦旦的脸，骂了句“调皮”。再想进一步行动，还是感到了羞涩。如果先来点小动作，再有个缓冲调剂可能会好。他眼前出现了旦旦那个男朋友，这些动作属于年轻人，有那样皮肤和表情配套，才好看，自己不合适，他移动了一下位置，躲开墙上的镜子，他不想看见自己的脸。

骑在旦旦身上的时候，李青云觉得下面压了只青蛙，一鼓一鼓，乱跳着，直到最后一刻，才发生了改变，汹涌起来。李青云觉得自己像个勇士，把旦旦变成了一个真女人，娇气、温驯、缠绵。儿子上初中之后，报社解散，李青云在家待业几年，全是失败情绪，脑子里没有那件事，越发少做，偶尔有，也觉得没意思。后来找到工作，进了学校，剧团便又放出风声说解散，叶曼华对床事说了再见。

眼下的一切如此迅速，还没来得及细想，就发生了。

他发现再也听不得歌剧。那鬼一样的号叫，如同一块划割玻璃的刀片，锋利，尖锐，收藏在家中，每次亮出来，都让人胆战心寒。这是第二天早晨，他躺在自己床上得出的结论。

正式聘用前，需要一次例行考试，旦旦让李青云帮着辅导。李青云也不好推托，只是心里有些不愉快。即使帮忙也不能这么明显，隐隐觉得被利用了。

他先是向旦旦介绍前面几个人的情况，也就是考上和没考上的原因。他分析得头头是道，好像在台上授课，而不是在床上。正式说题的时候，他的发音字正腔圆，故意不去理会旦旦的嬉皮笑脸。他看见旦旦不听课，而是盯着他，很不自在，一侧的脸似乎被盯得胀起来。当李青云把这次考试说得很严重，不能作弊，也不可能通融的时候，旦旦竟然大笑起来。

李青云变了脸，显然生气了。他装作没看见旦旦那些表情，低下头在纸上画着，他发现自己和旦旦确实不在同个层面，他甚至有些理解叶曼华为什么不爱理人。

旦旦似乎也发现了他不高兴，爬过来亲他。随后，手滑过皮带，直接触到李青云的身体，接下来，她开始用手和嘴撩拨他。

李青云僵硬着脸，不说话，身体也没有反应。又过了会儿，他接了个电话，顺势把两条腿都挪下床，站到地上说，单位还有点事处理，先回去了。这次，他只吻了旦旦的额头。这是个不爱学习的女孩，看来可怜之人必有可恨之处。下楼时，他得出这个结论。

这期间，他和叶曼华在小区散步，又遇见一次旦旦，她挎着一款米色的小包，急匆匆地向外走。这次李青云主动打招呼，声音比平时都大，旦旦像是没听见，头也不回，反而加快了步伐，让落在后面的李青云有些尴尬。

后来，两个人躺在床上说话，李青云讲到这件事，旦旦反应迅速，说："你们两个天天演戏不累啊？"

李青云愣了下，半天没缓过劲儿，不知道怎么接茬。原来自己和叶曼华在旦旦眼里不过如此。想到叶曼华每天精心打扮却是这个效果，有些替她心酸。

后来又有一次约会，还是在旦旦的出租房里。地上摆着儿童用的塑料凳和小桌子，房子太小，其余什么都放不下，两个人说话只能到床上。

还是上次的话题，旦旦没有道歉，倒是口气温和了："第一次看见你就觉得亲，当时你们在小区散步。你长得像我们老家人，我知道你苦，我心疼你。"

"谁说的，我们可是有感情，再说我又没受苦。"李青云有点不高兴，虽然自己对叶曼华也不满，可是别人说不好，他还是不舒服。另外，自己到城里近四十年，却被说成像他们老家人。他们老家在哪？当然是农村。他觉得这个女孩子不会说话。

旦旦看着李青云的眼睛："那你怎么不想想我的感情？"她不满意李青云的答复。

"我们才认识嘛。"说到这个话题，他感觉旦旦不像当下那些女孩，轻松，潇洒，玩得起，反倒像他这个年龄段的，老土、守旧。他不喜欢同龄人，沉重，压抑，不好玩。

旦旦并不生气，接着说："那我问你，我们是不是没有感情？"

李青云想了下，不知道说什么，点了点头，又觉得不对，只好换成调侃：“你不是想进这个单位才跟我这样吧？”他说出压在心里很久的疑问。

这时，旦旦的脸已变得铁青，顿了一会儿，才冷冷地答：“是啊，你怎么猜到的？”

李青云听了，手指脚趾都在发抖，整个人好像掉进了冰窖。

“应该就是你出题吧，还跟我装。”旦旦的声音变了，她步步紧逼。

“这就不好了，你不是想让我把饭碗都砸了吧。”李青云故作轻松地说。

“是啊，我当然就这么想的，我猜你还没有尝过这个滋味。”说话的时候，旦旦并没有看他。

“那我喝西北风啊？”李青云发现自己的声音非常陌生，已经有了哀愁。

“喝什么西北风，有那么多人活得很好，你为什么不行？眼下你就好了吗？”过了一会，旦旦换了一种语调，说，“大不了，就跟我回乡下啊，你不是说喜欢农村，做梦都想过那种生活吗？如果你跟我回去，有地种，有新鲜的蔬菜和水果吃，没有上化肥的。”聊天的时候，李青云说过这类话题，当时针对百花村改名，李青云表达过自己的不满。当然，那是没话找话的时候。此刻，他在心里骂自己矫情、嘴贱。

“不用担心，我可以养活你，保证让你继续弹琴、看书、写字，根本不用你做什么，连孩子也不用你操心。”旦旦说。

听到最后一句，李青云如同被电击到。两分钟过后，他才缓过劲儿：“什么意思？你到底有什么想法全说出来吧，我们早就应该好好谈谈。”

旦旦没有看李青云的脸，说：“我喜欢你，想做你老婆，给你生孩子，你说过喜欢小孩。”李青云确实说过，如果可能，要生下一堆孩子的话，可是在哪儿说的已经忘记，显然旦旦很早就盯上了他。此刻，他突然发现自己惹上了麻烦。

李青云一边穿衣服，一边向床下挪动。似乎这么做，便拉开了两个人的距离。移到床边时，他说：“你懂我吗？你了解我多少？”他压低了声音，眼睛警惕地环视着四周。

像是没有听见李青云的话，也没看见他下床，旦旦继续躺着，眼睛盯着柜子上悬挂的一只小熊。李青云曾经想过送件礼物，只是没想好送什么，眼下，他庆幸自己没有这么做。

旦旦背对着李青云说："我喜欢你，你身上的味道，你的肚皮我都喜欢，其他事我不想知道。"

"我有什么味道？你在说我身上的老人味吗？我知道自己老了。"李青云开始气急败坏，手指也不听使唤，他系错了扣子。旦旦不说话，冷眼看着他，似乎在嘲笑李青云装可怜、虚伪。不久前，他还说自己不老，比年轻人都有劲儿。那是他在旦旦身上的时候。

穿好衣服，李青云下了地，他光着脚坐到凳子上。过了一会儿，还是想不出办法。楼下的夜市差不多开始了，他听见楼下热锅和炒菜的声音，也有几家开始支桌子，打麻将了。李青云发现没有饿的感觉，他根本不想吃饭。平时这个时间，旦旦早就下楼去打炒粉和猪杂汤了。每次她都是跑回来，把楼梯震得咚咚响。打开门的时候，喘得说不出话了，只是笑，胸脯起伏得厉害。李青云赶紧找只小碗，把汤分成两份，两个人互相看着，愉快地吃完所有食物，然后快速地洗碗，再回到床上。眼下，旦旦背对着他，躺在原地，好像李青云根本不存在。

马上走不能解决问题，李青云只好重新脱下衣服，躺回去。他准备换个话题，考虑半天也不知说什么。猛然想起旦旦会唱戏的事，他故作轻松地说："哎，你怎么不给我唱一段呢？还说你会，我先考考你，看你是不是骗我。"

旦旦像是没听见，不说话，身子却动了下。李青云把手放到旦旦脚心处，抓了下，想逗她笑。旦旦没有笑，过了会儿，才慢慢坐起来，脸上还是没有表情。她下了地，先是把桌椅拎起来，翻过来，放在床上，人则站到了空地上。她看着李青云的脸，先是做了套戏曲里出门、开门、整装的动作，做云手的时候，旦旦的眼睛从手臂下露出来，突然变成两汪清泉。她对着李青云笑，像是忘记了之前的不愉快，一张脸灵动了。

“一个俏花旦。”李青云又惊又喜。

声音仿佛从天而降，并非来自眼前圆鼓鼓的身体，而是由一个袅娜女子传递出来，如泣如诉，回旋在整个世界。有两句叫板是喊“相公”，明知道是戏词，李青云听了还是心头一颤，五脏六腑都被穿透。

李青云的情绪受到了影响，他想静静地躺一会儿。今天领导找过他谈话，如果提前退休，可以提半级，建议他改非做调研员，等于给年轻人创造了机会，也给学校做了贡献。没有选择，连档案室的位置也保不住，他已无路可走。苦尽甘却没有来，灰蒙蒙的人生，没有乐趣，没有希望，李青云觉得这辈子过完了，原来他和叶曼华的结局差不多。他理解了叶曼华所有症状和所作所为。

不知过去了多久，天完全黑下来，房间里什么也看不见了。李青云对着黑茫茫的四周，手贴在竹席上说：“你知道我年纪吗？你不知道，等儿子毕业，我就得当爷爷了。我的确说过想回乡下，可那不是真的，不是我的心里话。我费了千辛万苦从乡下跑进城，读了大学，然后一步一步熬到现在，就是不想让我的儿子、孙子活在农村。回乡下，无异于噩梦，那种梦我根本不敢做，也不配做。我们都不骗自己好吗？我本来就是个农村人，那里什么样，我比谁都清楚。这辈子，我小心翼翼地活着，谁都不得罪，什么苦都放在心里，尽量少出错不出错，包括跟别的女孩子上床也是第一次。我不能跟人比背景，不能跟别人比学历，只能比忍。对，只有忍，你看，我的头发全白了，现在是染过的。”说完这句，李青云发现自己喉咙发紧，半天讲不出话。

房里只有闹钟的声音。李青云咳了下，让自己的声音恢复稳定，说：“你想不想到外面读几年书？学费由我负责。”

见对方不说话，他又说：“多读几年书工作才好找。”

出租屋内又陷入了沉默，李青云听见楼下店铺闩门的声音。已经过了零点。他把手伸向旦旦，紧紧拉住。李青云说：“咱们约个来世好吗？我们一直在乡下，从来没有进过城，更没有到过深圳这个地方。”

这一晚，他没有那么快离开，尽管两个人没有再做什么。

事情还是被发现了。准确地说，是被叶曼华诈出来的。叶曼华拿着李青云的手机，堵在门口，让李青云自己交代。李青云慌了，从来没有过什么差错落在叶曼华手上，平时叶曼华不会这样。他不确定叶曼华到底知道了哪些，具体有多少。眼下到处有监控，难说不被盯上，或是副手捣的鬼。看见叶曼华气得发抖，如同背后被人泼了冷水，李青云的手脚也不听使唤。费了半天劲儿才关好所有窗户。他装作什么事儿也没发生，走到叶曼华面前试探，大意是楼上楼下都在休息。随后，他的态度有点讨好，说："还是团里的事吗？"这些年被解散的这些人经常张罗着上访，叶曼华心情总是受到影响。李青云曾怀疑老婆有抑郁倾向。此刻，他想转移话题，目的是抢回手机，看看被发现了什么。叶曼华并没有上当，她不仅没有减小音量，而是让声音更加高亢和独特。她用一种最易鉴别的音质，对准了李青云和整个小区"啊"了一声。

仿佛被天上的雷电击中，李青云觉得自己大难临头，太过大意，稀里糊涂上了别人的床，终于等来一次劫难。

哀求了几次，都没用，最后，他对着叶曼华的脚，扑通一声跪下去。

叶曼华崩溃了，干脆用手捂着脸，放声大哭。声音如同洪水，从最高处，排山倒海般铺开，瞬间便淹没了李青云和整个房间。

随后，叶曼华大步走到酒柜处，从高处取下一瓶酒，用嘴咬开盖子，然后仰起脸，大笑着向嘴里倒去。他从来没有见过叶曼华这个样子，他觉得叶曼华疯了。结婚二十几年，在家，在单位，她做事有凭有据，从没有失过态。

李青云感到了无助。

听完李青云的交代，叶曼华把手机扔到茶几上。

像是才醒过来，李青云迅速抓在手里，打开，并粗略浏览一下，得出的结论是没有实质上的东西。他知道自己上当了，可为时已晚，他把什么都说了。

这时，叶曼华猛地从沙发上拿起衣服，准备出门。李青云上前一步，按住对方的手："别闹了，你这个样子我害怕，你看我们一家这么好，多让人羡慕啊。"

叶曼华盯着自己和李青云扣在一起的手，又盯住李青云，冷笑了一声，说："我们真的好吗？真的让人羡慕吗？现在我告诉你三个字：好个屁！我们有多久没有拉过手，多长时间没有一起睡了？你想什么，以为我不知道吗？那天去散步，我看见了你眼里的火苗。能告诉我，你利用职务之便把她招进来，有何居心吗？

听完这番话，李青云从头到脚生出冷意，似乎叶曼华真要出门去揭发，他慌得只会关门。结果，两个人一推一关，房门撞到了叶曼华。

这次叶曼华没有发出声音，而是捂了脑袋，跑出去。李青云知道好日子到头了，他拿起剩下的半瓶酒，仰起脸，全部倒进嘴里，然后，把自己摊在客厅中间，等待毁灭。

醒来时，发现一个年轻的男人站在眼前，是叶曼华的侄子，毕业两年，还没找到活儿，天天待在家里打游戏。

暑假，他们曾经开车去大理和腾冲，旅行非常愉快。路上，李青云的博学受到了年轻人的崇拜，尤其讲到农村生活。眼下情况当然不同，递过去的香烟，被这个年轻男人抛到远处。接下来，他向前跨出一步，伸出手，抓住李青云的领口，用脚踢开门，把李青云拖到楼下的草地上，才放手。

路途中，李青云恢复了冷静。他迅速爬起身，微笑着，企图和解："家务事，一会儿就好了，你还小，不了解情况，别掺和了。"

见对方不说话，李青云竟生出恼怒，心里想：你谁啊？凭什么管我？你算老几？我的工资至少帮你付过学费，旅游的钱也是我出的，找工简历还在我抽屉里，你个大男人这些年用着我的钱，你凭什么？他恨对方如此没良心，这么快就变了脸，不顾他的尊严。想到这儿，李青云来了个突然袭击，一脚踢向对方的裤裆。

躲得还算快，男孩没有受伤。可是，他被彻底惹怒了，只用了一拳就把李青云打翻在地。这一次，李青云没有抵挡，他平躺在小区的花丛里。

许多窗户打开了，不远处，有些人在围观并窃窃私语。

过去的岁月，他向往这样的夜晚，只是从来不知这个姿势如此美好，深圳的上空繁星满天。

李青云突然觉得人生改变了，再也不用待在这里了，他甚至想在大庭广众之下，放声大笑。尽管院子安静，最好的学校在附近，房子每天都升值，大剧院、荔枝公园、亚洲最大书城、图书馆、何香凝美术馆、邓小平画像……可是，这所有的一切，统统滚蛋吧，他什么都不要了！他要去一个人生地不熟的地方，换一种活法，换一种人生，反正眼下的生活即将结束。他要去大排档吃田螺，穿短裤在街上溜达，午夜在街上放声高歌，大白天算命，跟小贩讨价还价又怎么了？甚至，甚至可以回到乡下，挑个丰乳肥臀的女人天天睡在一起。只要基本工资还在，就有生活保障。有什么所谓？反正他已看到人生的尽头，人生几何，他想贴着地皮，仰望星空，让自己回到当初。

叶曼华回来了，她在外面待了很短时间。按照平时她的性格，应该走得更久一些，至少要十天或者半个月。

这一次，与以往都不同，李青云从地上爬起来的时候，竟然在笑，这样的笑容让她害怕。

叶曼华的声音回到日常，甚至比正常人的声音还没特点，平淡无奇，再也不是丹田发出的天籁之音。之前，她用泼妇的语言狠狠地骂了侄子无知、愚蠢，没有大局意识。本来是想让他开车去医院，对方却会错了意，跑过来，动起武，把军训学的那套都用上了。最致命的是太多人看见这可笑的场面，她担心学校很快会有人知道。

叶曼华的侄子没想到好心办坏事，不敢再逞能。在父母的劝告下，承认错误，上门道了歉，顺便还向姑父又讨教了些人生哲理。

叶曼华不再练声，包括其他形体动作也没了。房间里没有任何响动，比任何时候都要沉寂。尽管如此，李青云和叶曼华同时想到了旦旦。李青云不相信这个女孩会放过他，放过这个家。背后或许还有自己的副手，那个家伙巴不得李青云早点办手续，由他接任。除了白天，他的晚上更是焦虑。有时梦见旦旦一遍遍打来电话，而他躲在角落，用被子蒙住头。他偶尔从窗口望过去，手里拿着复习题的旦旦，正站在他们当初说话的路口，等他。声音越来越大，连房子也在摇动，似乎那是一条嗞嗞作响的导线，只要接了，便点燃了这栋大楼，随后是一声巨响。李青云腾地坐起，他被吓醒了。

李青云开始考虑后事。这些年，他几乎没有为叶曼华做过一件事，哪怕是小事。想到这儿，他心如刀绞。当然，如果必要，他会把房子、车、存款都留给叶曼华和儿子，自己净身出户，让旦旦的如意算盘打空。

接下来似乎知道好日子不会太久，两个人都有了变化。叶曼华开始早起晚睡，为李青云做早餐，熨衣服。可这个时候，李青云已经不再挑选食物，衣服也不讲究。体检的时候，李青云被告知腰和心脏都有问题，脸颊处和手上还长出老人斑。随后，李青云住进了医院。叶曼华从早守到晚，为他梳头洗脸，把饭和换洗的衣服拿到李青云手上。李青云有些不好意思了，这辈子，从来没有被人照顾过，他甚至不相信是真的。他偷眼去看身边哆哆嗦嗦举着吊瓶的叶曼华，竟然怀疑自己得了绝症，否则她不会这样。过去，无论他什么情况，叶曼华都是打个电话礼貌地问候下，便没了下文，连个医院的门都不进。有一次，李青云打针后有反应，一出门便晕了过去，摔倒在路上，又被送回来抢救。护士问他："家属呢？"他不说话，眼里充满泪水，视线模糊了。他觉得自己真的是个孤儿，这个新世界的孤儿。

传说是为了辟邪，百花小区左侧修了座假山，上面种了些树，特殊的日子，十字路口，会见到老人去烧些冥钱。小区外面的人很是反感和看不起，皱起眉头，绕道而行。这距离旦旦辞工已经有四个年头。奇的是学校好像从来没有过这么一个人，连名册也找不见"李旦旦"三个字。

不知何时，李青云和叶曼华又恢复了散步习惯，只是时间改到晚上十点以后。这个时候的景物也有些奇异。李青云脚上是一双老北京布鞋，叶曼华则穿了人字拖，两个人的身子都没有以前那么直了。李青云想起当年参与创办报纸时的情景，那时，他们还是那么年轻，那么不愿意妥协，眼下，全放下了。

由东到西，只看花和草，他们不再看那些所谓的文化景观，有时会疼痛。科学馆门前的大钟发出清晰的报时，他们觉得自己累了。于是，站在树下歇歇，最后又挪到椅子上靠会儿。叶曼华像是困了，微闭双眼。李青云仰起头，去看天上的不断闪烁的小红点，那是从外地回到深圳的飞机。

月亮很圆，颜色偏红，随着夜色越来越深，旁边多出一大片粉。或许晚饭时，喝过米酒的缘故，李青云起身时，步子竟有些踉跄。走了几步，才算稳当。他背对叶曼华，继续向着天空的深处望去。不知不觉，他看见云端里有个模糊的影子，后来越发清晰。这次她穿的是戏服，人也瘦了些，眼睛细长，润泽，正含情脉脉望着他笑，花瓣一样的双唇微微开启，似有千言和万语。一股暖流传遍了他的全身。心脏仿佛弹起，悬在半空，唱词迅速窜上李青云的喉咙。这百花之地，真有神仙么……前面半白半文，后面却拖成意大利式的高亢。迷离中，李青云想不起是歌剧还是京腔。

很快，他就被自己吓住了，嘴里念的竟是“旦旦”二字。

城市街道开始安静。路两侧的草地中传来蛐蛐的叫声。声音越来越近，仿佛就在身边。一阵风吹过来，李青云感到了凉意。他忍不住拉起叶曼华的手，不再看天。

（原载《人民文学》2014年第12期）

图书在版编目（CIP）数据

2014年中国短篇小说排行榜 / 贺绍俊主编. -- 南昌:百花洲文艺出版社,
2014.12
ISBN 978-7-5500-1167-0

Ⅰ. ①2… Ⅱ. ①贺… Ⅲ. ①短篇小说 - 小说集 - 中国 - 当代 Ⅳ. ①
I247.7

中国版本图书馆CIP数据核字(2014)第277529号

2014年中国短篇小说排行榜

贺绍俊 主编

出 版 人	姚雪雪
责任编辑	游灵通
书籍设计	方 方
制 作	周璐敏
出版发行	百花洲文艺出版社
社 址	南昌市红谷滩新区世贸路898号博能中心9楼
邮 编	330038
经 销	全国新华书店
印 刷	江西千叶彩印有限公司
开 本	850mm×1168mm 1/16 印张 23
版 次	2015年1月第1版第1次印刷
字 数	300千字
书 号	ISBN 978-7-5500-1167-0
定 价	37.00元

赣版权登字 05-2014-289

邮购联系 0791-86895108
网 址 http://www.bhzwy.com